사이프러스에서 온
남자

사이프러스에서 온 남자

발행일	2019년 12월 27일

지은이	이승형		
펴낸이	손형국		
펴낸곳	(주)북랩		
편집인	선일영	편집	오경진, 강대건, 최예은, 최승헌, 김경무
디자인	이현수, 한수희, 김민하, 김윤주, 허지혜	제작	박기성, 황동현, 구성우, 장홍석
마케팅	김회란, 박진관, 조하라, 장은별		
출판등록	2004. 12. 1(제2012-000051호)		
주소	서울특별시 금천구 가산디지털 1로 168, 우림라이온스밸리 B동 B113~114호, C동 B101호		
홈페이지	www.book.co.kr		
전화번호	(02)2026-5777	팩스	(02)2026-5747

ISBN	979-11-6539-004-4 03810 (종이책)	979-11-6539-005-1 05810 (전자책)	

이 도서의 국립중앙도서관 출판예정도서목록(CIP)은 서지정보유통지원시스템 홈페이지(http://seoji.nl.go.kr)와
국가자료공동목록시스템(http://www.nl.go.kr/kolisnet)에서 이용하실 수 있습니다.
(CIP제어번호: 2019053230)

이승형 지음

사이프러스에서 온 남자

북랩 book Lab

목차

올림푸스 교도소   *7*

6번 국도   *14*

엘리자베스(1)   *21*

수원 화성   *25*

서울 대치동   *31*

제임스(1)   *48*

청계산   *52*

손수현   *63*

연인   *75*

제임스(2)   *88*

낚시터   *92*

김기찬(1)   *100*

김기찬(2)   *117*

갇힌 잉어   *124*

젤라모 카페(1)   *131*

초식동물   *135*

상실   *143*

심판   *151*

환형열차(1)   *155*

사이프러스행 비행기   *167*

엘리스 대처   *178*

체류자들(1)   187

캐서린 밀러   199

제임스(3)   206

쥔용 쑤엔   213

엘리자베스(2)   219

앤서니의 탑승   231

젤라모 카페(2)   242

에밀과 고양이   253

환형열차(2)   259

복제 우주   270

변주된 삶   277

사우바도르의 엘리자베스   291

탑승객들(2)   305

악인의 생성   311

동거   318

두 번의 피습   328

낚시   335

결혼   345

그레고리 파커   353

알래스카 서클   359

한 번은 중요치 않다. 한 번뿐인 것은 전혀 없었던 것과 같다.

한 번만 산다는 것은 전혀 살지 않는다는 것과 마찬가지다.

- 밀란 쿤데라, 참을 수 없는 존재의 가벼움

올림푸스 교도소

원본 우주 2018년 9월 15일 이른 새벽, 교도관이 지붕에 난 무쇠 출입구를 두드리는 바람에 선잠을 깼다. 바위 감방에서 기어나와 행정국 건물로 가는 길에 올려다보니 올림푸스산의 몸통은 짙은 어둠에 잠겼고 눈 쌓인 산마루만 거인이 쓴 흰 모자처럼 어렴풋이 보였다. 양철로 만든 감옥 창문틀에 떨어지던 빗소리를 듣고 잠시 눈을 떴을 때가 자정을 막 넘긴 시각이었다. 그때 올림푸스산 정상엔 흰 눈이 내리고 있었을 것이다.

교도소 행정국에서 출소에 필요한 몇 가지 서류에 서명하고 오렌지색 죄수복을 벗고 입소할 당시 입었던 옷으로 갈아입었다. 새벽 6시 30분, 교도소를 둘러싼 회색 콘크리트 외벽의 작은 철문이 열렸다. 10년 만에 세상에 다시 나온 순간 올림푸스산의 북동쪽의 산등성이로 태양이 머리를 내밀었다. 그 여린 햇살이 감방을 막 나온 나에겐 얼마나 찬란했던지 한동안 앞이 보이지 않았다. 두 눈이 햇볕에 차츰 적응되자 주변 사물들이 하나둘씩 눈에 들어왔다. 눈이 부셔 어쩔 줄 모르는 나를 지켜보던 엘리스와 제임스가 다가

왔다. 10년 만에 만난 엘리스는 눈과 입가의 주름이 약간 굵어지긴 했지만 대체로 예전 모습 그대로였다. 그녀의 애틋한 눈빛도 여전했다. 사이프러스에 처음 온 날 엘리스는 라르나카(Larnaca) 공항 입국장 앞에서 내 이름이 적힌 안내판을 들고 있었다. 엘리스는 자청해서 수인에서 환형열차 탑승 예정자인 자유인 신분으로 돌아온 내 관리 업무를 다시 맡았다.

"오늘은 미스터 류를 찾는 안내판을 들지 않아서 좋네요. 사실 십 년 전 그때도 우린 금방 알아봤죠."

"엘리스, 한마디 말도 없이 떠나서 미안해요. 그리고 고마워요. 저를 잊지 않고 이렇게 다시 나와 주셨군요."

"미스터 류를 만나기 위해 여러 번 면회를 신청했는데 그때마다 환형열차 탑승객 담당자는 수감자 신분의 체류자를 만날 수 없다고 하더군요. 그동안 걱정 많이 했어요. 그런 내 마음만은 알아줘요."

환형열차 관리국 직원 복장 차림의 제임스도 반갑게 손을 내밀었다. 그는 오랫동안 묵묵히 내 옥바라지를 했다.

"재근 씨 축하해. 아무 탈 없이 세상으로 나온걸."

"제임스, 당신 덕에 이렇게 무사히 나왔어요. 당신 말고는 저를 보러 오는 사람이 없었어요. 당신마저 없었으면 전 외로워서 진작 저세상으로 갔을 거예요."

제임스가 운전하는 환형열차 관리국 로고가 옆구리에 찍힌 유틸리티 차량을 타고 체류자들을 위한 빌리지가 있는 섬의 남쪽을 향해 출발했다. 달리는 차 뒤편으로 거대한 벌집 모양의 바위굴 교도소가 멀어져 갔다. 마지막으로 내가 갇힌 감방을 보고 싶었다. 올림푸스산보다 높이 떠오른 태양이 교도소 감옥들을 비추었지만, 그중에서 내가 갇혔던 바위굴이 어느 곳이었는지 찾지 못했다.

환형열차 탑승이 일주일 남은 원본 우주 2008년 9월 7일, 아침이 밝았다. 체류하는 동안 줄곧 침묵을 지키던 거실의 유선 전화벨이 요란하게 울렸다. 급히 조사할 게 있으니 대기하라는 환형열차 관리국 직원의 전화였다. 곧이어 관리국 요원들이 캐빈을 찾아왔다. 그들은 별 설명 없이 나를 무장 호송차에 싣고 올림푸스 교도소 행정국 사무실로 끌고 갔다.

"류재근 씨, 한국에서 사람을 죽였습니까?"

사십 대 중반의 행정국 관리는 대뜸 그렇게 물었다. 나는 무슨 말을 어떻게 해야 할지 몰라 닫은 입을 열지 않았다. 김기찬을 죽인 건 사실이었지만 그는 이미 죽어가고 있었고 무엇보다 나 말고는 아무도 모르는 일이었다. 도대체 무슨 일이 벌어졌는지 파악되지 않았다. 나를 유심히 관찰하던 연회색 눈빛의 관리는 내가 어떤 이유로 교도소에 오게 됐는지 설명했다. 그의 말에 따르면 원본 우주 2008년 7월 초, 한국에 있던 내 복제 인물이 강남 경찰서를 찾아가 김기찬을 살해했다고 자백했다. 경찰이 구체적 혐의를 잡고 수사한 사건이 아니었으며 살인했다는 증거도 없어 한국에서의 검찰 수사는 순전히 내 복제 인물의 진술과 자백에 의존해 진행되었다. 한국에서의 첫 재판은 검찰의 기소를 거쳐 9월 15일에 열릴 예정이었다. 사이프러스 교정 당국은 1심 재판에 앞서 원본 인물의 신병을 미리 확보한 것이라며 뒤늦게 양해를 구했다. 원본 우주의 2008년 9월 15일은 환형열차 탑승일이기도 했다. 피의자 신분이 된 나는 환형열차를 타지 못하고 교도소 한 켠에 있는 유치장 신세를 져야 했다.

9월 15일, 한국에서 열린 재판에서 판사는 내 복제 인물에게 10년의 금고형을 선고했다. 그는 항소를 포기했고 그대로 형이 확정되었다. 그날 올림푸스 교도소 당국은 오렌지색 수감복을 지급했다. 나는 그 옷으로 갈아입고 곧바로 바위굴 감방에 갇혔다.

오래전 섬의 북쪽에서 화산이 폭발하면서 분출된 용암이 남쪽 바다를 향해 돌진하다 식으면서 거대한 바위 고원을 만들었다. 그 고원의 남쪽 끝 절벽을 따라 감방들이 줄지어 있었다. 200년 전까지만 해도 죄수들은 자신의 감방을 정과 끌을 이용해 직접 팠다. 그들은 마치 사과 표면을 뚫고 들어가 안을 갉아먹는 애벌레처럼 바위를 파고들어 그 안에 정해진 규격의 감방을 만들었다. 죄수들 개개인이 독립적으로 만들었기에 올림푸스산 중턱의 감방들은 모두 독방이다. 표주박 모양의 바위굴 감방의 입구는 한 사람이 겨우 들락거릴 정도로 작았다. 천정의 출입구를 통해 아래로 내려가면 가로와 세로가 각각 4미터, 높이가 2미터인 공간이 나왔다. 그곳에 갇혀 더 이상 바위를 파낼 일이 없어진 수감자들이 감방을 만들면서 습득한 기술을 활용해 재질이 무른 현무암 감방에 구멍을 뚫어 탈출하곤 했다. 그런 사례가 늘어나자 올림푸스 고원의 바위 감방은 150년 전에 전면 폐쇄되었다. 현대에 이르러 건축 기술이 발달하자 구멍이 숭숭 뚫린 무른 화산암 감방을 콘크리트로 보강해 교도소 운영을 재개했다. 다갈색 경화 콘크리트로 덧대지 않았다면 누군가는 분명 예전에 죄인들이 그랬듯이 숟가락 같은 쇠붙이를 이용해 무른 현무암을 파내 탈출구를 만들었을 것이다. 수감 초기에 운동장에서 주운 강철못으로 경화 콘크리트 강도를 시험해봤다. 수백 차례 바위굴 바닥을 긁어봤지만 다갈색 콘크리트 표면에 몇 줄 긋는 것으로 끝났다. 그런 식으로 구멍을 뚫다가는 500년을 갇혀 있어도 탈출구를 만들지 못할 것이다.

바위굴 감방마다 구멍이 세 개 있다. 하나는 지상으로 통하는 입구다. 두 번째 구멍은 감방 바닥에 있고, 그 안에 상하수도관이 들어있다. 마지막 구멍은 어른 머리 한 개 반 너비의 창문이다. 성인이라면 누구도 그 창문으로 제 몸통을 통과시키지 못한다. 남쪽으로 난 감방 창문은 눈높이에 뚫려 있어 일어서면 평야 지대가 한눈에 보인다. 날이 좋으면 평원을 달리는 환형열차를 볼 수 있다. 열차는 섬의 남쪽 지대에서 모습을 드러내 동쪽 해안을 달려 교도소가 있는 고원지대 바로 앞까지 다가왔다. 환형열차는 감방에 갇힌 나에게 제 모습을 보여주고 섬의 서쪽 해안을 따라 점점이 사라져 갔다. 10년 동안 매일 위에 뚫린 구멍에서 내려온 세 끼 밥을 먹었고 아래로 뚫린 구멍으로 배설했다.

올림푸스 교도소의 수감 인원은 적을 때는 30명, 많을 때는 100

여 명이었다. 죄수들은 모두 사이프러스 원주민이었다. 섬 밖에서 온 수감자는 내가 유일했다. 눈비가 내리지 않으면 매일 오후 2시에서 5시까지, 3시간의 운동 시간이 주어졌다. 수감 생활 초기에는 축구나 농구를 하는 죄수들과 어울리지 않고 나 홀로 운동장을 빙빙 돌며 그 시간을 다 썼다. 처음엔 수인들이 말을 걸어왔으나 반응을 보이지 않자 그들도 나에 대한 관심을 거두었다. 다른 수감자들과 말을 섞지 않고 석 달을 홀로 지내니 답답해서 미칠 지경이었다. 넉 달이 지나서는 죄수들에게 먼저 말을 걸었다. 그들은 대부분 심성이 착해 다툼없이 비교적 사이좋게 지냈다.

프로메테우스는 인간에게 불을 훔쳐 준 죄로 코카사스산의 바위에 묶여 매일 자신의 생간을 독수리에게 쪼아 먹히는 형벌을 받았다. 독수리가 뱃가죽을 찢고 간을 쪼아 대는 것도 프로메테우스가 참기 어려운 아픔이었지만, 더 큰 고통은 그렇게 뜯어 먹힌 간이 밤새 원래대로 돌아나고 다음 날 똑같이 독수리에게 뜯어 먹히는 일이 영원히 반복된다는 거였다. 어제 당한 고통을 오늘도, 내일도, 목숨이 붙어있는 한 영원히 반복해서 당해야 하는 것만큼 가혹한 형벌은 없다. 프로메테우스에게 내려진 형벌은 신들의 아버지인 제우스가 내린 것으로 평범한 인간은 감당할 수 없을 만큼 무시무시했다. 그것에 비교하면 새 발의 피지만 나도 10년 동안 매일 반복되는 형벌을 받았다. 수감자들은 매일 정해진 시간에 밥을 먹고 정해진 시간 동안 운동하고 정해진 시간에 잠을 자야 했다. 면회 시간을 제외하면 하루하루가 한 치의 어긋남 없이 감방 벽에 붙은 시간표대로 흘러갔다. 수감자의 일상에 엄정한 반복성을 부여하는 것이 교도관들의 임무였다. 죄수들의 시간표가 단 한 번도 바뀌지 않은 걸 보면 올림푸스 교도행정국도 프로메테우스가 받은 형벌의 고통을 충분히 이해했음이 분명하다.

해가 떠 있는 동안 고민을 거듭해 마음을 다잡아 놓아도 별이 떠 있는 동안에 다 어그러졌다. 날이 밝으면 다시 그 얽히고 꼬인 생각을 정리하는 일이 반복되었다. 그렇게 동일한 하루가 반복되는 상황에서 오늘을 불행하게 보내면 내일도, 모레도, 그다음 날도 영원히 불행할 수밖에 없다. 한 치의 오차 없이 공전과 자전을 반복하는 지구처럼 반복되는 일상을 이겨내기 위해 나는 하루하루 매 순간을 긍정했다. 곧 풀려나겠지 하는 덧없는 희망보다 비록 갇혀 있지만 지금 이 순간도 소중한 내 인생이라는 각성이 10년의 올림푸스 교도소 생활을 견디게 했다.

6번 국도

나를 올림푸스 교도소에 가둔 원인이 된 사건은 원본 우주 2007년 4월 7일 이른 아침에 일어났다. 나는 아우디 뒷자리에서 운전석에 앉은 김기찬의 목을 조르고 있었다. 목을 감은 안전벨트를 더욱 조이자 낚싯바늘에 걸린 물고기처럼 버둥대던 그의 몸 움직임이 둔해졌다. 그의 사지가 줄에 넌 빨랫감처럼 축 늘어진 뒤에도 안전벨트를 움켜쥔 손아귀의 힘을 풀지 않았다.

'빨리 네 차로 돌아가. 그놈은 사고로 죽은 것이 되어야 한다!'

폭풍우 치는 밤바다 같았던 머릿속에서 희미한 등대 불빛이 나타나 그만 손을 놓으라는 듯 깜박거렸다. 안전벨트를 놓았다. 김기찬의 머리가 운전대로 떨어지면서 뚜우 하는 경음기 소리가 났다. 그제야 엔진오일이 타는 메슥메슥한 냄새를 맡을 수 있었다. 손으로 코를 막으니 진득한 피가 묻어나왔다. 아우디의 운전석 문을 닫고 프라이드로 돌아갔다.

김기찬을 목 졸라 죽이기 30분 전, 나와 수현은 1999년에 출고

된 빨간색 프라이드를 몰고 양평을 지나 속초로 이어지는 6번 국도를 달리고 있었다. 두물머리 양수대교를 지날 때부터 성난 황소처럼 쫓아오는 진청색 무쏘 자동차가 신경 쓰였다. 조수석의 수현은 모르는 눈치였다.

"오빠, 우리 휴게소에서 라면 먹고 가자."

때마침 수현이 말을 건넸다. 새벽에 길을 나서는 바람에 아침을 걸러 배도 고프고 무쏘도 신경 쓰여 가까운 용담 휴게소로 들어갔다. 다행히 무쏘는 휴게소를 지나쳐 양평 방향으로 계속 달려갔다. 용담 휴게소는 300미터 높이의 산자락에 있다. 휴게소는 텅 비어 있었다. 중년의 사내만 홀로 전망대 난간에 기대 서서 남한강 강줄기를 바라보고 있었다. 휴게소 상점은 대부분 문을 열지 않았다. 분식점과 커피 코너만 손님을 기다렸다. 분식집에서 라면과 김밥으로 배를 채우고 나오니 이틀 전 커피숍을 개업했다는 오십 대 사장 내외가 우리를 붙잡았다. 개업 기념으로 반값에 파는 원두커피는 그저 쓴맛만 났다. 우리는 신맛과 쓴맛이 적절하게 어울리는 커피를 아쉬워하며 전망대 쉼터의 테이블에 앉아 남한강을 내려다봤다. 강물이 날숨을 뿜어내자 강줄기를 따라 안개가 피어올랐다.

휴게소에서 잠시 쉰 우리는 속초를 향해 다시 길을 떠났다. 산을 내려온 도로는 강물에서 솟아난 교각들 위로 이어졌다. 6번 국도를 따라 남한강 상류를 향해 달리다 보니 산등성이 위로 해가 떠올랐다, 아침 햇살은 강물이 내뿜는 흰 안개를 몰아내지 못했다. 오히려 상류로 올라갈수록 안개는 더 짙어졌다. 띄엄띄엄 달리는 앞차들의 빨간 미등들만 점점이 보였다. 라디오에서 여자 아나운서의 익숙한 목소리가 흘러나왔다. 그녀는 라디오 프로인 한낮의 음악 향연을 진행하는 디제이 한수경이었다. 밝고 안정된 목소리 덕분에 그녀의 프로는 동 시간대 라디오 청취율 1위였다.

"다음 노래는 송민재 씨가 신청한 곡이죠. 요즘 같은 봄날에 자주 듣는 노래입니다. 송채은의 '봄날은 왔어요'입니다."

「그렇게 기다리던 봄날은 왔어요. 하얀 눈 내리던 겨울날 그대는 봄이 오면 내게로 온다고 말했죠. 봄날은 왔어요. 님 계신 그곳은 아직도 겨울인가요. 진달래도, 개나리도, 벚꽃도 피는 봄날은 왔어요.」

서정적인 피아노 선율에 맞춰 송채은이 특유의 몽환적인 목소리로 노래를 불렀다. 그때 반대 차로 저편에서 안개 숲을 헤치고 한 무리의 차가 켠 전조등 불빛들이 보이기 시작했다. 덩치 큰 덤프트럭의 윤곽이 희미하게 식별될 무렵 그들 후미에서 노란 안개 등을 켠 검은 차가 중앙선을 넘어 반대 차선으로 달려왔다.

'아니, 저 화물차들을 한꺼번에 추월하려는 걸까?'

중앙선이 노란 실선인 추월금지 구역이었지만 검은 차는 프라이드를 향해 계속 돌진해왔다. 경적을 울리고 하이 빔을 쏘아 댔지만 검은 차는 아랑곳하지 않았다. 맹수처럼 달려오는 차를 피해 반대편 차로로 넘어가려 해도 덤프트럭과 충돌할 것 같았고 핸들을 도로 길가로 틀려고 해도 가드레일을 뚫고 강물로 추락할 것 같았다. 이도 저도 못하는 사이 검은 차가 눈앞까지 달려왔다. 용담 휴게소까지 따라왔던 진청색 무쏘였다.

"오빠, 조심해!"

이 한마디가 수현의 마지막 목소리였다. 무쏘와 맞부딪히려는 찰나 운전자의 얼굴이 보였다. 그놈이었다.

'이놈이 정체를 숨기려고 아우디를 타고 왔구나!'

두 차가 맞부딪쳤다. 그 순간부터 시간이 슬로우 비디오처럼 열 배, 백 배는 느리게 지나갔다.

우두둑.

어찌 된 일인지 두 차가 충돌하는 소리는 들리지 않고 앙다문 내 어금니가 뒤로 밀려나면서 부러지는 소리만 선명하게 들렸다. 프라이드의 앞 유리가 거미줄처럼 사방으로 갈라지더니 곧이어 산산조각 났다. 에어백이 눈앞에서 폭발했다. 팽창한 에어백 천이 얼굴에 들러붙어 눈앞이 하얗게 변했다. 안경 코받침이 콧잔등을 파고들었다. 운전석 고개 받침에 부딪친 반동으로 내 머리가 핸들을 향해 튀어 나갔다. 작은 유리 파편들이 얼굴과 핸들 사이 공간으로 날아들었다. 얼굴이 그대로 핸들에 처박혔다. 벌겋게 달군 기다란 쇠꼬챙이가 오른쪽 귓구멍으로 들어와 왼쪽 귓구멍으로 빠져나가는 것 같은 극심한 통증이 몰려왔다.

귀의 통증이 가라앉자 시간은 다시 제 속도대로 흘렀다. 오른쪽 눈 밑이 바늘로 찌르는 것처럼 아팠다. 그 부위를 쓰다듬자 작은 유리 파편 몇 개가 떨어졌다. 유리에 쓸린 오른쪽 집게손가락 끝이 베여 나갔다. 왼손으로 단단히 박혀 있던 마지막 파편을 뽑아냈다. 누군가 억센 손으로 목뼈를 움켜쥔 것처럼 뻣뻣해진 고개를 오른쪽으로 조금씩 돌려 조수석을 바라보았다. 수현의 머리는, 얼굴은, 눈은, 입은 아무런 움직임이 없었다. 마지막 순간에도 나를 걱정했는지 감기지 않은 그녀의 두 눈은 미동 없이 운전석을 바라보고 있었다. 그녀의 부릅뜬 눈 위로 검은 피가 느리게 흘러내렸다. 고장 난 물건처럼 널부러진 수현은 조금 전 휴게소에서 커피를 마시던 그 수현이 아니었다. 검붉은 피는 그녀의 검은 머리카락을 타고 조수석 바닥으로 한 방울씩 떨어졌다. 수현의 주검을 앞에 두고 슬픔이나 분노 같은 구체적 감정이 분출되지 않았다. 어이없게도 죽은 수현을 보고 떠오른 첫 번째 생각은 조수석 에어백에 관한 것이었다.

'그래, 조수석 에어백은 안 달았지.'

프라이드 할부 계약 당시 조수석 에어백 설치를 권하는 자동차 영업사원에게 애인도 없고 당분간 결혼할 계획도 없으니 옆 좌석에 아무도 타지 않을 거라고, 그러니 조수석 에어백은 필요 없다고 말했다. 자동차 옵션을 선택하던 순간으로 돌아가고 싶었다. 수현의 죽음이 그때 에어백을 선택하지 않는 내 탓 같았다. 애인도 없고 결혼할 계획도 없다고 말했던 나에게 신이 그 말에 대한 책임을 묻는 것 같았다. 에어백을 설치하지 않았다는 죄책감에서 벗어나기 위해 무엇이든 해야 했다.

찌부러진 프라이드 운전석 문을 어깨로 밀쳐내 차 밖으로 나갔다. 무쏘의 운전석 문은 쉽게 열렸다. 김기찬은 충돌로 인해 젖혀진 운전석 의자에 비스듬히 누워 있었다. 그는 힘겹게 숨을 몰아쉬느라 발작하듯이 어깨를 움찔거렸다. 그럴 때마다 입에서 붉은 피가 벌컥거리며 튕겨져 나왔다. 그의 뺨을 때렸다. 한 번, 두 번, 세 번. 놈은 깨어나지 못했다. 횟수가 늘어나는 것에 비례해 더 세게 뺨을 쳤다. 머리통이 깨질 만큼 뺨을 후려치자 그의 폐 속에 쌓여 있던 걸쭉한 핏물이 한 움큼 뿜어져 나왔다. 비릿한 핏방울들이 내 얼굴로도 튀겼다. 목에 찬 핏물이 빠지면서 기도가 확보되었는지 그가 눈을 떴다. 머리를 움직이지 못하는 그는 무심한 눈으로 나를 바라봤다. 아무 일 없었다는 듯, 할 일을 다 끝냈다는 듯 평온한 그 눈빛이 나를 미치게 했다. 그를 죽여야 했다. 뒷좌석에서 운전석 안전벨트를 그의 목에 휘감아 온 힘을 다해 잡아당겼다. 뒤죽박죽으로 엉킨 신경 다발 속에서 새어 나온 이성의 뒤늦은 개입이 없었다면 놈의 머리통은 떨어져 나갔을 것이다.

프라이드로 돌아와 덜덜거리는 손으로 수현의 두 눈을 감겨주려 했으나 눈동자 위로 흐르던 피가 굳어져 눈꺼풀이 감기지 않았다. 검붉은 피딱지를 엄지손가락으로 닦아내 그녀의 두 눈을 감겨 주었다. 차가 부서지고 사람이 죽어도 아랑곳없이 제 말을 다 하던 한수경이 말을 더듬거렸다.

"봄날이. 오. 면. 여러분은. 누구와 어. 디. 로."

이 말을 마지막으로 라디오는 침묵했다. 짧은 정적이 흐른 후 놈의 차갑게 가라앉은 목소리가 들려왔다.

'분명히 말했지. 난 내 여자와 영원히 같이할 거라고. 류재근. 넌 이제 혼자 살아라. 나는 손수현과 함께 저세상으로 간다. 나를 죽여줘서 고맙다.'

먼 곳에서 불어오는 바람 소리가 들려왔다. 그 소리는 점점 커지더니 앰뷸런스와 경찰차가 번갈아 내지르는 경보음으로 바뀌었다. 구급대원이 수현의 상태를 살폈다. 대원들이 내 몸을 프라이드에서 빼냈다. 강물을 뒤덮은 안개는 더욱 진해져 검은 아스팔트 도로가 구름 위에 뜬 것처럼 보였다. 다리에 힘이 풀려 바닥에 풀썩 주저앉았다. 한 대원이 나에게 무어라 소리를 질렀으나 들리지 않았다. 간신히 머리를 들어 수현을 찾았다. 그녀를 둘러싸고 급박하게 움직이는 구급대원들이 스크린에 투사되는 영화의 한 장면 같았다. 사방이 어두워졌고 나는 정신을 잃었다.

엘리자베스(1)

올림푸스 교도소 바위굴에 수감된 후 며칠은 뜬눈으로 밤을 새웠다. 간혹 잠이 들었다가도 가위에 눌려 일어나기를 반복했다. 방음 장치가 없는 표주박 모양의 감방이었기에 밤에는 숨소리마저 메아리가 되어 크게 울렸다. 더 참기 힘든 건 내 코 고는 소리였다. 바위굴에 울려 퍼지는 코 고는 소리는 잠을 깨우기에 충분했다. 나중에 익숙해지긴 했지만 출옥할 때까지도 가끔 그 소리에 한밤에 일어나곤 했다.

수감된 지 일주일이 지나 엘리자베스가 첫 면회를 왔다. 그녀가 찾아올 때까지 나는 수현이 아니라 엘리자베스를 내내 그리워했다. 그녀가 미치게 보고 싶었다. 수현이 부재한 원본 우주에서 나를 가장 걱정할 사람이 엘리자베스였다. 내가 어떻게 되는 건 상관없었지만 나로 인해 그녀가 걱정할 생각을 하니 마음이 아팠다. 내가 사라진 날부터 엘리자베스와 이웃 체류자들은 나를 찾았다. 그들은 내 행방을 여러 경로로 수소문했지만 아무런 소식을 듣지 못했다. 엘리자베스는 심지어 내가 자살한 것은 아닌가 하고 파포스

(Paphus) 해변과 아프로디테 바위 주변까지 내 흔적을 찾아다녔다. 내 복제 인물에 대한 1심 판결이 확정되자 그제야 나를 담당했던 엘리스에게 그 내용이 통보되었다. 엘리스는 곧바로 엘리자베스에게 내 상황을 알려줬다. 그녀는 즉시 면회를 신청했다. 제법 노련한 행정국 관리가 엘리자베스의 면회 신청을 처리했다. 그러나 그도 환형열차 체류자가 죄수 신분의 다른 체류자를 상대로 신청한 면회 건을 처리하기는 처음이었다. 행정처리 지연으로 면회가 성사되기까지 며칠이 헛되이 흘러갔다. 나는 다갈색 감방 안에서 우두커니 창밖을 바라보다가 행정국 호출을 받고 면회실로 갔다. 가정집 거실처럼 생긴 면회실에서 엘리자베스와 재회했다. 내 처지가 부끄러워 엘리자베스를 앞에 두고 멈칫거렸다. 나를 본 그녀의 두 눈이 그렁그렁했다. 붙박인 듯 서 있던 엘리자베스가 달려와 나를 안았다.

"걱정 많이 했어요. 재근 씨, 몸은 괜찮아요?"

"미안해요. 이런 모습을 보여줘서, 당신에게 제 모든 것을 미리 말해주지 못해서, 하지만 전 다시 돌아가도 내가 사랑하는 여인을 죽인 자를 용서하지 않을 거예요."

"미안해하지 말아요. 저 역시 재근 씨처럼 했을 거예요. 제 약혼남이 무참히 살해되던 날, 할 수 있었다면 그 살인자들을, 그 악마들을 한 놈도 남겨놓지 않고 갈기갈기 찢어 죽였을 거예요."

캐서린, 쥔용, 제임스도 환형열차를 타기 전에 몇 번 면회를 왔지만 하루에 한 번 주어지는 내 면회 시간의 대부분은 엘리자베스

차지였다. 그녀는 그해 12월 31일에도 면회를 왔다.

"재근 씨, 제 체류 시한이 내년 1월 12일이에요. 늦어도 그날은 환형열차를 타야 해요. 하지만 아무래도 재근 씨를 남기고 떠날 수 없을 것 같아요. 그래서 생각해봤어요. 제가 계속 여기 남는 방법이 딱 하나 있어요. 저도 죄를 짓는 거죠. 그러면 죗값을 치를 때까지 이 교도소에 당신과 같이 갇혀 있으니까요."

그녀의 말대로, 그렇게라도 엘리자베스를 붙잡고 싶었다. 그녀도 수감된다면 죄수들의 운동 시간에 우린 만날 수 있다. 그러나 그 욕망을 목구멍으로 넘기며 그녀를 설득했다.

"여기 갇힌 사람은 저 하나로 충분해요. 이곳은 저처럼 죄를 지은 사람이 오는 곳이지 누구를 사랑하는 사람이 오는 곳이 아니에요. 여기 갇히지 않았다면 전 이미 이곳을 떠났을 사람이잖아요. 별일이 없었다면 우린 9월 15일에 작별했을 거예요. 저 때문에 당신의 새로운 인생 출발을 미루지 말아요. 당신이 여기서 머문다 해도 10년 후엔 각자의 우주로 떠나야 하죠. 당신이 행복해질 수 있는 시간을 저 때문에 늦추지 말아요."

다음 해 1월 11일, 엘리자베스가 마지막으로 찾아왔다. 그날은 행정국의 배려로 야외 휴게실에서 그녀를 만났다. 겨울이었지만 사이프러스 1월 날씨는 한국 가을처럼 선선했다. 건조한 날씨 덕분에 가시거리가 길어져 파포스 해변의 캐빈들이 점점이 보였다. 엘리자베스는 한동안 말없이 우리가 함께 생활했던 빌리지와 캐빈이 있던 파포스 해변을 바라보았다. 나에게 고개를 돌린 엘리자베스의 눈이 붉게 충혈되어 있었다. 그 눈을 감추려 엘리자베스는 먼바다만 바라보았던 것이다. 그런 그녀를 말없이 껴안았다. 엘리자베스는 울음을 애써 삼키며 말했다.

"재근 씨, 잘 살아요. 감옥에 갇힌 당신에게 잘 지내라 말하는 게 어이없고 미안하지만, 그래도 잘 건뎌내요. 그리고 꼭 환형열차를 타고 돌아가 사랑했던 사람을 만나요. 전 평생 당신을 가슴에 품을 거예요. 재근 씨가 어디에 있든 저를 문득, 가끔씩 떠올린다면 전 그것으로 충분해요. 서로를 따뜻하게 기억한다면 우린 어디서나 누굴 만나더라도 행복하게 살 수 있어요."

다음날, 엘리자베스는 환형열차를 타고 자신이 원하는 과거 시점의 브라질의 사우바도르로 돌아갔다. 그날 사이프러스의 하늘은 한국의 가을 하늘처럼 파랬다. 나는 유일하게 감옥을 벗어나는 운동 시간을 포기하고 환형열차가 운행하는 시간에 맞춰 바위 감옥 창문으로 섬의 남쪽을 바라보았다. 이윽고 나타난 엘리자베스를 실은 환형열차는 올림푸스산 아래 고원지대를 향해 달려와 제 모습을 보여주고 섬의 서쪽으로 사라졌다.

수원 화성

원본 우주의 우리 가족은 초등학교 3학년이던 그해 가을까지 수원시에서 살았다. 오래된 사진처럼 단편적인 기억만 드문드문 떠오르는 수원에서의 어린 시절이지만, 바로 전에 겪은 것처럼 선명하게 떠오르는 경험이 있다.

수원시 팔달동의 우리 집은 경사지에 층층이 조성된 주택단지 안에서도 높은 곳에 있어 남쪽 창밖으로 화성 성벽이 보였다. 완만한 팔달산 능선을 따라 쌓은 성벽은 똬리를 틀고 누운 커다란 용의 몸통 같았다.

수원시에서 서울특별시로 이사 가기 1년 전 어린이날이었다. 날씨가 맑았던 봄날 어머니는 어린 자식들을 위해 특별히 성안에서 제일 유명한 중국집인 북경반점에서 짜장면을 주문했다. 우리 셋은 짜장면과 아버지가 사 온 과자 봉지까지 모두 비우고 밖으로 나갔다. 화성의 북쪽 성벽을 따라 20분쯤 걸어가면 성 바깥쪽 산비탈에 우리가 뛰어놀던 풀밭이 나왔다. 해마다 5월이면 그곳에서 띠의 새순인 삘기가 올라왔다. 푸른 줄기 안에 말린 하얀 삘기 순에선 막 포장을 벗겨낸 껌 냄새가 났다. 우리는 약속이나 한 듯 어린 띠 순을 한 움큼씩 뽑아 잔디밭에 나란히 누웠다. 셋은 똑같이 깍지 낀 양손으로 머리를 받치고 다리를 꼰 채 누워 삘기를 우물거리며 하늘을 바라보았다.

어느 순간 동쪽 하늘 끝에서 빛나는 노란 점 하나가 나타났다. 샛별같이 작은 점은 우리가 누운 잔디 언덕으로 날아오면서 점점 커졌다. 5분쯤 지나 커다란 달걀 모양의 금빛 비행선이 우리 눈앞까지 날아왔다. 가까이서 보니 비눗방울처럼 투명한 막이 비행선을 보호했다. 초등학교 교실 크기만 한 비행선 위에 사람들이 있었다. 하얀 테이블보가 깔린 식탁마다 적게는 서너 명씩 많게는 예닐곱 명씩 앉아 있었다. 식탁마다 요리들이 빼곡했다. 가운데 놓인 신선로에선 하얀 김이 올라왔다. 그중 한 테이블에 앉은 가족의 모습이 낯익었다. 나는 단박에 그들이 미래의 우리 가족임을 알아차렸다. 중간에 앉은 아저씨는 그때 단독 주택 거실에 홀로 앉아 양미간을 찌푸리며 텔레비전을 보고 있을 아버지였다. 비행체 위의 아버지는 나이가 좀 더 들어 보였으나 표정은 훨씬 온화했다. 아버지 옆에 앉아있던 어머니 역시 세 남매를 키우느라 몸단장은 꿈도 못 꾸던 팔달동 아줌마가 아니었다. 비행체 위의 어머니는 화장한 얼굴로 텔레비전 연속극 여배우처럼 연분홍 저고리와 옥색 치마 한복을 곱게 차려입었다. 열 살은 더 나이를 먹은 내 닮은 꼴의 남자 고등학생도 둥근 테이블에 차려진 음식을 말없이 먹었다. 그 옆엔 동생 재영이와 비슷한 느낌의 이마에 여드름이 덕지덕지 난 중

학생이 앉아 있었다. 늘 재숙 누나와 내 중간에서 칭얼거리던 동생이었지만, 비행선 위의 나이 든 재영이는 제법 의젓하게 포크와 나이프를 움직였다. 아버지 왼쪽은 이웃집 여대생 누나처럼 성숙해 보이는 재숙 누나 자리였다. 흰 블라우스를 입은 누나는 어머니와 다정하게 이야기를 나눴다. 아버지는 웃는 낯으로 어머니와 자식들을 번갈아 바라보았다. 비행선 위에 나타난 행복해 보이는 미래의 가족 모습이 무척 낯설었다. 금빛 비행체는 우리가 누워 있던 잔디 언덕을 지나 서쪽 하늘을 향해 날아갔다. 그것은 낮에 켠 가로등 전등처럼 작아지다 마침내 사라졌다.

"재근아, 재영아! 이제 집에 가자."

재숙 누나가 누운 채 자신의 어깨로 내 어깨를 툭툭 건드렸다.

"누나도 봤지? 재영아, 너도 봤지? 아까 하늘에 떠 있던 것, 그 위에 우리 식구들 있는 거?"

"애들아, 예전에 읽었는데 아까 그게 신기루야. 아무것도 없었는데 갑자기 뭔가 '짠' 하고 나타나는 거. 모래밖에 없었던 사막 한가운데 갑자기 오아시스가 보이는 게 신기루야. 금방 본 것처럼."

두 살 위인 재숙 누나는 대단한 일은 아니라는 투로 말했다.

"그렇지 누나? 첨엔 꿈인 줄 알았다니까. 근데, 셋이 똑같은 시간에 같은 곳에서 똑같은 꿈을 꿀 순 없잖아? 그 신기루 위에, 그러니까 아까 노란 비행선 위에 있던 사람들. 어딘가에 진짜로 사는 것 같았어. 누나도 봤지? 그중에 우리 식구랑 똑 닮은 가족도 있었잖아. 비행선은 도대체 어디서 날아온 걸까?"

재숙 누나의 말을 이해하지 못해 머릿속에서 떠오르는 대로 물어보려 했으나 재영이가 가로막았다.

"나도 봤어. 그거 신기루. 그니까 그만, 그만해. 누나야, 형아야, 빨리 집에 가자."

가운데 누워 있던 재영이가 한 손으로는 내 입을 막고 다른 한 손으로는 누나의 팔을 잡아당기며 칭얼댔다. 동생의 성화에 못 이겨 자리에서 일어나니 사방이 어둑했다. 분명히 잔디밭에 누워 있을 땐 태양이 서쪽 하늘에 떠 있었다. 셋은 어리둥절했다. 갑자기 어두워진 이유를 더 궁금해할 겨를도 없이 벼락처럼 떨어질 아버지 꾸지람을 걱정하며 우린 발걸음을 서둘렀다. 재숙 누나가 먼저 성벽 아랫길로 달려갔다. 나와 재영이가 뒤따라 뛰었다. 셋은 앞서거니 뒤서거니 동네에 도착했다. 집집마다 전등이 환했다.

현관으로 뛰어드니 집안이 웅성웅성했다. 아버지와 어머니는 한동안 말을 잊고 우리를 물끄러미 바라보았다. 집에서 마주한 아버지와 어머니에게서 풍기는 분위기는 비행체 위에 있었던 미래의 그들과 너무 달랐다. 동네 아줌마들과 한 그림처럼 서 있는 어머니와 성마른 인상의 아버지를 보고 잠시 실망했지만, 한편으론 낯익은 모습에 마음이 놓였다. 동네 어른들이 집주인을 대신해 물었다.

"너희들 어디 갔다 이제 오니?"

"도대체 말도 없이 왜 집을 나갔냐? 별일은 없었냐?"

"동생들은 그렇다 치고 재숙이 너마저 그러면 쓰겠냐?"

"아이고, 멀쩡히 돌아왔으니 이제 됐다. 됐어. 엄마 아빠가 늬들 걱정을 얼마나 했는지 알기나 하냐?"

"너희가 조금만 더 늦게 왔으면 경찰에 실종 신고하고 동네 어른들이 다 모여 찾아 나가려던 참이다. 무사하니 다행이구나."

어른들은 우리가 대답할 여유를 주지 않고 자기들끼리 하고 싶은 말을 주고받았다. 당장 뛰쳐나갈 만큼 달아올랐던 어른들의 열기는 식었고 소란은 잦아들었다. 어른들은 하나둘씩 현관에 어지럽게 널린 신발들 속에서 자신의 것을 찾아 집을 떠났다. 다른 사람들이 모두 집을 나가자 우리 셋은 거실 한쪽 구석에 나란히 무릎 꿇고 앉아 언제나 그랬듯 아버지의 훈계를 기다렸다. 나는 몇 초라도 빨리 혼나고 저녁밥을 먹고 싶을 만큼 배가 고팠다. 재숙 누나도, 재영이도 같은 심정이었는지 풀이 죽은 채 처분을 기다렸다. 어머니는 폭군인 아버지로부터 자식을 보호해야 한다는 듯 양팔로 우리를 안았다.

"무사하면 됐다. 재숙아, 앞으로는 이런 일이 또 있으면 안 된다. 엄마 아빠가 없을 땐 맏이인 네가 동생들을 잘 챙겨야 한다."

어쩐 일인지 아버지는 그 말을 끝으로 더 이상 누구도 나무라지 않았다. 여느 때처럼 아버지의 몸은 피곤하고 얼굴은 심각해 보였다. 그러나 피붙이들끼리만 알 수 있는 묘한 그 무엇이 그때의 아버지가 평소와는 다르다는 걸 알아채게 했다. 아버지는 나와 눈이 마주치자 말없이 내 머리를 어루만졌다. 늘 굵은 나뭇가지 같았던 아버지 손길이 그날은 따뜻하고 부드러웠다. 아버지에 대한 낯선 느낌은 마음속에 구겨 넣었다. 어렸지만 그런 날은 괜히 긁어 부스

럼을 만들면 안 된다는 눈치는 있었기에 입을 다물었다. 진작부터 주눅이 들었던 재영이도 군소리 없이 조용히 앉아 있었다. 재숙 누나도 나처럼 미심쩍었는지 아버지에게 무슨 말인가 하려고 입술을 달싹거리다 그만두었다. 우리 세 남매는 어머니가 차려준 저녁밥을 먹고 바로 잠자리에 들었다.

서울 대치동

초등학교 3학년, 한국에서 아시안게임이 열리던 해에 우리 가족은 수원시 팔달동에서 서울특별시 대치동으로 이사했다. 아버지는 수원의 희영전자 공장 관리팀장에서 서울 강남의 희영그룹 본사 기획부장으로 자리를 옮겼다. 어떻게 알았는지 이사 가기 한 달 전부터 사택의 아주머니들은 어머니를, 또래 아이들은 나를 부러운 눈길로 바라봤다.

서울로 이사한 2년 뒤 한국에서 올림픽이 열렸다. 올림픽 두 달 전인 8월에 아버지는 그랜저를 장만했다. 그때는 자동차가 많지 않았던 시절이라 밤에도 아파트 주차장이 한산했다. 밤이면 항상 주차장 한가운데 자리 잡았던 귀퉁이가 각진 그랜저는 제 주인이 서울특별시 강남구에서도 성공한 소수임을 과시했다.

올림픽이 열리던 해 여름, 초등학교 방학을 며칠 앞둔 날이었다. 정오가 되자 소나기가 그치고 뙤약볕이 내리쬐었다. 하교 때가 되니 간간이 부는 바람마저 더운 목욕물처럼 후덥지근했다. 땀이 겉옷까지 배어 나오자 태권도 학원에 가기 싫었다. 교문을 나서며 반

친구 한 명을 꼬드겨 양재천으로 갔다. 전날 저녁부터 내린 비로 개천 물이 불었다. 학교 옆 양재천 둑길을 따라 과천 쪽 상류로 한참 올라가면 제법 넓은 모래톱이 나왔다. 비 온 후 흙탕물이 개면 그곳은 며칠간 아이들 놀이터 역할을 했다. 그날도 모래톱에서 아이들 여럿이 물놀이를 했다. 그곳에서 같은 학교 아이들 서너 명을 더 만나니 태권도 학원을 빼먹었다는 죄책감은 온데간데없이 사라졌다. 나는 맨발로 모래밭을 뒤지는 걸 좋아했다. 순전히 발바닥이나 발등의 감촉만으로 개천 모래밭을 뒤지다 보면 자라나 거북이가 꿈틀거렸다. 그날도 자라 한 마리를 잡았다. 아이들은 자라가 탈진할 때까지 등껍질을 두드리고, 이리저리 굴렸다. 몸통 깊이 숨은 머리를 잡아 빼내 괴롭히다 싫증 나면 아무 데나 던져버렸다. 운 나쁘게 뒤집힌 채 버려진 자라들은 뙤약볕에 말라 죽었다. 그런 비극을 피하기 위해 그날 잡은 자라를 아이들 모르게 풀어줬다. 한참 놀다 보니 해가 고층 건물보다 아래쪽에 있었다. 건물들의 그림자가 길어졌다. 사방은 아직 환했으나 벗은 몸에 한기가 느껴졌다. 태권도 수업이 끝나도 한참 전에 끝났을 시간이었다.

정신이 퍼뜩 들어 양재천 둑을 따라가는 길 대신 도곡공원을 가로질러가는 지름길을 택했다. 집에 가는 길 중간쯤에 건설 중인 올림픽을 선수촌이 있었다. 선수촌 절반엔 선수들 숙소로 쓰일 아파트를, 나머지 절반엔 관람객을 위한 모텔과 호텔을 짓고 있었다. 큰 호텔 두 곳은 벌써 문을 열었다. 그중 한 호텔 입구 가까이 걸어갔을 때였다. 검은색 그랜저 한 대가 달려오더니 호텔 앞에서 멈쳤다. 아버지의 차였다. 벨보이가 운전석 쪽으로 달려가 문을 열었다. 짐작한 대로 호리호리한 체격의 아버지가 내렸다. 그는 신경이 쓰이는 일이 있으면 언제나 그랬듯 그날도 약간 화난 표정을 지었다. 내가 멈칫거리는 사이 감청색 양복을 입은 아버지는 익숙한 동작으로 차 키를 벨보이에게 맡기고 호텔 안으로 들어갔다.

집에 들어오자 어머니는 내 행색부터 살폈다.

"재근아 지금 몇 시냐? 너 어디 딴 데서 놀다 왔구나. 옷은 또 그게 뭐니. 그래, 태권도 학원은 잘 다녀왔니?"

태권도 학원 수업에 빠진 걸 감추기 위해 얼른 화제를 돌렸다.

"그런데요 엄마, 집에 오는 길에 아빠를 봤어요."

"아빠를? 어디서 만났니?"

"저쪽에, 태권도 학원에서 가까운 곳에 새로 지은 호텔 있잖아요. 아빠 혼자 그랜저 타고 호텔 안으로 들어가시던데요."

그날 아버지는 여느 때처럼 자정이 다되어 돌아왔다.

"당신 오늘도 야근했어요? 회사에서 바로 오는 길이죠?"

어머니가 무심한 표정으로 물었다.

"응, 요새 카폰 미국 수출 건이 있어서 일이 너무 많아."

그날 어머니에게 말한 아버지 목격담이 석 달 뒤 집안에 커다란 회오리바람을 일으킬 줄 몰랐다. 처음엔 다투면서도 자식들이 앞에서는 거친 말을 자제하던 부모는 나중에는 앞뒤 안 가리고 소리를 질렀고 험한 말로 서로를 찔렀다.

"호텔에서 본 게 사실이잖아요. 어떻게 대낮부터 젊은 것하고 그

짓을 해요? 내 눈으로 확인한 걸 부정할 건가요? 그 호텔에 간 게 한두 번이 아니잖아요! 당신은 감옥에서 썩어야 해요."

"아 글쎄 그런 게 아니라니까. 자꾸 그러네."

어머니가 호텔 객실에서 본 것을 내뱉을 때마다 아버지는 큰 소리로 대꾸하긴 했지만 아버지는 당황한 기색을 숨기지 못했다.

"재근아, 넌 결혼해서 아버지처럼 살지 말아라. 절대로. 진정한 사내는 평생 한 여자만 사랑하는 거야, 네 아버지처럼 사랑하는 여자에게 상처를 줘선 안 된다."

스물한 살이 되던 해, 나는 호텔 사건의 전모를 파악했다. 대학교 2학년을 마치고 입대를 기다리던 이른 봄날 저녁, 어머니는 주방 테이블에 나를 앉히고 그 사건에 대해 담담히 말했다. 올림픽이 열리던 해, 내게 아버지 목격담을 들은 어머니는 처음엔 당연히 아버지가 회사 일로 그곳에 간 줄 알았다. 그러나 아들이 자신을 본 것을 알 리 없었던 아버지는 그날 밤 일하다가 회사에서 곧바로 집으로 퇴근했다고 거짓말을 했다. 어머니는 내색은 하지 않았지만 어떤 기분 나쁜 일이 벌어지고 있음을 직감했다. 그녀는 불안한 마음으로 밤을 새우고 다음 날 아침 그 호텔을 찾아가 벨보이를 만났다. 어머니는 자동차 번호를 적은 쪽지와 만 원권 지폐가 든 봉투를 벨보이 손에 쥐여주며 아버지의 각진 그랜저가 호텔에 올 때마다 전화를 해달라고 부탁했다. 며칠 후 벨보이가 전화를 했고 어머니는 또 현금 봉투를 건넸다. 여러 번의 사례금을 건넨 덕에

석 달쯤 지난 어느 날, 어머니는 벨보이에게 아버지가 투숙한 객실 번호와 마스터키를 받았다.

그날 어머니는 아버지가 투숙한 객실을 급습했다. 침대 위엔 아버지와 젊은 아가씨가 알몸으로 엉겨붙어 있었다. 젊은 아가씨는 깜짝 놀라며 바로 자신의 맨몸을 하얀 천으로 가렸지만 어머니는 그 짧은 순간 본 그녀의 풍만한 가슴과 콜라병처럼 잘록한 허리, 커다란 사과같은 엉덩이를 오랫동안 잊지 못했다. 어머니가 한눈에 보기에도 그 아가씨는 나이 든 자신에게 없었던 육체적 매력을 모두 갖고 있었다. 불륜의 현장을 목격한 어머니는 다른 여인네들처럼 성난 표정으로 남편에게 욕설을 퍼붓고 젊은 여자의 머리채를 잡고 흔드는, 방안의 물건을 죄다 집어 던지는 무례한 행동은 하지 않았다. 어머니의 자존심이 그런 행동을 허락하지 않았다. 대신 어머니는 젊은 여자와 아버지가 옷을 갖춰 입기를 기다려 둘을 호텔 로비 커피숍으로 데려가 자초지종을 들었다. 그 아가씨는 희영그룹 본사 경영지원본부 해외영업 업무를 맡은 대리급 직원이었다. 대학을 졸업하고 입사한 지 2년이 채 안 된, 20대 중반의 아가씨였다. 어머니는 젊은 아가씨의 소속 부서와 전화번호를 받아 적고 별말 없이 집으로 돌려보냈다.

"그 아가씨가 무슨 죄가 있겠냐. 모든 게 나이 많고 돈 많은 네 아버지 잘못이지. 그 여직원 이름은 잊었지만 네 아버지는 지금까지 용서하지 않았어."

용서받지 못한 아버지는 그 후 어머니 앞에서 큰소리 한 번 제대로 치지 못했다. 양친은 이혼하지 않고 계속 살았다. 그 사건 뒤 기묘한 평화가 부부에게 찾아왔다. 무엇이 어머니로 하여금 그토록 오랜 모욕의 시간을 견디게 했는지 끝내 알 수 없었다.

아버지가 희영그룹 계열사 중 제일 잘나가던 희영전자에서 밤낮으로 일에 파묻혀 지내는 동안 어린 나는 늘 손에 책을 들고 다녔다. 유치원에 들어가기 전부터 텔레비전 어린이 프로보다 그림책과 동화책 보는 걸 더 좋아했던 나도 한때는 부모의 자랑이었다. 그러나 책을 아무리 많이 읽어도 특출한 그 어떤 것도 보여주지 못하자 자랑은 큰 실망으로 바뀌었다.

대치초등학교 6학년이던 6월 초, 그달 25일에 있을 호국의 날 사생대회에 나갈 대표 학생들을 뽑는 예선 대회가 열렸다. 학생들은 200자 원고지 네모 칸에 정해진 양의 글자를 적어 넣었다. 사생대회 주제는 여느 해처럼 '나라 사랑'이었다. 전교생은 책걸상에 들러붙어 두 시간 동안 글을 썼다. 감독 교사들은 하릴없이 교실의 이쪽 끝에서 저쪽 끝을 오갔다. 다른 시험 같으면 공부 잘하는 아이의 시험지를 훔쳐보거나 가방에서 교과서를 꺼내 보려 애썼을 악동들도 그날만큼은 원고지의 빈칸을 채우기 위해 몸을 비틀어 머리를 쥐어짰다. 기말고사 국어 성적 중 10점을 사생대회 점수로 반영한다는 교사들의 거듭된 협박에 학생들은 어떻게든 원고지 스무 장 이상을 채워 넣어야 했다. 대부분의 아이는 한국전쟁의 참혹함, 북한군의 잔인함, 북한 괴뢰정권이 장악한 삼팔선 이북 땅의 수복, 조국을 위해 헌신한 군인에 대한 존경 등을 주제로 썼다. 6월 25일, 사생대회에 참가하는 초등학생의 글에서 어른들이 기대하는 게 무엇인지는 분명했다. 몇몇 머리가 좋은 아이들은 처음부터 6.25 한국전쟁에 대해 쓰지 않고 과거로 거슬러 올라가 임진왜란 당시 충무공 이순신 장군의 활약상이나 일제 36년 동안 조국의 독립을 위해 싸운 광복군의 용맹한 활약상부터 적어 나갔다. 나도 천천히 원고지 빈칸을 채웠다.

「대한민국 국민은 나라를 사랑해야 한다. 당연한 주장이다. 그러나 나라를 사랑하려면 사랑할 수 있을 만큼 좋은 나라여야 한다. 어머니는 사랑하는 사람과 결혼해야 한다고 말씀하셨다. 사랑하지 않는데 결혼하면 남자와 여자가 모두 불행해진다고 하셨다. 나는 한 나라의 국민으로 산다는 건 결혼하는 것과 같다고 본다. 자라나는 청소년이 나라를 사랑하게 하려면 어른들이 누구나 사랑할 만큼 좋은 나라로 만들어야 할 것 같다. 아이들에게 나라 사랑을 자꾸 강요하기보다는 어른들이 먼저 멋진 나라를 만들어 주었으면 좋겠다.」

대략 이런 내용이었다. 그 글은 내가 사생대회 대표로 뽑히는데 쓸모가 없었다. 며칠 뒤 학교 대표로 사생 대회에 나간 아이의 글이 교실 뒤편 게시판에 붙었다. 정확하진 않지만 줄거리는 대략 다음과 같았다.

「우리나라는 반만년의 유구한 역사를 자랑한다. 수많은 외적의 침입이 있었으나 그때마다 온 국민이 슬기롭게 힘을 모아 극복했다. 더욱 자랑스러운 점은 우리나라가 다른 나라를 무력으로 침공한 예가 한 번도 없다는 점이다. 해마다 6월이 오면 큰 집 할아버지는 현충원에 가신다. 6.25 전쟁 때 싸우다 순국한 동료 병사들의 묘지에 꽃을 놓고 오신다. 우리 큰 할아버지는 다리를 크게 다쳐 몸이 불편하지만 불구의 몸이 훈장이라고 늘 말씀하신다. 수많은 군인과 국민이 피땀으로 지켜낸 자유 대한민국을 더욱 발전시켜 가겠다는 다짐을 해본다.」

어린 시절, 나는 자의식과 주관이 보통의 아이들보다 강했다. 그렇다고 속내를 보여줄 만큼 외향적 성격도 아니었다. 나처럼 내성적인 학생도, 자기 속마음을 훤히 드러낸 학생들도 두각을 나타내긴 어려웠다. 학교 우등생들은 외향적이지만 자신의 생각을 감출 줄 알았다. 그들도 자신만의 생각이나 의견이 있었겠지만 겉으로는 어른들 의견에 맞출 줄 알았다. 시험을 볼 때마다 그 학생들은 어른들이 원하는 답을 적어냈다. 우등생들의 전략은 성공했다. 문제를 내고, 평가하고, 상을 주는 것 모두 힘센 어른들 몫이었다.

아버지는 1975년 3월에 희영전자에 입사해 30년간 희영그룹 계열사에서 일하다 2005년 12월 말에 퇴사했다.

"우리 때는 말이야, 자고 나면 건물이 올라가고, 건물마다 기계가 설치됐지. 밤낮으로 기계들이 돌아가면서 제품들을 쏟아냈어. 그 제품을 운송하려고 국토를 가로지르는 고속도로를 만들었지. 고속도로를 통해 항구로, 공항으로 운반한 제품들을 해외로 수출했어. 수출이 잘 돼서 외화도 많이 벌었지. 그 돈으로 원자재 사서 공장을 돌리고. 공장 규모를 확대해 생산을 늘리고, 계속 수출 물량이 늘어나니 덕분에 해마다 월급이 올라갔어. 월급 올라가는 재미에 몇 날 며칠을 야근해도 힘이 남아돌았다니까."

아버지는 자기 세대가 혼신의 힘을 다해 헐벗고 굶주린 대한민국을 먹고 살만한 나라로 만들었다고 믿었다. 아울러 그는 자신이 경제 개발의 단순한 참여자가 아닌 고도성장 신화를 만들어낸 주인공이었다고 주장했다. 성장 시대의 주인공이었다는 자부심은 아버지 인생 전반을 지배하는 이데올로기로 기능했다. 현역에서 은퇴한 후에도 아버지는 그 도그마로부터 자유롭지 못했다.

"뭣도 모르는 어떤 그룹이 간척사업 하고 논을 늘려 벼를 심고 있을 때 우리는 전자산업을 육성했어. 그때 회장님이 미래에는 반도체가 모든 산업의 쌀이 될 거라고 했지. 그분이 미래를 보는 혜안이 있었던 거야. 결국 우리 회장님 말씀처럼 논에서 생산하는 쌀보다 반도체가 온 국민을 더 배불리 먹여 살리잖아."

아버지는 퇴사 후에도 희영그룹 계열사 사외이사 자격으로 매달 월급을 받았다. 한 달에 한두 번 이사회에 참가해 굳이 해도 그만 안 해도 그만인 말 몇 마디를 해주는 게 사외이사가 하는 일의 전부였다. 사외이사로 아버지가 매달 받는 돈은 어지간한 일반 회사 현직 관리직 간부가 받는 월급보다 많았다. 희영그룹의 맏형 격인 희영전자 전직 임원들은 그룹의 계열사나 협력사에서 환영받았다. 그룹 내에선 희영전자 전직 임원도 로열패밀리라 불렀다. 그들은 희영그룹 본부와 계열사, 계열사와 협력사를 이어주는 거간꾼이었다. 희영그룹의 1년 매출이 100조나 되다 보니 방계 회사들은 그룹 본부와 끈끈한 유착 관계를 맺기 위해 무슨 일이든 했다. 명절마다 희영전자 전직 임원을 대접하는 일이 협력회사 인사부의 중요한 임무였다. 인사부원들은 명절마다 그룹의 현직 임원은 물론 아버지처럼 계열사 사외이사인 전직 그룹 간부까지 꼬박꼬박 찾아가 선물 보따리를 안겼다. 그들이 찾아오면 아버지는 유독 활력이 넘쳤다.

나는 아버지의 "우리 때는 말이야."로 시작되는 장광설을 혐오했다. 아버지가 말하는, 특히 '우리'라는 단어가 비겁하다고 판단했다. 나라는 개인이 별볼일 없을 때 우리라는 익명성 뒤에 숨거나 그 시대의 모든 구성원이 만들어낸 성과를 소수 세력이 독점하기 위해 우리를 내세운다. 실제로 아버지에게서 아버지 개인만의 고유한 정체성을 찾기 어려웠다. 아버지에게서 진한 사람 냄새를 한 번도 맡지 못했다. 아버지의 '우리'와 아들의 '나'는 늘 충돌했다. 아버지는 늘 우리를 내세웠고 나는 늘 나를 중심에 놓고 세상을 바라봤다.

어느 대학을 선택할지 묻던 그날도 아버지는 양미간을 찌푸렸다. 그의 양 눈썹 사이로 두 줄기 깊은 주름이 생기면 아예 입을 다무는 게 현명한 처신이었다.

"아버지가 직장 생활을 해보니 그게 그리 좋은 삶이 아니더구나. 물론 내가 직장인으로는 최고로 성공한 사람 중의 한 명이라 자부한다. 그러나 월급쟁이들은 조직에 있을 때나 대우받지 직장을 그만두면 대부분 무명인으로 전락한단다. 월급 받는 직장인이 되는 것보단 개인병원 의사가 되는 게 훨씬 좋지. 병원 의사는 자신이 곧 원장이고 사장이니까. 또 의사는 직장인보다 오래 밥벌이를 할 수 있으니까. 의사가 되기 어려우면 판사, 검사를 해야 한다. 돈 잘 벌어 성공한 사장들도 판사, 검사는 무서워한다. 그들이야말로 국가라는 운동장에서 게임의 룰을 집행하는 심판관이니까. 판사, 검사는 없는 죄도 만들고 있는 죄도 없게 만들지."

사대 부속 고등학교 3학년생이던 해, 11월 중순에 교육부가 주관하는 마지막 학력고사가 치러졌다. 시험점수가 나오자 아버지에게 무슨 과를 선택해야 좋을지 물었다. 내 점수로는 서울 소재 의대는 아니어도 제법 이름난 사립대학 법대 입학은 가능했다. 아버지는 의대 갈 실력이 안 되면 법대에 들어가라고 했다. 나는 이과생이었지만 문학과에 지원하고 싶었다. 내가 원하는 문학과와 아버지가 원하는 법학과의 괴리의 폭은 남극과 북극 사이의 거리만큼이나 멀었다. 법대에 들어가 죽은 글자들과 4년을 보내려니 먼 바다에서 고립된 채 새우 잡는 배의 노예로 끌려가는 심정이었다. 법대가 아니면 어느 학과도 좋다고 하니 아버지는 내 입학원서를 보림대학교 전자공학부에 제출했다.

"이 대학교엔 우리 그룹 인맥 교수가 많으니 전자공학과 졸업해서 희영그룹 전자에 들어오면 밥 먹고 사는 데 지장은 없을 거다."

법대에 입학해 한자투성이 법전과 씨름하는 고역은 피했으나 영어로 쓰인 원서만 고집하는 보림대학교 전자 공학부 교수들 밑에서 4년을 공부해야 했다. 전자공학 공부는 그리 어렵지 않았지만, 마치 외계 언어로 적힌 시와 소설을 읽는 기분이 드는 건 어쩔 수 없었다. 전자공학부 학생들은 물리학을 필수과목으로 수강했다. 외국의 저명한 물리학자들은 유명한 작가만큼 독창적이며 세련되게 사고했고 그들만큼 기발했다.

예를 들어 슈뢰딩거는 코펜하겐 해석이 완전하지 않음을 증명하는 사고 실험에 고양이를 주인공으로 등장시켰다. 코펜하겐 해석이란 미시세계의 입자가 어디에 있을지는 확률적으로만 계산할 수 있으며 관측 시점에 그 입자의 위치가 특정된다는 이론이다. 그 이론에 따르면 특정 입자의 상태는 두 가지 상태가 중첩되어 있다가 관측하는 순간 하나로 확정된다. 슈뢰딩거는 코펜하겐 해석의 허점을 증명하기 위해 실험 모델을 제시한다. 그가 제안한 실험실의 밀폐된 상자 안에는 고양이와 청산가리 병이 있다. 병 위에는 병을 깨트리는 망치가 달려있다. 망치는 라듐 핵이 붕괴하면 병을 깰 수 있도록 라듐 감지기에 의해 제어된다. 라듐은 한 시간에 50퍼센트의 확률로 붕괴한다. 청산가리 병이 깨지면 고양이는 가스에 중독으로 죽는다. 상자를 닫고 한 시간 뒤에 뚜껑을 열어보면 라듐 핵의 붕괴 확률이 절반이므로 고양이는 죽어 있거나 살아있다. 그러나 현실의 고양이는 죽어 있는 동시에 살아 있지 않다. 모든 고양이는 살아있거나 죽었다. 고양이의 죽음은 상자 뚜껑을 열고 관측하는 행위와 관계없다. 고양이의 생사를 결정하는 것은 뚜껑을 열어 고양이의 상태를 확인하는 인간이 아니라 라듐의 붕괴 확률이라는 점을 들어 슈뢰딩거는 코펜하겐 해석을 비판했다. 그러나 첨단 기기에 의존한다고 해도 인간의 육감으로는 인지 못하는 미시 세계에선 관측하는 순간 그 관측 행위에 의해 양자의 움직임이 영향을 받으니 코펜하겐 해석이 전적으로 틀렸다고 할 수 없다.

슈뢰딩거의 고양이 실험에 이어 다양한 물리이론이 발표되었다. 그중 하나가 평행 우주론이다. 그 이론에 따르면 상자를 열기 전까지는 고양이가 살아 있는 우주와 고양이가 죽은 우주가 모두 평행선상에 존재하지만, 뚜껑을 여는 순간 그중 하나의 우주로 특정된다. 나는 한 우주에서 고양이가 생과 사가 중첩된 상태로 존재할 수 없음에 동의했다. 동일한 시공간에 두 개의 상태가 중첩해 존재한다면 현재의 나는 죽은 것도 아니고 산 것도 아니다. 현실에 그런 상태의 나는 없다. 한 몸인 내가 한 공간에서 두 상태로 동시에 존재할 수 없으니, 내 몸이 동시에 두 상태로 존재하려면 나와 동일한 인물이 현재의 시공간과 평행선상에 있는 다른 시공간에 병행해서 존재해야 한다. 같은 물체가 다른 시공간에 여러 상태로 동시에 존재함을 전제해야 평행 우주론이 성립한다.

물리학자 아인슈타인은 신은 미래를 결정하기 위해 주사위를 굴리지 않는다며 물리학 분야의 확률적 해석을 거부했다. 아인슈타인은 현재 상태가 측정 가능하다면 미래에 일어날 사건을 예측할 수 있다는 결정론적 입장을 끝까지 견지했다.

내가 보기엔 우리 인생은 아인슈타인과 코펜하겐 그룹의 견해와 무관하게 진행된다. 지나온 과거와 현재를 명확히 안다고 미래를 예측할 순 없다. 누구나 동일한 조건과 환경에 살아도 개인이 매 순간 어떤 행동을 취하느냐에 따라 저마다 인생은 다르게 흘러간다. 미시세계 입자의 위치는 관측을 통해 최종 확정되지만, 거시세계에 사는 인간의 삶은 제3자의 관측이 아니라 행위자에 의해 확정된다. 인생의 최종 결정자는 관측자가 아니라 나라는 행위자다. 인생은 우발성과 결정론이 동시에 지배하지만, 그것에 대응하는 개인의 의지에 의해 삶의 궤적이 최종 확정된다. 인생은 미리 써놓은 예언서가 아니라 지나온 발자국을 바라보며 재구성한 스토리이다. 그러므로 인생은 결정론이나 불확정성의 원리로 설명할 수 없다. 개인 삶을 규정하는 결정적 동인은 한 걸음 한 걸음 내딛는 그의 자유 의지다.

이런 식으로 인생을 정의했다고 해서 내가 물리학과 전자공학을 아우르는 통섭형 철학도였다는 말은 아니다. 물론 물리학과 전자공학이 전혀 무용한 것도 아니었다. 그 두 학문은 나로 하여금 대학에서 만난 과학적 지식이 없는 자칭 철학도들이 얼마나 근거 없는 확신에 빠져 있는지 알게 했다.

나는 두각을 나타내는 사람을 본능적으로 거부했다. 그런 거부감으로 인해 내 별난 견해를 공개적으로 밝히는 것도 싫어했다. 우등생이 된다는 건 힘 있는 사람들에게 그들이 원하는 바를 표현할 줄 아는 학생이 된다는 것이다. 모범생들은 초, 중, 고등학교와 대학교에서 교수들이 원하는 답을 제출했고 그들이 원하는 행동만 했다. 그 대가로 그들은 장학금을 받았고 좋은 학점을 챙겼다. 그중 몇몇 우등생들은 학부를 졸업한 후에 대학원에 들어가 석사와 박사학위 과정을 밟았다. 석사나 박사과정에 있는 대학원생들은 학위를 받기 위해 계속 지도 교수가 원하는 말과 행동을 해야만 했다. 모범적인 학생이 영향력을 갖춘 유능한 어른이 되려면, 기성 권력에 포섭되려면 이미 그 위치에 올라선 사람과 똑같이 행동해야 한다. 개인이 가진 독창성을 버리고 힘 있는 어른들과 똑같이 말하고 행동해야 한다. 힘센 어른들의 비위를 맞추는 데 익숙하지 않았던 나는 학창 시절을 통틀어 특별한 존재감을 발산한 적이 없다. 그 덕에 역설적으로 내 개별성을 유지했고, 대학 교수들 수발드는 일을 하지 않았지만 졸업 후 아버지의 저주에 찬 예언대로 지극히 평범한 직장인이 되었다. 사회인이 된 머리 굵은 아들에게도 아버지는 밤늦게 술 마시고 들어와 너는 평범한 놈이라는 말로 어린 시절에 생긴 가슴의 상처를 다시 후벼 파곤 했다.

사회 초년생으로 직원식당 밥을 먹고 있을 때도 중소기업 영업 전무들이 대치동으로 은퇴한 아버지를 찾아왔다. 그들에게 대접을 받고 술에 취해 밤늦게 귀가한 날이면 아버지는 다른 날보다 더 심한 잔소리를 했다.

"재근아, 이게 우리 회사가 만든 핸드폰인데 굉장히 특별한 거야. 세계 최고의 일류 제품이지. 저쪽 그룹은 아직도 자동차 하나를 제대로 못 만들지. 언제까지 못난 국산 자동차를 타고 다니는 게 애국적 행동이라고 우길지 궁금하다. 그 별난 애국심이 이류 자동차 업체를 먹여 살리는 거야. 몽매한 국민들이 문제지, 문제. 우리 회사처럼 일류인 회사는 국민들이 또 얼마나 질투를 하는지 원."

아버지는 모든 것을 특별한 것과 평범한 것, 특별히 좋은 것과 특별히 못난 것으로 구분하는 특유의 이분법을 삶 전반의 가치를 판단하는 잣대로 삼았다.

내가 아버지의 그저 그런 아들이었던 반면, 재숙 누나와 재원이는 특별한 자식으로 그에 응당한 대우를 받았다. 재숙 누나는 고등학교 졸업 후 미국 대학에 입학했다. 재원이도 미국 뉴욕에 살던 재숙 누나 집에서 생활했다. 뉴요커인 두 남매는 대학을 졸업하고 미국 굴지의 기업에 취업해 성공한 직장인이 되었다. 집안 대소사가 있어 대치동 아파트에 일가친지들이 찾아오면 아버지는 재숙 누나와 재영이의 성공담을 늘어놓아 그들을 질리게 했다. 재숙 누나와 재영은 아버지의 무한한 신뢰와 자랑을 당연히 여겼다. 미국에서 건너와 가족 모임에 참석할 때마다 쏟아지는 관심을 거리낌 없이 즐겼다.

아버지의 빛나는 자식 자랑 목록에 내 이름은 없었다. 세상에서 가장 넓은 바다를 건너 가끔씩 찾아오는 누나나 동생과 대화할 때마다 나는 숨이 턱 막혔다. 그 둘은 나와 전혀 다른 유형의 인간이다. 그들은 항상 망설이지 않고 원하는 걸 타인에게 요구하고 그때마다 욕망하는 걸 쟁취한다.

한편 누나와 동생은 최소한 외견상 나를 언제나 가족의 일원으로 깍듯하게 대했다. 누나와 동생은 충분히 영악해 내가 그들을 공개적으로 미워하지 못하도록 처신할 줄 알았다. 그들의 그런 점이 더 얄미웠다.

제임스(1)

'왜 이렇게 추운가?'

365일 중 밤이 제일 긴 12월 23일 새벽, 잠들었던 제임스는 한기에 몸을 떨며 눈을 떴다. 그는 벌거벗은 채 욕조에 모로 누운 자신을 발견했다. 절반쯤 찬 욕조의 물 위로 덜 잠근 샤워기에서 새어 나온 물방울이 뚝뚝 떨어졌다. 연체동물처럼 흐느적거리는 몸을 간신히 추슬러 욕조를 빠져나온 제임스는 거울을 보고 소스라쳤다. 거울에 비친 그의 몸이 칼을 왼쪽 위에서 오른쪽 아래로 내리쳐 사선으로 벤 듯 반으로 두 동강 난 것처럼 보였다. 그의 피부 색깔이 사선을 경계로 완전히 다른 색이었다. 사선의 오른쪽은 물에 씻겨 하얀색이었으나 사선의 왼쪽은 살 껍질이 벗겨진 것처럼 피범벅이었다. 공포에 질린 제임스는 욕실 밖으로 뛰쳐나왔다. 거실로 나온 그는 발바닥에 피를 칠해 한 발씩 찍은 것처럼 보이는 발자국이 그의 부모 침실 문에서 출발해 거실을 거쳐 욕실 문으로 이어진 것을 발견했다. 제임스는 약 기운에 취했던 지난밤 일이 떠오르지 않았지만, 그 발자국의 주인이 자신임을 알아차렸다. 제임스는 부모 침실을 들여다볼 용기가 나지 않았다. 화장실로 돌아가 몸을 씻고 옷을 갈아입은 그는 곧바로 집에서 나와 경찰서를 찾아갔다.

경찰이 안방 침실에서 제임스 부모의 시신을 찾아냈다. 두 사체 모두 수십 군데가 칼로 찔려 보기 흉했다. 부모의 몸에서 흘러나온 피는 퀸사이즈 침대를 벌겋게 물들인 다음 매트릭스를 관통해 아래로 떨어졌다. 침대 밑이 붉은 페인트를 쏟은 것처럼 끈적했다. 침대 위 부모의 시신 사이에 한 남자가 누웠던 흔적이 발견됐다. 경찰은 침대 중간에 난 사람 형태의 윤곽을 분석해 그것이 제임스의 것이라고 판단했다. 경찰은 죽어가는 부모의 틈에서 정신을 잃고 누웠던 제임스가 깨어나 무의식중에 피를 씻으려 욕조로 갔다가 다시 잠들었을 것으로 추정했다.

엘리자베스가 환형열차를 타고 떠난 후 나를 면회 온 유일한 사람이 제임스였다. 그는 10년 동안 단 몇 개월을 제외하고 거의 한 달에 한 번 꼴로 나를 찾아왔다. 잉글랜드 출신의 그는 마약에 취해 잠든 부모를 칼로 찔러 죽였다. 그는 친족 살인죄로 웨일스 교도소에서 징역을 살았다. 오랜 감옥 생활을 한 후 사이프러스로 건너온 제임스였지만, 당시에도 그의 양 팔뚝엔 주삿바늘 흔적이 흐릿하게 남아 있었다.

"판사가 마약에 취해 벌어진 우발적 살인으로 판단해 당초 검찰이 구형한 사형을 경감시켜 무기징역을 선고했어요. 평생을 교도소에서 보낼 줄 알았는데 모범수로 선정되어 15년 만에 출소했습니다. 출소하니 교도소에 있을 때보다 몸과 마음이 더 힘들고 괴로웠어요. 차라리 감방에 있을 땐 그래도 내가 죗값을 치르는구나 하는 마음이었죠. 밖에 나오니 오히려 나 같은 놈이 이렇게 자유롭게 돌아다녀도 되나 하는 죄책감으로 하루도 편히 잠을 이루지 못했습니다. 과거 시공간으로 재진입한다면 마약에 빠진 고등학교 친구를 만나기 전 시점으로 돌아가고 싶어요."

앤서니의 캐빈에서 처음 만난 날 제임스는 자신을 그렇게 소개했다. 그는 교도소를 나와 다시는 마약에 손대지 않았다. 경찰에 체포된 직후부터 15년간 마약을 끊었지만 형기를 마친 직후에도 그의 눈에선 마약 중독자 특유의 열기가 어른거렸다. 출소 후 과거에 알던 불량배들이 집요하게 마약을 권했지만, 그 유혹을 이겨내자 제임스의 눈은 마침내 깊고 푸른 호수 같았던 예전 눈빛을 되찾았다. 푸른 눈의 제임스는 죽은 부모가 남긴 유산을 정리하고 환형열차 탑승권을 구입해 사이프러스로 왔다.

그러나 제임스는 환형열차 탑승을 끝내 포기했다. 사이프러스에 눌러앉은 그는 환형열차 관리국 직원이 되었다. 제임스는 언제나 환형열차 관리국 직원 유니폼인 짙푸른 와이셔츠와 검은 바지 차림으로 교도소에 있는 나를 찾아왔다. 그는 면회 올 때마다 나를 섬의 남쪽 해안과 고원지대가 내려다보이는 교정국 직원용 테니스 코트로 데려갔다. 실내 면회실에서는 보지 못했던 사이프러스 풍광이 그곳에선 한눈에 보였다. 그곳에서 제임스는 산 아래 평야 지대를 바라보며 자신의 일상과 세상사를 들려주었다.

"재근 씨, 사이프러스에 눌러앉아 사니까 제일 좋은 게 뭔지 알아? 코만다리아(Commandaria)를 마음껏 마시는 거야. 저 아래 평야 지대 곳곳에 좋은 와이너리가 숨어 있어. 그런 곳을 찾아내 품질 좋은 포도주를 마시는 게 요즘 내가 누리는 사치고 즐거움이야. 출소하면 꼭 나하고 코만다리아를 원 없이 마셔보자구."

테니스 코트에 처음 간 날 그는 그렇게 말했다. 그날 제임스는 니체의'짜라투스트라는 이렇게 말했다.'라는 책을 선물했다. 그는 독일어를 모르는 나를 배려해 그 책의 영문판을 구해왔다. 감방에서 나는 니체의 그 책을 수없이 반복해 읽었다. 나중에는 내가 산으로 올라가 고독하게 수양하는 짜라투스트라가 된 것 같았다.

청계산

원본 우주 2005년 10월 24일, 나는 수현을 처음 만났다. 그날은 반도텔레콤 창립 기념일이었다. 월요일인 그날, 회사는 별도의 기념행사 없이 휴무했다. 직원들은 회사가 제공하는 콘도 회원권을 구해 토요일, 일요일, 월요일로 이어지는 3일 연휴를 떠났다. 휴가를 함께 보낼 사람도, 굳이 먼 곳의 콘도를 찾아가 돈을 쓸 이유도 없던 나는 이틀을 집에서 빈둥대다가 연휴 마지막 날 아침 등산복 차림으로 양재화물터미널로 가는 917번 버스를 탔다. 집에서 버스로 10분 걸리는 화물터미널 뒤편에 청계산 등산로 입구가 있었다. 그쪽 등산로는 서울 강남권의 등산객들이 주로 찾았다. 나는 특별한 일이 없는 일요일이면 자동차 정비소 사장 오상철과 화물터미널 코스로 청계산에 올랐다. 10월 22일 토요일, 오상철을 포함한 양재동 일대 자동차 정비소 사장들은 2박 3일 일정으로 제주도 여행을 떠났다. 나는 오상철 없이 혼자 산에 오르는 게 내키지 않아 주말 내내 집에서 빈둥대다 월요일에 홀로 청계산에 올랐던 것이다.

오상철은 군대에서 만났다. 그는 강원도 화천에 있던 군단사령부 수송대대 동기였다. 4주간의 신병 교육이 끝나자 군 당국은 전자공학을 전공해 통신 주특기를 받은 내게 수송 주특기를 재 부여해 수송 교육대로 보냈다. 군대 주특기가 바뀌는 경우는 매우 드물었다. 차출 명단을 불러주던 조교는 그 이유가 수송 병력은 부족하고 통신병은 자원이 많기 때문이라고 했다. 홍천에서 수송 분야 후방 교육을 받은 동기가 열두 명이었는데 그중 오상철과 가깝게 지냈다.

나는 군용차 운전을, 오상철은 차량 정비를 세부 주특기로 받았다. 주특기마저 대학 전공과 다르게 받자 나는 군대 생활 내내 오상철 표현대로 어영부영했다. 그런 나와 다르게 오상철은 FM대로, 즉 필드 매뉴얼대로 생활했다. 그는 천성이 군인이었다. 타고난 군인 체질인 오상철도 군 생활 동안 딱 한 번 낙담했다. 입대한 이듬해 5월, 매년 열리는 한미 군사훈련이 동부 전선 일대에서 전개되었다. 중부 전선에 있던 우리 군단의 수송대대 일부 병력도 동해안 훈련지로 파견되어 군수품 보급지원 임무를 맡았다. 제대가 4개월 남은 고 병장과 일병이던 나와 오상철은 10톤급 수송 트럭 파견조 중 하나로 그 훈련에 참여했다.

병사들은 누구나 3주 일정의 한미연합 훈련에 파견 나가길 고대했다. 미군과 훈련하는 동안은 군대 생활이 무척 편했다. 미군과 같이 있으면 한국군의 군기도 미군 식으로 바뀌었고 일과가 끝나면 칼 같은 휴식이 보장되었다. 항상 군장을 옆에 두고 언제든 출동할 수 있도록 비상 대기를 해야 한다는 점이 좀 귀찮긴 했지만, 전방의 한국 육군부대 생활보다 백배는 편했다.

셋은 수송부 숙영지에 각자 일인용 군용 텐트를 치고 훈련기간을 보냈다. 훈련 종료를 엿새 남겨놓고 고 병장이 PX 트럭에서 간부에게만 판매하는 양주를 얻어왔다. 다음날은 훈련 일정이 없이 쉬는 날이었다. 우리는 텐트 사이에 모닥불을 피우고 양주 한 병을 금방 해치웠다. 셋은 각자 수통에 몰래 가져온 소주와 더불백에 숨겨온 팩 소주까지 몽땅 비운 뒤 군용 침낭에 기어들어가 잠들었다.

사건은 한밤중에 일어났다. 나는 잠결에 두 사람이 서로 싸우는 소리를 듣고 군용 텐트 밖으로 나왔다. 별빛 아래서 팬티 바람의 고 병장과 오상철이 멱살잡이를 했다.

"이 개새끼야, 너 변태냐?"

놀랍게 반말로 욕설을 하는 쪽은 고 병장이 아닌 오상철 일병이었다. 계급으로 보나 덩치로 보나 오상철이 고 병장에게 두들겨 맞아야 정상이다. 그러나 어찌 된 일인지 고 병장이 오상철에게 멱살을 잡힌 채 난처한 표정을 숨기지 못했다. 그날 밤 일어난 사건의 전말은 이랬다.

먼저 고 병장의 주장이다.

"거나하게 취해 잠을 자다가 소변이 마려워 밖에서 일을 봤다. 자리 돌아가면서 실수로 오상철이 자는 텐트로 들어갔다. 옆에서 누가 자는 줄 몰랐으며 옆 병사 몸도 더듬지 않았다. 자신은 꿈속에서 생이별한 애인과 정을 나누다가 깨어났는데 오 일병이 턱주가리를 갈겼을 뿐이다."

오상철의 주장은 달랐다.

"한참 자는데 누군가 팬티 안을 더듬었다. 깜짝 놀라 깨어보니 고 병장이었다. 기겁하고 제지했지만 고 병장은 계속 손을 놀렸다. 고 병장이 꿈꾸다 실수로 그런 거라면 잠을 깬 후에도 왜 자기 몸이 아닌 내 몸을 계속 만졌는가?"

그날 일은 고 병장이 사과하며 간신히 마무리되었지만 자대 복귀 후에 고 병장은 오상철을 그대로 놔두지 않았다. 그 사건 뒤로 고 병장은 온갖 은밀한 방법으로 오상철을 괴롭혔다. 정당한 업무 지시로 포장했지만 고 병장은 오상철에게 잡다한 일을 시키고 이런저런 트집을 잡아 얼차려를 가했다. 훈련 복귀 한 달 후에도 고 병장의 만행이 계속되자 나는 밤중에 정비소 건물 뒤편으로 그를 불러냈다. 영문을 모르고 따라 나온 고 병장을 준비해둔 야전삽 자루로 흠씬 두들겨 팼다. 악인은 항상 자신보다 더 센 폭력에는 쉽게 굴복한다. 처음에 저항하던 그는 나중엔 살려 달라고 애원했다. 죽도록 두들겨 팬 다음 땅바닥에 무릎 꿇은 고 병장에게 경고했다.

"다시는 오 일병 괴롭히지 마라. 한 번 더 그러면 너 죽는다."

고 병장을 두들겨 패준 일은 내가 군대 생활하면서 자발적으로, 그것도 제법 큰 용기를 내서 한 유일한 행동이다. 그 뒤 오상철은 고 병장의 괴롭힘에서 벗어났다. 마지막 자존심은 지키고 싶었는지 고 병장은 구타당한 사실을 누설하지 않았다. 오상철은 자신을 구해준 나에게 고마워했고 제대 후에도 우린 친구로 남았다.

오상철은 전역하고 양재대로변에서 소형 자동차 전문 정비소를 운영했다. 동기 중에서 키가 제일 작았던 오상철이지만 자동차 정비 실력만큼은 최고였다. 그의 아담한 체구는 자동차 밑에서 수리하기에 적당했다. 오상철은 주중에 자동차 아래 누워 혹사당한 몸을 단련할 목적으로 일요일마다 청계산에 올랐고 그때마다 내게 연락했다. 등산 후엔 우린 엄숙한 의식을 치르는 것처럼 어김없이 산 아래 주막에서 막걸리를 마셨다.

월요일의 등산로 입구 공터는 한산했다. 사오십 대 중년 여인들 십여 명만 한쪽에 모여 수다를 떨고 있었다. 그들 옆에 홀로 서 있는 이십 대 후반으로 보이는 아가씨가 눈에 띄었다. 그녀는 노란색 등산 점퍼를 입고 빨간 B자가 큼지막하게 박힌 검은 야구 모자를 썼다. 그녀가 무리에 속한 중년 여인 중 하나의 딸이거나 모임의 실무를 맡은 총무일 거라 판단했다. 그들을 지나쳐 산에 올랐다. 20분쯤 오르니 갈림길이 나왔다. 오른쪽은 서울 추모공원 뒤편으로 이어졌고 왼쪽 길 막다른 곳엔 사유지인 배 과수원이었다. 가운데 길이 청계산 정상으로 이어지나 언뜻 보기엔 내리막길이어서 처음 올라온 등산객들은 대개 평탄한 왼쪽이나 오른쪽 오르막길을 선택했다. 그쪽 길로 간 사람들은 한참 후에 돌아와 가운데 길로 가야 했다.

"저기요. 매봉으로 가려면 어느 쪽으로 가야 하죠?"

등 뒤에서 젊은 아가씨 특유의 통통 튀는 목소리가 들렸다. 언제 올라왔는지 산 밑에서 봤던 노란색 재킷의 그녀였다. 산 아래서 보았던 중년 여인들은 보이지 않고 그녀 혼자였다.

"청계산 처음 등산하시는 분들이 여기서 많이 헤매죠. 매봉 정상으로 가려면 가운데 길로 가서야 돼요."

그녀는 고개를 약간 숙여 고마움을 표하고 가운데 길로 걸어갔다. 갈림길 공터 바위에 앉아 잠깐 쉰 나도 그 길을 따라갔다. 얼마 후 앞서갔던 그녀를 다시 만났다.

"또 만났네요. 매봉에서 내려갈 때 어느 길로 가세요?"

그녀와 눈인사를 나누며 말을 건넸다.

"글쎄요. 어디로 갈지 막막하네요. 청계산 등산은 처음이라, 저는 주로 저기, 저 산을 다녔거든요."

"네, 관악산 말이죠? 전 청계산을 거의 매주 올라요. 덕분에 모르는 길이 거의 없어요. 혼자 오셨으면 저랑 같이 가실래요?"

별 기대 없이 야구 모자를 쓴 그녀에게 물었다.

"어머, 감사해요. 같이 가주시면 제가 고맙죠."

의외로 그녀가 밝은 목소리로 대답했다. 정상으로 올라갈수록 나뭇잎이 곱게 물들어 있었다, 그녀의 노란 등산 재킷은 단풍과 잘 어울렸다. 우리는 청계산 주봉인 매봉에 올라 잠깐 다리를 쉬고 정상 바로 밑 군부대 헬기장에서 간식을 나눠 먹었다.

"저는 통신회사인 반도텔레콤에 다니는 류재근입니다. 오늘이 회사 창립 기념일이라 쉬고 있어요. 남들 일하는 월요일에 등산한다고 다 실업자는 아니랍니다."

"네 저는 국원상사에 다니는 손수현이에요. 양재 사거리의 검정 치마를 둘러 입은 건물 아시죠? 저희 회사는 그 검은 유리 빌딩에 있는 무역상사 중 하나죠. 머리를 식힐 겸 해서 하루 연차를 썼어요. 그러고 보니 저도 삼일 연휴의 마지막 날이네요. 암튼 저 역시 실업자는 아니랍니다."

"이렇게 만난 것도 인연이네요. 직장인 두 사람이 남들이 그토록 출근하기 싫어하는 월요일에 등산하고 있으니까요. 둘 다 실업자가 아니어서 다행입니다. 하지만 둘 다 백수였다면 더 강한 동지의식이 있었겠죠? 손수현 씨는 등산을 자주 하나요?"

"네, 전 사당역 부근 남현동에 살아요. 관악산이 동네 뒷산인 셈이죠. 쉬는 날이면 그냥 뒷동산으로 바람 쐬러 가듯이 관악산에 오르죠. 어쩌다 보니 오늘은 청계산으로 왔네요. 그래도 직장인 신분으로 등산하는 게 마음은 편하겠죠?"

수현이 보온병에 담아온 커피를 종이컵에 따라 건넸다. 그녀가 집에서 직접 원두를 갈아 만든 커피였다. 콜롬비아 수프레모 원두를 써서 커피 맛이 적절하게 시고 쓰고 달았다. 헬기장에서 과천으로 이어지는 내리막길은 대체로 가팔랐다. 여름이면 바람 한 점 불어오지 않는 숨 막히는 곳이지만, 가을에는 기분 좋은 소나무 향이 날아왔다. 그녀는 바위 언덕의 급경사면을 내려올 때마다 망설임 없이 손을 내밀었다. 그녀의 손은 부드럽고 따뜻했다.

산 아래 사그막골 입구까지 팔백 미터 남겨놓은 산 중턱에서 수명이 이십 년쯤 된 오동나무를 만났다. 오동나무의 몸통은 어른이 양팔을 벌려야 간신히 안을 수 있었다. 겨울 준비를 하는지 오동나무 특유의 커다란 잎이 거의 다 떨어졌다. 듬성듬성 매달린 잎도 색이 바랜 채 축 늘어졌다. 나뭇가지 끝마다 까치 새끼들처럼 입을 벌린 것 같은 오동나무 열매들이 무성하게 매달렸다.

"손수현 씨, 혹시 관악산에서 이렇게 큰 오동나무를 본 적 있나요?"

그녀가 발걸음을 멈추고 오동나무를 바라봤다.

"네, 제가 다니는 관악산에선 오동나무가 거의 없었던 것 같아요. 그곳도 여기 청계산처럼 참나무, 소나무가 많아요."

"참나무와 소나무가 대부분인 청계산에 이렇게 큰 오동나무가 있다니 신기하죠? 이 나무는 제가 처음 청계산에 왔을 때부터 여기 있었어요. 전 이쪽으로 하산할 땐 꼭 여기서 쉬어간답니다."

오동나무 앞에는 벤치 두 개가 놓여 있었다. 해 질 무렵 그곳에 앉으면 서쪽 하늘 노을을 배경으로 서 있는 오동나무가 보였다. 그 벤치에 앉아 봄, 여름, 가을, 겨울날의 한때를 보내며 오동나무와 대화했다. 어느 봄날엔 사랑하는 여자가 있었으면 좋겠다고 푸념했다. 어떤 여름날에는 아버지가 나를 인정해주기를 소망했다. 등산로에 흰 눈이 쌓인 겨울에는 봄이 올 때까지 함께 건디자고 했다. 어느 가을날에는 외로워 한강의 물고기라도 만나고 싶은 심정이니 나를 살리려면 누구든 만나게 해달라고 투정했다. 수현을 처음 만났던 그 날은 그녀를 계속 만나게 해달라고 빌었다.

"손수현 씨, 오동나무는 사람들이 들려준 이야기를 자신의 몸통에 저장한다는 거 혹시 알아요?"

"그래요? 정말로요?"

그녀가 두 눈을 동그랗게 뜨고 반문했다.

"사람들 이야기를 저장한다구요? 저희 할아버지가 예전에는 딸이 태어나면 그 아버지가 오동나무를 심었다고 말씀하셨죠. 딸이 커서 시집갈 때 그 나무를 베어 가구를 만들었대요. 몸통에 소리를 저장한다면… 오동나무로 녹음기도 만드나요?"

"음, 나무로 녹음기를 만드는 건 아니고요. 부성애도 모성애 못지 않게 강하잖아요. 아버지들은 아들과 다른 딸에 대한 애틋한 감정을 갖고 있죠. 아버지들은 딸의 행복을 기원하는 말을 오동나무에 이야기했대요. 오동나무는 그 말을 모두 몸통에 저장했죠. 오동나무로 만든 가구를 두드리면 맑은소리가 들리잖아요? 그게 나무에 들어있는 이야기가 울려서 나는 소리예요. 손수현 씨, 나무 몸통에 귀를 대고 들어봐요. 그 안에 저장된 사람들의 염원하는 목소리가 들릴 거예요."

수현이 벤치에서 일어나 오동나무 몸통에 귀를 가져다 댔다.

"오, 정말 소리가 들려요!"

그녀가 한 손으로 오동나무를 끌어안고 그렇지 않아도 큰 눈을 더 크게 뜨며 외쳤다.

"제가 남긴 목소리가 들리지 않았나요? 저 역시 사는 게 힘들거나 말 못할 비밀이 생기면 이 나무를 찾아와 말하곤 했어요. 방금 전에도 그랬어요."

"그래요? 류재근 씨 목소리는 안 들리는데요? 저도 소원을 남겨야겠네요. 언젠가 우리 다시 만나면 오늘 이 나무에게 남긴 소원을 말해주기로 해요."

그녀는 오동나무를 보고 뭔가를 말했다. 나는 그녀의 '언젠가 우리 다시 만나면'이란 말을 가슴에 담았다.

사그막골 등산로 입구 맞은편에 가현이란 이름의 작은 미술관이 있다. 산을 내려와 가현 미술관을 본 그녀가 환한 얼굴로 내 손목을 잡고 안으로 이끌었다.

"저, 재근 씨, 혹시 미술이나 그림에 관심 있으세요? 전 그림을 좋아해요. 한국인들에게 어떤 그림을 좋아하냐 물으면 열 명 중 여덟, 아홉은 인상파나 후기 인상파 그림을 선택하죠. 저도 그중 한 명이죠. 전 인상파 화가 중에서도 고흐를 특별히 더 좋아해요. 고흐는 생전에 성공한 화가는 아니었어요. 그 때문에 고흐 그림에서는 당시 후기 인상파 화가들 대부분이 가진 상투성이 보이지 않아요."

가현 미술관에서 '한국의 돋보이는 신인 서양화가 5인 전(展)'이 열렸다. 전시된 그림은 수현이 말한 서양의 후기 인상파 화가들의 스타일과는 여러모로 달랐다. 그런 차이는 고흐의 시대와 한국의 젊은 서양화가들이 살았던 시대가 다른 데서 말미암은 것 같았다. 그녀는 전시된 그림들을 빼놓지 않고 둘러보았다. 미술관 밖으로 나오자 늦가을 해가 관악산 뒤로 넘어가려 했다. 북쪽 능선 너머로 태양이 모습을 감추자 과천 시내가 어두워졌다. 둘은 과천역에서 사당으로 가는 4호선 지하철을 탔다.

"재근 씨, 오늘 정말 즐거웠어요. 그리고 고마워요. 특히 오동나무 이야기를 듣고 나도 우리 아빠의 소중한 딸인 걸 새삼 알았네요. 재근 씨 핸드폰에 제 전화번호 남겨드려도 되죠? 다음에 만날 땐 손수현 씨가 아니라 그냥 수현 씨로 불러요."

지하철 안에서 수현이 내 핸드폰을 건네 달라고 했다. 그녀는 내 핸드폰에 번호를 누르고 전송 버튼을 눌렀다. 핸드폰 화면에 발신자 번호가 떴다. 그녀는 그 번호를 수현으로, 자기 핸드폰에 뜬 내 전화번호는 산사나이로 등록했다.

"이제 우리 친구가 된 거예요. 산사나이! 우리 또 만나요. 꼭 연락주세요. 아니, 제가 먼저 전화할게요."

우리는 사당역에서 내렸다. 수현은 4호선 출구, 나는 2호선 환승 통로로 갔다. 수현의 노란 등산 재킷은 붐비는 역 안에서도 선명했다. 나는 그녀의 노란 옷이 시야에서 사라질 때까지 바라보았다.

손수현

반도텔레콤 본사 17층 건물 옥상엔 직원용 휴게소가 있다. 본사 건물 전체가 금연 공간으로 지정된 뒤 흡연자들은 처음엔 1층까지 엘리베이터를 타고 내려가 건물 주변에서 삼삼오오 모여 담배를 피웠다. 바람이 인도 쪽으로 불어 담배 연기가 날아오면 행인들이 얼굴을 찌푸렸다. 날이 좋으면 그나마 괜찮았으나 비가 내리면 흡연자들 처지는 더욱 곤궁해졌다. 흡연자들은 비를 피해 건물에 바짝 붙어 어깨를 움츠린 채 비 맞는 개처럼 담배를 피웠다. 이들을 본 경영진은 행인들 보는 눈이 있는데 차라리 건물 옥상에 흡연 공간을 만들 것을 지시했다. 사실 경영진은 행인들 눈보다는 반도텔레콤 좌우의 외국대사관 눈치를 더 봤을 것이다. 본사 총무부는 옥상 휴게실에 흡연 공간을 따로 만들고 커피 머신과 음료 자판기를 설치했다. 옥상에선 인왕산 자락의 청와대 건물이 정면으로 보였다. 흡연자들 신분이 행인에게 민폐를 끼치던 거리의 떠돌이에서 청와대를 내려다보는 상류층으로 급상승했다.

나는 수현을 만날 때까지 어떤 여인과도 제대로 사귀지 못했다.

대학을 졸업했고 번듯한 직장도 다니면서 연애 한번 못했다고 하면 아무도 믿지 않았다. 사람들은 연애를 삶의 치장처럼 여겼다. 나는 연애라는 장식품이 없어도 그것을 가진 사람을 전혀 부러워하지 않았다. 그런 내가 막상 수현을 만나 깊은 관계를 맺으려니 연애란 여간 진땀 나는 일이 아니었다. 그녀를 만난 뒤 내게 연애란 둘이 만나면 좀처럼 손발이 움직여지지 않는 일, 평상시엔 하고 싶은 말이 있어 밤잠을 못 이루지만 정작 만나면 말을 한마디 꺼내지 못하는 그런 일이었다. 그러나 수현을 만난 내겐 연애란 힘들어도 포기하면 절대로 안 되는 일이 되었다.

수현과의 연애 상담을 위해 권옥희 과장을 만났다. 권 과장은 통신사 가입자에게 제공하는 론처(Launcher)라 불리는 스마트 폰 바탕 화면을 만드는 그래픽 디자이너였다. 나는 새로운 스마트 폰이 출시될 때마다 그녀와 같이 일했다. 직원들은 권옥희 과장을 이름이나 직함보다 반도텔레콤 공식 연애 상담사로 더 많이 불렀다. 언제 시집가냐는 질문을 수만 번은 더 들었을 권 과장은 반도텔레콤 공식 연애 박사였다. 회사의 처녀와 총각 직원들은 스스럼없이 그녀와 상담했다. 일부 간부직은 사람들의 시선에 아랑곳없이 담배 피우는 그녀의 모습을 싫어했다. 그러나 연애 상담 시간 때만큼은 진지한 얼굴로 담배 연기를 날리는 권 과장의 카리스마 넘치는 모습이 상담자에게 묘한 신뢰감을 심어주었다.

권 과장은 그날도 청와대가 보이는 자리에 앉아 담배를 연달아 피웠다. 담배를 피우지 않는 나는 그녀가 뿜어대는 연기를 상담료로 여기고 참았다. 권 과장과 상담했던 내용은 이제 막 만남을 시작한 여인이 먼저 전화하겠다는데 그 전화를 기다려야 할지 아니면 내가 먼저 연락해야 할지였다. 권 과장은 남녀관계에서 누가 먼저 손을 내미는 게 뭐가 중요하냐고 되물었다. 그녀는 인왕산에 호랑이가 살던 시절 같으면 남자가 먼저 손을 내미는 게 미덕이었지만, 남녀가 동등한 시절이니 누구든 사랑한다면 먼저 손을 내밀어야 한다고 했다. 덧붙여 권 과장은 연애에 대한 자신의 입장을 몇 가지 더 밝혔다. 그녀의 말에 따르면 남녀가 서로 사랑하면 연애의 형식이나 절차, 예절은 아무런 문제가 되지 않으며 걸림돌조차 아니다. 전화를 누가 먼저 하건, 누가 먼저 사랑을 고백하건 중요하지 않다. 이루어질 사랑은 무슨 일이 있어도 이루어지고 헤어질 남녀는 어떤 노력을 해도 헤어진다. 오히려 서로 갖춰야 할 에티켓을 따지는 남녀는 진정한 연인이 되기 힘들며 커플이 돼도 반드시 헤어진다. 모든 연애에 대한 에티켓과 이론은 정작 연애할 때 필요한 게 아니고 헤어질 때 변명의 수단으로 쓰인다. 뜨거웠던 사랑의 감정이 찬물처럼 식으면 상대방의 사소한 습관, 작은 결함, 별것 아닌 성격 차이 등이 모두 헤어지는 핑계가 된다.

"내가 마지막으로 만난 남자는 늘 말머리에 '남자라면'을 달고 살았어. 최악인 것은 '여자라면'이란 말도 자주 썼다는 거야. 그자는 무슨 잘못을 하고 나면 꼭 그랬어. 남자라면 한 번쯤 그런 실수를 할 수 있다고. 그놈은 나와 헤어질 때 그러더군. 여자라면 헤어지자는 남자를 한 번쯤 붙잡아야 하는 것 아니냐고."

그녀는 여자가 먼저 사랑을 고백하면 쉬운 여자로 보는 남자들을 향한 적개심을 드러냈다. 그녀는 사랑과 연애는 평등한 관계에서 출발해야 한다고 말했다. 권 과장의 말이 길게 이어질 때마다 이따금 전적으로 동의한다는 눈빛을 보여줬다.

"류 대리, 사랑한다면 사랑의 힘을 믿고 부딪쳐봐. 남녀가 사랑하는데 있어 가장 큰 잘못은 먼저 행동하지 않는데 있으니까. 그러므로 내가 해줄 말은 류 대리, 사랑한다면 행동으로 보여줘. 표현을 해. 그녀를 사랑한다면 먼저 행동하고 표현해."

권 과장이 마지막으로 수현에게 먼저 손을 내밀라고 당부했다.

"그래야겠죠? 사랑은 일종의 부채인 것 같아요. 더 많이 좋아하고 더 많이 사랑하는 사람이 채무자죠. 채무자가 채권자에게 빚을 갚는 것처럼 더 많이 사랑하는 사람이 사랑을 베풀어야죠. 과장님 말씀을 들으니 용기가 나네요. 제가 먼저 행동할게요."

나는 사람들에게 먼저 손을 내밀어 친구가 되고자 노력하는 사람이 아니었다. 학교나 직장에서 맺어진 내 친분 관계는 대부분 타인이 먼저 손을 내밀어 만들어졌다. 내가 먼저 다른 사람에게 다가가진 않았지만, 그나마 그들이 내민 손을 뿌리치지 않아서였다. 나는 어려서부터 안으로 들어올 수는 있으나 밖으로는 쉽게 나갈 수 없는 아지트를 구축했다. 내 아지트를 아는 친구는 다섯 손가락으로 셀 수 있을 만큼 소수였다. 수현의 등장으로 은신처에서 외롭지만 평화롭게 살아온 오랜 습성이 깨지려 했다. 이제 그만 낡고 오래된 아지트를 나가고 싶었다. 옥상 휴게실에서 권 과장과 상담

사이프러스에서 온 남자

한 뒤로 내가 먼저 수현에게 손을 내밀겠다고 몇 번씩 다짐했다.

원본 우주 2005년 11월 11일 금요일 오후, 주말을 앞두고 밀린 일을 처리하느라 정신이 없었다. 모니터에 뜬 숫자에 집중하고 있는데 서랍 안의 핸드폰이 부르르 떨었다. 수현의 전화였다. 나는 수현 씨라고 부르며 반갑게 인사하려 했다.

"여보세요?"

그러나 막상 통화 버튼을 누르고는 사무적으로 전화를 받았다. 수화기 너머의 수현이 나를 재근 씨라고 부르자 무안해져 두서없는 사과의 말부터 했다.

"미안해요. 수현 씨. 먼저 전화하려 했는데 늦었네요. 그동안 많이 보고 싶었어요."

"하하하, 다짜고짜 뭐가 미안해요. 그동안 전화도 없이. 그래도 제가 많이 보고 싶다니 다행이네요."

웃음과 함께 화답하는 수현의 목소리가 밝고 따뜻했다. 사무실의 어느 직원도 쳐다보지 않았지만 내 얼굴은 붉어졌다.

"재근 씨, 창밖을 보세요. 가을비가 추적추적 내려요. 퇴근 후에 따끈한 어묵 국물에 소주 한잔해요."

그녀의 말을 듣고 평소엔 잘 보지 않던 사무실 창문을 살폈다. 광화문 본사 건물의 창가 자리는 관리자들 차지였다. 차장이나 부장급 관리자가 그곳에 앉아 인왕산 아래 청와대를 내려보았다. 청와대 집무실 높은 곳에 앉은 그들은 회사 내의 무서운 권력자였다. 일반 직원들은 창문으로 향하는 시선을 차단당한 채 사무실 안쪽 공간에 옹기종기 모여 일했다. 창문 밖 하늘이 잿빛이었다. 유리창에 달라붙은 물방울들이 비가 내린다는 수현의 말을 증명했다.

빗줄기는 어둠이 찾아와도 그칠 줄 몰랐다. 사당역 사거리의 번잡함을 피해 남현동 주택가 술집인 '소주가 있는 풍경'에 갔다. 비가 와서 그런지 등산객으로 붐비는 주말이 아닌 평일 저녁 시간이었지만 빈자리를 찾기 어려웠다. 비가 내리면 늘 그렇듯 그날도 주당 몇 팀이 파전과 김치전을 안주 삼아 막걸리를 마시고 있었다. 시큼시큼한 막걸리 냄새가 술집 안을 채웠다. 술집 이름으로는 '비 오는 날 막걸리 마시는 집'이 더 잘 어울리는 날이었다. 소주가 있는 풍경의 통나무 식탁을 사이에 두고 수현과의 첫 공식 데이트를 시작했다.

관악산 등산객이라면 적어도 일 년에 한 번은 찾아온다는 소주가 있는 풍경의 사장은 세상에 이름을 날리던 등산가다. 나도 월간 산악인이란 잡지를 드문드문 보고 있어 술집 주인에 대해 알았다. 8천 미터가 넘는 히말라야 산맥의 고봉을 다섯 개나 오른 올랐던 그는 세계에서 아홉 번째로 높다는 낭가파르바트를 등반하던 도중에 조난 사고를 당했다. 새벽 네 시 낭가파르바트 7,500미터 지점에서 술집 주인을 비롯한 네 명의 대원이 마지막 전진 캠프에서 정산을 향한 등정을 시작했다. 오후 한 시, 하얀 악마가 그들을 덮쳤다. 눈폭풍이 밀려와 대원들이 자던 캠프를 덮쳤다. 텐트에서 밖으로 튕겨져 나간 후배 대원 하나가 빙벽에서 추락했다. 나머지 대원들은 텐트 안에서 어깨동무를 하고 폭풍이 지날 때까지 버텨냈다. 목숨을 부지한 대원들이 후배의 시신을 다섯 시간의 수색 끝에 찾았다. 후배의 시신을 산 아래로 가져올 방법이 없어 만년설 아래에 묻었다. 동료 산악인을 찾느라 체력을 소진한 나머지 원정대원들은 죽음의 신과 사투를 벌어야 했다. 죽을 고비를 여러 번 넘기긴 했지만 더 이상의 희생자 없이 하산에 성공했다. 술집 주인은 그날 사고로 산악인 후배 한 명과 제 몸의 발가락 다섯 개와 오른손 엄지손가락, 그리고 산악인들의 존경과 평판을 잃었다. 낙심한 그는 관악산 아래 술집을 내고 은둔했다. 산밖에 몰랐던 그는 산에 관한 모든 명예를 잃고 히말라야 고봉과는 비교도 안 되는 작은 관악산에 몸을 맡긴 후에야 후배 등산가를 죽이고 저만 살아왔다는 세간의 혐의를 조금씩 벗었다. 후배의 추락사는 그와 직접적인 관계가 없었으며, 그가 죽은 후배의 시신을 찾기 위해 목숨을 건 수색 활동을 했다는 것과 하산 과정에서 대원들의 무사 귀환을 위해 고군분투했다는 후일담이 낭가파르바트에 있었던 원정 대원들의 입에서 나왔기 때문이다. 세상 사람들이 하나둘 따뜻한 눈빛으로 그를 바라보기 시작했지만, 그는 이미 산보다는 술을 더 사랑하게 되어 등산가로 재기하지 못했다. 한때 그를 외면했던 산악인들이 관악산 하산 길에 소주가 있는 풍경에 들러 술과 안주를 팔아주며 속죄했다. 그 술집 사장이 옛 산악인 동료들을 만나 취중에 했다는 말은 산악인들의 입에 오르내리는 최고의 명언 중 하나가 되었다.

"아무리 에베레스트가 높은 산이라 해도 소주병보다 높지 않아요. 제가 8천 미터 이상 되는 산봉우리는 여럿 올라 봤어도 아직 한 번도 제가 든 이 소주병 위로는 올라서지 못했으니까요. 이것이 인생입니다."

산악인들은 이 말을 듣고 술집 이름이 소주가 있는 풍경인 까닭을 알겠다는 듯 고개를 끄덕였다. 술집 사장은 산을 떠나서도 세상에서 제일 높은 소주병을 끌어안고 살았던 것이다.

"전 만나자마자 호구조사부터 하는 사람을 싫어하는데 재근 씨는 그러지 않았어요. 처음 만나고 지금까지 재근 씨는 제 스펙 조사를 안 하더라고요. 그래서. 그래서 좋았다구요."

소주가 있는 풍경만의 두툼한 해물파전이 나오기 전에 첫 막걸리 잔을 비웠다.

"저 역시 첫 만남을 면접 치르듯 하는 남녀가 싫어요. 그런 사람들은 짜장면 시키면 딸려오는 식당의 단무지처럼 식상해요. 사람이 무슨 상품도 아니고. 한 사람의 학벌, 재산, 타고 다니는 자동차 같은 신상 명세를 그 사람 성격이나 심성보다 먼저 알게 되면 어떤 고정관념이 생겨버리잖아요. 그래도 오늘은 수현 씨만 괜찮다면 호구조사를 하고 싶어요. 수현 씨에 대한 좋은 인상은 이미 지난번에 등산하면서 생겼고 그 선입견은 평생 안 바뀔 것 같으니까요."

그 말을 하고 나는 멋쩍게 웃었다. 어색해진 나머지 수현에 대해 이것저것 묻기는커녕 내 신상만 줄줄 털어놓았다. 그 명세서에는 아버지가 희영전자 전 상무인 것과 그가 아들인 나를 늘 평범한 놈이라 구박한다는 것, 나 역시 아버지를 자랑스럽게 여기지 않는다는 것 등의 민망한 사항도 포함되었다.

그날 수현은 목과 소매가 긴 감청색 스웨터를 차림이었다. 그녀는 막걸리 잔에 스웨터가 젖는 걸 피하려 소매를 걷어 올렸다. 검은 스웨터 밖으로 드러난 그녀의 손목은 희고 가늘었다. 산에서 고무줄로 동여맸던 그녀의 머리카락이 그날은 좁은 어깨 위에서 적당한 리듬감으로 출렁거렸다. 등산할 때와 달리 연한 화장을 한 그녀는 드물게 보는 미녀는 아니었지만 충분히 사랑스러웠다. 얼굴을 좌우로 돌릴 때마다 드러나는 콧날이 그녀를 강단 있어 보이게 했지만 입가의 미소보다 먼저 웃는 그녀의 눈빛은 봄 햇살처럼 따뜻했다.

내 인생을 두서없이 이야기하는 시간이 지나가고 수현도 자신의 어린 시절에 대해 말했다.

그녀는 영동에서 태어났다. 그녀의 할아버지는 그곳 집성촌에서 8대째 사는 경주 손 씨 후손이다. 수현의 할아버지는 생전에 늘 영동이 오지이긴 하지만 예로부터 한반도를 침범한 외적들의 노략질을 피할 만큼 안전한 땅이라 자랑했다. 그녀의 친할머니는 딸 넷을 낳고 막내아들을 얻었다. 그녀의 조부모는 그녀가 고등학생이 되기 전에 모두 생을 마감해 영동 선산에 묻혔다. 외아들인 수현의 아버지는 다섯 남매 중 유일하게 대학을 졸업했다. 그는 집안뿐 아니라 고향에서도 유일하게 대학 나온 청년이었다. 지방 국립대학교 약학 대학을 졸업한 수현의 아버지는 영동 읍내 시외버스터미널 사거리에 약국을 개업했다. 그 약국이 수현약국이다.

그녀의 둘째 고모는 영동 여자 상업고등학교를 졸업하고 바로 서울로 올라와 상업은행 경리직을 얻었다. 다른 세 고모들도 영동군을 떠났지만, 도의 경계를 넘지 못하고 고향에서 멀지 않은 중소도시에 산다. 다섯 남매 중에서 특별히 영민했던 둘째 고모는 은행에 다니면서 돈만 생기면 강남 일대 부동산에 투자했다. 둘째 고모는 때마침 불어온 부동산 붐을 타고 돈을 긁어모아 대치동에서 부자라는 소리를 들었다. 수현은 그 고모 집에 얹혀살며 동갑내기 사촌인 소은과 함께 같은 여고를 다녔다.

"어머, 그 고등학교를 나왔어요? 저도 재근 씨가 다니던 학교 옆 여고에 다녔어요. 아시죠? 사대부속여고 말이에요."

나와 수현은 둘 다 강남 대치동 도곡역 부근 사립대학 부속고등학교를 나왔다. 담장을 가운데 두고 왼편이 그녀가 다니던 학교이고 오른편이 내가 다녔던 학교다. 두 고등학교 다 명문대 진학률이 높다는 이유로 인근 아파트를 사고팔 때 학군 프리미엄이 붙는다.

우리는 같은 동네의, 바로 옆 고등학교를 졸업했다는 걸 큰 인연으로 받아들였다. 둘 사이의 작은 공통점이라도 찾으려 노력했던 연애 초기라 소소한 우연도 운명이라 믿었다. 두 살 어린 수현도 내 고등학교 시절 추억의 장소들을 다 알았다. 고등학교 시절 다니던 떡볶이집, 칼국수집, 라면집을 그녀도 자주 갔다. 나는 수학 성적이 신통치 않아 고교 3년 동안 우리가 살던 아파트 상가 수학 학원에 매달 학원비를 꼬박꼬박 냈다. 그녀도 여고시절 그 수학 학원을 다녔다. 내가 3학년, 그녀가 1학년일 때 한두 번은 그 학원 건물에서 마주쳤을 것이다. 그때 둘이 만났으면 어땠을까 하는 이야기도 나눴다. 밤 열한 시가 다 되어 소주가 있는 풍경을 나오자 비는 그쳤지만 바람이 차가웠다.

"재근 씨, 우리 집은 여기서 가까워요. 바래다주실 거죠?"

주택가 비탈길을 올라가면서 자연스레 서로의 손을 잡았다. 밤공기가 제법 서늘했으나 그녀의 손을 잡는 것만으로도 몸이 따뜻해졌다. 그런데 집에 가까워질수록 수현이 자꾸 주변을 두리번거렸다. 그때는 수현의 그런 행동을 자취집 주인이나 동네 아주머니들 눈치 보는 것이라고 생각했다. 그녀는 관악산 서쪽 자락에 조성된 남현동 주택 단지에 살았다. 수현이 세 들어 사는 집 대문 앞엔 주황색 가로등이 골목을 지키고 있었다. 우리는 그 불빛 밑에서 헤어졌다.

"수현 씨, 집에 돌아가면 전화할게요."

그녀가 엷은 미소를 지으며 돌아섰다. 그날 대치동으로 돌아와 수현에게 전화했다. 그날의 짧은 전화 통화에 굳이 의미를 부여하자면, 태어나서 처음으로 좋아하는 여인에게 밤 인사를 했다는 것이다. 그 후로 우리는 자연스럽게 만남을 이어갔다. 누가 먼저랄 것도 없이 하루에 몇 번씩 전화를 하거나 문자를 주고받았다. 우리는 몇 달 동안 거의 매일 만났다.

연애는 에너지 소모가 많은 프로세스다. 에너지 수준이 낮은 사람은 먹고 자고 입는 기본적인 활동에 모든 에너지를 써버려 연애처럼 복잡하고 열량 소모가 많은 일을 할 수 없다. 수현을 만나기 전까지 내 심장은 느리게 뛰고 피는 차갑게 흘렀으며 마음은 옹색했다. 다행히 연애 감정이 완전히 고갈되지는 않았는지 한 번도 동작하지 않던 연애 엔진이 그녀를 만나면서부터 서서히 가동되더니 첫눈이 올 무렵엔 정상 출력을 되찾았다.

해마다 늦가을이면 비염이 찾아왔다. 황금색 은행나무 잎들이 뭉텅이로 추락할 때 비염이 주는 고통이 최고조로 달했다. 이듬해 봄이 올 때까지 단골 병원에서 비염약 처방을 일주일 단위로 받아왔다. 해마다 늦가을에서 이른 봄에 이르기까지 건물 2층에 있던 이비인후과 의사와 그 아래층 약국 약사를 매주 만났다. 하지만 수현을 만나고 나서는 오랜 친구 같았던 비염이 나를 찾아오지 않았다.

사이프러스에서 온 남자

연인

　수현을 처음 만난 그 해, 첫눈은 대설을 일주일 지나 내렸다. 점심 식사 후에 광화문 우체국 앞을 걷는데 하얀 벚꽃잎 모양의 눈송이 하나가 발 앞에 떨어졌다. 그 눈송이가 첫눈의 시작을 알리는 신호였다. 눈은 한 번에 쏟아지지 않고 한 송이, 두 송이, 세 송이, 자신들의 숫자를 늘려가며 서서히 내렸다. 오후 내내 사무실 창밖을 바라봤다. 창가에 앉아있던 직속 부장은 자기를 바라보는 내 시선을 애써 무시했다. 갈수록 눈송이가 굵어지더니 오후 다섯 시 무렵엔 함박눈이 무더기로 내렸다. 그날이 공식적인 첫눈 오는 날이 될 게 확실해지자 수현에게 전화했다.

　"오빠가 오 분만 더 늦게 전화했으면 내가 하려고 했지. 첫눈 오는데 우리 오늘 근사한 곳에서 만나."

　퇴근 후 광화문역에서 강남역으로 가는 지하철을 탔다. 이동하는 중간에 눈이 그칠까 조바심이 났다. 다행히 강남역 출입구를 나왔을 때도 여전히 함박눈이 내렸다. 뉴욕제과 앞에서 수현을 만나 역삼역까지 걸었다. 역삼역과 강남역 사이를 오가며 함박눈을 싫증 나게 맞고 우린 강남역 사거리 식당에 들어갔다. 늦은 저녁 식사를 마치고 영화관 옆 3층 카페로 자리를 옮겼다. 좋은 자리는 남녀 커플들이 점령해버려 창가의 좁은 테이블만 자리가 비어 있었다. 그 일인용 테이블은 좁아서 마주 앉기 불편했지만, 수현과 딱 붙어 창밖의 눈을 볼 수 있어 나는 좋았다. 흰 눈은 도시의 열기에 아스팔트 위에 떨어지자마자 흔적도 없이 녹았다. 운 좋은 눈송이들만 우산 위에 내려 좀 더 오래 생명을 유지했다. 그 눈송이들마저 행인이 무거워진 우산을 털어내면 무더기로 검은 도로 위로 떨어져 생을 마감했다.

눈 내리는 거리를 바라보다 카페 맞은편 좁은 골목 입구 쪽에 흰 눈이 수북이 쌓인 우산 하나를 발견했다. 흰 우산은 한참 동안 제자리에 머물렀다. 우산 아래로 남녀의 실루엣이 보였다. 3층 카페에선 그들의 어깨 아래 모습만 보였다. 남자와 여자는 키스하는 듯했다. 둘은 팔로 서로의 허리를 감싸 상체를 밀착시켰다. 눈 내리는 거리에서 우산을 쓰고 하는 키스는 어떤 기분일까?

수현도 내 눈길을 따라가 그 커플을 발견했다. 그녀도 그들이 무엇을 하는지 눈치챘다. 제자리로 돌아온 수현의 눈빛이 뜨거웠다. 테이블 위의 나와 그녀의 손이 안절부절못했다.

"오빠. 괜찮아. 내 손을 잡아줘."

그녀가 고개를 내밀어 내 귀에 속삭였다.

"망설이지 마. 오빠, 우리 키스하자."

그녀의 따스한 숨결이 귀속으로 훅 들어왔다. 수현의 양쪽 볼에

홍조가 떠올랐다. 내 심장 뛰는 소리가 불도저 엔진 소리만큼 커서 그녀가 들을까 걱정했다. 심장이 방출한 뜨거운 피가 주저하던 내 몸을 부추겼다. 내 손이 그녀의 머리를 안았다. 내 팔이 그녀를 끌어당겼다. 잠시 멈칫하던 수현이 내 목을 감싸 안았다. 내 입술이 그녀의 입술을 찾았다. 입맞춤의 순간 내 혀는 잠깐 움찔했으나 이내 용기를 되찾았다. 내 혀가 더 욕심을 부려 그녀의 입속으로 들어가려 했다. 수현의 입이 천천히 내 혀의 입장을 허용했다. 두 혀는 그녀의 입안에서 서로를 탐색했다. 혀들은 서로의 입안을 오가며 상대의 그것이 얼마나 부드러운지, 향기로운지, 또 얼마나 촉촉한지를 조심스럽게 확인했다. 짧은 탐색전이 끝나고 나는 그녀의 혀를, 그녀는 내 혀를 서로 빼앗으려 했다. 내 혀는 다툼을 중지하고 제집으로 돌아오려 했으나 그녀의 혀가 놓아주지 않았다. 한참을 서로의 입속을 헤매던 혀들은 웨이터의 눈치를 받고서야 각자의 집으로 돌아갔다.

"난, 오빠가 담배를 안 피우니 참 좋은 것 같아. 아니 담배를 피워도 오빠와의 키스는 황홀했겠지?"

담배 냄새와 키스는 궁합이 맞지 않는 단어였지만 수현의 그 말마저 사랑스러웠다. 나중에 그녀가 왜 담배 이야기를 했는지 알게되었다.

그날 카페에서 칵테일을 마시며 우린 많은 대화를 했으나 정작 유의미한 대화는 서로의 혀가 만들어내는 말이 아니라 서로의 혀가 직접 만남으로써 이루어졌다. 그날 밤 그녀의 집 앞 주황색 가로등 아래서 두 번째 키스를 했다. 키스하기 전까지 둘이 주고받은 대화가 책 한 권 분량의 정보였다면, 그날 우리는 키스를 통해 책 몇십 권 정도의 정보를 한 번에 교환했다. 수현의 몸에 저장된 모든 정보가 그녀의 혀를 통해 내 몸에 다운로드되었다. 내 몸의 정보도 동일한 방식으로 그녀의 몸으로 업로드되었다.

수현과 만나면서 나는 비로소 인간의 감정에 대해 눈을 떴다. 감정은 말이나 글만큼 명확하게 표현되진 않지만 그보다 훨씬 강한 영향력을 발휘한다. 감정은 말보다 더 빠르게 전달되고 글보다 더 강렬하게 사람을 움직이게 한다. 그녀와의 키스, 스킨십, 포옹은 내 몸에 부착되어 있었지만 쭉 잠들어 있던 감정 센서들의 기능을 활성화시켰다. 뇌가 아닌 몸의 다른 기관도 감정이 있는지 첫 키스를 하고부터 내 혀는 수현을 만날 때마다 애타게 그녀의 혀를 찾았다. 내 몸은 수현을 만날 때마다 장소를 가리지 않고 그녀의 몸을 안고 싶어 했다.

원본 우주의 2006년 첫날이 시작되는 1월 1일 0시 정각, 관악산 629미터 정상에 찬바람이 몰아쳤다. 관악산 연주암은 해마다 새해 첫날 탑돌이 타종식 행사를 했다. 이를 보기 위해 불자들과 인근 시민들, 산악인 등이 매해 마지막 날 저녁에 관악산에 올랐다. 자정에 근접한 시간, 정상을 빽빽하게 채운 사람들은 다양한 모습으로 움직였다. 어떤 이들은 산 아래에 있는 사람에게 새해 첫 안부를 전하기 위해 휴대폰 통화 버튼을 누르려고 대기했다. 커플들은 새해 첫 순간에 그해 첫 키스를 하려고 연인을 마주보았다. 사진작가들은 대포처럼 커다란 렌즈를 북쪽에 겨누고 새해를 알리는 불꽃놀이 폭죽이 터지는 순간을 기다렸다.

"십, 구, 팔, 칠."

처음엔 몇몇이 종소리에 맞춰 소리를 질렀다. 카운트 숫자가 적어질수록 함께 외치는 사람 숫자가 늘어갔다.

"사, 삼, 이, 일!"

"와!"

등산객들이 일제히 소리를 질렀다. 한강 너머 서울 한복판 하늘 위로 불꽃들이 피어올랐다. 연주암 타종식과 광화문 광장의 불꽃놀이가 끝나자 새해 기분에 들떴던 사람들이 칼바람을 오래 견디지 못하고 하나둘 내려갔다. 정상에서 10분 거리의 연주암에서는 몸이 언 사람들을 위해 떡국을 대접했다.

"오빠, 떡국을 먹으면 한 살 더 먹는다는데 오늘은 태어나서 제일 빨리 떡국을 먹고 있네. 오빤 오늘 0시에 뭐가 떠올랐어?"

"그야 당연히 수현이지. 새해에도 너랑 행복하게 살게 해달라고 빌었지. 넌 어떤 걸 빌었어?"

"응, 나도 비슷해. 그런데 해가 바뀌면 정말 모든 게 새롭게 시작되는 걸까? 바뀐 건 달력에 표시되는 숫자뿐인데 왜 그리 열광할까? 음, 아니다. 오빠. 그래, 나도 해가 바뀌면 모든 게 새롭게 시작할 수 있다고 믿어."

"해가 바뀌는 순간에 의미를 부여하기 때문에 새해맞이 행사를 하는 건 아닐까? 타종식도, 불꽃놀이도, 야간 등반도, 이렇게 떡국 먹는 것도 어떤 새로운 결심을 했을 때 의미가 있어. 그게 없다면 매년 1월 1일도 그렇고 그런 날 중 하나겠지.”

“그러니까 오빠 말은 해가 바뀌어도 새롭게 시작하는 마음이 없으면 어제와 같은 오늘이라는 말이지?”

“그래 수현아, 새롭게 출발하는 게 한자로 시작(始作)이잖아. 이 시작은 다르게 해석할 수 있어. 김수영은 ‘시도, 시인도 시작(始作)하는 것이다.’라고 했어. 시인은 시를 짓는 사람이잖아. 시를 짓는 일은 시작(詩作)이지. 시인은 시작(始作)하는 사람이야. 그러니까 시인은 시를 짓는 사람이고 새롭게 시작하는 사람이기도 하지. 누구나 새롭게 시작하면 시인이야. 시인들의 시는 늘 새롭잖아. 시인에게 상투성이나 진부함은 곧 죽음이지. 우리가 시인의 마음을 가진다면 어느 날이든 그 날이 시작하는 날, 새로운 날이야. 우리 둘다 올해는 시인이 되어 보는 건 어때?”

떡국을 먹어 한 살씩 나이가 든 사람들이 새로운 한 해의 하루하루를, 또 다른 일 년을 견디기 위해, 날마다 시작하기 위해 어두운 산길을 헤치고 내려갔다.

그 해 음력 설날은 다른 해보다 빨리 찾아왔다. 1월 28일부터 시작된 설날 연휴를 보내니 한 달이 훌쩍 지나갔다. 설날이 지나자 새해라는 단어는 사람들 대화에서 사라졌다.

해가 바뀌고 그녀는 김기찬으로 인해 점점 더 힘들어 했다. 내가 옆에 있었지만 그녀는 마음을 다잡지 못했다. 수현은 나를 만나 밝은 표정을 지으려 애썼지만 얼굴에 드리운 그늘을 감추지 못했다.

설날 연휴가 끝나고 며칠 지나지 않은 어느 날 저녁, 허옇게 얼어붙은 호수가 보이는 라이브 레스토랑에서 수현과 마주앉았다. 무명가수들이 20분마다 교대로 20년, 30년 전에 유행했던 노래를 불렀다. 그녀는 말하는 내내 얼어붙은 호수를 바라봤다.

"오빠, 미안해. 내가 오빠 삶에 그늘을 만든 것 같아. 김기찬을 만난 건 내 잘못이 아니지. 그건 내 선택이었으니까. 그래도 오빠 입장에선 너무 억울할 것 같아. 주변 정리를 끝내고 만났으면 좋았을 걸. 뭐랄까. 재근 씨를 만나면서 나쁜 기운이 오빠에게 옮겨가는 것 같아 계속 불편했어. 지금이라도 그런 연결 고리를 끊고 싶어. 내 고통이 나에게만 머물고 오빠에게 전달되지 않았으면 좋겠어. 그러니까 재근 씨, 미안해하지 않아도 되니까. 나랑 헤어지고 싶으면 헤어져도 돼. 오빠가 나 말고 다른 여인을 만나 행복해진다면 기꺼이 응원할게."

"수현아. 내가 더 미안해. 네 마음이 그럴 거라는 걸 알고 있었어. 내가 먼저 말해줬으면 네가 덜 힘들었을 텐데."

줄곧 호수를 바라보던 그녀가 내 쪽으로 얼굴을 돌렸다. 간절한 눈빛이었다.

"수현아. 살면서 누구나 안 좋은 일들을 겪어. 그렇지만 그런 나쁜 일들이 우리를 옭아매게 해서는 안 돼. 나쁜 사람들이 우리 몸에 상처를 내고, 마음을 아프게 해도 우리 스스로가 다치지 않는다면 그뿐이야. 몸과 마음의 상처에도 불구하고 우린 행복하게 살아야 해. 과거의 상처로 남은 인생마저 망친다면 그거야말로 나쁜 사람들에게 지는 거야.”

수현의 눈빛이 부드럽게 풀리는 것 같았다. 나는 하고 싶었던 말을 이어갔다.

“수현아, 우리 몸과 마음은 흙탕물에 빠진다고 더럽혀지지 않아. 몸에 묻은 진흙은 씻어내면 되고 마음의 상처는 치유하면 돼. 인간은 언제든 새로 시작할 수 있어. 지난번에 말했지만 난 네가 큰 고통을 겪었지만 나를 선택해줘서 많이 고마워.”

“오빠. 고마워. 괜한 걱정을 했나 봐. 그치만 사랑한다면 우리 손도 잡고, 키스도 하고, 또 안아보자. 사랑하는 사이라면 당연히 그래야 되는 거잖아. 재근 씨가 그래 주지 않으니까 나를 사랑하지 않는 줄 알았어. 그놈에게 당한 일 때문에 오빠와의 관계가 더 이상 진척되지 않는 줄 알았어.”

“수현아, 난 오래전부터 널 안고 싶었어. 단지 난 연애 경험이 없어서 어떻게 해야 할지 잘 몰랐을 뿐이야.”

그녀가 옆자리로 옮겨와 말없이 내 어깨를 끌어안았다. 내 심장 박동과 그녀의 심장 박동이 엇갈려 뛰다가 점차 하나의 심장처럼 같은 리듬으로 팔딱거렸다.

“오빠, 우리 사랑하는 사이잖아. 오빠가 나를 안고 싶을 땐, 그렇게 해. 나도 오빠를 오래전부터 안고 싶었어.”

그녀와 함께 밤을 보낼 공간을 찾아 카페를 나섰다. 얼어붙은 호수가 쩡쩡 벌어지는 소리가 들렸다. 두껍게 얼어붙은 호수가 얼음 일수록 갈라지는 소리가 둔하고 크게 났다. 호수 한가운데 얇은 얼음이 갈라질 땐 날카로운 소리가 났다. 갈라진 얼음 틈을 채운 물은 상처가 아무는 것처럼 이내 얼어붙어 호수의 얼음을 더 단단하게 만든다.

차에 올라타니 호수에서 불어온 한기가 프라이드 내부까지 침투해 차 안이 냉동실이었다. 난방을 최대로 틀었다. 소형차의 난방 장치는 제 기능을 발휘하기 위해 한참을 몸부림쳤다. 호수공원에서 가까운 도심의 대형 쇼핑센터 옆에 숙박 단지가 있었다. 울긋불긋한 네온사인으로 치장한 모텔들이 줄지어 손님들을 유혹했다. 토요일 밤이라 빈 객실이 없었다. 여러 모텔을 찾아다닌 끝에 웃돈을 주고 빈방을 간신히 얻었다.

객실에 들어서자마자 우리는 누가 먼저랄 것도 없이 서둘러 옷을 벗고 아무것도 걸치지 않은 상대의 맨 몸을 끌어안았다. 수현의 몸은 말랐으나 가슴은 봉긋했고 숨결은 따스했다. 내 몸과 맞닿은 그녀의 모든 신체 부위로부터 기분 좋은 뜨거움이, 놓치고 싶지 않은 떨림이 전해져 왔다. 오랜 시간 말없이 서로의 몸 이곳저곳을 탐험했다. 상대의 몸에 남아있었던 미지의 영역이 모두 없어지자 둘은 마침내 한몸이 되었다. 격렬한 몸짓들이 일순간 멈추고 감정의 소용돌이가 가라앉자 그녀가 내 귀에 속삭였다.

"오빠, 이제 우린 마음으로도 몸으로도 연인이 된 거지? 오빠와 나 서로 오래오래 좋은 연인으로 만나자."

"오래오래? 수현아, 나는 너랑 영원히 함께 할 거야."

　나는 내 의지와 상관없이 보림대학교 전자공학부에 입학했지만 수현은 자신의 희망대로 영인대학 국어국문학과에 들어갔다. 그녀를 좋아한 이유는 수만 가지만, 그중 하나는 그녀가 국문학과 출신이라는 점이었다. 우리 둘은 언젠가 이문구의 관촌수필이라는 단편 소설집을 함께 읽었다. 그의 다른 단편 소설 제목도 일락서산이나 행운유수, 녹수청산과 같은 네 글자로 된 한자성어였다. 수현은 연애하는 청춘남녀 중 작은 글씨가 빽빽한 이문구의 소설을 함께 읽은 커플은 우리가 처음 일거라고 너스레를 떨었다. 둘은 단편 소설 제목이 사자성어인 까닭이 이문구의 스타일인지, 아니면 그의 소설을 구성하는데 있어 필수 장치인가에 대해 토론했다. 물론 서로가 주장하는 내용의 근거는 부족했다. 그저 그런 대화를 나눌 수 있어서 좋았다.

　수현과 나는 백석 시집 제대로 읽기 프로젝트도 했다. 한국전쟁이 끝난 지 50여 년이 지나자 백석 시인에 대한 재평가가 이루어져 그의 시가 대중적으로 읽혔다. 백석 시인은 구수한 평안도 사투리를 활용해 시의 운율과 토속미를 조화롭게 살렸다. 둘은 번갈아 가며 백석의 시를 한 편 씩 현대어로 고쳐 썼다. 수현이 백석의 시를 나름대로 현대 표준어로 다시 써 내게 주면, 다음번엔 내가 백석의 시를 현대어로 다시 적어 그녀에게 보여줬다. 우리 손으로 재탄생 한 백석의 시는 읽고 이해하기는 쉬웠으나 평안도 사투리가 주는 질박하고 토속적인 맛이 없어 아쉬웠다.

2006년 4월 초, 우리는 통영에 갔다. 이를테면 문학 기행이었다. 우리는 백석의 시를 읽으면서부터 통영에 가고 싶었다. 백석은 그가 사랑했던 여인 '난'을 만나기 위해 통영에 두 번 갔다. 통영은 그가 생활하던 함경도 산골이나 왕래하던 서울에서 멀리 떨어진 남쪽 끝에 있는 항구였다. 그 먼 길을 달려갈 만큼 백석은 난을 사랑했다. 그러나 난과의 사랑에는 결국 실패했다. 백석과 친구로 지냈던 사내의 치명적인 배신 때문이었다. 그 친구는 백석의 어머니가 기생 출신이라는 소문이 있다고 난의 어머니에게 고자질했다. 이 말에 난의 집안은 백석과의 결혼을 완강히 반대했다. 하지만 백석의 어머니가 기생이었다는 것은 사실이 아니었다고 한다. 백석과 난 사이를 이간질하는데 성공한 백석의 친구는 자신이 난을 아내로 맞았다. 백석이 당시 쓴 시에는 그가 두 번의 통영 여행에서 겪었던 정취와 친구의 배신, 난과의 결혼 실패에 따른 감정과 통증이 숨김없이 드러났다.

「그렇건만 나는 하이얀 자리 우에서 마른 팔뚝의
샛파란 핏대를 바라보며 나는 가난한 아버지를 가진 것과
내가 오래 그려오던 처녀가 시집을 간 것과
그렇게도 살틀하든 동무가 나를 버린 일을 생각한다.」

백석은 '내가 생각하는 것은'이란 시에서 가난한 아버지를 가졌기

에 사랑하는 처녀를 잃고 동무에게 배신당한 처지를 읊조렸다.

통영 가는 버스 안에서 수현의 손을 놓지 않았다. 운전에서 해방되어 수현에게 온전히 집중했다. 나른한 봄날이라 버스도 졸음이 쏟아지는지 두 번을 휴게소에서 쉬었다.

통영엔 거리마다 벚꽃이 활짝 피었다. 시내로 들어서니 항구도시 특유의 냄새가 코를 찔렀다. 벚꽃 향기가 짜고 비릿한 바다 냄새를 중화시켰다. 봄이 찾아든 항구도시는 우리처럼 먼 도시에서 벚꽃 구경 온 성격 급한 관광객으로 넘쳐났다. 우리는 종합버스터미널에서 내려 곧바로 통영 중앙우체국으로 갔다. 수현은 시인 유치환이 5천 통의 연서를 써서 보낸 빨간 우체통을 제일 먼저 보고 싶어 했다. 한때 유치환이 매일 들렀을 우체국을 구경하고 해안도로 옆 옛날식 커피숍에 앉아 서로에게 보내는 편지를 썼다.

「고마운 그대에게. 이영도처럼, 물처럼 까딱하지 않아 고맙고, 벚꽃처럼 나에게 와 주어서 고맙고, 내 손을 잡아 주어 고맙소. 그들은 20년 동안 오천 통의 편지를 쓰고도 끝내 이루지 못한 사랑을 우리는 죽는 날까지 이루고 살길 바라오.」

나는 유치환의 그리움이란 시에서 '물처럼 까딱 않는데'라는 표현을 끌어다 수현에게 쓰는 편지의 첫 구절로 적었다.

「나의 애모가 사리로 맺혀 푸른 돌로 굳혀지지 않아 얼마나 다행인가요. 가슴이 차디찬 돌이 아닌 따뜻한 벽난로 같은 남자를 만나서 얼마나 다행인가요. 언제까지나 서로에게 다행인 존재로 살아요.」

수현은 이영도의 탑이라는 시에 나오는 '애모는 사리로 맺혀 푸른 돌로 굳어라'라는 구절을 얻어다 편지의 첫 문장을 만들었다. 둘은 편지를 봉해서 빨간 우체통에 넣었다. 집으로 돌아온 후 이틀 뒤 통영 중앙우체국 소인이 찍힌 편지를 받았다. 유치환과 이영도는 오랫동안 서로를 연모했으나 끝내 사랑을 완성하지 못했다. 유치환이 교통사고로 죽은 후에야 그들의 이루지 못한 사랑 이야기가 세상에 나왔다. 수현이 죽은 후 나는 그 비극의 출발점이 통영의 빨간 우체통이 아닐까 의심했다. 나와 수현이 통영 여행을 함께 했다고 해서 유치환의 교통사고와 수현의 죽음이 서로 연결되었을 가능성은 만무했다. 그럼에도 나는 유치환이 통영 우체통에 보낸 연서와 그의 죽음이, 그리고 우리가 훗날 그 우체통에서 서로에게 보낸 편지와 수현의 죽음 사이에 어떤 연관이 있는 것만 같았다.

제임스(2)

교도소에 갇힌 지 만 5년이 될 무렵 제임스가 한동안 찾아오지 않았다. 그러다 올림푸스산이 단풍으로 붉게 물들기 시작한 9월 말의 어느 구름 낀 날 테니스장에서 그를 다시 만났다. 오랜만에 만난 그는 한 장의 사진을 보여줬다. 그와 사이프러스 원주민 청년이 나란히 어깨동무를 하고 함박웃음을 짓는 사진이었다.

"재근 씨, 나 이 친구랑 같이 살기로 했어. 이 친군 저 아래 와이너리에서 일해. 재근 씨 만나려면 남쪽 바닷가에서부터 산 중턱까지 이어지는 오르막길을 운전해서 와야 하는데, 그 길 양편에 좋은 와이너리들이 몇 군데 있지. 그중 한 곳에 들렀다 이 친구를 만났어. 그러니까 재근 씨 덕에 좋은 인연을 만났다고 볼 수 있지."

나는 두 남자가 다정하게 웃는 사진을 보고 당황했다.

"제임스, 내가 축하해야 한다는 걸 머리로는 알겠는데, 마음이 잘 받아들이지 않아요. 그러니까 조금만 기다려줘요. 그때 진심으로 축하할게요."

"그렇게 말해주니 오히려 고마워. 내가 동성과 사귄다고 하면 대개 사람들은 듣기 좋은 말로 제 마음을 감추는데 재근 씨는 역시 솔직하네. 그동안 못 찾아와서 미안해, 나도 내 안에 동성애 성향이 있는 걸 알고 깜짝 놀랐어. 이 친구 이름이 에밀인데, 와이너리에서 포도주 통을 나르는 에밀을 처음 본 순간 커다란 종이 내 머리속에서 울려 퍼지는 것 같았어."

그때서야 오래 만났지만 한번도 제임스가 자신의 연인에 대해 말한 적이 없다는 걸 깨달았다. 웨일스에서 부랑자처럼 살던 시절은 그렇다 해도, 환형열차 탑승을 포기하고 사이프러스에서 안정적인 생활을 하는 동안에도 그의 곁에 여인은 없었다. 그런 제임스와 만나면서 그가 동성애자라고는 상상도 못했다.

구름에 가린 해가 비치니 고원지대의 노랗고 붉은 단풍잎의 색깔이 선명해졌다. 시시각각 변해가는 고원지대의 숲을 바라보던 제임스가 말했다.

"재근 씨, 여기 남기로 결정하고 나름대로 마음의 평정을 찾았는데 그래도 뭔가 공허함이 계속 내 마음속에 남아 있었어. 좋은 직장에 다니고 꽤 많은 월급을 받고 안락하게 사는 데도 말이야. 도심에 있는 바와 카페에서 매력적인 여성도 여럿 만났어. 같이 맥주 마시고 즐겁게 이야기할 때는 기분이 좋았지. 그런데 아무리 멋진 여성을 만나서 저녁 시간을 같이 보내도 다음 날이면 감정이 남지 않았어. 뭐랄까. 우연히 만나 재밌게 하루를 보내다 미련없이 작별하는 여행자들처럼. 그 여인들을 붙잡고 싶지 않았어. 나만의 시간을 나눠 쓰고 싶다는 감정이 없었어. 그런데 에밀을 처음 만난 후부터 그가 항상 생각나는 거야. 사실 재근 씨가 사랑하는 여인을 찾아 과거로 돌아간다고 했을 때, 머리로는 이해는 했지만 마음으로는 잘 헤아리지 못했어. 그런데 에밀과 만나면서 많은 사람들이 왜 그토록 사랑에 열광하고 사랑 때문에 마음 아파하는지 알게 됐어."

"그래 알아요. 제임스, 지난번에 마지막으로 나를 만나러 왔을 때 당신 얼굴에 나 연애 중, 이렇게 써 있었어요. 그런 당신의 그런 들뜬 모습은 우리가 몇 년 동안 만나왔지만 그때가 처음이었어요. 그런데 제임스, 웨일스에선 그런 감정을 못 느꼈나요?"

"그러게. 난 청소년기 땐 그런 감정을 느껴볼 겨를이 없었어. 그저 먹고 살려고 마약 배달을 했고, 그렇게 번 돈을 마약을 사는데 허비하고, 마약에 절어 살다가 결국 천인공노할 죄를 짓고 교도소에서 오랫동안 복역했으니까. 내 평화로운 일상은 여기 사이프러스에서 누린 것이 처음이야. 사람들은 자신이 누리는 평범한 일상이 얼마나 귀한 것인지 몰라. 재근 씨, 내가 보기에 평범함이 곧 비범함인 것 같아. 하찮게 여기는 평범한 생활이 우리에게 많은 걸 선물하지. 청소년 시절의 내겐 평범한 일상이 없었고 누굴 사랑하지도 못했어. 여기 체류하면서 처음으로 평범한 일상을 알았고 사랑이란 감정도 처음 느꼈어. 내가 환형열차를 타고 떠났더라면 이곳에서처럼 보통의 삶을 누리고 있었을까 싶어. 그런 면에서 난 좋은 선택을 한 것 같아."

그날 면회가 끝나고 감방으로 돌아와 바위굴 창문으로 오랫동안 남쪽 해안을 바라보았다. 제임스가 겪은 불행은 자신이 누구인지 확인하지 못한 데서 비롯된 것 같기도 했다. 사람은 누구나 자신이 선택한 배역을 연기하며 산다. 우리는 그것을 정체성이라 부른다. 세상이라는 무대 위에서 연기할 자신의 배역을 찾지 못한다면 누구든 좌절할 것이다. 조명이 켜진 연극 무대는 밝게 빛나지만 무대 밖 세상은 어둡다. 자신의 정체성을 찾지 못하면 무대 밖에서 신산한 조연의 삶을 살아야 한다. 인생이라는 연극 무대에서 밀려나는 순간 개인은 마른 흙덩이처럼 부서진다.

제임스는 남자로 태어났지만 성숙한 여성에 대해서 아무런 감정의 동요가 일어나지 않는 소수자의 성적 정체성을 가졌다. 오랫동안 그런 자신의 정체를 확인하지 못해 무대 밖 어둠 속에서 방황했다. 제임스가 자신의 정체성을 좀 더 일찍 확인했다면 그의 삶은 빛나는 무대 위에서 공연되었을 것이다. 그리고 그의 일상은 더 빨리 평화로워졌을 것이다.

낚시터

"우리 그룹 계열사에 입사하라니까 하필이면 들어간 회사가 반도텔레콤이냐? 그런 2류 업체에 들어가서 뭘 어떻게 하려고? 시간이 흐르면 결국 통신 기업도 3류, 2류 업체는 망하고 일등만 살아남을 거야. 세상이 원래 그래."

비록 원하지 않는 대학이었고 전자공학 분야의 특별한 재능도 없었지만 나는 대학 4년을 그런대로 잘 마무리했다. 특별히 잘하는 것도, 또 잘못하는 것도 없는 평범한 재능의 소유자인 나는 전자공학이 아닌 다른 분야를 전공했어도 평균 학점을 따서 졸업했을 것이다. 그러나 문학을 전공했다면 이십 대 초반의 대학 생활이 그렇게 무료하진 않았을 것이다. 직장마저 아버지의 뜻에 따라 입사한다면, 그것도 아버지의 영향력이 미치는 회사에 들어간다면 내 인생은 더욱 보잘것없어질 게 분명했다. 희영전자 현직 상무의 아들로 시작하는 직장 생활을 상상하기도 싫었다. 그래서 반도텔레콤에 입사원서를 냈다. 다행히 반도텔레콤은 평범한 내 학과 성적표에도 불구하고 나를 신입사원으로 채용했다.

내가 처음으로 배치된 반도텔레콤 휴대폰 개발부의 황규현 부장은 낚시광이었다. 당시 반도텔레콤 이사나 전무, 상무 같은 최고위 경영층은 물론 중간 간부와 하위 직급 직원들도 골프에 열중했다. 유행처럼 골프 바람이 불어 거의 모든 회사원이 틈만 나면 녹색 필드를 찾았다. 골프는 임원과 관리자들을 연결하는 매개체에서 관리자와 사원, 대리까지 연결하는 전사적인 연줄의 그물망으로 확장되었다. 그렇게 회사에 퍼진 골프 열풍에도 황 부장은 꿋꿋이 드라이버나 아이언 클럽 대신 낚싯대를 잡았다.

낚시는 민물과 바다낚시로 양분된다. 황 부장은 바다엔 눈길 한 번 주지 않고 저수지나 강, 수로처럼 민물에서만 낚시하는 순정파 민물 조사였다. 민물 낚시꾼들은 붕어, 잉어, 메기, 쏘가리, 송어, 피라미, 누치, 베스 등을 노린다. 그중 쏘가리나 송어, 베스는 루어로 잡는다. 루어낚시는 포인트들을 발 빠르게 이동하면서 가짜 미끼에 움직임을 줘 진짜 물고기처럼 보이게 만든다. 반면 붕어나 잉어낚시는 책상 앞에서 장시간 책을 읽는 선비처럼 한자리에 앉아 찌의 움직임을 응시한다. 황 부장은 민물 어종 중에서도 참붕어만 낚는 자칭 정통파 조사였다. 붕어낚시인들은 서로를 낚시하는 선비라는 의미로 조사라 불렀다. 조사인 황 부장의 얼굴은 햇볕에 까맣게 그을려 사무직 노동자로 보기 어려웠다. 농부처럼 검게 탄 얼굴 위로 황 부장의 성긴 머리카락이 아무렇게 흘러내렸다.

원본 우주 2002년 5월 31일, 한일 월드컵 개막전이 열렸다.

"류 대리. 이번 주말에 낚시나 같이 가지. 요즘 강화도 수로에서 큰 붕어들이 나온다네. 장마가 오기 전에 마지막으로 월척 한번 낚아봐야지. 나랑 같이 강화 수로에 낚시 가는 것 어때?"

"오늘이 바로 월드컵 개막전 날이에요. 이번 주말에는 월드컵 빅매치가 여러 건 있는데, 부장님도 축구 좀 보시죠?"

나는 한 손으로 머리를 긁적거리며 컴퓨터 모니터에서 눈을 떼지 않은 채 건성으로 대답했다.

"야, 이 친구야. 그러니까 이번 주말에 낚시를 가야 한다니까? 다들 축구 경기 보느라 누가 낚시터에 오겠냐고! 그런 날 강화도 월척 붕어는 모두 우리 차지란 말이지. 낚시에서 제일 중요한 게 뭔지 알아? 포인트야. 바다낚시는 물때에 달렸다고 하는데, 내가 보기에 바다도 포인트가 중요해. 그런 바다낚시와 달리 물때가 따로 없으니 민물낚시는 포인트가 훨씬 더 중요하지. 날고 긴다는 민물낚시 고수들은 어디가 좋은 곳인지 다 알고 있어서 포인트 확보 경쟁이 치열해. 이번 주말은 어중간한 낚시꾼들은 다 월드컵 볼 것 아닌가? 이런 때가 황금 포인트를 독차지할 기회라구."

황 부장은 틈만 나면 장소를 가리지 않고 낚시 강의를 했다. 처음엔 몰랐지만 그의 장황한 낚시 강좌엔 오류도 꽤 있었다. 예를 들어 바다낚시는 아무리 포인트가 좋아도 물때가 좋지 않으면 조황이 형편없다. 그는 바다낚시를 해본 적도 없으면서 포인트가 물때보다 무조건 중요하다 우겼다. 민물낚시 포인트도 날씨와 시간에 따라 조황이 달라진다. 황 부장은 내가 낚시를 같이 가겠다고 할 때까지 몇 시간이고 낚시 강좌를 할 참이었다.

"네, 알겠습니다. 어떻게, 내일 오후에 회사에서 만날까요?"

낚시가 내키지 않았지만 길거리 축구 응원하는 것도 망설여졌다. 그렇다고 아버지와 거실에서 월드컵 축구 중계방송을 같이 보는 것은 불편했다. 몇 분 만에 못이기는 척 황 부장과 동행하기로 했다. 옆자리 김 과장이 슬쩍 내 어깨를 두드렸다. 그는 내가 입사하기 전까지 3년 동안 부서의 기혼 남자 직원들을 대신해 황 부장과 함께 전국의 낚시터를 돌아다녔다. 내가 입사하자 김 과장은 아무것도 모르는 나를 꾀어 황 부장의 낚시 시중을 시켰다.

다음 날 황 부장의 스포츠 유틸리티 차를 타고 강화도로 갔다. 그의 차는 민물낚시에 필요한 모든 장비를 갖췄다. 그는 운전하면서 나 같은 초보에게 낚시의 이모저모에 대해 말하는 걸 즐거워했다. 덕분에 차량 운전의 수고로움에서 벗어났다. 그의 예상대로 강화 수로 갈대밭 낚시터는 주말인데도 인적이 드물었다.

"류 대리, 여기가 강화 수로 최고의 포인트야. 물고기가 많은 곳에선 특유의 물비린내가 나지. 덩치 큰 붕어들이 모여 있으니 비린내가 나는 게 당연한 것 아니겠어? 류 대리 같은 초보 조사 코로는 이 물비린내를 맡을 수 없을걸?"

물론 나는 그 물비린내를 맡지 못했다. 황 부장이 물비린내를 맡는다는 게 수상쩍었지만 그러려니 했다. 그가 먼저 점 찍은 포인트에 나란히 낚싯대를 폈다. 그는 항상 일곱 대의 낚싯대를 부채모양으로 펼쳤다. 나도 늘 하던 대로 2.5칸, 2칸, 1.5칸짜리 낚싯대를 폈다. 낚싯대의 찌 높이를 맞추고 나니 해가 지기 시작했다. 섬의 서쪽 하늘이 붉게 물들었다. 바닷바람이 부니 수로 양옆 갈대밭에서 사각거리는 소리가 들렸다. 호젓하게 앉아 있으니 차라리 섬에 오길 잘했다는 생각이 들었다. 어찌 됐든 주말 내내 집에서 아버지의 심각한 얼굴을 마주치는 것보다는 좋았다.

날이 어두워지자 둘은 코펠에 라면을 끓였다. 남은 국물에 일회용 즉석 밥을 말아 먹고 번데기 통조림을 깡통째 버너에 올려놓고 끓여 소주 안주로 삼았다.

낚시터마다 붕어 입질 시간이 조금씩 달랐지만 월척 붕어들은 대체로 낮보다는 밤에 많이 낚인다. 햇빛이 비치는 낮의 물속은 피라미나 송사리처럼 작은 물고기들 세상이다. 특히 낮에 미끼로 지렁이를 쓰면 열 번을 던지면 열 번 다 피라미들의 요란한 입질에 헛손질하기 마련이다. 물속에 사는 30센티미터, 즉 한 자가 넘는 대물들은 조심성이 강해 아주 작은 소음에도 민감하게 반응한다. 바늘에 꿰인 미끼를 덥석 물다 끌려간 동족들을 평생 목격했기 때문이다. 고수들은 아낌없이 밑밥을 쓴다. 붕어 조사들은 바늘에 글루텐을 뭉쳐 달고 헛챔질로 포인트에 반복해서 투척한다. 포인트에 먹이가 쌓이면 제일 먼저 조심성이 없는 치어들이 모여든다. 다음으로 치어보다 약간 몸집이 큰 애기 붕어들이 달려든다. 손가락만 한 붕어들까지 별 탈 없이 밑밥을 먹으면 그때 손바닥만 한 붕어들이 하나둘 모여든다. 월척 크기의 붕어는 좀 더 신중하게 주변을 탐색한다. 중치 붕어들이 미끼를 먹어도 안전하면 월척급 붕어들이 움직인다. 특히 대물 붕어는 물색이 밝을 때보다 어두운 때를 선호한다. 가물치 같은 포식자 눈에 띄지 않기 위해서다.

오랜 기다림 끝에 대물이 입질을 시작하면 초보 낚시꾼들은 수면 위로 찌가 조금만 올라와도 성급하게 챔질을 한다. 고수들은 덩치가 큰 붕어일수록 인내심을 갖고 찌 움직임이 확실할 때까지 기다려야 한다는 걸 안다. 대물 붕어는 바늘에 꿰인 먹이를 먹기 전에 조심스럽게 입으로 툭툭 치기도 하고 먹이를 흡입한 다음 바로 뱉어내기도 하면서 위험을 탐지한다. 큰 붕어가 낚싯바늘을 완전히 삼키고 움직이기 시작하면 찌가 느리게 올라간다. 고수들은 찌가 한 뼘 이상 움직이면 잽싸게 챔질한다. 낚시 고수는 어종별 행태와 심리를 잘 안다. 낚시꾼과 물고기가 하나 되는 물아일체의 경지가 되어야 비로소 대물을 낚는다.

황 부장과 동행할 때만 자의 반 타의 반으로 낚시를 했지만, 낚시터에서 홀로 사색에 잠기는 시간이 좋았다. 물고기를 낚는 것보다 밤하늘의 별을 보는 게 더 좋았다. 저녁놀이 사라진 후 지평선에 걸렸던 구름이 날아가니 저수지 밤하늘에 별이 하나둘씩 나타났다.

은하수는 밤이 깊어질수록 더 밝은 빛으로 흘렀다. 은하수가 낳은 아기 별들이 검은 비단 위를 헤엄쳐 다녔다. 어쩌다 작은 별들이 길을 잃고 지구로 내려왔다. 과학자들은 별똥별을 보고 지구로 떨어지는 크고 작은 우주 암석들이 대기권에 진입해 타면서 생기는 현상이라 했지만, 내겐 그것이 아주 먼 곳에서 날아온 외계 비행선이 지구의 어딘가로 숨어드는 모습처럼 보였다.

새벽 2시, 황 부장은 쓴 담배를 피우며 수면에 뜬 찌를 응시했다. 수로 근처의 어두운 수풀 속 살쾡이들은 물속에 담가 놓은 살림망 안에서 붕어가 퍼덕거리는 걸 지켜보았다. 어쩌다 낚시용 손전등을 수풀에 비추면 수면에 뜬 야광찌처럼 살쾡이들의 눈들이 빛났다. 낚시터 주변의 살쾡이들은 밤이 깊어 낚시꾼들이 졸음을 참지 못해 자동차나 낚시용 텐트로 들어가길 끈질기게 기다린다. 낚시꾼이 자리를 비우면 살쾡이들은 물속에 잠긴 살림망을 끄집어내 붕어들을 산 채로 먹어 치운다. 펴놓은 낚싯대 중 하나에 신호가 왔다. 야광찌가 서서히 올라왔다. 찌가 한 뼘 이상 올라왔을 때 낚싯대를 잡아당겼다. 손맛이 제법 묵직했다. 푸드덕거리는 중치 붕어를 살림망에 넣고 손을 씻었다.

붕어의 우주는 물속 세상이다. 붕어는 제힘으로는 수면 위의 세상, 물 밖 세상을 구경하지 못한다. 붕어는 외부의 힘에 의해, 즉 인간에 의해 물 바깥세상으로 끌려 나와 죽음을 맞이한다. 붕어는 물 밖에서는 살 수 없다. 그들에겐 물이 곧 우주다. 내 낚싯바늘에 걸린 붕어는 물속이 아닌 다른 세상을 구경하는 대가로 질식사 직전까지 간다. 그래도 나에게 붙잡힌 붕어들은 운이 좋아 물 밖 세상을 잠시 구경하다 살림망에서 하룻밤을 보내고 그들의 세상으로 돌아간다. 다른 낚시꾼에게 잡힌 운이 나쁜 붕어들은 어느 집 매운탕 냄비에 들어가거나 낚시꾼들이 잠든 틈을 타 살림망을 끌어 올린 살쾡이들에게 산 채로 뜯어 먹힌다.

한동안 입질이 없어 낚싯대를 하나씩 걷어 올려 새 미끼로 갈아

끼웠다. 그때가 새벽 네 시 반이었다. 고단함에 졸음이 몰려왔다. 낚시 의자에 등을 기대어 앉아 밤하늘을 바라봤다. 별빛들이 고요한 수면으로 쏟아졌다. 수면 위의 별빛이 바람결에 흔들렸다.

김기찬(1)

원본 우주의 2005년 12월 25일 일요일, 모두가 기다리던 눈이 내리긴 했으나 함박눈이 아닌 싸락눈인 탓에 화이트 크리스마스라 부르기엔 애매한 상황이었다. 그날 수현과 삼성동 지하 쇼핑몰에서 로맨틱 코미디 영화인 '나의 결혼 원정기'를 봤다. 웃을 때 엷은 보조개가 드러나는 여주인공의 연기가 인상적이었다. 영화는 밤 열 시에 끝났다. 결혼에 관한 영화를 봤으나 둘 중 누구도 결혼을 화제에 올리지 않았다.

쇼핑몰을 나와 수현의 집까지 함께 갔다. 낮에도 햇볕이 잘 들지 않는 남현동 주택가 골목길 담벼락과 길바닥이 마주치는 경계선을 따라 열흘 전 내린 첫눈이 먼지를 뒤집어쓴 흰 솜처럼 남았다. 집까지 거리가 얼마 남지 않았을 때 그녀가 내 팔을 잡아당겼다.

"수현아 무슨 일이야? 집주인 내외는 안 보이던데."

그녀가 잡아끄는 대로 사당역 사거리까지 나와 지하철 출구 귀퉁이에 있는 2층 커피숍으로 올라갔다. 그녀는 페퍼민트 차가 나오기를 기다려 따뜻한 머그잔을 잡고 말문을 열었다.

"오빠도 알아야 할 것 같아. 아까 골목에서 예전에 만났던 남자가 타는 자동차를 봤어. 그 남자가 김기찬인데."

2003년 6월 초, 토요일 오후 수현의 대학 친구 다섯이 테헤란로 선릉 주변의 톰슨 커피숍에서 만났다. 커피와 차를 앞에 두고 친구들끼리 수다를 떠는 중에 웬 남자가 다가왔다.

"특별히 손님들에게 쿠키와 간식용 빵을 서비스해드리고 싶은데 괜찮을까요?"

중저음 목소리의 키 큰 사내는 쿠키와 빵을 가득 담은 쟁반을 그녀들이 앉아있는 테이블에 올려놓았다.

"어머, 여기 사장님이시구나! 여기 커피숍 사장님 맞으시죠? 소문대로 핸섬하시네요. 저희는 뭐, 서비스로 주신다면 얼마든지 좋죠. 호호호."

그녀의 친구들 중 눈치 빠른 누군가 그 남자를 알아봤다. 수현은 처음 보는 사장이라는 남자를 찬찬히 뜯어보았다. 남자는 180센티미터쯤 되는 키에 군살이 없는 마른 몸집의 소유자였다. 다른 남자들에 비해 피부는 희고 눈빛은 차가웠다. 흰 와이셔츠에 몸에 달라붙는 진청색 슈트를 입은 남자의 머리카락은 무스를 발라 말끔했다. 그의 얇고 검붉은 입술은 말하지 않을 땐 굳게 닫혀 있었다.

"얘들아, 저 사장 어떠냐? 꽤나 멋지지 않냐? 난 차갑고 냉정해 보이는 남자들이 막 끌리더라."

"저 남자가 이 건물 주인이래. 섹시하고 돈도 많으니까 애인으로는 최고겠지? 남자 친구만 없어도 대시해보는 건데."

카페 사장이 쿠키와 빵이 담긴 바구니를 놓고 간 후 수현 일행은 그를 화제로 수다를 떨었다. 모임이 끝나 그녀들이 커피숍을 나갈 때까지 사장이 카운터를 지켰다.

"즐거우셨나요? 다음에 이 쿠폰을 제시하면 에스프레소 한 잔을 무료로 드리겠습니다."

사장은 그녀 일행에게 쿠폰을 하나씩 나눠줬다. 수현은 쿠폰 두 장을 받았다.

'이상하네. 왜 나만 두 장을 주는 거지?'

그녀는 굳이 왜 나만 두 장이냐고 묻기 민망해 그대로 지갑에 넣었다. 집에서 확인하니 다른 한 장은 쿠폰이 아니라 명함이었다.

'톰슨 커피숍, GM 김기찬'

명함에 적힌 GM은 General Manager의 약자인 것 같았다.

'이 남자가 나에게 관심이 있나? 전화해도 좋다는 건가?'

며칠 뒤 수현은 톰슨 사장이 준 명함의 핸드폰 번호로 전화했다. 뚜두두 하는 신호음 대신 빌리 조엘의 피아노 맨이라는 팝송이 들려왔다.

'세상에 피아노 맨을 통화 연결 음으로 쓰는 남자도 있구나.'

피아노 맨을 한참 듣고 있으니 사장이 전화를 받았다.

"여보세요. 김기찬입니다."

수현은 그의 목소리가 빌리 조엘을 닮았다고 생각했다. 그녀는 훗날 그날 그렇게 느꼈던 자신을 원망했다. 어쩌다 피아노 맨을 들을 때마다 김기찬을 떠올리며 몸서리치게 된다.

"전에 방문했던 손수현인데요. 지금 톰슨에 가면 그때처럼 쿠키도 공짜로 주실 건가요?"

"네, 손수현 씨. 언제든지요. 얼마든지요."

수현은 다음날 톰슨 커피숍을 바로 찾아가고 싶었지만 참았다. 그녀는 그로 하여금 전화를 몇 번 더하게 만들어 기어이 그에게서 꼭 와 달라는 말을 듣고서야 톰슨 커피숍으로 그를 만나러 갔다.

그 뒤 수현은 지속적으로 김기찬과 만났다. 그때마다 그는 매너 있게 행동했다. 그는 여느 남자가 그렇듯 처음부터 과도하게 친한 척하지 않았다. 수현은 그의 깍듯하고 예의 바른 행동이 꼭 맞는 옷을 살 때처럼 마음에 들었다.

김기찬은 수현과 친해지자 이런저런 모임에 그녀를 데려갔다. 그는 매번 모임이 있기 일주일 전부터 수현을 백화점 매장으로 불러냈다. 그는 고가의 정장, 캐주얼웨어, 가방, 구두, 목걸이, 팔찌, 액세서리와 같은 과분한 선물을 하며 수현에게 그것들을 갖추어 모임에 참석하라고 했다. 수현은 그가 다른 사람과 비교해 자신의 행색을 초라하게 여기는 것 같아 자존심이 상했다. 그래도 그런 행동이 자신을 너무 사랑해 배려하는 것으로 믿었다. 김기찬은 주로 강남에서 작은 매장이라도 꾸려가는 젊고 부유한 사업가들과 어울렸다. 그가 사준 옷과 액세서리로 꾸민 수현은, 그녀의 말에 의하면, 김기찬의 친구들인 사업가들과 짝지어 온 젊은 여인들과 비교해 손색없을 만큼 우아하고 아름다웠다.

커피숍 창문으로 바라보니 자정이 가까운 시간이었지만 사당역 인근 골목마다 밤늦에 술집을 찾는 인파로 그득했다. 수현은 페퍼민트를 한 모금 마시고 말을 이어갔다. 그녀가 김기찬에게 처음으로 이상한 느낌을 갖게 된 건 담배 냄새 때문이었다.

"그놈은 내 앞에선 담배를 한 대도 피우지 않았는데 몸에선 늘 담배 냄새가 났어. 담배 피우는 걸 감추려고 늘 유칼립투스 향을 뿌렸던 것 같아. 그 향이 담배 냄새와 합쳐지니까 아주 역겨웠어. 그놈 자신은 몰랐겠지만."

"그래서 내가 담배를 피우지 않는 게 좋았던 거구나."

"첨엔 담배를 피우는 게 습관이나 취향인 줄 알았어. 나중에 보니까 심리적인 장애가 있다는 증거였지."

수현의 말에 따르면 김기찬이 줄담배를 피우는 이유는 억압된 성적 욕망을 해소하기 위해서였다. 어린 시절 부모의 사랑을 받지 못했거나 연인과의 관계를 정상적으로 맺지 못해 성인이 되어서도 구강기를 계속 자극하는 담배 피운다는 것이다.

"수현아, 나도 한때는 정해진 시간이 되면 의무적으로 복용해야 하는 약처럼 담배를 피웠어. 그럼 나도 심리적인 문제가 있을까?"

"물론 담배 피우는 사람이 전부 구강기 집착이 있는 건 아니지. 담배 피는 건 그냥 습관이고 니코틴 중독이니까. 김기찬은 좀 다르니까, 그놈은 나와 사귀면서 내 몸에 손을 댄 적이 없어. 스킨십을 안 했어. 오빠도 마찬가지겠지만, 남자들은 여자를 사랑하면 자꾸 만지고 싶고 안고 싶지 않나?"

"남자가 아니라 사랑하니까 그런 거야. 여자도 마찬가지지. 여자도 사랑하는 남자를 안고, 터치하고 싶어 하겠지."

"그렇지! 오빠, 그러니까 서로 사랑하면 몸도 원하는 거 아냐? 김기찬이 그런 본능을 흡연으로 해소한 게 문제지. 그 인간은 영악해서 자신이 담배 피는 게 억압된 성적 욕망의 대체물이라는 걸 알고 있었어. 그걸 감추기 위해 내가 보는 앞에서는 절대로 담배를 피우지 않았던 것 같아. 제 약한 면을 드러내기 싫었던 거지. 데이트할 때마다 담배를 피우고 싶으면 온갖 핑계로 자리를 비웠어. 그가 담배를 피고 돌아오면 늘 유칼립투스 향이 진하게 났어. 담배 피는 걸 감추기 위해 그 향을 엄청 뿌렸어. 난 담배 피우는 것도 싫었지만, 그런 식으로 감추는 행동을 더 혐오했어."

나쁜 냄새는 좋은 향을 뿌린다고 절대로 감추지 못한다. 담배 피우던 시절, 나는 대치동 아파트 방에서도 담배를 피웠다. 나름대로 그것을 감추려 창문을 열어 환기시키고 방향제를 수시로 뿌렸지만 어머니는 내 방문을 열 때마다 질색했다.

"그놈은 날 한 번도 안아주지 않았어. 만나서 한 일이라곤 같이 밥 먹고 영화 보고 커피 마시고, 밤이면 그자의 일행과 어울려 술 마시는 게 전부였어. 그놈은 만난 지 두 달, 세 달이 흘렀는데 내 손을 잡아주지 않았지. 처음엔, 난 어리석게도 그 행동이 나를 배려해 주는 걸로 알았어. 그런데 시간이 흘러도 관계가 진척이 안 되는 거야. 그게 참 이상했어. 그는 영화관에서도 내 어깨를 감싸주지 않았어. 키스는 고사하고 스킨십도 없는 무미건조한 만남이 계속됐어. 이상하지 않아? 정말 이상했지. 반년쯤 지나니까 한 치도 어긋나지 않는 냉정한 태도가 질리게 싫었어. 그자의 피부 밑에는 로봇의 차가운 쇠붙이가 있는 것 같았지."

수현의 말이 가늘게 떨리자 그녀의 손을 잡았다. 따뜻했던 손이 차가웠다. 수현은 내 눈을 바라보며 어렵게 말을 이어갔다.

"그놈에게 난 장식이었어. 항상 옆에서 놈을 빛나게 하는 치장 말이야. 난 그놈을 도드라지게 만드는 배경이었어. 필요할 때만 갖고 노는 비싼 인형이었지. 인형과 사귀는 남자들은 없잖아. 그래, 난 움직이는 인형이었을 뿐이야. 내가 인형이니까 나를 한 인간으로, 여인으로 대하지 않았어. 인형은 주인에게 무얼 요구할 수 없고 항상 주인의 처분을 기다려야 하지. 그자는 제 인형인 나를 오빠가 빼앗았다고 여길 거야. 인형 주인도 제 인형은 남에게 빼앗기기 싫은 거잖아."

김기찬에 대해 이야기하는 동안 수현은 대체로 담담했지만 가끔 눈에서 분노의 빛이 일고 목소리는 떨렸다. 그 자리에서 그녀는 김기찬과 헤어지기로 작심한 결정적 사건도 말했다. 그와 만난 지 5개월쯤 지나서 겪은 일이었다.

톰슨 커피숍 2층과 3층이 김기찬이 기거하는 곳이다. 그는 어찌 된 일인지 그 공간에 수현을 한 발자국 들어오지 못하게 했다. 그날 수현은 톰슨 근처 일식당에서 사업 파트너들과 점심을 먹었다. 식사 미팅 후 수현은 일행과 예정보다 일찍 헤어졌다. 자투리 시간이 남자 그녀는 김기찬에게 연락하지 않고 톰슨에서 시간을 보내기로 했다. 수현은 커피숍에 안으로 가기 전에 1층 화장실에 들렀다. 용변을 보는데 여자 둘이 세면대 앞에서 대화를 나눴다.

"아까 그 사장 좀 이상하지 않냐? 돈을 많이 받아서 좋긴 한데, 여자를 둘이나 불러 놓고 섹스는 왜 안 하지?"

"좀 변태 같아. 아니 확실히 변태야. 안 그러고서야 별 이상한 짓을 다 시키고 저도 우리에게 별짓을 다하는데 왜 그것만 안 하는 걸까? 아예 거기는 터치하지 말라고 엄포를 놓던데?"

"얘들아, 뭐 이상한 놈 한두 번 보냐. 그래도 여기 사장은 돈이라도 많이 주니까 다행이지 뭐. 얼른 나가자. 어디 가서 얼큰한 찌개나 먹고 헤어지자. 점심도 못 먹었잖아."

그때만 해도 수현은 두 여자가 돈 많은 어떤 남자 사장한테 불려가 대낮부터 이상한 짓을 하고 그 대가로 돈을 받았다고 대수롭지 않게 넘겼다. 여자들이 말했던 사장이 김기찬임을 꿈에도 몰랐다.

그로부터 한 달 후에 수현은 더 경악할 일을 겪었다.

"그 사건이 있던 날 1박 2일 일정으로 제주도에서 열린 해외 바이어 초청 세미나에 참석하고 돌아왔어. 김포 공항에서 서울로 오니 오후 4시였어. 사무실로 복귀하기가 뭐해서 바로 퇴근하기로 했지. 집에 가기 전에 커피나 한 잔 하려고 톰슨에 갔어. 톰슨에 도착했는데 그날따라 커피숍 2층에 올라가보고 싶은 거야. 초인종을 눌러 김기찬을 부르려다 그냥 2층 출입문 손잡이를 돌려봤어. 열렸어. 평소엔 김기찬이 늘 잠가놓거든. 문을 열고 2층으로 올라갔어."

2층으로 올라가는 계단 양쪽 벽은 흰색이었다. 2층 현관문을 열어보니 그 또한 쉽게 열렸다. 현관 안쪽의 공간도 온통 흰색이었다. 현관문 앞에는 빨간색과 검은색 하이힐 두 짝이 나란히 놓여 있었다. 누가 찾아왔나 하고 발길을 돌리려 했으나 마지막 순간에 떠오른 기분 나쁜 예감이 수현을 붙잡았다. 나란히 놓인 두 켤레 하이힐을 보니 한 달 전쯤 화장실에서 들었던 여인들의 대화가 생각났던 것이다. 수현은 고양이처럼 조용히 침실로 추정되는 공간을 찾아 들어갔다. 닫혀 있던 침실 문을 새끼손가락 하나가 간신히 들어갈 만큼 살짝 열고 들여다보니 채도가 낮은 붉은 조명이 방안을 가득 채웠다. 연한 붉은 빛이 닿는 벽과 천장이 모두 흰색이었다. 불길한 예상대로 흰색 시트 위엔 김기찬과 두 명의 여자가 얽혀 짐승처럼 움직였다. 알몸의 두 여자와 한 남자가 한 몸처럼 붙어 괴상한 짓을 했다. 수현은 욕지기가 나오려는 걸 억지로 참았다. 그녀는 말없이 들어왔던 길을 되짚어 나가 톰슨 커피숍 건물을 빠져나왔다.

일주일이 지나 수현은 퇴근 후 톰슨 커피숍에서 김기찬을 만났다. 수현이 톰슨을 방문하자 그는 평소보다 일찍 가게 문을 닫았다. 그전에도 그는 가끔 커피숍 영업을 일찍 끝내고 톰슨으로 수현을 불러냈다. 그럴 때마다 수현은 그가 매상을 포기하고 톰슨 커피숍 전체를 오로지 자신을 위한 공간으로 제공하는 것이라 오해했다. 그날 수현은 김기찬을 시험해 보기로 했다.

"기찬 씨, 이제 당신과 좀 더 친해지고 싶어요. 사귄 지 반년이나 지났으면 아무리 진도가 느린 커플도 진한 스킨십과 키스도 하고, 가끔씩 하룻밤 자고 오는 여행도 떠나야 하는 것 아닌가요? 우린 조선시대 서당 교재에 나올 법한 모범생처럼 사귀는 것 같아요."

김기찬 옆자리에 앉아 한쪽 팔로 그를 끌어안고 포옹하려는 제 스처를 취했다. 그가 내색하진 않았지만 수현은 그의 호흡이 평소 와는 미묘하게 다르다는 걸 알아차렸다. 그녀는 불쾌한 감정을 억 누르고 김기찬의 손을 잡았다. 그래도 반응이 없자 수현은 커다란 구렁이를 끌어안는 것 같았지만 꾹 참고 그의 허리를 안았다. 수현 은 팔에 전해지는 감촉으로 그의 몸이 뻣뻣하게 굳어짐을 알아차 렸다. 그녀는 내친김에 그의 얼굴을 당겨 입맞춤을 시도했다.

"자, 잠깐만요. 어제 우리 숍에 아주 좋은 원두가 들어왔거든요. 마침 오늘 아침에 로스팅한 게 있으니까 조금만 기다려요. 수현 씨 가 좋아하는 카푸치노 금방 만들어 올게요."

그렇게 말하며 그는 억센 손으로 허리를 감은 수현의 팔을 풀었 다. 도망치듯 자리를 피한 그는 얼마 후 카푸치노 두 잔을 내왔다. 그녀는 그런 행동이 어이가 없어 결정적인 한 방을 날렸다.

"기찬 씨, 지난번에 보니까 다른 아가씨들하고는 스킨십을 아주 진하게 잘만 하던데. 나에겐 왜 이래요?"

그러나 수현의 그 말에도 김기찬은 무표정한 얼굴로 바라볼 뿐 이었다. 그는 감정이 고조되면 될수록 얼굴의 표정이 없어지는 사 내다. 청동 조각상처럼 그의 눈, 코, 입의, 얼굴 모든 미세 근육이 움직임을 멈춘다. 심지어 두 눈의 동공도 좁아지거나 넓어지지 않고 그대로 고정된다. 그가 침묵을 지키자 수현은 하릴없이 커피잔에 입을 댔다. 카푸치노를 절반쯤 마시고 그녀는 정신을 잃었다.

수현의 귀에 희미한 물소리가 들렸다. 눈을 뜨려 했지만 눈꺼풀을 밀어 올릴 힘이 없었다. 10초, 1분, 5분. 시간이 흐를수록 물소리가 커졌다. 조금씩 몸의 감각이 살아나기 시작했다. 주먹을 움켜쥐고 온몸에 흩어진 힘을 끌어모았다.

'여기가 어디지?'

눈을 뜨자 사방이 온통 흰색이었다. 수현은 천정, 벽, 바닥을 차례로 살펴보다 알몸인 채 하얀 시트를 덮고 하얀 침대 위에 누워있는 자신을 발견했다. 다행히 그녀 혼자였다. 수현은 소스라치게 놀랐지만 마음을 가다듬었다. 연거푸 심호흡을 하고 몸을 억지로 움직여 더운 피가 돌게 만들었다. 팔다리를 움직일 만큼 기력이 회복되자 침대 시트로 몸을 가리고 일어나 창문을 가린 암막 커튼을 젖혔다. 바깥은 어둠에 잠긴 사물들이 점차 제 모습을 드러내는 새벽이었다. 창밖으로 보이는 건물들이 눈에 익었다. 톰슨 커피숍 건물 주변이었다. 물소리가 침실 내부에 있는 샤워 부스에서 났다. 김기찬은 수현이 깨어난 것을 눈치채지 못하고 계속 몸을 씻는 것 같았다. 그녀는 침대 옆에 누군가 자로 잰 듯 개어 놓은 옷을 챙겨입고 곧바로 강남경찰서를 찾아갔다.

성폭행 신고를 하자 전담 여 순경이 수현을 지정된 병원으로 데려갔다. 병원 간호사들이 신체검사를 했다. 그들은 수현 몸에 묻은 체액과 혈액, 체내 분비물을 확보하고 입었던 옷가지를 수거해갔다. 경찰은 김기찬의 동의를 얻어 그의 입안의 상피 세포를 확보했다. 수현은 그가 순순히 동의한 것이 의아했지만 곧 그 이유를 알게 되었다. 며칠 뒤 신체검사 결과와 체액, 혈액검사 결과가 나왔다. 그녀의 상반신에 묻은 타액과 김기찬의 상피 세포에서 추출한 DNA가 같았다. 그러나 수현의 체내 분비물에서는 그의 유전자가 검출되지 않았다. 혈액검사 결과에서도 특이 약품이 검출되지 않았다. 수현의 상반신에서 나온 그의 유전자를 강제추행의 증거로 문제 삼았지만 수사관은 연인관계에서 그만한 일은 흔한 것 아니냐며 혐의없음으로 검찰에 사건을 송치했다.

"그놈은 맨정신으로 진실한 애정 표현하지 못하는 놈이었어. 스킨십도, 키스도 못할 만큼 결벽증을 가진 놈이라 정상적인 관계도 가질 수 없었던 것 같아. 내 정신을 잃게 하고, 나를 알몸으로 인형처럼 눕혀 놓고 밤새 내게 무슨 짓을 했는지 모르겠어. 집으로 돌아와서 화장실 문을 걸어 잠그고 몇 시간이고 구석구석 몸을 씻었어. 내 피부에 놈의 타액이 달라붙어 있는 것 같아 혐오스러웠지. 다음 날 전화를 해서 따졌어. 그자는 아무 일 없었으니 걱정하지 말라는 거야. 아무 일이 없었는데 어떻게 내가 그 침대에 알몸으로 누워 있었냐고 소릴 질렀어. 그놈은 끝내 내가 스스로 옷을 벗고 잠들었다고 우겼어. 오빠, 각성효과가 있어 잠을 쫓는 커피를 마시고 그 자리에서 잠든다는 게 말이 돼?"

이야기가 길어지면서 머그잔의 페퍼민트가 바닥났다. 웨이터를 불러 리필을 요구했다. 수현은 온기를 되찾은 머그잔을 양손으로 잡고 마음을 진정시켰다.

"돌이켜보면 친구들과 처음 만났을 때 그놈이 내게 준 명함이 미끼였어. 난 그 미끼를 덥석 물었지. 미끼에 걸린 것도 모르고 친구들 중에 내가 제일 예쁘다는 착각을 했어. 부끄러워."

그녀의 이야기를 듣는 내내 심사가 복잡했다. 수현이 험한 일을 겪은 그날 밤 무슨 일이 일어났던 걸까. 김기찬은 강화 수로 낚시터 주변 어둠 속에 웅크린 살쾡이였다. 낚시꾼이 방심하기를 끈덕지게 기다려 기어이 물속 살림망을 끄집어내어 붕어를 산 채로 뜯어먹는 살쾡이였다.

"수현아. 자책하지 마. 네 책임이 아냐. 그짓을 한 김기찬이 나쁜 놈이지. 악당들이 불순한 목적으로 오랫동안 노리고 있다가 불시에 접근하면 누구도 제대로 대응할 수 없잖아."

"그렇다고 오빠, 난 김기찬에게 먼저 전화한 걸 후회하진 않아. 결과가 두려워 어떤 선택이나 행동을 포기한다면 무얼 할 수 있겠어? 우리의 모든 선택과 행동의 결과가 매번 좋을 수는 없잖아. 우리 사는 세상이 천국은 아니지만 그렇다고 지옥도 아니잖아. 천국이라면 선택의 결과가 항상 좋고 지옥이라면 그 어떤 선택을 해도 나쁘겠지. 하지만 대부분의 우리 선택은 크게 나쁘지도 크게 좋지도 않아. 내 경우에는 그 선택의 결과가 아주 나빴던, 아주 드문 경우의 하나였던 거야."

"맞아, 수현아. 그놈을 만나 불행했다고 네가 나를 만나는 걸, 새로운 인연을 포기했다면 넌 진짜 패배자겠지. 그래도 너는 김기찬 같은 나쁜 놈을 만났지만 용기를 내서 새로운 만남에 응했어. 새로운 선택을 했기에 너와 내가 만났지. 그런 의미에서 수현이 넌 정말 대단한 용기를 보여준 거야."

수현의 이야기를 들으니 고등학교 2학년 초에 겪었던 일이 떠올랐다. 꽃샘추위가 가시지 않은 3월, 학생들은 아직 겨울옷을 입었다. 학급 친구인 경순만이 하굣길에 같은 학교 2학년 선배이자 중퇴한 불량배에게 두들겨 맞고 당시 제2의 교복으로 불렸던 유명 브랜드 패딩 점퍼를 빼앗겼다. 경순만은 패딩 점퍼를 빼앗긴 다음 날 등교하여 아무 생각 없이 친구들에게 전날 저녁에 겪었던 일을 말했다. 나를 비롯한 친구들은 악의 없이 지나가는 말로 바보같이 옷을 뺏기냐는 말로 반응했다. 아무것도 아닌 일은 그러나 그날 오후가 되자 심상치 않은 일이 되어 버렸다. 경순만이 깡패에게 옷을 뺏겼다는 소문은 점심시간이 되자 모든 교실로 퍼져 나갔다. 오후가 되자 경순만과 마주칠 때마다 학생들이 손가락질하며 수군거렸다. 오후 수업에 들어온 교사들도 경순만을 나무랐다.

"남자가 얼마나 못났으면 옷을 다 빼앗기냐?"

"불량배를 만나면 피하지 말고 얻어터지더라도 용감하게 맞서 싸워야지. 저 하나 살자고 입고 있는 옷을 몽땅 벗어주는 순만이 같은 비겁한 놈 때문에 애꿎은 학생들까지 피해를 본다."

수업이 끝날 무렵 학생들은 경순만을 불량배에게 굴복한 비겁한 자식이라고 불렀다. 그들은 경순만의 지각없는 행동으로 인해 자신들도 비싼 옷이나 신발을 다 뺏기게 생겼다며 투덜댔다. 그때 나를 비롯한 학생들은 경순만이 불량배들에게 저항하다가 얻어터지기라고 했어야 한다고 말하며 혀를 찼다. 정작 나와 다른 학생들도 불량배 패거리를 홀로 대적했다면 경순만처럼 행동했을 것이다.

그러나 폭력배에 당해보지 않은 자들은, 경순만처럼 패딩 점퍼를 빼앗겨 보지 않은 학생들은 비겁했다. 불량배를 욕하기보다 피해자인 경순만에게 누명을 씌워 비난했다. 사람의 말은 때로 화살처럼 변한다. 다음날도 그 다음날도 학교 학생들과 교사들이, 심지어 학부모들마저 경순만에게 화살을 쏘았다. 경순만의 부모도 아들에게 바보같이 옷을 뺏기냐며 모진 말을 했다.

운이 나빠 불량배에게 옷을 빼긴 단순한 해프닝은 최악의 비극으로 끝났다. 며칠 후 아파트 경비원이 주차장 바닥에서 두개골이 깨지고 곤죽이 된 경순만의 시체를 발견했다. 그가 자살한 그날 오후 유서의 일부가 공개됐다.

「아무도 저의 손을 잡아 주지 않았습니다. 제가 지은 죄라면 불량배한테 옷을 뺏긴 것밖에 없는데 친구들, 선생님들, 부모 모두가 제 잘못처럼 말했습니다. 심지어 저는 학교 친구들에게 피해를 끼친 놈이 되어 버렸습니다. 제 명예는 더럽혀졌습니다. 모든 사람이 저를 더러운 쓰레기처럼 바라봅니다. 제 몸마저 더럽혀진 것 같습니다.」

경순만의 여린 가슴은 사람들이 쏘아대는 무수한 화살을 감당하지 못했다. 누구도 그 상황을 견디기 어려웠을 것이다. 직접 보진 못했지만 21층 아파트에서 떨어져 묵사발 된 경순만의 사체를 상상하는 것만으로도 가슴이 욱신거렸다. 경순만의 친구 중 하나로서 그의 편이 되어주지 못한 게 미안하고 부끄러웠다. 그러나 경순만의 유서 중 두 문장만큼은 끝내 수긍하지 못했다.

'제 명예는 더럽혀졌습니다.'

'제 몸도 더럽혀진 것 같습니다.'

그가 남긴 이 두 문장 때문에 고민하고 또 고민했다. 그 사건이 마무리될 때쯤 나는 일기장에 글을 남겼다.

「스스로 타락의 길을 걷지 않는 한 우리의 몸과 마음은 더럽혀지지 않는다. 아무리 험한 일을 당해도, 고문을 당하고 두들겨 맞아도 우리 몸은 더럽혀지지 않는다. 아무리 모욕을 당하고, 어이없이 누명을 써도 내 정신은 더럽혀지지 않는다. 피해자의 몸과 마음이 더럽혀진다는 논리는 가해자가 만든다. 방관자들은 피해자가 더럽혀졌다는 가해자의 입장에 동조한다. 방관자들은 힘 있는 편에 서는 게 유리함을 알 만큼 영악하기 때문이다. 가해자는 자신의 죄를 감추기 위해, 방관자들은 가해자들과 맞서 싸우는 걸 회피하고 책임을 피해자에게 전가하기 위해 몸과 정신이 더럽혀졌다는 논리에 동조한다. 경순만의 죽음이 더욱 안타까운 건 그가 스스로 학생들이나 교사들, 부모의 논리를 빌어 제 몸과 정신이 오염되었다고 인정한 점이다. 경순만과 같은 공간에서 숨 쉬던 나와 학교 동료들은 방관자였다. 방관자들은 가해자의 논리에 굴복한 대가로 언젠가는 자신들도 피해자의 대열에 합류할 것이다. 그러므로 더럽혀진 건 가해자의 몸과 마음임을 똑바로 알아야 한다.」

사람들은 경순만의 시선으로 그가 겪은 아픔을 보지 못했다. 나 또한 경순만이 겪은 아픔을 연민의 마음으로 안아주지 않았다. 그가 죽자 죄책감에 시달렸지만, 경순만이 자살을 선택한 것은 수긍하기 어려웠다. 누구나 최후의 순간에 어떤 선택을 할지는 스스로 결정한다. 생의 마지막 지점에서 경순만은 잡은 손을 놓고 천 길 낭떠러지로 추락했다.

다행히 수현은 경순만과 다른 길을 택했다. 그녀에게 찾아오는 불행의 원인이 자신에게서 비롯된 것이 아님을 분명히 알고 추락했던 바닥에서 절벽 위로 온 힘을 다해 기어 올라갔다. 수현은 그곳에서 악인과 맞서 싸우는 방식을 택했다. 그것이 그녀다운 삶의 방식이다. 내가 수현을 만나지 못했더라면, 나 역시 경순만처럼 삶의 힘든 고비마다 포기했을 것이다. 다행히 나는 수현을 만나 포기하지 않고 새롭게 시작하는 법을 배웠다.

김기찬(2)

    사건이 검찰로 송치된 후 김기찬은 줄곧 침묵했다. 평범한 남자였다면 사법처리를 피하려고 여성에게 거짓으로라도 용서를 빌 텐데 그는 변명의 말을 한마디도 꺼내지 않았다. 검찰 송치 후 수현은 남부지검 담당 검사와 지루한 싸움을 계속했다. 그 과정에서 수현은 여성이 최후의 약자라는 말을 실감했다. 모든 범죄자는 기소 과정을 거쳐 사법처리된다. 국가를 대표하여 불편부당하게 기소권을 행사하게 하려는 취지로 검사에게만 기소권을 부여했지만, 현실에선 검사를 움직이는 힘을 가진 자들이 실질적인 사법권을 행사했다. 수현은 그런 힘이 없었고 김기찬은 있었다.

    검찰은 그를 끝내 불기소했다. 검찰이 불기소 처분을 한 후에도 그의 침묵은 계속되었다. 수현은 안도했고 다 끝났다고 믿었다. 그러나 그것은 착각이었다. 그는 수현이 있는 곳이라면 먹잇감을 노리는 사자처럼 그녀의 주변에서 잠복했다.

    "오빠, 그 사건 이후 딱 한 번 그놈이 쓰고 있던 가면을 벗고 제

진짜 얼굴을 보여줬어."

2006년 6월 초 어느 날 오후, 본격적인 장마가 시작되기 전에 정찰병처럼 찾아온 여름비가 조용히 내렸다. 우리는 골프 우산을 함께 쓰며 잠실대교 부근 한강변을 걸었다. 우산을 벗어난 빗물에 내 몸의 오른쪽 절반이, 그녀 몸의 왼쪽 절반이 젖어 들자 비를 피해 강 위의 선상 카페로 들어갔다. 카페 안에선 재즈 가수의 노래가 질척한 늪에서 헤엄치는 물고기처럼 흐느적거렸다. 턱없이 작은 제습기가 눅눅한 실내 공기를 빨아드리려 몸부림쳤다. 우린 습기에 질식하지 않기 위해 뜨거운 커피를 마셔야 했다. 수현은 따뜻한 커피를 한 모금씩 몸 안으로 흘려보내며 말을 이어갔다.

"그놈 침실에서 알몸으로 깨어난 지 두 달쯤 지났을 때, 마지막으로 만나자는 말에 속아 강남역 칵테일 바에서 놈을 만났어. 내심 그놈이 순순히 너를 놓아주겠다는, 앞으로 행복하라는 말이라도 할 줄 알았는데 내가 바보였어. 내 착각이었지. 그 자리에서 그놈은 나한테 떠나면 죽어버리겠다고 협박했어."

김기찬은 칵테일 바에서 자신이 어떻게 괴물이 변했는지 말했다.

"키~ 야옹!"

고양이의 숨이 끊어질 것 같은 외마디 비명이 어두운 골목 안에 울렸다. 고등학교 1학년생이었던 김기찬이 집에 들러 저녁을 먹고 학원에 가려고 골목길을 내려갈 때였다. 고양이 비명이 들리고 곧이어 술 취해 비틀거리는 사내가 골목을 올라왔다. 그 사내가 김기찬의 어깨를 툭 치고 지나쳐갔다. 진한 술 냄새를 풍기는 중년 남자는 윗집에 사는 박 사장이었다. 그는 동네 아래 지하철역 사거리에서 스포츠용품점을 운영했다. 그를 지나쳐 몇 걸음 더 내려가자 붉은 벽돌로 담장을 두른 고급 주택이 나왔다. 그 집을 오른쪽에 끼고 돌자 골목길 전신주 밑에서 꿈틀거리는 흰 물체가 보였다. 몇 걸음 더 가서 보니 그것의 정체는 김기찬의 집에 사는 고양이 별이었다. 별이는 덜렁거리는 뒷다리로 일어서려 했으나 그때마다 주저앉고 말았다. 집에 있어야 할 별이가 어떻게 거기서 그런 모습으로 있는지 이해할 수 없었던 그는 잠시 멍하니 있었다. 정신을 차린 그는 학원 가방을 내던지고 사지를 부르르 떠는 별이를 품에 안았다. 다친 별이를 안고 동네 동물 병원으로 달려갔다. 병원은 문은 이미 닫혔다. 김기찬은 병원 셔터를 부서져라 두드렸으나 안에선 아무런 반응이 없었다. 절망한 채 집으로 돌아온 그는 별이의 덜렁거리는 뒷다리를 나무젓가락과 손수건으로 조심스럽게 고정시켰다. 그의 어머니가 고양이를 보고 걱정이 됐는지 우유를 덥혀 밥그릇에 따라 주었다. 별이는 한 모금도 먹지 못했다. 그날 밤늦게 들어온 그의 아버지는 아들 방의 문손잡이를 잡고 건성으로 말했다.

"고양이가 살기 어렵겠구나. 날이 밝으면 동네 뒷산 덤불 속에 갖다 버려라. 요새는 짐승들 안락사시키는 비용도 만만치 않다."

김기찬은 아버지와 눈길을 마주치지 않았다. 그는 밤새도록 앓는 소리를 내는 별이를 안고 뜬눈으로 밤을 새웠다. 다음 날 아침 일찍 별이를 안고 동물 병원의 닫힌 셔터 앞에서 수의사가 출근하기를 기다렸다. 엑스레이 사진을 찍어 정밀검사를 해보니 별이는 뒷다리만 부러진 게 아니었다. 갈비뼈도 대부분 부러졌다. 수의사는 누군가 발로 고양이 배를 걷어찬 것 같다고 했다. 부러진 갈비뼈가 내장을 찔러 복부 출혈도 있었다.

"학생, 이런 상태면 오래 살지 못할 것 같아. 지금도 고통스러워서 이렇게 떨잖아. 안락사를 시켜주는 게 이 고양이한테 해줄 수 있는 최선인 것 같아."

김기찬은 반나절을 고민하다 별이의 고통스러운 모습을 더 이상 참기 어려워 안락사에 동의했다. 수의사가 약물을 주사했다. 별이의 앓는 소리가 약해지고 바르르 떨던 몸이 서서히 움직임을 멈췄다. 그는 심장 박동이 멈추고 피가 차가워지기 시작한 별이를 꼭 안았다. 김기찬은 혼자서 별이의 사체를 종이 상자에 곱게 싸매 동네 뒷산 상수리나무 밑에 묻었다.

별이가 죽고 며칠이 지났다. 그날도 술에 취한 박 사장이 밤늦은 시간에 골목길을 비틀거리며 올라왔다. 그가 며칠 전 고양이를 걷어찼던 전봇대 근처에 이르렀을 때 검은 복면의 사내가 튀어나왔다. 오른손에 알루미늄 야구방망이를 움켜쥔 사내는 갈지자로 걷고 있던 박 사장의 발을 걷어차 쓰러트렸다. 뜻하지 않게 일격을 당한 박 사장은 악 소리도 지르지 못하고 나둥그러졌다. 사내는 스포츠용 수건으로 박 사장의 입을 틀어막고 두 팔을 케이블 타이로 묶었다. 남자는 한쪽 발로 버둥대는 박 사장의 몸통을 내리누른 채 야구방망이로 그의 양쪽 다리를 마구 두들겨 팼다. '텅' 같기도 하고 '퉁' 같기도 한 소리가 한동안 골목길에 메아리쳤다. 박 사장의 검은 양복 바지 위로 피가 배어 나왔다. 야구 방망이에 붉은 피가 묻어났다. 복면을 쓴 남자는 박 사장의 배를 땅바닥으로 향하게 눕힌 채 등과 허리를 야구방망이로 몇 차례 더 가격한 다음 그 자리를 벗어났다. 5분도 안 되는 짧은 시간에 벌어진 일이어서 목격자를 찾지 못했다. 만취했던 박 사장은 누구에게 맞았는지 기억하지 못했다. 경찰은 끝내 범인 검거에 실패했다.

"박 사장이 그 뒤로 어떻게 됐는지 알아? 동네 사람이 발견해 입에 물린 수건을 풀었을 때도 정신을 잃고 있었지. 응급실에 실려가 완전히 으스러진 무릎뼈 접합 수술하는 데만 여섯 시간이 걸렸어. 무릎뼈는 다시 붙었어. 그래도 박 사장은 걸을 수 없었어. 왠지 알아? 야구방망이로 두들겨 맞아 척추 뼈 여러 곳이 부러지는 바람에 신경이 끊어져서 허리 아래로는 전혀 움직이지 못하게 된 거야. 난 그 사실을 어머니에게 전해 들었지만 여전히 분이 풀리지 않았어. 왜 그런 줄 알아? 박 사장은 살았고 별이는 죽었기 때문이야. 하지만 난 곧 생각을 바꿨어. 박 사장이 죽어버렸다면 더 억울할 것 같았단 말이지. 박 사장은 죽을 때까지, 아주 오랫동안 고통스러울 테니까. 누가 자신에게 왜 그랬는지 모른 채 말이지. 그 인간이 죽지 않은 게 내 입장에선 더 좋은 일이지."

칵테일 바에서 김기찬은 수현을 앞에 놓고 무표정한 얼굴로 높낮이가 일정한 톤의 목소리로 말을 이어갔다.

"나는 내 고통을 그대로 돌려주는 사람이야. 너를 빼앗기면 나도 너를 빼앗을 수밖에 없어. 네가 만나는 그 남자도 나처럼 너를 잃게 만들 거라는 걸 명심해. 내 문제 해결하는 방식은 당한 만큼 되갚아 주는 거야."

김기찬에게 협박당했던 일을 털어놓던 수현의 낯빛이 빗물이 떨어지는 한강의 물색처럼 점점 어두운 파란색으로 변해갔다.

"오빠, 그놈은 가장 잔인한 말을 가장 평범한 얼굴로 말하는 능력을 갖고 있어. 악마는 디테일에 숨어 있다지만 내가 보기엔 악마는 절대로 악마의 얼굴로 찾아오지 않아. 평범한 얼굴로, 심지어 멋지고 선한 얼굴로도 찾아오지."

김기찬의 존재를 모르고 있을 때는 수현과 거닐던 숲이 평화로워 보였다. 그러나 그 평화는 나만의 착각이었다. 그 숲속에 악마가 도사린다는 걸 아는 수현에게 숲은 거대한 공포였다. 그의 존재를 알고 나서 나도 수현과 함께 할 때마다 어딘가 숨어있을 김기찬을 찾았다. 그는 어디든 나타났다. 멀티플렉스 상영관에서 심야 영화를 보다가 뒤통수가 섬뜩해져 고개를 돌려보면 뒷줄에 그가 앉아 있었다. 수현과 한강 둔치 공원을 걷다가 문득 뒤를 돌아보면 그와 비슷한 체격의 남자가 황급히 몸을 돌렸다. 국원상사 지하에 주차하고 수현의 퇴근을 기다리던 날, 그의 검은색 아우디가 내 앞을 지나갔다. 어느 때는 수현과 시간을 보내는 커피숍 구석 자리에 혼자 앉아 있는 김기찬의 뒷모습을 발견했다. 그가 커피숍 손님들의 말속에서 수현의 목소리만 선별해 들었다고 생각하니 알몸으로 북적거리는 강남대로에 서 있는 것 같았다. 더 큰 문제는 김기찬이 그림자처럼 일상에 어른거리면서도 직접 말로 위협하거나 물리적인 폭력을 행사하지 않는다는 점이었다. 그는 그저 바라보았다. 그림자처럼 침묵하며 수현을 따라다니는 그의 행태가 우리를 더욱 불안하게 만들었다. 차라리 집요하게 말을 걸거나 폭행했다면 경찰에 고발하고 적극적으로 대응했겠지만 그는 언제나 물을 마시러 오는 사슴을 노리는 물속의 악어처럼 조용히 움직였다.

갇힌 잉어

2006년 4월의 마지막 주말 오후였다. 서쪽에서 날아온 황사가 서울 하늘을 점령했다. 중국 대륙과 황해를 건너오느라 힘이 빠져 추락한 누런 모래가 수현의 전셋집 장독 위에 수북이 쌓였다. 우리는 외출을 포기하고 집에서 시간을 보냈다. 둘은 라디오로 음악을 들으며 침대 절반씩을 사이좋게 차지하고 책을 읽었다. 그리스 신화를 읽던 수현이 물었다.

"오빠는 프로메테우스에 가까워 에피메테우스에 가까워? 오빠는 둘 중에 어떤 타입의 사람 같아?"

"그게 무슨 말이야?"

"그리스 신화에 재밌는 내용이 있어서 그래. 프로메테우스의 프로는 먼저라는 뜻이래. 프로메테우스는 먼저 생각하는 사람이고 에피메테우스는 뒤늦게 생각하는 사람, 그러니까 어리석은 사람이라고 하네. 오빠는 먼저 생각하는 프로메테우스 쪽인지, 뒤늦게 생각하는 에피메테우스 쪽인지를 묻는 거야."

"수현이가 보기에 난 어떤 사람 같아?"

"내가 볼 때 오빠는 프로메테우스 같아. 근데 좀 게으른 프로메테우스야. 오빠 생각은 많이 하는데 행동은 안 하는 편이잖아. 아니면 오빠는 나중에 후회하는 에피메테우스야?"

나는 어떤 일이 닥치기 전에 온갖 걱정을 하는 프로메테우스였지만, 그 고민의 결과물을 몸으로 이행하지 못해 나중에 후회하는 에피메테우스이기도 했다. 수현은 결심하면 바로 행동에 옮기는 프로메테우스였다. 그날 그녀는 자신이 어려서부터 행동하는 프로메테우스 형 인간이었음을 증명하는 무용담을 들려주었다.

"오빠, 난 이래 봬도 영동군 이수초등학교 학생회장이었어. 그것도 친구들이나 엄마 아빠의 도움 없이 혼자 선거운동을 해서 당선된 몸이야. 다른 집 애들은 부모가 플래카드며 피켓들을 만들어줬는데 난 밤새워 내 손으로 피켓 만들고 포스터 그리고 플래카드도 직접 달았어. 선생님들이나 아이들, 학부모 모두 내가 선거에 꼴찌할 거라 했어. 나를 우습게 알고 말야. 그런데 선거 결과가 어떻게 된 줄 알아? 2등하고 거의 두 배 가까운 표 차이로, 정말 압도적인 표 차이로 내가 학생회장이 됐다니까. 지금도 동창회 때마다 내 무용담을 이야기해. 난 그 학교 레전드가 된 거야."

수현은 폭행당하던 여성을 구한 강남역 일화도 말해줬다. 수현이 고등학교 3학년 여름방학 때였다. 친구와 칼국수를 먹고 헤어져 강남대로 뒤편 골목길을 걸어오는데 수현의 귀에 여자의 비명 소리가 들렸다. 소리가 난 곳으로 달려 가보니 사십 대로 보이는 남자가 스무 살 중반쯤 되어 보이는 여성의 머리채를 잡고 뺨을 때리고 있었다.

"이봐요. 아저씨, 그러지 마세요. 경찰에 신고할 거예요."

"야, 쬐끔한 게 어디서 까부냐? 어른들 문제니까 넌 빠져라. 이 여잔 아저씨 애인이다!"

젊은 남자가 두 눈을 부라리며 소리 질렀다.

"애인이라면서 때리긴 왜 때려요? 언니! 내가 구해줄까요?"

머리채를 잡힌 여성이 남자가 눈치채지 못하게 머리를 살짝 끄덕였다. 수현은 일 초의 망설임 없이 한쪽 귀퉁이가 깨진 화분을 들어 젊은 남자 머리를 내리쳤다. 워낙 순식간에 당한 일이라 남자는 당황한 나머지 머리채를 잡은 손을 놓았다. 그 틈을 노려 수현은 여성의 손을 움켜잡고 강남역 근처 경찰서로 냅다 뛰어갔다. 머리통에서 피가 줄줄 흘러내리는데도 수백 미터 쫓아오던 사내는 경찰서 앞에 다다르자 방향을 바꿔 인파 속으로 사라졌다. 그때 구한 여성은 나중에 결혼해 아이를 낳았고 수현은 그녀와 계속 연락을 주고받았다.

수현의 프로메테우스적인 행동은 고등학교를 졸업하고 직장 생활을 하면서도 계속되었다.

"오빠, 우리 회사 간부 중 하나가 신입 여사원 킬러였어. 그 부장이 신입사원인 나한테도 좀 집적거리기는 했지. 난 워낙 성격이 강하니까 성추행이나 성차별과 같은 부당한 짓을 당하지 않았어. 나보다 2년 늦게 들어온 예쁘장한 후배가 있었는데 입사한 지 한두 달 지났나? 그 친구 표정이 어두운 거야. 그래서 그날 저녁에 맥주

나 한잔 마시자고 조용한 술집에 데려갔지. 그 후배가 부장한테 당한 일을 털어놨어. 핸드폰을 꺼내 그 부장이 보낸 문자를 보여주는데 아주 기가 막혔지. 보낸 문자만 수백 통이었어. 또 틈만 나면 단둘이 있으려 하고, 둘만 있게 되면 여직원 몸을 주물럭거리려고 아주 지랄을 했다는 거야. 더 상황이 나빠지기 전에 막아야 했지. 다음 날 바로 여직원 회의를 소집해 이야길 들어보니 부장한테 당한 여직원이 한둘이 아니었어. 여직원들이 단체로 노조를 찾아가고 회사 사장을 찾아갔어. 바로 그다음 주에 못된 부장은 아주 먼 지방지점으로 발령 났는데 그것으로는 처벌이 약해 노조하고 연대해 여직원들이 한 달 넘게 아침마다 출근 시위를 했어. 결국 그 부장은 회사를 그만둬야 했지.”

해마다 오월이면 과천 서울대공원 장미 정원에 꽃들이 활짝 피어났다. 공원 측은 그때에 맞춰 축제를 열어 젊은 청춘들을 불러 모았다. 축제가 한창일 때 수현과 그곳에 갔다. 원산지가 제각각인 장미가 정원 곳곳에 무리지어 피어 있었다. 장미 정원 중앙에 연못 주변을 영국이 원산지인 골든 셀리브레이션(Golden Celebration) 품종의 노란 장미가 둥그렇게 감쌌다. 연못을 가로지른 다리 위에서 사람들이 잉어에게 먹이를 주곤 했다. 수면 위로 사람 그림자가 비칠 때마다 다리 밑의 잉어들은 떼거지처럼 입을 벙긋거리며 먹이를 구걸했다. 잉어들의 배는 코끼리만 했다. 덩치 큰 고도 비만의 잉어들은 먹이를 보채는 어린아이처럼 입을 오물거렸다. 물 위에서 바라본 그 모습이 기괴했다. 오백 원짜리 동전을 다리 입구에 설치된 자판기에 넣자 종이컵에 콩알만 한 잉어 먹이가 담겨 배출구로 나왔다. 수현이 그 먹이를 주려고 물가에 다가서자 아직 먹이를 뿌리지도 않았는데 고래만 한 잉어 수십 마리가 우르르 달려들었다. 몰려든 잉어 떼를 바라보던 그녀가 말했다.

"오빠는 좋은 사람이긴 한데, 오빠의 좋은 태도나 품성이 수동적인 태도에서부터 나오는 것 같아 안타까워."

"수동적이어서 내가 좋아 보인다는 말이지? 적극적으로 내가 원하는 걸 추구하지 않으니까. 난 그냥 좋게 보이는 남자였어?"

"오빠 미안. 오빠가 좋은 사람인 건 맞지. 하지만 수동적인 사람인 것도 사실이잖아. 사람이 매사 수동적이면 싸울 일이 없지. 반대로 언제나 적극적인 사람은 부딪힐 수밖에 없어. 적극적이고 외향적인 사람은 수동적인 사람에 비해 나쁜 사람이라는 소리를 많이 들어. 누구나 자신들을 불편하게 만드는 사람이 있으면 나쁘다는 낙인을 찍어버리니까. 그러니 좋은 사람이란 그냥 나에게 불편을 끼치지 않는 사람들이야."

잉어들은 수면으로 떨어지는 먹이를 서로 먼저 먹기 위해 물속에서 몸싸움을 했다. 수현이 먹이를 물 위로 뿌리자 살찐 돼지 몸을 한 잉어들이 놀랄 만큼 잽싸게 물 위로 솟구쳤다. 공중에 뜬 잉어들은 큰 입을 쫙 벌려 떨어지는 먹이를 삼켰다.

수현은 기분을 상하게 하지 않으려는 듯 표정 변화가 없는 얼굴로 내 눈을 침착하게 바라보았다.

"오빠, 내가 볼 때 정말 좋은 사람이라면 그가 수동적이냐 능동적이냐에 상관없이 겸손한 품성에다 한 가지를 더 가져야 할 것 같아. 그것은 타인의 불행에 공감하는 능력이야. 그저 내 일만 하고 타인에게 피해를 주지 않는다고 사회가 좋아질까? 예를 들어 아프리카 초원의 얼룩말을 관찰하면, 사자가 공격해왔을 때 처음에는 얼룩말들이 집단으로 사자와 맞서 싸우지. 그러다가 약한 얼룩말 한 마리가 사자에게 붙잡혀 뜯어먹히면 건강하고 힘센 얼룩말 동료들은 그 옆에서 태연히 풀을 뜯잖아. 얼룩말들은 동족 중 하나가 사자에게 잡아먹히는 동안은 그들이 자신을 공격하지 않을 거라는 걸 알고 있어. 사자에게 대항하지 않는 방관자 얼룩말은 과연 좋은 말일까?"

'네 말대로 난 초원의 얼룩말이나 연못의 잉어처럼 살았구나.'

이 말은 내 입 밖으로 나가지 못했다. 야생 잉어는 온갖 어려움을 헤치며 생활한다. 강이나 자연 호수의 잉어는 자유를 얻는 대신 제힘으로 먹이를 확보해야 하고, 가물치나 수달 같은 천적과 맞서 싸워야 한다. 때로는 자신을 낚으려는 낚시꾼이 물속에 던진 달콤한 미끼의 유혹을 피해야 한다. 수많은 고난을 극복한 새끼 잉어가 성체가 되면 제힘으로 짝을 찾아 한강의 지천인 탄천으로, 왕숙천으로, 양재천으로 올라간다. 그곳에서 성장한 잉어들이 산란을 하고 부화한 새끼 잉어들이 성체 잉어의 삶을 이어간다.

반면에 사람이 만든 연못에 갇힌 잉어는 편안한 삶을 누린다. 연못 속 잉어의 삶은 철저히 연못 밖 인간에 의해 좌우된다. 인공 연못 속 고도 비만 잉어들은 관람객이 공짜 먹이를 던져주지 않으면 굶어 죽는다. 연못에서도 새끼 잉어들은 태어나지만, 그들 대부분은 부모 잉어들과의 먹이 획득 경쟁에 패배해 늘 배가 고프거나 굶어 죽는다. 장미동산 연못엔 언제나 고도 비만의 어른 잉어들만 득실댔다.

나는 서울 강남이라는 연못에서 아버지가 던져 주는 먹이를 먹고 살았다. 아버지의 부에 의존하는 게 부끄러웠고, 한편으로 아버지를 혐오했지만 연못을 박차고 나가 나만의 삶을 개척하지 못했다. 언제나 문학과 글쓰기에 목말라 했지만 그 꿈을 위해 적극적으로 노력하지 않았다. 작가가 되겠다는 꿈은 사무실에 앉아 공적인 문서를 작성하는 일로 대체되었다. 누구도 반도텔레콤에 재직하며 작성한 내 문서를 보고 문학청년을 꿈꾸는 나를 떠올릴 수 없다. 직장이라는 연못은 월급을 주는 대가로 내 이름을 빼앗았다. 회사 안에선 공문서를 작성했다면 회사 밖에서라도 내 지문이 선명한 글을 써야 했다. 그러나 일하지 않는 시간에도 직장 사람들과 저녁을 먹고 술을 마셨다. 쉬는 날엔 직장 상사를 따라가 낚시터에서 시간을 보냈다. 내 삶이 송두리째 커다란 연못에 빠져 있었다. 나는 연못에 갇힌 잉어처럼 살았다.

젤라모 카페(1)

환형열차를 타고 과거의 시공간으로 떠나기 4일 전, 엘리스가 캐빈으로 나를 찾아왔다. 10년 전에 그랬던 것처럼 우린 해변의 젤라모 카페까지 걸어갔다. 젤라모 카페는 예전 모습 그대로였다. 카페 앞 지중해의 물빛도 그대로였다. 바리스타와 홀 서빙을 맡은 사람만 바뀌었다. 그리고 다시 찾아온 우리의 겉모습만 바뀌었다. 우리는 무설탕 커피를 주문해 야외 테이블로 나왔다.

"미스터 류, 그때도 이곳에서 제법 심각한 이야기를 나눴죠?"

"그랬죠. 그때가 엊그제 같은데 10년이 훌쩍 지나갔네요. 당신과는 재회하자마자 또 헤어져야 하군요."

"그 세월이 그냥 흘러간 것만은 아니랍니다. 미스터 류가 교도소에 있는 동안 바뀐 것들이 있어요. 오늘은 그 변한 것들 중 미스터 류에게 중요하다 싶은 걸 일러주려고 왔어요."

엘리스의 말에 따르면 내가 갇혀 있던 10년 사이 세상이 바뀌어 이제는 원본 인물이 사이프러스로 떠난다는 사실은 더 이상 비밀이 아니었다. 환형열차 탑승객 주변 사람들은 복제 인물과 함께 생활하는 것을 자연스럽게 받아들였다. 사이프러스 체류자들이 원한다면 가족과 지인들에게 언제든지 전화 통화를 할 수 있었고, 쌍방이 원한다면 원본 인물과 복제 인물끼리 소식을 주고받았다. 엘리스는 내 복제 인물도 환형열차 당국이 제공하는 정보를 통해 나의 근황을 파악할 수 있다고 했다. 그동안 환형열차 탑승에 대한 사회적 인식이 많이 달라진 걸 실감했다. 올림푸스 교도소 감방의 창은 유리로 되어 있어 침대에 누우면 비스듬하게 밤하늘의 일부가 보였다. 그 별들을 보며 수현의 부활을 꿈꿨다. 우주를 복제해내는 기술력을 확보한 국가 연합이 어쩌자고 죽은 사람을 살려내는 기술을 상용화하지 않았는지, 그것도 엘리스가 언급한 적이 있는 의도된 지체인지 궁금했다.

"엘리스, 올림푸스 교도소에 있을 때 나를 오랫동안 혼란에 빠트린 의문이 하나 있었어요. 나처럼 사랑하는 사람을 잃고 고통에 빠진 사람을 위해 죽은 사람을 되살리는 제도가 있다면 얼마나 좋을까요? 그런 제도가 있었다면 전 수현만 살려내면 됐거든요. 죽은 손수현을 되살렸다면 제가 굳이 이곳으로 올 필요가 없잖아요. 저 하나를 위해 우주 전체를 복제하는 엄청난 일을 안 해도 되겠죠. 그녀만 다시 살아났다면 저나 제 복제 인물이 교도소에 갈 일은 없었겠죠."

"미스터 류가 말한 것처럼 죽은 사람을 재현하는 건 충분히 가능한 일이죠. 하지만 그런 방식은 예기치 않은 복잡한 문제를 일으켜요. 무엇보다 이미 죽은 사람들의 의사를 물어볼 수 없으니 문제죠. 손수현 씨 같이 억울하게 죽은 사람은 그렇다 해도 자연사한 사람, 자살을 한 사람들까지 모두 복제해 되살리면 인류는 죽음을 회피하고 사실상 영생을 누리는 존재가 되는 거죠. 죽음이 확정되지 않은 인류의 삶은 행복할까요?"

"엘리스의 의견에는 공감합니다. 영원히 사는 방법이 있다면 인간은 죽지 않으려고 무슨 짓이든 다 할 겁니다. 천년, 만년 이어지는 삶을 쉽게 포기할 사람은 없겠죠. 하지만 수현처럼 억울하게 죽은 사람에게는 다시 살 기회를 줘야죠."

"좀 더 시간이 흐르면 그런 부분은 전향적으로 검토하겠죠. 인류의 보편적 기준으로 판단하면 죽은 사람을 되살리는 것에는 윤리적인 문제, 감정적인 문제가 분명히 있어요. 미스터 류는 구체적으로 어제 자동차 사고로 죽은 손수현 씨에 대한 감정을 어떻게 수습할지, 오늘 복제해 되살아난 그녀를 어떻게 대할지 생각해 보셨나요? 같은 손수현이지만 어제의 그녀와 오늘의 그녀를 대하는 미스터 류의 감정은 확연히 달라지는 것 아닌가요?"

세상에는 자신의 죽음을 억울해하지 않는 사람도 있다. 오히려 스스로 죽음을 택하는 사람도 있다. 그러나 죽은 자는 말이 없으니 죽은 사람을 모두 살려내는 것이 온당하지 않다. 무엇보다 죽은 자를 살려내는 기술을 채택한다면 인류는 사실상 불멸의 삶을 살게 된다. 죽은 자를 살려낸다면 유한자라는 인간의 정체성은 심하게 훼손된다. 아울러 환형열차 탑승에 돈이 필요하듯, 죽은 자를 부활시키는데도 상당한 돈이 있어야 하니 가난한 자는 살려내려 하지 않을 것이다. 영생을 누리는 자와 그렇지 못한 자가 가진 돈으로 결정된다면 백 년도 못사는 자의 영원히 사는 자를 향한, 가난한 자의 부자를 향한 적개심은 상상도 못할 만큼 강렬할 것이다. 세상이 불평등해도 그나마 가난한 사람들이 위안을 받는 건 죽음이라는 종극은 평등하기 때문이다. 죽음마저 평등하지 않다면 인류 사회는 지옥이 된다. 산자는 영원히 살기 위해, 상대적으로 짧은 생을 살아야만 하는 자는 영원히 사는 자를 죽이기 위해 서로가 서로를 향한 투쟁을 전개한다. 그러므로 인류에게 영생의 삶은 축복이 아니라 공멸의 저주다. 국가연합은 그 때문에 죽은 자를 되살리는 기술을 구현하지 않았을 것이다.

초식동물

복제 우주의 한여름 저녁이었다. 길고 긴 낮시간이 지났지만 남현동 단독 주택은 저녁에도 찌는 솥과 같아 에어컨을 켜야 했다. 밴쿠버 도심 지도가 수현의 노트북 화면을 채웠다. 수현은 컴퓨터 화면에 밴쿠버 중심 지도를 띄워 놓고 남쪽 웨스트 15번가 애버뉴에 있는 하우스를 가리켰다.

"여기 이 집이 둘째 고모네 집이야. 지난번에 말했지? 소은이. 나랑 동갑내기 사촌말야. 사대 부고를 같이 다녔다고 내가 말했잖아. 어제 그 소은이랑 통화했어. 고모부가 한국 식당을 운영하는데 장사가 잘 되다 보니 일손이 필요하다네. 우리가 원하면 사업자 초청 비자를 발급받게 해주겠데."

수현의 둘째 고모는 서울로 시집 가 딸 소은을 낳았다. 수현의 어머니는 영동 읍내 약사에게 시집 와 일 년 만에 딸을 낳았다. 수현과 소은은 동갑이다. 둘째 고모는 자식으로 소은 하나만 낳았다. 수현이 영동 여중을 다닐 때 그녀의 아버지는 둘째 누나의 제안대로 수현을 서울로 보내기로 했다.

"한집에서 하나를 가르치나 둘을 가르치나 밥값은 똑같이 들어가잖아. 둘이 대입 정보도 공유하고 수능 시험도 같이 준비하면 그야말로 일석이조야. 그러니까 부담 가질 것 없이 이번 여름 방학부터 수현이 보내라. 하숙비나, 학원비는 약국으로 돈 잘 버는 너한테 다 받을 테니까 부담 가질 것 하나 없다. 수현이도 서울 물 좀 먹어야 세상 물정을 안다."

수현의 고모는 그렇게 막내 동생을 설득했다. 둘째 고모의 속내는 우등생끼리 묶어 놓으면 서로 경쟁을 하기 때문에 공부에 도움이 된다는 거였다. 서울서 낳고 자란 소은이도 공부를 잘했지만 수현도 영동군에서 공부를 잘하는 여학생이었다. 수현과 소원은 중학교 2학년부터 고등학교와 대학까지 같은 학교를 다녔다. 대학에서 소은은 영어영문학과를, 수현은 국문학과를 전공했다.

소은이 대학에 들어간 후, 그녀의 부모는 사업 비자를 얻어 캐나다로 출국했다. 홀로 남은 소은은 대학 생활 4년 동안 수현과 함께 살았다. 대학 마지막 학기에 소은의 가족은 캐나다 영주권을 받는 데 성공했다. 소은의 가족은 한국 국적을 포기했다. 소은은 대학 졸업 후 캐나다로 건너갔다. 수현은 국내 중소 기업체의 해외 무역을 지원하는 정부 기관에 취직했다.

수현이 처음으로 캐나다로 가자고 한 날, 쉽게 대답을 못하고 며칠 시간을 달라고 했다. 나는 어려서부터 낯선 이들과 어울리기보다는 나만의 공간에서 홀로 물건을 만들거나 그림을 그리는 걸 더 좋아했다. 밖에서 활동하기보다는 나만의 울타리 안에 숨었다. 그

사이프러스에서 온 남자

런 태도가 캐나다 이민 결정에도 영향을 끼쳤다. 반도텔레콤을 계속 다니면, 근무 연수가 늘어나도 불시에 직장을 그만두어야 한다는 불안감 없이 정년을 채울 수 있다. 국내 통신 인프라 사업을 독점하는 반도텔레콤 사업 특성상 적어도 20년은 하는 일만 열심히 해도 자연스럽게 진급하고 월급도 올라간다. 그런 안정된 직장을 버리고 낯선 캐나다에서 생활하는 게 두려워졌다.

'부모님은 절대로 캐나다 이민을 허락하지 않겠지. 특히 아버지는 분명히 또 나를 가로막고 나설 게 분명하다. 반도텔레콤에 다니면 큰 사고만 없어도 그럭저럭 정년까지 버틸 수 있고 안정된 가정을 꾸릴 수 있다. 캐나다로 가면 지금보다 형편이 훨씬 어려울 텐데. 그래도 우리가 행복할까? 또 캐나다로 떠난다는 것은 곧 김기찬을 피해 도망가는 것과 같다.'

수현을 만나 진전되었던 삶에 대한 내 태도는 이민이라는 이슈를 만나자 퇴행했고, 이런 식으로 내 안의 여러 자아와 쓸데없는 대화만 반복하다 보니 며칠이 금방 지나갔다.

"수현아, 캐나다로 간다고 김기찬이 그만 괴롭힐까? 그놈이 캐나다까지 찾아오면 또 어디로 도망가야 하지?"

며칠 후 수현에게 그렇게 말하고 말았다. 수현의 한쪽 입꼬리가 올라갔다.

"오빠라면 그럴 줄 알았어. 오빠는 언제나 말로는 나를 걱정하지. 물론 진심으로 걱정하겠지만, 몸으로는 행동하지 않아. 오빠가 행동으로 나를 걱정하는 모습을 찾기 힘들단 말이야. 말해봐. 언제 오빠 스스로 뭔가를 주도적으로 결정한 적 있어? 오빠는 나를 위해 무얼 할 수 있어?"

"왜 아무것도 안 했다는 거야? 네가 보기에 미덥지 않겠지만 나도 나름대로 노력하고 있어. 며칠 전엔 경찰서를 다녀왔어."

수현에게 미리 말하지 않았지만 동작 경찰서를 찾아가 스토킹 혐의로 김기찬을 신고한 일이 무력했던 내가 그나마 그것이 내가 수현을 위해 한 행동이다.

"글쎄 그것만 갖고는 스토킹 신고를 해도 수사 착수가 힘들어요. 손수현 씨가 당한 직접적인 피해가 없잖아요. 그리고 김기찬이라는 사람이 드러나게 피해를 준 건 아니잖아요. 피해 당사자가 직접 신고하면 수사에 도움이 될 텐데 정작 손수현 씨는 한 번도 찾아오지도 않았고요."

담당 형사는 책상 위에 놓인 서류들을 건성으로 만지작거렸다.

"직접적인 피해가 없는 게 아니죠. 피해자가 얼마나 정신적인 고통을 받는지 아시잖아요. 가는 곳마다 사람을 집요하게 따라다니는 게 바로 스토킹이죠. 꼭 주먹으로 얼굴을 때려야 범죄인가요? 피해자가 직접 경찰에 신고하라는데, 늘 감시당하는 피해자가 어떻게 경찰서를 직접 찾아오겠어요? 경찰서에 신고했다는 게 알려지면 그놈한테 어떤 험한 일을 당할지 모르는데 왜 꼭 피해자가 신고를 해야 하죠?"

나는 만사가 귀찮다는 표정을 짓고 있던 형사에게 따져 물었다.

"선생님 사정은 이해합니다만, 경찰은 고발인과 피고발인의 입장을 동시에 고려해야 하는 처지에요. 여기 오는 분들 백이면 백 다 자기들은 억울하고 상대방은 때려죽일 만큼 나쁘다고 하죠. 그러면서 왜 경찰이 자신들의 억울한 입장을 고려해주지 않는다고 불만이죠. 저희도 중간에 끼어 곤란할 때가 많아요. 힘드시겠지만 피해자분을 설득해서 직접 신고하시는 게 좋을 것 같습니다."

"피해자가 가해자 집에 하룻밤을 잡혀 있었어요. 지난번에 신고를 했지만 당신들은 아무런 조치가 없었잖아요."

"그래요. 그 사건은 지난번에도 말씀하셨죠. 그건 강남서 소관 사건이었죠. 우리 동작서 관할이 아니었어요."

톰슨 커피숍에서 수현이 정신을 잃고 쓰러진 사건까지 언급했지만 담당 경찰은 못 들은 체했다. 여러 번 알아듣게 설명하고 애원했으나 결국 빈손으로 동작 경찰서를 빠져나왔다. 경찰이 움직이자 않자 김기찬을 직접 만나기로 했다.

2006년 10월 15일, 톰슨 커피숍을 찾아갔다. 내가 살던 대치동 아파트에서 테헤란로 톰슨 커피숍까지는 차로 5분도 안 걸렸다. 걸어가도 충분했지만 그날은 일부러 차를 탔다. 지하 일 층 커피숍 고객용 자리에 차를 대고 지하 공간을 살펴보았다. 주차장 벽마다 톰슨 커피숍 손님께서는 전용 엘리베이터를 타라는 안내 표시가 붙어있었다. 누구나 버튼을 누르고 올라가는 고객 승강기와 RF카드 리더기를 터치하면 문이 열리는 VIP 전용 승강기가 나란히 양옆에 있었다. 큼직한 화물 승강기는 맞은편에 자리했다. 그 옆은 화물차 전용 주차공간이었는데 주차 칸 하나를 철제 쓰레기 수거함이 차지했다. 지하 주차장 출입구와 중앙 통로 천장에 붙은 카메라가 출입자를 감시했다.

고객용 승강기를 타고 톰슨 커피숍으로 올라갔다. 오후 2시, 김기찬이 톰슨에 나타났다. 매장을 둘러보던 그와 눈이 마주쳤다. 그는 분명 나를 알고 있었지만 처음 보는 사람이라는 듯 곧바로 내게 시선을 거두고 카운터 포스 단말기를 들여다보았다. 서빙 직원을 불러 사장과의 면담을 요구했다. 종업원은 카운터에 앉아 있는 사장에게 다가가 말을 전했다. 그가 힐끗 보더니 테이블로 다가왔다.

"무엇을 도와드릴까요? 손님."

김기찬의 낮은 목소리는 물기 하나 없이 건조했다.

"네, 개인적으로 드릴 말씀이 있습니다. 시간 좀 내주시죠."

그가 테이블 맞은편에 앉자 스프레이 파스 냄새가 났다. 수현이 말한 유칼립투스 향과 담배 냄새가 뒤섞여 메슥메슥했다.

"이미 잘 알겠지만. 제가 말씀드리려는 용건은 손수현 씨와 관계되는 일입니다."

"그 아가씨와 관련된 내용이라면 사양합니다. 손님과 나눌 말이 더 이상 없습니다. 그럼."

김기찬은 목례를 하고 곧바로 일어났다. 그가 나와 대화한 시간은 채 1분을 넘지 않았다.

"그러지 말고 내 말 좀 들어봐요. 수현 씨를 그만 괴롭혀요."

카운터로 향하는 그의 왼쪽 손목을 잡았다. 도마뱀이 곤충을 향해 혀를 날릴 때처럼 그는 재빨리 몸을 돌려 오른쪽 손날로 내 손목을 쳐냈다. 쇠막대기로 맞은 것처럼 손목이 아팠다. 그와 정면으로 맞붙어서는 온전한 뼈가 하나도 남아있지 않을 것 같았다.

"손님, 조용히 커피나 한 잔 드시고 가시죠."

김기찬의 예의 무표정한 얼굴을 하고 낮은 목소리 톤으로 말했다. 그와 대치한 짧은 순간에 텔레비전 인기 프로인 동물의 왕국 중 한 장면이 떠올랐다. 사자가 얼룩말 무리 중 가장 약한 말을 골라 사냥하는 모습이다. 젊고 강한 얼룩말을 먹잇감으로 추격하다 잘못하면 죽음을 각오하고 걷어찬 얼룩말의 뒷발굽에 사자의 아가리가 작살난다. 불운한 사자는 아래턱이 나가 시름시름 앓다가 죽는다. 이점을 알고 있는 영악한 사자는 저항할 힘도 용기도 없는 가장 약한 얼룩말을 사냥해 젊고 건강한 말의 강력한 저항을 피한다. 김기찬의 강한 힘을 느낀 그 순간 나는 사자가 노리는 가장 나약한 얼룩말처럼 그의 면상을 향해 주먹을 날리지 못했다.

동료를 잃은 초식동물은 분노하는 대신 망각을 선택한다. 상위 포식자가 행한 폭력과 그때의 공포를 장기간 뇌에 저장한다면 초식 동물들은 평화롭게 초원의 풀을 뜯어 먹을 수 없다. 동료를 죽인 사자에게 복수하려면 풀을 뜯어 먹는 시간을 줄여 사자에게 반격할 기회를 포착해야 한다. 최강의 포식자인 사자와 싸우려면 초식동물은 엄청난 에너지를 소비해야 한다. 그런 무모한 행동은 야생 세계에서 곧바로 죽음으로 이어진다. 초식 동물들은 옆의 동료가 사자 밥으로 먹혀도 이내 잊고 풀을 뜯어야 굶어 죽지 않는다.

인간은 초식동물과 달리 좌절의 순간을 저장하고 되새김해 복수하는 쪽으로 진화했다. 인류는 포식자들과 대항해 싸워 이기는 방법을 찾았고 결국 지상의 유일한 승리자가 되었다.

톰슨 커피숍에서 김기찬을 만난 나는 한 마리 초식 동물이었다. 그러나 나는 그날 풋탱자를 씹어 삼키는 것처럼 쓰디쓴 분노를 목구멍으로 넘겼다. 복수의 시간을 기약할 수 없었지만 굴욕의 순간을 선명한 사진으로 뇌리에 저장했다.

사이프러스에서 온 남자

상실

"지금 사는 집보다 훨씬 작은 집이라도, 그냥 단칸방이라도 몸만 누일 수만 있으면 오빠랑 살고 싶어. 이 집은 정들고 추억도 많은데 그자가 늘 지켜본다고 생각하면 소름이 끼쳐. 그러니까 오빠, 우리 어디서든 새로운 동네로 이사 가서 살자."

옆에 누워 있던 수현이 한 손으로 내 가슴을 쓰다듬으며 말했다. 탁상용 달력 맨 앞장이 2007년 3월로 바뀌었지만 그녀의 자취방은 한낮에도 겨울 냉기가 가시지 않았다. 둘은 침대에 전기장판을 깔고 나란히 누웠다. FM 라디오를 들으며 수현은 시집을, 나는 소설책을 읽고 있는 중이었다. 그녀의 말에 엉겁결에 바로 되물었다.

"수현아, 너 지금 나에게 청혼하는 거야?"

"아니! 같이 살자는 거잖아. 오빠도 다른 남자처럼 말하기야?"

그녀가 뜨악한 표정을 짓자 뭔가 잘못된 걸 알아챘다.

"수현아, 난 함께 살려면 당연히 결혼해야 한다고 믿었어."

"오빠는 그러면 결혼식 안 올리고 혼인신고 없이 동거하는 남녀 커플들을 전혀 이해 못하겠네?"

나는 자주 수현의 방과 침대를 공유하면서 동거는 결혼을 전제로 해야 한다는 이중 논리의 소유자였다. 나는 수현의 같이 살자는 말을 결혼하자는 것으로 잘못 알고 되물었다. 그녀가 반문하자 무엇이 잘못인지 깨달았다. 수현은 혼자 사는 게 두려웠던 것이다. 그 전에 내가 먼저 그녀를 위해 움직였어야 했다. 지난해 여름 수현이 캐나다에 가자고 했지만 그 소원을 들어주지 못했다. 김기찬의 악행은 계속되었고 속절없이 시간만 흘러갔다. 동거하자는 그녀의 말은 구원요청 신호였다. 그녀가 원하는 대로 하고 싶었다. 그날 바로 시집과 소설책을 내려놓고 동거와 결혼에 대해 진지한 대화를 나눴다. 같이 살자는 수현의 제안에 바로 동의하지 못했지만 가능한 빨리 결혼하자는 타협안을 냈다. 처음엔 바로 동거할 것을 요구하던 수현도 나와 같이 산다는 말에 집중해 결혼을 받아들였다.

나는 가급적 빨리 결혼하고 싶었다. 결혼 날짜는 두 달 뒤인 5월 21일로 잡았다. 아무리 서둘러도 그날이 가장 이른 날짜였다. 간소하게 결혼식을 치르기로 했지만 준비해야 할 것들과 절차들이 꽤 많았다. 우선 양쪽 부모에게 결혼 허락을 받아야 했다. 남녀가 결혼하는데 가장 큰 걸림돌이자 지원자가 양가의 부모였다. 나는 양친에게 수현과 결혼을 통보하는 것만으로 자식 된 의무를 다하려 했다. 그 통보를 부모가 수용하면 좋고 거부해도 둘만의 결혼식을 올리려 마음먹었다.

"오빠, 결혼하기로 했으니 양가 부모님께 허락받고 주변에도 알리

자. 난 여전히 서로 사랑한다는 게 제일 중요하고 결혼식이나 혼인 절차는 본질적이지 않다고 봐, 그래도 이왕 결혼하기로 했으니 제대로 하자, 오빠. 기존 질서를 어기려면 제대로 뒤집고 그러지 않을 거면 누구보다 제대로 된 결혼식을 올리고 싶어."

수현은 그냥 동거하면 모를까 결혼을 하고자 한다면 공인 절차를 따르자고 했다. 결혼 준비는 그녀가 주도했다. 먼저 양가 부모를 찾아갔다. 수현의 아버지는 앞 이마가 훤했고 머리도 희끗했다. 곧 장인이 될 그의 인상은 순박한 시골 이장이었다. 그녀의 부모는 인사차 영동을 찾아온 서울의 예비 사위가 마음에 들었는지 몇 마디 말도 묻지도 않고 결혼을 허락했다.

"자네, 내 딸 수현이를 끝까지 행복하게 해줘야 하네."

영동읍의 오래된 약국을 지키던 수현의 아버지는 결혼을 허락하면서 단 하나의 조건으로 딸과 행복하게 살라고 했다. 수현의 어머니는 같이 식사하면서 맛있는 반찬을 연신 내게 권하며 속마음을 내보였다. 그녀는 시골 약사 부인으로 비교적 여유로운 결혼 생활을 해서인지 나이에 비해 훨씬 젊어 보였다.

상대적으로 아버지에게 결혼 허락받기 어려웠다. 아버지는 수현의 개인 신상과 그녀의 집안에 대해 꼬치꼬치 물어보았다. 아버지는 수현이 평범한 것에도 불만이 많아 우리의 결혼에 미온적이었다. 그러나 결국 내가 수현보다 훨씬 더 평범하다는 걸 알았는지 결혼을 허락했다. 어머니는 수현을 친딸처럼 대하는 것으로 자신의 의사를 표현했다.

결혼 날짜를 정하고 신혼집을 구하러 다녔다. 부동산 사이트에 올라온 매물들을 검색하고 중개소를 찾아다닌 끝에 평촌 신도시 20평대 아파트를 전세로 얻었다. 어머니는 아버지 몰래 전세금을 보탰다. 직장 생활 7년 동안 모은 돈과 수현이 저축한 돈을 더해 양가 부모의 보탬없이 전세금을 마련했다. 어머니가 준 통장은 여러 번 거부한 끝에 일단은 받아 두었다. 아들 결혼에 어떤 형태로든 도움을 주고 싶은 어머니의 마음을 모질게 내치는 건 도리가 아니었다. 물론 그 돈은 한 푼 쓰지 않고 어머니 계좌에 남겨놓았다.

예비 신랑 신부가 제일 신경 쓰는 일이 결혼사진 촬영이다. 2007년 4월 6일 금요일. 하루 휴가를 내고 웨딩 포토를 찍었다. 사진 배경과 옷을 바꿔 입어가며 스튜디오 촬영에만 반나절을 보냈다. 오후엔 삼성동, 올림픽공원, 한강변과 양수리로 이동하며 사진을 찍었다. 햇살은 따스했지만 바람이 아직 차가웠다.

"신랑님, 왜 결혼하는 게 싫으세요? 어디로 마지못해 끌려가는 것 같아 보여요. 신랑님 제발 좀 웃으세요."

결혼사진 촬영은 평소에 잘 웃지 않는 나에겐 곤혹스러운 일이었다. 사진 기사는 사진을 찍을 때마다 웃음을 주문했다. 수현도 매번 잇몸까지 드러나게 웃느라 입가에 경련이 일었다. 신랑에 비해 더 자주 옷을 갈아입어야 하는 신부에게 웨딩 촬영은 훨씬 고된 일이다. 촬영이 막바지에 이를 때는 둘 다 입을 다물지 못할 지경이 되었다. 촬영이 끝나고 남현동 자취방으로 돌아오니 오후 네

시였다. 곤한 잠에 빠졌던 나는 심한 허기에 잠을 깼다. 전기밥통에 남은 밥과 라면으로 저녁을 해결하니 밤 아홉 시가 넘었다. 몸과 마음이 고단해 주말엔 쉬기로 했다. 계획대로라면 토요일엔 신혼 가구와 주방용품을 사러 다녀야 했으나 다음으로 미뤘다. 수현이 동해 바다를 보고 싶다고 했다. 결혼 살림을 장만하는 주말 일정을 바꿔 속초 여행을 가기로 했다.

원본 우주 2007년 4월 7일 토요일 이른 아침. 속초로 떠난 여행에서 그녀는 돌아오지 못했다. 수현과 김기찬은 같은 장소, 비슷한 시각에 저세상으로 떠나버렸다. 구급대원들이 수습한 수현의 시신은 앰뷸런스를 타고 강남의 한 종합병원으로 옮겨졌다. 의사가 공식 사망 확인을 하자 병원 관계자들이 그녀의 차가운 몸을 지하 영안실의 스테인리스 박스 안으로 밀어 넣었다. 수현의 시신이 금속 상자에 갇히자 내 몸이 영안실 바닥에 주저앉았다. 의사와 간호사가 달려들어 바닥을 뚫고 가라앉던 나를 건져내 응급실로 데려갔다. 거치대에 매달린 여러 개의 투명한 비닐 주머니에 담긴 수액을 한꺼번에 투여받고 8층 입원실로 올라갔다.

그후 며칠 동안 침대에 누워 하얀 천정만 바라보았다. 창문 밖으로 몸을 던지거나 주사액 호스를 목에 감아 죽고 싶은 충동이 일어났지만 감행하지 못했다.

수현을 따라 죽지 못한 나는 며칠 뒤 그녀의 장례식장에 갔다. 의료진은 장례식에 참가하는 걸 반대했다. 그날 사건으로 나는 얼

굴에 심한 상처를 입었고 왼쪽 갈비뼈 두 개가 부러졌다. 두개골에
몇 군데 금이 가서 머리를 붕대로 둘러맸다. 몇 발짝 걸으면 다리
뼈가 몸통으로 비집고 들어오는 것처럼 아팠지만 수현의 얼굴을
마지막으로 보고 싶었다. 완강히 외출을 반대하는 의사의 바짓가
랑이를 붙들고 간청해 결국 허락을 받았다. 의사는 어떤 경우에도
머리의 붕대를 풀지 말라고 했다. 그러나 검은 양복으로 갈아입으
며 머리를 동여맨 붕대를 풀어버렸다. 차라리 머리가 터져 수현과
함께 묻히고 싶었다.

수현의 가족, 친구들, 국원상사 직원들이 입관식에 왔다. 관속에
누운 그녀의 머리카락은 피범벅이 말끔히 씻겨 흑갈색이었고 깨끗
하게 닦은 얼굴은 핏기 하나 없이 회었다. 그녀의 어머니는 입관식
내내 통곡하다 정신을 잃고 쓰러졌다. 수현이 죽던 날과 같이 내
감정은 바짝 마른 나무토막처럼 메말랐다. 장례절차가 진행되는
동안 감정은 미동도 않는데 몸이 자꾸 바닥으로 내려갔다. 주저앉
을 때마다 부러진 갈비뼈들이 부딪치며 버스럭거렸다. 흰 무명천으
로 덮인 관은 뜨거운 불길 안으로 들어가기 전에 잠시 멈추어 작
별 인사를 했다. 흰 관이 서서히 불길 속으로 들어갔다. 언제부턴
가 비가 내렸다. 수현의 몸을 태운 회색 연기가 하늘로 올라가지
못하고 불구덩이 앞 유족과 지인들에게 너울너울 내려왔다. 정신
이 돌아온 그녀의 어머니는 불 속의 수현을 보고 목 놓아 울었다.
나는 화장로 철문이 그녀의 영혼을 안식처로 안내하는 입구이기
를 빌었다.

세상에 태어나 삼십 년을 보낸 수현의 몸은 두 시간 만에 자연의 일부로 소멸했다. 유족을 대표해 가루로 변한 유골함을 받았다. 그녀의 가족들과 함께 서울 양재동 추모공원으로 갔다. 수현의 부모들은 그녀가 마지막으로 생활하던 서울 가까이에 영면할 공간을 만들고 싶어 했다. 공원 한쪽 벽에 붙은 작은 상자가 가루로 변한 수현의 자리였다. 나풀거리는 나비처럼 세상을 자유롭게 날아다니던 그녀는 좁디좁은 상자에 갇혔다. 상자 앞 유리에 붙은 사진 속 그녀는 웃고 있었다. 수현의 뼛가루를 좁은 상자에서 꺼내어 함께 올랐던 설악산에 뿌려주고 싶었다. 그녀가 봄이면 꽃으로, 가을이면 단풍으로 아름답게 피어나게 해주고 싶었다. 병원으로 돌아오자 마른 장작처럼 굳었던 감정이 풀리며 슬픔이 밀물처럼 차올랐다. 고통의 바다에 빠져 허우적거렸다. 간호사들이 달려들어 무력한 내 몸에 환자복을 입히고 머리엔 두개골 고정용 붕대를 다시 감았다. 의사는 반듯하게 누워있지 않으면 이번에는 정말 머리통이 깨진다고 했다. 천장을 바라보고 죽은 듯 누워 눈물을 흘리는 것이 그녀를 위해 할 수 있는 유일한 일이었다.

　장례식이 끝나고 열흘쯤 지나 강남 스튜디오의 여직원이 전화해 결혼사진을 찾아가라고 했다. 스튜디오 기사들에게 다친 내 모습을 보여주기 싫었다. 나와 수현과의 다정했던 한때를 목격한 그들에게 우리가 결혼해 행복하게 살 것이라는 기대를 계속 품게 해주고 싶었다. 간호사들 몰래 환자복을 갈아입고 머리의 붕대를 풀고 병원을 나섰다.

"결혼하실 여성분과는 연락이 안 되네요. 결혼 미리 축하드리고 행복하게 잘사세요. 결혼식장과 예식 시간 알려주시면 본식 촬영 일정 잡겠습니다. 꼭 연락주세요."

전화했던 여직원이 웃는 낯으로 말했다. 끝내 그녀에게 결혼식 사진 촬영은 필요 없다며 거절하지 못하고 나중에 연락하겠다는 말을 남겼다. 여직원이 크고 작은 액자들을 택시 트렁크에 싣는 것을 도왔다. 집에 들러 포장용 봉투를 차례로 뜯으니 수현과 찍은 사진이 하나 둘씩 모습을 드러냈다. 제일 큰 사진은 푸른 산을 배경으로 그녀와 내가 나란히 뻗은 철길 위에 올라 마주서서 손을 내밀며 웃는 모습이었다. 그 사진은 더 이상 열차가 운행되지 않는 양수리 옛 철로에서 찍었다. 수현과 결혼했다면 신혼 집 거실에 걸릴 사진이었다. 하얀 이를 드러낸 채 활짝 웃는 수현의 사진들을 보자 근거를 찾을 수 없는 통증이 동시다발적으로 몰려와 온몸이 오그라들었다. 부들거리는 손으로 액자들을 종이봉투에 밀어 넣었다.

심판

"류재근 씨 당신은 유죄입니다. 김기찬을 살해한 죄로 당신을 징역형에 처합니다."

나는 판사가 든 나무망치만 뚫어져라 보았다.

"탕. 탕. 탕!"

나무망치 소리를 듣고 눈을 떴다. 사이프러스에 오기 전까지 나는 잠을 자다가 재판을 받는 꿈을 가끔씩 꾸곤 했다.

'그때 내가 목을 조르지 않았어도 그놈은 어차피 죽었을 거야. 내가 괜한 짓을 했구나.'

'그놈을 죽여서 다른 여인들의 희생을 막았다. 내가 목 졸라 죽이지 않았다면 그는 어떻게든 살았을 거야. 그래, 그를 죽인 건 잘한 일이야.'

'이렇게 재판받을 거면 차라리 그놈이 우리 차를 들이박기 전에 죽여 버렸어야지. 그랬다면 최소한 수현은 살아 있을 것 텐데. 이왕 죽일 것 같으면 더 빨리 죽였어야지.'

'수현을 죽게 만든 놈은 아무런 처벌을 받지 않는데 왜 나만 유죄란 말인가? 내가 죄인라면 김기찬의 죄는 나보다 만 배는 더 큰데 그놈을 내버려 두고 왜 나를 살인죄로 기소한단 말인가?'

한국을 떠나기 전에 이런 후회와 변명, 원망을 반복했다. 사이프러스에 오기 전에 살인죄로 갇혔다면 나는 너무나 억울해 단 하루도 밤잠을 이루지 못했겠지만, 반대로 그를 죽여 수현의 목숨을 구했다면 감옥에서 평생을 썩어도 여한이 없었을 것이다.

사이프러스에 있던 나는 내 복제 인물이 왜 어차피 죽어가는 김기찬을 자신이 굳이 살해했다고 제 발로 경찰에 찾아가 자백했는지 그 이유를 정확히 몰랐다. 만약 자동차 충돌 사건 후 내가 바로 김기찬의 목을 졸라 마지막 숨통을 끊어놨다는 걸 경찰에 실토했더라면 내 복제 인물이 경찰을 찾아갈 일도, 감방 신세를 질 일도 없었을 것이니 내 복제 인물에 대한 약간의 미안함은 있었다. 그러나 한국을 떠나기 전까지 나는 경찰을 찾아갈 마음이 없었다. 나는 그를 죽인 게 아니라 심판했다고 믿었다. 내가 겪은 한국의 사법 프로세스는 느리고 완벽하지 못했다. 수현의 몸을 탐하고 그녀를 스토킹한 김기찬을 사법당국이 신속하게 심판했다면 수현은 죽지 않았다. 수현을 보호해야 할 임무를 방기한 사법 당국이 김기찬을 목 졸라 죽인 나를 심판하는 것에 동의할 수 없었다.

내 복제 인물의 행동이 온전히 이해할 순 없지만 그래도 원본 인물인 내가 그의 행동을, 왜 경찰서를 찾아갔는지 추론하는 게 가장 정확할 것이다. 또 다른 나는 수현이 부재한 시간을 견디지 못했을 것이다. 그는 수현을 잃고 그녀와 함께했던 시간과 전혀 다른 하루하루를 보냈을 것이다. 개인이 느끼는 고독은 군중 속에 있을 때 최고조에 이른다. 차라리 무인도나 깊은 산중에 홀로 산다면 외로움이 한결 덜하다. 일상에 포획된 채 다른 모든 사람의 행복한 얼굴을 매일 바라봐야 한다면 산중에 홀로 은거한 자들보다 훨씬 더 외로울 것이다. 내 복제 인물은 차라리 산속에 홀로 있는 고독이 낫다고 판단해 교도소에 자발적으로 갇혔을 것이다.

나는 올림푸스 교도소에서 처음 맞이하는 사계절 내내 죽은 자의 심판에 대해 고민했다. 나와 내 복제 인물이 어차피 죽을 김기찬의 목을 졸랐다는 이유로 재판을 받고 감방에 갇혔는데 죽은 그는 왜 심판받지 않는가? 죄지은 자의 죽음은 그 죄의 심판과 형벌을 면제하는 수단이 되는 게 정당한가? 죽은 죄인들은 살려내 죗값을 치르게 해야 하지 않을까? 이런 의문과 함께 산 사람을 위한 환형열차와 복제 우주를 만드는 세상에 죄를 짓고도 심판받지 않고 죽은 자들을 처벌하기 위한 시스템과 제도는 왜 없는지 궁금했다. 나는 누구든 죄를 지으면, 설령 그가 죄책감으로 자살해도, 죄를 범하다 죽음을 당했도, 지은 죄가 발각되지 않아 잘먹고 잘살다가 자연사 했도 예외 없이 사후 심판을 해야 한다는 결론을 내렸다. 그래야 악행을 저지르고도 단지 죽었다는 이유로 공소권 없음이란 면죄부를 받는 악인들도 심판할 수 있다. 원본 인물이 지은 죄에 대한 책임을 복제 인물에게까지 물어 함께 처벌한다면, 이미 죽은 자의 죄도 심판해야 한다. 그러나 인류는 죄인이 죽은 뒤에 죄를 심판하는 시스템을 구축하는 대신 내세관을 만들었다. 죄를 지으면 지옥에 가고 선행을 많이 하면 천당에 간다는 내세관을 믿는 사람들은 살아서 죄를 짓지 않으려 노력한다. 사후 세계를 믿는 악인들은 죽음을 목전에 두고 지옥의 유황불에 떨어질까 봐 두려움에 떤다.

그러나 그런 내세관을 악인들이 믿지 않으면 아무 소용이 없다. 사후에 지옥에 간다는 믿음에 속박되지 않는 악인을 심판해 처단하는 방법은 없다. 인간의 죄를 단죄하는 유일하고도 확고한 방법은 죄 지은 자는 누구나, 심지어 죽은 자라도 예외없이 죗값에 상응한 처벌하는 것이다. 거대한 우주를 통째로 복사하고 재현하는 세상이니 죽은 자를 살려내 처벌하는 건 그리 어려운 일이 아닐 것이다.

올림푸스 바위굴 감방의 딱딱한 매트리스 위에 누워 전 우주적 정의 실현을 위해 김기찬과 같이 죄를 짓고 그 대가를 치르지 않은 채 죽은 자를 살려내 처벌하는 교도소를 달이나 화성처럼 지구로부터 멀리 떨어진 독립된 공간에 건설하는 방안을 생각하곤 했다.

환형열차(1)

원본 우주 2007년 3월 중순, 수십 년 만에 초봄에 함박눈이 무더기로 내렸다. 이틀이 지나자 언제 그랬냐는 듯이 봄기운이 따스했다. 그날 수현과 함께 청계산 중턱에 있는 과천 국립미술관으로 고흐 특별전을 보러 갔다. 그림들은 고흐의 고향 네덜란드와 그가 화가로 활동했던 프랑스에서 비행기를 타고 한국으로 날아왔다.

"오빠는 고흐 작품 중에 뭐가 제일 마음에 들어? 난 이 '사이프러스 나무와 별이 있는 밤'이 제일 인상적인데."

수현은 고흐의 '사이프러스 나무와 별이 있는 밤'이라는 작품 앞에서 걸음을 멈추고 그림을 응시했다. 그 작품 중앙엔 커다란 불꽃 모양을 한 사이프러스 나무 한 그루가 서 있고 밤하늘엔 소용돌이 모양의 별과 초승달이 빛나고 있다. 그 별빛과 달빛을 받으며 두 남자가 사이프러스 나무 오른편으로 난 마차길을 걷고 있다.

"오빠, 고흐의 작품 중에 '별이 빛나는 밤'이라는 제목의 그림도 있는데 이번 전시회에는 안 보이네. 그 작품의 별과 달도 이 그림과 비슷하게 그렸어. '사이프러스 나무가 있는 밀밭'이나 '별이 빛나는 밤' 같은 그림들도 마찬가지고. 그의 작품에선 나무, 구름, 달, 별들이 하나같이 소용돌이치지."

수현이 보고 있는 그림의 별과 달을 나도 유심히 살펴보았다. 고흐의 작품 속 별과 달은 현실의 그것과는 다르게 보였다. 고흐가 그린 별과 달은 기상 예보 화면의 태풍이나 허리케인 같았다. 소용돌이치는 별과 달을 바라보고 있으니 그 안으로 빨려 들어갈 것 같았다.

전시실의 작품들을 감상하다 보니 시간이 훌쩍 지나갔다. 배가 고파진 우리는 매점에 갔다. 삼각 김밥과 바나나 우유, 캔 커피를 주문해 창가 테이블에 앉았다. 매점의 남쪽 전면은 모두 유리창으로 청계산 자락이 한눈에 들어왔다. 연두색 나무 군단이 청계산을 포위하고 정상을 향해 느리게 전진하는 중이었다.

"오빠, 환형열차가 있는 사이프러스 섬은 영어로 Cyprus야. 고흐의 저 그림에 있는 나무 이름도 사이프러스인데 영어로는 Cypress고. 일설에는 사이프러스 나무 이름이 사이프러스 섬과 관계가 있다니까 영어 철자가 달라도 Cyprus와 Cypress는 같은 의미라고 봐도 무방하지. 사이프러스 섬에서 숭배한 나무라는 의미로 Cypress라는 이름을 얻었다고도 해. 그래서 난 고흐가 그린 사이프러스 나무를 어떤 상징이라고 봤어."

삼각 김밥을 먹다 말고 손에 턱을 괸 채 연녹색으로 물들어 가는 청계산을 바라보던 수현이 말했다.

"그러네, 우리말로는 그냥 사이프러스니까. 사이프러스 섬 사람들이 좋아한 나무라면 영어 철자가 틀려도 같은 이름이네."

"Cyprus와 Cypress가 결국 같거나 비슷한 의미라면 고흐 그림
에 나오는 사이프러스 나무가 환형열차가 운행되는 사이프러스 섬
을 상징한다고 볼 수 있지. 난 고흐가 그린 달이나 별을 다른 세계
로 연결되는 통로의 상징이라고 상상해봤어. 오빠 눈에도 고흐가
그린 달이나 별이 마치 블랙홀처럼 보이지 않았어?"

그날 수현은 자신도 한때 환형열차를 타고 싶었다고 고백했다.
김기찬에게 시달리던 수현은 그를 만나기 전으로 돌아가고 싶어
했다. 그러나 수현은 그에게 고통받을 자신의 복제 인물을 두고 차
마 떠나지 못해 사이프러스로 가는 걸 포기했다.

"나를 대신할 복제 인물의 인생도 마음에 걸렸지만 고흐의 그림
도 나를 붙잡았어. 오빠도 다른 세상에서 온 고흐가 그곳과 연결
된 출입구가 있다고 믿었던 지점에 사이프러스 나무를 그렸다고
상상해봐. 그리고 고흐가 원래 있던 지구에서 못다 한 사랑을 이
루기 위해 과거 시공간으로 재진입했다고 가정해봐. 그런데 그가
만나야 할 사람을 만나지 못했거나 자신이 원하는 삶을 살지 못했
다면 극도로 절망한 나머지 정신 착란을 일으킬 수도 있는 거잖
아? 그런 고흐라면 환형열차 탑승을 권유한 사람의 말을 들었던
자신의 귀를 자르거나 절망감으로 인해 자살할 수도 있지. 다른
우주에서 진입한 고흐가 스스로 죽음을 선택할 만큼 불행했다면
내가 굳이 과거 시점의 우주로 돌아갈 이유가 없어서 난 그냥 여
기 남은 거야."

물론 고호가 살던 시대에는 환형열차 시스템이 없었기에 수현이 고호의 그림 속 사이프러스를 우주와 우주를 연결하는 통로의 상징으로 본 것은 하나의 가정이다. 하지만 평행 우주가 존재한다면 고호 시대에도 우주와 우주를 연결하는 특이점들이 있었을 것이고, 우연히 그곳을 통해 다른 우주로 진입한 인물도 있었을 것이다. 어쩌면 누군가 수현처럼 고호의 사이프러스 나무를 보고 영감을 얻어 환형열차 시스템 운영 지역을 사이프러스 섬으로 정했는지도 모르겠다. 공교롭게도 인류는 우주 공간의 블랙홀을 고호의 그림에 나오는 별이나 달처럼 소용돌이 모양으로 형상화하기도 했다.

수현의 장례가 끝나고 2개월 병가를 냈다. 담당 의사는 한 달 동안의 입원 치료가 끝나도 바로 직장에 나가지 말고 완전히 회복될 때까진 집에서 요양할 것을 당부했다. 신혼집으로 장만했던 평촌 아파트는 이미 처분했기에 퇴원 후 한 달 동안 가끔씩 병원에 다녀올 때 말고는 대치동 집에 머물렀다.

병가가 끝나고 한동안 회사 일에만 집중했다. 마음이 어느 정도 안정되자 본격적으로 사이프러스 환형열차 탑승을 준비했다. 수현은 끝내 다른 시공간으로 돌아가지 못하고 소멸했으나 과거 시점을 기준으로 원본 우주를 복제한다면 그 우주에는 살아 있다. 수현을 만나기 위해선 그녀가 있는 과거 시공간으로 돌아가야 했다.

환형열차는 사이프러스 섬에서만 운행되었다. 과거의 어느 한때로 돌아가려는 사람들이 환형열차를 탔다. 각국 정부와 국민들은 환형열차 시스템 이용권을 인류 최고의 복지라 칭송했다. 적극적인 운명 선택권이야말로 사피엔스 종의 인권을 아우르는 최고의 권리로 인식되었다. 존엄한 죽음을 선택할 권리에 대한 인류의 보편적 인식이 안락사를 제도화했듯이, 인류의 적극적인 운명 선택권 추구가 사이프러스 환형열차 시스템을 만들었다. 안락사가 고통에 찬 삶을 스스로 끝낼 권리를 구현한 것이라면 환형열차 탑승은 인생을 새롭게 시작할 권리를 실현한 것이었다.

환형열차 탑승 계획을 오상철과 황무진 처장에게는 말하려 했다. 먼저 오상철을 양재역 사거리 곱창집에서 만났다.

"상철아, 넌 환형열차 타는 걸 어떻게 생각해?"

"재근이 너 그거 타려고? 아니 왜?"

"수현이가 죽었는데 무슨 낙이 있겠냐? 하루하루가 허무하다. 이렇게 사느니 환형열차를 타야지."

"글쎄, 난 진지하게 형열차 타는 걸 고민해본 적이 없어. 재근이 너에게는 미안하지만, 굳이 말하자면 내 인생이 너보단 상대적으로 평화로웠다고 해두자. 물론 너랑 군대 생활할 때 빼고."

"상철아, 나처럼 애인이 죽거나 하는 큰 사건이 너한테 없었던 건 내가 알지. 그래도 과거로 돌아가고 싶은 때가 한 번도 없었어?"

"물론 나도 살면서 크고 작은 실수를 하고 후회도 해. 밤새 술 먹고 길거리에서 쓰러져 자다가 얼어 죽을 뻔하기도 했고. 주식투자로 정비소 일 년 수익금을 몽땅 날리기도 했지. 뭐 그렇다고 그런 실수를 저지를 때마다 과거로 돌아갈 순 없잖아. 난 운이 좋았어.

그러니까 이만큼 살지. 더 큰 행복을 얻기 위해 지금 가진 걸 포기하는 건 어리석은 것 같아. 새 우주에서 더 불행해진다면 그땐 다른 방법이 없잖아. 난 불확실한 미래보다 지금의 작지만 확실한 행복을 선택하겠어. 재근아, 난 지금이 행복해."

내가 반도텔레콤 입사 3년 차 대리였을 때 오상철은 은행에서 큰돈을 빌려 양재대로 부근의 자동차 정비소를 매입했다. 대출 이자를 갚느라 허덕이긴 했지만 해마다 올라가는 건물 임대료 걱정을 하는 것보단 나았다. 대출금을 갚지 못해 파산하는 같은 업종 사장들도 여럿 있었고 오상철도 2년 넘게 죽도록 고생했지만 그의 형편은 점차 나아졌다. 그의 고급 승용차 정비 실력이 조금씩 강남 일대에 소문이 나서 정비소를 개업한 지 3년쯤 지나자 제법 돈을 벌기 시작했던 것이다. 오상철은 개업 5년 만에 정비소에서 가까운 빌라를 구입해 신혼살림을 꾸렸다. 딸 둘을 낳고 아내와 행복하게 사는 그는 당연히 환형열차를 탈 이유가 없었다. 오상철은 오히려 환형열차를 타려는 나를 말리기도 했다. 그러나 밤새 이어진 술자리 끝에 그는 내 심정을 이해했다.

병가를 낸 사이 황무진 부장은 신상품 개발처장으로 승진했다. 직장으로 복귀하자 황 처장이 제일 먼저 나를 반겼다.

"그간 고생 많았지? 마음을 다잡는데 낚시만큼 좋은 게 없어. 류 과장 몸이 좋아지면 좌대에서 밤낚시 한번 하자."

그는 사람 좋은 얼굴로 내 어깨를 다독였다. 직장에 복귀해 업무가 다시 손에 잡히고 심신도 다소 회복되자 황 처장이 주말 낚시를 제안했다. 출조지는 냉동지였다. 냉동지는 한여름에도 계곡의 찬물이 유입되는 곳에 만들어진 계곡형 저수지였다. 냉동지에선 봄철이나 가을철보다 여름에 붕어가 잘 낚였다. 냉동지 중류 수초 밀집 지대에 수상 마을처럼 낚시용 좌대가 적당한 거리를 두고 떠 있었다. 낚시터 주인은 모터보트로 수상 좌대까지 낚시꾼들을 실어 날랐다. 보트로 이동하고 있는데 한 좌대 위에서 젊은 남녀 한 쌍이 바짝 붙어 낚시를 하고 있었다. 황 처장과 나는 그 남녀가 밤새워 낚시만 하지는 않을 거라는데 의견을 같이했다.

좌대 위 낚시꾼들은 해 지기 전에 미리 짜장면이나 술, 삼겹살, 낚시 미끼로 쓸 어묵이나 깻묵 등을 주문했다. 그것을 배달하기 위해 관리인의 보트가 움직일 때마다 물 위에 뜬 찌들이 출렁거렸다. 좌대 숙소 안에는 가스버너와 고기 굽는 불판은 물론 텔레비전에 냉장고까지 있었다. 한쪽에 간이 화장실이 있었는데 그 아래 물속에는 수질 보호를 위해 분뇨 수거통이 매달려 있었다.

우리는 물가 쪽 좌대 모서리를 사이에 두고 앉아 낚시 준비를 했다. 좌대 바닥에 고정된 받침대에 낚싯대를 펼쳐 놓고 찌를 맞췄다. 수심을 재보니 2미터 내외였다. 황 처장은 그 깊이면 제법 씨알이 굵은 붕어가 나온다고 했다. 찌맞춤을 끝내고 불판에 삼겹살을 구워 소주를 나눠 마시며 어둑할 때까지 기다렸다.

"처장님도 사이프러스 환형열차를 아시죠? 전 환형열차 탑승을 고민하고 있어요. 곧 사이프러스에 가야 할 것 같아요. 무엇 때문인지는 아실 거고. 처장님도 환형열차를 타고 싶은 때가 있었나요?"

"실은 나도 사이프러스로 가려고 했던 적이 있었어. 류 과장 알지? 난 일찍 결혼했는데 이혼도 남들보다 빨리했다는 것. 아내의 불륜 때문이었어. 딸을 둘이나 낳은 마누라가 딴 사내와 눈이 맞을 줄은 몰랐어. 남자들은 아무리 결혼 생활을 오래하고 장성한 자식들이 있어도 기회만 되면 딴 여자한테 눈길을 주잖아. 물론 그중에 아주 극소수가 실제로 바람을 피우지만. 여자도 남자와 똑같은 사람이니까 여자들이 바람난다 해도 이상할 건 하나도 없는데 내가 미처 몰랐던 거야. 문제는 하필이면 내 와이프가 바람을 피웠다는 것과 어쩌다가 내가 그 일을 당했다는 거지."

황 처장은 낚시 의자에서 상체를 일으켜 담배를 피워 물었다. 그 담배 연기가 바람을 타고 날아와 내 콧속으로 파고들었다. 그는 오래전부터 묻기를 기다렸다는 듯 인생사를 풀어놓았다.

황 처장이 중학교에 입학할 무렵 그의 아버지는 북태평양 명태잡이 선원이었다. 그의 아버지가 소속된 대형 원양어선은 목표량을 달성하기 위해 태풍이 몰아치는 바다에서 조업을 강행했다. 황 처장 아버지를 비롯한 갑판 위의 선원 다섯 명이 산 같은 파도에 휩쓸려 사라졌다. 그들을 찾기 위해 러시아와 일본어선, 미국 해군 헬기까지 동원되어 여러 날을 수색했으나 겨우 너덜너덜해진 한 구의 시신만 찾았다. 아버지 시신을 찾지 못한 황 처장과 가족들은 가묘를 써서 그의 혼만 고향 마을 뒷산에 안치했다.

황 처장은 대학 졸업을 한 달 앞둔 겨울에 8년간 교제한 여성과 결혼했다. 동갑내기인 둘은 학력고사를 보고 졸업할 때까지의 그 짧은 기간에 만나 바로 열렬한 사랑에 빠졌다. 황씨 집안의 3대 독자인 황 처장은 집안의 대를 빨리 이어야 한다는 홀어머니의 소원을 들어주기 위해 대학 2학년 겨울 방학 때 결혼했다. 황 처장이 졸업해 직장을 얻을 때까지 살림 비용은 그의 어머니가 댔다. 억척스러운 그의 어머니는 결혼한 아들이 반도텔레콤에 입사한 후에도 재래시장에서 야채 장사를 해 아들 살림에 보탰다. 어느 겨울날, 며느리가 챙겨준 밥도 거르고 새벽같이 농산물 직매장으로 야채를 떼러 가던 그의 어머니는 화물차에 치였다. 밤새 술 마시고 이른 새벽에 배추를 가득 싣고 농산물 시장으로 차를 몰던 남자가 황 처장의 어머니를 덮쳤다. 그의 어머니는 머리에 인 야채 보따리를 두 손으로 움켜쥔 채 아스팔트 위에 나동그라졌다. 뇌를 크게 다친 황 처장의 어머니의 지적 수준은 세 살배기 아이 수준으로 떨어졌다. 그녀는 스스로 음식을 먹지 못해 누군가 입을 벌려 먹여주어야 했고, 대소변을 가리지 못해 성인용 기저귀를 찼다.

"바보가 된 어머니가 처음 집에 왔을 때 애들 엄마는 자기가 당연히 모셔야 한다고 했어. 그땐 정말 고마웠어. 그렇지만 오래 묵은 병에 효자 효녀 없다고, 마누라가 서서히 지쳐갔어. 어머니가 사고를 당하고 두 해가 지나갔어. 마누라가 갑자기 일을 하고 싶어 했어. 고생한 마누라를 집안일에서 벗어나게 해주려고 직장복귀를 허락했지. 대신 돈 주고 어머니를 돌봐줄 간병인을 얻기로 했어."

그의 아내는 영화 평론가였다. 이전에 다니던 영화 전문 잡지사로 복귀한 황 처장의 아내는 생기를 되찾았다.

"복직한 마누라는 처음엔 자신이 할 일을 간병인에게 맡긴다고 미안해했어. 퇴근도 가능하면 일찍 했지. 그러다가 이혼하기 일 년 전부터 마누라가 거의 매일 야근을 했어. 마누라가 늦게 집에 들어오니 내가 정시 퇴근해서 어머니를 돌봤고, 그 바람에 난 회사 진급도 늦어졌어. 매일 6시에 땡하고 퇴근하니 어떤 상사가 좋아하겠어? 어머니를 모시다 보니 지친 나도 머리를 쉴 겸 주말엔 가끔 마누라에게 집안일을 맡기고 낚시를 다녔어. 평일에 집안일을 많이 해준 덕분인지 마누라는 주말에 낚시 가는 걸 눈감아 줬어. 문제는 결국 낚시 때문에 터졌지."

황 처장은 담뱃불을 붙이며 한숨을 내쉬었다.

"류 과장도 알다시피 붕어 낚시는 초봄 산란 철이 피크잖아. 자네가 입사한 지 일 년쯤 됐을 때였을걸? 4월 초에 주말 낚시를 하러 갔어. 밤 아홉 시쯤 한참 물속에서 붕어를 끌어 올리고 있는데 갑자기 비가 엄청 쏟아졌어. 일기 예보를 보니까 밤새 비가 내린다기에 부지런히 장비를 챙겨 집으로 돌아왔지."

자정쯤 집에 돌아오니 그의 아내가 집에 없었다. 아내가 전화를 받지 않자 그는 밤을 꼬박 새웠다. 다음 날 아침. 황 처장은 한껏 꾸민 모습을 하고 고양이처럼 슬쩍 현관문을 열고 들어서는 아내의 면상을 주먹으로 갈겼다.

"연애 한번 안 한 마누라가 바람이 날 줄 몰랐어. 그렇더라도 바보같이 아내에게 주먹을 쓴 건 큰 실수였지. 아내의 사랑은 무죄고 내 폭력은 유죄니까."

황 처장은 새로 담배 한 개비를 피워 물었다.

"이혼을 하니까 인생이 허무했어. 오랫동안 연애하고, 결혼하고, 애들도 낳고 살았는데 내 존재가 한순간에 부정당한 거야. 그러니 나라고 왜 사이프러스 환형열차를 타고 싶지 않았겠어? 나름대로 많이 고민했지. 근데 자신이 없었어. 마누라가 바람피우기 전으로 돌아간다고 다시 이혼하지 않으리란 법이 없고, 다른 여자를 만나 연애하고 결혼해도 또 배신을 당하지 않는다는 보장이 없잖아."

자신의 결혼 생활에 대해 한탄하던 황 처장이 내 환형열차 탑승으로 화젯거리를 돌렸다.

"그래, 최종 선택은 류 과장의 몫이지. 여기 걱정하지 말고 떠나. 지금까지 하는 일 마무리는 걱정하지 마. 류 과장 복제 인물이 그 일을 하게 될 테니까. 그가 진짜 류 과장이 아니라는 건 아무도 몰라. 사이프러스 당국이 알려주지 않으니까. 그러니까 류 과장, 같이 낚시한 정을 생각해 떠나기 전에 나하고는 소주 한잔 하자!"

"누군가에게 제가 떠난다는 걸 알려줘야 한다면, 누군가 저의 부재를 알고 있어야 한다면 처장님이어야 할 것 같아요. 직계 가족이 아니니 마음은 덜 아프실 테고, 저와는 나름 가깝게 지냈으니 비밀은 지켜주실 거잖아요."

"그러니까 나한테는 꼭 알려줘. 언제 사이프러스로 떠나는지 말이야. 그래야 이별주 한잔하며 지난 날을 추억할 수 있잖아."

소주 몇 잔을 더 비우자 사방이 어두워졌다. 우리는 각자의 자리로 돌아갔다. 밤이 깊어지면 저수지에 부는 바람이 잦아들기 마련인데 그날은 밤바람이 제법 거칠었다. 수면 위로 손가락 한 마디씩 나온 노란 불빛의 야광 찌들이 출렁거렸다.

사이프러스에서 온 남자

사이프러스행 비행기

사이프러스 환형열차 탑승료는 꽤 비싸다. 환형열차 관리국이 책정한 탑승료는 중진국 노동자가 10년을 저축해야 마련할 수 있는 돈이다. 그 금액은 환형열차 시스템 구축 비용과 운영경비, 사이프러스 관리국 유지비, 체류비 등을 합산해 연간 이용자 수로 나눈 액수다. 환형열차 탑승료 2억 원은 한동안 세계적인 논란을 일으켰다. 인류 최고의 복지라는 칭송에도 불구하고 탑승료로 인해 환형열차 탑승 자격이 사실상 중진국 노동자 이상으로 한정되었기 때문이다. 인류의 보편적 복지라면 소득, 성별, 인종, 국가, 나이 등에 관계없이 누구나 수혜자여야 했으나, 실제로는 원화 기준으로 2억 원의 돈이 있어야 그 혜택을 받을 수 있었다. 가난한 나라를 중심으로 보편적 복지라면 누구나 환형열차 탑승이 가능해야 한다는 요구가 거세게 일었다.

그러나 고액의 환형열차 탑승료에 대한 논쟁은 시간이 흐르면서 수그러들었다. 환형열차 탑승자가 극소수인 빈국의 행복 지수가 가장 높았고, 상대적으로 사이프러스 환형열차 탑승자가 많은 잘

사는 국가의 행복지수가 낮았기 때문이다. 인류는 점차 환형열차 탑승을 행복의 필수 조건이 아닌 고액의 우주여행으로 받아들였다. 그때부터 환형열차 탑승료를 둘러싼 논쟁은 탑승자들이 과연 행복할 것인가라는 보다 근본적인 문제로 옮겨갔다. 열차 관리국은 그런 논쟁을 의식해 탑승객이 현명한 결정을 하는데 충분한 시간을 주는 방식으로 그들의 두 번째 삶과 행복을 지원했다. 이를 위해 관리국은 사이프러스 섬 체류를 최장 1년으로 정했다.

2억 원은 내 형편에도 큰돈이긴 했지만 어렵지 않게 마련했다. 7년 동안 직장생활을 하면서 모은 돈이 1억 5천만 원이었고, 거기에 전세 계약금을 해지한 5천만 원을 더하니 2억 원이 약간 넘는 현금이 모였다. 어머니가 결혼 준비금으로 준 돈은 그대로 남겼다.

체류 비용을 사이프러스 한국 지부가 지정한 은행 계좌에 입금하고 탑승권을 신청했다. 일주일 뒤 환형열차 한국 지국이 입금 확인서와 안내서를 보냈다. 안내서에는 지구와 우리 은하를 포함한 우주 공간을 관통하는 물리법칙, 사이프러스 환형열차 시스템의 운영규정, 원본 인물이 떠난 뒤에 남게 될 복제 인물의 역할 등의 정보가 수록되어 있었다.

우리 우주 구조

「우리 우주는 한 방향으로 무한히 확장됩니다. 여러분의 이해를 돕기 위해 예를 들어보겠습니다. 우리 우주는 아주 기다란, 그 끝이 한정되어 있지 않은 원통형 튜브에 콤팩트디스크 판처럼 시공간 판이 차곡차곡 쌓인 형태로 되어있습니다. 그 원통형 시공간에 인간이 인지 가능한 숫자로는 도저히 헤아릴 수도 표현할 수도 없는 규모의, 우리 우주만 한 크기의 디스크 판이 조밀하게 쌓여 있습니다. 그중 맨 위의 디스크가 현재 활성화된 시공간으로 여러분이 지금 이 순간 활동하는 시공간입니다.」

안내서에는 다양한 사진과 그림이 있었는데, 그중에는 기다란 원통형 튜브 모양으로 쌓인 얇은 원형 판들과 맨 위의 활성화 상태인 우리 우주를 형상화한 천연색 그림도 있었다.

「우리가 사는 현재 시점의 활성화 상태의 시공간 아래쪽으로는 끊임 없이 과거의 시공간이 저장되고 있습니다. 우리가 접하는 현재는 찰나의 순간뿐이고 1초 전, 10분 전, 1시간 전, 하루 전과 같은 과거의 시공간은 비활성 상태로 원통형 튜브에 연속적으로 저장되어 있습니다. 그림에서 보듯이 원통형 튜브의 맨 위 아주 얇은 원판 하나가 인간이 무한하다고 여기는 현재 우주입니다. 물론 원판의 두께가 우리 우주의 공간적인 크기를 말해주는 건 아닙니다. 이 그림은 어디까지나 독자들의 이해를 돕기 위해 다차원의 공간을 2차원의 그림으로 형상화하여 표현한 개념도일 뿐입니다. 중요한 것은 우리 우주는 단절됨 없이, 끊임없이 과거의 시공간에 저장되고 있다는 점입니다. 우리 우주 밖의, 거대한 원통형 튜브를 포함한 공간은 인류의 상상력 저 너머에 있습니다.

인간은 지구 환경에 맞게 진화해왔고 현에도 우리의 인식 능력은 지구라는 시공간에 적합한 수준입니다. 우주 교육 시스템에서는 맨 위 활성 상태의 현실 우주만 다룹니다. 평범한 인간의 머리로는 우주의 실체를 구체적으로 개념화하기 어렵기 때문입니다. 우리 우주의 인류는 태생적인 인식의 한계에도 불구하고 끝없는 호기심을 무기로 지구 밖과 우주 밖의 시공간에 대해 탐구해온 결과 오늘날과 같은 우주 너머의 시공간에 대한 지식을 획득해왔습니다.」

사이프러스 환형열차 시스템 안내서

「개념적으로 과거로 돌아간다는 것은 원통형 튜브에 겹겹이 쌓인 특정 시점의 과거 우주를 따로 떼어 내 별개의 시공간에 활성화한다는 말이기도 합니다. 빛으로 달려도 400억 년 걸리는 시공간의 모든 역사가 단 1초도 빠짐없이 원통형 튜브에 계속 쌓이기에 이 원통형 튜브 같은 무한의 시공간이 망가지면 정교한 우주 시스템이 붕괴됩니다. 그 경우 우리 우주가 아예 무로 사라지게 됩니다. 이것을 방지하기 위해 사이프러스 환형열차 당국은 탑승객 개인이 과거로 돌아가기 위한 특정 시점의 우주를 복제하여 별도의 시공간에 활성화합니다. 따라서 원형의 우리 우주는 현재는 물론 과거의 저장 본 또한 훼손되어서는 안 됩니다. 특정 시점의 과거 우주가 재활성화되면 원본 우주와 동일하게 모든 물리적 구성 요소들이 작동하게 됩니다.

사이프러스 환형열차 시스템은 원본 우주, 즉 원형 튜브의 최상층인 현재의 시공간에서 사는 인류의 복지증진을 위한 시스템입니다. 원본 우주의 구성원들이 원한다면 특정 시점의 과거로 돌아가서 다시 생활할 수 있도록 배려하는 최고의 복지제도입니다. 이미 불치병이거나 노화가 진행될 대로 진행되어 사는 것 자체가 고통인 분들을 위해 안락사를 합법화한 지는 오래되었습니다. 인류는 일찍이 개인의 죽음에 대한 선택권을 부여했고 과학기술이 발전함에 따라 개인이 원한다면 원본 우주의 현재 삶과 다르게 살 기회를 제공하고자 사이프러스 환형열차 시스템을 마련한 것입니다.」

원본 인간과 복제 인간의 관계

「환형열차 탑승자들은 사이프러스 섬에 1년간 체류하면서 과거 어느 시점으로 재진입할 것인지 결정합니다. 사이프러스 환형열차 탑승자를 대신할 복제 인간은 원본 인간이 사이프러스로 떠나는 시점에 즉시 대체 투입됩니다. 이를 위해 우리는 현시점 대비 직전의 과거 우주의 탑승자를 복제합니다. 원형 우주에 남겨진 복제 인물의 인식과 판단 기능은 극히 일부에 한해서만, 즉 복제 인물이 환형열차 탑승을 추구하지 않게 제어됩니다. 그리하여 환형열차를 탑승객을 대신한 복제 인물의 환형열차 탑승 시도는 발생하지 않습니다.

재활성화된 과거 우주에 진입하는 탑승자에게는 환형열차 탑승자의 기억 전이됩니다. 탑승자는 현 우주의 자의식을 갖고 과거의 우주로 진입합니다. 유의해야 할 점은 일정 기간 동안, 즉 과거 우주의 진입 시점부터 환형열차를 타고 떠난 원본 우주의 특정 시점에 이르는 기간 동안 형성된 기억은 동일한 기간 동안 복제 우주에서 겪는 일상적인 경험과 충돌할 수 있다는 점입니다. 원본 우주에서 생활한 기억이 있기에 복제 우주에서는 지금과 다르게 살수 있지만, 반대로 그로 인해 온전히 새로운 삶을 살지 못하고 과거에 얽매인 삶을 반복할 수 있습니다.」

나는 환형열차 탑승과 관련된 매뉴얼도 읽어 보았다. 그 매뉴얼에 따르면 복제 우주에서 원본 우주에서의 삶을 기억하는 사람은 탑승객 자신뿐이다. 복제 우주는 단 한 사람의 탑승객을 위해 활성화되었기 때문이다. 관리국은 과거 시공간으로 이동한 탑승객이 원본 우주에서 왔음을 밝히거나 사이프러스 환형열차 존재 등의 민감한 내용을 발설하는 걸 금지했다. 복제 우주의 누구도 탑승객이 원본 우주에서 왔다는 사실을 믿지 않을 것이기에 해당 내용의 누설이 결코 유리하지 않다고 했다.

신청서를 제출한 지 한 달 만에 사이프러스 환형열차 관리국이 탑승권을 보내왔다. 과거의 특정 시점으로 돌아가려면 현재 우주에서 더불어 살아온 사람들과 이별해야 한다. 사랑하는 이들의 돌연한 부재는 주변 인물들의 평온한 삶을 뒤흔든다. 환형열차 탑승객들도 이별이 가슴 아프지만 남은 이들도 탑승객과의 작별이 슬플 수밖에 없다. 그러므로 떠나는 사람이나 남은 사람 모두를 위해 탑승객의 부재를 알리지 않는 편이 좋았다. 당국은 탑승권을 보내며 환형열차 탑승객을 위한 공식적인 작별 의식이 없으니 탑승자들 스스로 개인적인 의식과 절차에 따라 조용하고 은밀하게 이별할 것을 당부했다.

사이프러스로 출발하기 며칠 전 트렁크에 수현과 함께한 추억이 담긴 물건들을 싣고 용담 휴게소 근처로 갔다. 수현과 마지막으로 같이 있었던 장소에서 그녀와의 추억이 담긴 소품들을 태우려 했다. 남한강 상류로 이어지는 도로 옆 공터에서 나뭇가지를 쌓아 불을 피웠다. 수현에게서 온 편지와 주고받은 메모, 내가 받은 선물 등을 모닥불에 던져 넣으려는 순간 마음을 바꿨다. 나는 원본 우주를 떠나지만 내 대체 인물은 이곳에서 죽는 날까지 살아간다. 떠나는 내게 그 물건들을 태울 권리는 없었다. 어느 날 자고 일어났는데 사랑한 여인을 추억할 물건이 몽땅 사라졌다면 내 복제 인물은 더욱 절망할 것이다. 그녀를 추억할 수 있는 물건들은 나를 대신한 그의 것이어야 한다. 나는 내 복제 인물이 수현을 잊고 새로운 인연을 만나 행복하게 살길 바랐기에 그녀의 추억이 담긴 물건들을 태우려 했다. 그러나 그것은 나만의 이기적인 행동이었다. 그녀를 잊는 것도, 새로운 여인을 만나는 것도 원본 우주에 남아 있을 내 복제 인물이 결정해야 옳았다. 여명이 밝아올 때까지 모닥불을 피우고 수현을 추억했다. 산등성이 위로 해가 떠오르자 태우려 했던 소품들을 트렁크에 싣고 집으로 돌아왔다.

원본 우주 2008년 4월 15일 새벽, 잠든 부모에게 큰 절을 올리는 것으로 나만의 작별 의식을 대신했다. 내가 떠나도 대치동 아버지가 아들의 부재로 인해 가슴 아파할 일은 없다. 아버지는 나의 부재를 알지 못하기 때문이다. 물론 그 대가로 아버지는 평범한 아들을 계속 답답하게 여기며 살아갈 것이다. 황 처장에게 사이프러스 출발 일정을 일러주기로 한 약속은 지키지 못했다. 황 처장을 위해선 그가 내 부재를 모르는 편이 나았다. 내가 떠났음을 모른다면 그는 전과 다름없이 내 복제 인물과 가끔 낚시하면서 함께 소주잔을 비우며 삶의 애환을 달랠 것이다.

아파트 현관문을 나섰다. 절정의 시간을 보낸 하얀 목련 꽃잎이 뭉텅이로 뚝뚝 떨어지고 있었다. 집 근처 삼성로 공항 리무진 터미널에서 인천공항으로 가는 리무진 버스를 탔다. 여의도 63빌딩이 보이는 올림픽 도로를 달릴 때 내 대체 인물이 아파트 현관문 앞에 놓인 조간신문을 집어 드는 모습을 상상했다. 그는 아침마다 내가 그랬던 것처럼 화장실 변기에 앉아 신문을 읽으며 하루 일과를 시작할 것이다. 공항 리무진이 한강 하구를 향해 달려갈수록 날은 밝아 왔다. 일찍 일어난 비둘기들이 한강 둔치 공원에 밤새 사람들이 버린 술안주를 쪼아 먹고 있었다.

사이프러스로 가는 직항노선이 없어 인천공항에서 터키 이스탄불로, 이스탄불에서 그리스 아테네로, 그리스 아테네에서 사이프러스로 가는 비행기를 차례로 갈아타야 했다. 인천공항을 출발한 비행기는 12시간을 날아가 터키 시간으로 오후 3시에 이스탄불 공항에 착륙했다. 활주로에서 버스를 타고 이스탄불 공항 청사에 들어와 트랜스퍼(Transfer) 표지를 따라갔다. 터키 출입국 직원들이 환승객들을 상대로 소지품 검사를 했다. 인천공항 발권 창구 직원은 터키와 그리스로 가는 항공권 두 장을 한 번에 발급했다.

그리스 항공권을 챙겨 트랜스퍼 데스크를 통과해 98번 게이트를 찾아갔다. 노란색으로 변한 햇살이 대합실 창문으로 쏟아져 들어오는 오후였다. 게이트 앞 대기실에서 서너 명의 손님이 느긋하게 시간을 보내고 있었다. 그중 한 남자는 아예 의자 몇 개를 차지하고 누워 있었다. 달리 할 일이 없어 나도 그를 따라 의자에 두 다리를 뻗고 누웠다. 그 시간이 한국의 밤이라 그런지 금방 잠이 들었다.

터키 시간으로 밤 10시, 이스탄불 공항에서 그리스로 가는 비행기가 날아올랐다. 그리스 영공에 가까워지자 창가 승객들이 창문 가리개를 열었다. 지중해는 온통 검은색이었고 간간이 지나가는 배들이 컨 불빛이 밤하늘의 별자리 같았다. 비행기가 바다를 지나 육지로 들어서니 비로소 그리스의 아름다운 야경이 보였다. 현지 시각으로 새벽 3시, 그리스 땅에 내려앉았다. 비행기에서 내려 아테네 공항의 환승 전용 게이트를 찾아갔다.

사이프러스의 라르나카 공항으로 가는 비행기는 아침 8시 25분에 출발할 예정이었다. 아침이 올 때까지 5시간을 아테네 공항 트랜스퍼 라운지에서 보내야 했다. 나는 쉴 만한 공간을 찾았다. 다행히 공항 한쪽 끝에 자리한 카페가 문을 열었다. 그곳에서 그리스식 커피를 한 잔 주문해 천천히 마셨다. 블리키(Blik)라 불리는 양철 냄비에 커피 가루와 설탕을 넣어 강한 불로 끓인 그리스식 커피를 다 마시면 컵 바닥에 미세한 커피 가루 침전물이 남았다. 그리스인들은 커피 가루가 바닥에 만든 무늬를 보고 길흉을 점쳤다. 진한 커피를 마신 덕분에 몽롱함을 떨쳐냈다. 정신이 드니 새삼 그리스 땅에 왔음이 실감 났다. 커피를 마신 후에도 시간이 많이 남아 24시간 운영하는 면세점 몇 군데를 돌아다녔다. 탐나는 상품은 꽤 있었으나 과거 시공간으로 진입할 때 그 어떤 것도 가져갈 수 없어 눈으로만 구경했다.

출발 두 시간 전부터는 사이프러스행 비행기 탑승구 앞에 눌러앉았다. 게이트 밖 활주로에선 공항 직원들이 흰 동체에 파란색으로 CYPRUS라고 적힌 비행기를 점검하느라 분주했다. 사이프러스 라르나카행 비행기 출발 시각이 가까워지자 탑승객들이 하나둘 모여들었다. 대부분 나이 든 백인 부부들이었다. 머리카락이 회색으로 물든 노부부들은 서로를 마주 보며 느릿하게 대화하거나 나란히 앉아 두툼한 안경을 쓰고 책을 읽었다. 공항 대합실 승객들 중 내가 유일한 동양인이었다.

8시 50분, 사이프러스행 비행기는 예정 출발 시각보다 25분 늦게 아테네 공항을 떠났다. 하늘에서 본 낮의 아테네 시가지는 온통 콘크리트 건물들로 꽉 차 있어 숲이나 공원 같은 녹색 지대를 찾기 힘들었다. 흩어져 있는 석조 건축물들이 아니라면 찬란했던 그리스 문명의 땅이라고는 상상하기 어려웠다.

신들의 땅 그리스는 점점 멀어졌다. 비행기는 에게해를 지나 지중해로 들어섰다.

엘리스 대처

아테네 공항을 이륙한 비행기는 정오께 사이프러스의 라르나카 공항에 착륙했다. 입국 수속 후 짐을 찾아 공항 메인 출구를 나서니 그 앞에 마중 나온 사람들이 둥글게 모여 있었다. 그들 중 '류재근 환영'이라고 적힌 안내판을 든 감청색 정장 차림의 여성을 발견했다. 숏컷 스타일의 금발 머리 백인 여성이었다. 파란색 하이힐을 신은 그녀는 전체적인 인상이 푸근하게 보일 정도로 통통했다. 사십 대 중반으로 보이는 그녀의 몸은 날씬함을 잃었지만 적절한 신체 균형을 유지하고 있었다. 나는 눈이 마주치는 순간 그녀의 연푸른 눈동자에서 연민의 감정을 읽어냈다. 처음 만날 때부터 마지막으로 작별할 때까지 그녀는 그런 눈빛으로 나를 바라보았다. 누구든 그녀를 만나면 중년의 나이지만 여전히 아름답다고 말할 것이다. 가까이 다가가자 그녀가 곧바로 인사를 건넸다. 출구로 나오는 승객 중 동양인은 나 하나뿐이었으니 쉽게 나를 알아본 것 같았다. 그녀는 미소 지으며 말을 건넸다.

"사이프러스에 오신 걸 환영해요. 한국에서 온 류재근 씨? 제 이

사이프러스에서 온 남자

름은 엘리스 대처에요. 전 당신이 환형열차에 탑승해 원하는 곳으로 떠날 때까지 이곳에서 체류하는 불편함이 없도록 도와주는 생활 상담사입니다. 먼저 신분을 확인을 위해 여권을 보여주세요."

"네, 반갑습니다. 앞으로 잘 부탁드립니다."

나는 의례적인 인사를 건넸다. 내 영어 실력은 회화 교본 수준을 벗어나지 못했다. 그녀는 느리고 정확한 영어 발음으로 신분 확인에 필요한 서류들을 요청했다. 나는 환형열차 탑승권과 주민증, 범죄사실 증명원 등을 그녀에게 전달했다. 사이프러스에서는 그리스어, 터키어와 영어가 공용어였다. 탑승 예정자와 환형열차 관리국 직원들은 주로 영어로 대화했다. 그 뒤로도 엘리스는 영어가 서툰 나를 배려해 언제나 선명한 영어 발음으로 천천히 말했다. 신분 확인이 끝나자 그녀는 섬을 상징하는 태양과 바다를 추상화한 로고가 인쇄된 사이프러스 체류자용 신분 카드를 건넸다. 라르나카 공항 건물을 빠져나오자 엘리스 대처는 검은 선글라스를 썼다. 아침나절인데도 맑은 공기를 뚫고 나온 햇볕이 따가웠다. 엘리스의 승합차에 짐을 싣고 숙소로 향했다. 조수석에 앉으니 라벤더 향이 은은하게 풍겨왔다. 그녀를 만나면 마음이 차분해졌던 건 라벤더 향 때문일지 모른다. 사이프러스 풍광은 뉴질랜드 북 섬이나 한국의 제주도와 비슷했다.

"저기 보이는 산봉우리가 올림푸스산이에요. 이곳에서 제일 크고 높은 휴화산이죠. 800년 전에 마지막으로 폭발한 후 지금껏 움직임이 없어요."

비슷한 화산섬이었지만 뉴질랜드 북섬이나 제주도에 비해 사이프러스 섬에는 몸집 큰 활엽수 나무들이 많았다. 지중해에 둘러싸여 한겨울에도 온화한 섬의 기후 때문인 것 같았다.

"사이프러스는 심해 화산이 폭발하여 만들어진 섬이죠. 가장 오래된 화산은 섬 북쪽 지대에 있어요. 가장 최근까지 활동한 화산은 섬 남쪽에 있죠. 북쪽 지역의 화산 활동이 제일 강했고 남쪽으로 내려올수록 화산 폭발 규모가 상대적으로 약했어요. 화산 폭발이 클수록 분출물도 많아 섬 북쪽에 산악지대가 만들어졌고 남쪽은 평야가 되었죠. 상대적으로 생활하기 편한 남쪽 해안지대에 주택이나 상가, 휴양지 시설들이 모여 있어요. 지금 우리는 남쪽 파포스 해변에 있는 탑승객 빌리지로 가고 있습니다."

빌리지는 라르나카 공항에서 40킬로미터 떨어진 섬의 서남쪽 파포스 해변에 위치했다. 빌리지 안에는 탑승객 숙소인 캐빈이 몇 채씩 무리 지어 흩어져 있었다. 엘리스는 빌리지 정문 옆 정보센터에서 근무하는 직원에게서 몇 가지 책자를 받아 내게 건넸다.

"탑승객용 캐빈 생활 규칙이 담겨 있는 책이에요. 이 확인서를 다 읽어 보시고 마지막 장에 서명해 주세요. 중요 규칙을 어기면 교도소에 강제로 수용하는 조항도 있으니 확인하시기 바랍니다."

엘리스는 내가 작성한 확인서를 사무국 직원에게 제출하고 캐빈 열쇠 뭉치를 받았다. 엘리스가 내가 묵을 캐빈 문을 열고 들어가 거실의 진회색 커튼을 열어젖혔다. 유리 출입문 너머로 코발트색 바다가 넓게 펼쳐졌다. 출입문 밖이 바로 바닷가였다. 그녀는 핸드폰 하나를 탁자 위에 올려놓았다.

"체류하는 동안 사용하세요. 탑승할 때 반납해주시고요. 도움이 필요하면 핸드폰에 저장된 제 번호로 언제든지 전화주세요. 그렇지만 너무 늦은 밤 시간은 곤란해요. 이 핸드폰으론 사이프러스 섬 내부에 등록된 번호만 통화할 수 있고 다른 번호는 안 됩니다."

엘리스는 잔잔한 바다를 살펴보다 말을 이어갔다.

"환형열차 탑승객 대상으로 상담과 안내를 오랫동안 맡다 보니 저에겐 일종의 직업병이 생겼어요. 탑승 예정자가 이곳에 체류 가능한 최대 시간은 일 년이죠. 탑승객은 누구나 일 년 안에 떠나야 해요. 그분들이 떠나면 영원히 다시 볼 수 없고, 전화 통화나 편지 왕래도 불가능해요. 탑승객을 상대하다 보면 우정도 쌓이지만 말 못할 슬픈 감정도 생겨요. 열차를 타고 떠나면 영영 만나지 못할 분들이니까요. 그래서 전 깊은 정을 주지 않으려고 해요. 그런 탓에 제가 좀 차갑다고 느낄 수 있어요. 이런 저를 곧 이해하고 당신도 같은 처신을 하게 되겠죠. 미스터 류도 환형열차를 타고 떠나면 저와 사이프러스 이웃들을 다시는 만나지 못하니까요."

엘리스는 조심스럽게 자기 속내를 밝혔다.

"음, 이제 제일 중요한 걸 말씀드리죠. 아침, 점심, 저녁 식사는 빌리지 중심 식당에서 무료로 드실 수 있어요. 식당 음식이 마음에 들지 않으면 탑승객이 직접 음식 재료를 장만해 요리를 할 수 있답니다. 물론 요리 재료는 탑승객이 구매해야죠. 이렇게 캐빈에 조리 시설이 갖춰져 있으니까 여기서 요리를 하면 됩니다."

엘리스는 그 밖에 세탁 방법, 건강관리를 위한 운동 시설 이용 방법과 응급의료 서비스 등 빌리지 생활 전반에 대해 일러줬다.

"궁금하거나 어려운 일, 제가 필요한 일이 있으면 핸드폰으로 전화 주시고, 비상시에는 텔레비전 옆 유선전화를 들고 1번을 누르세요. 안전 관리국 직원이 바로 달려와 도와줄 거예요."

그날 엘리스는 '의도된지체위원회'에 대해서도 말했다. 나는 그 위원회의 이름을 그날 처음 들었다.

"의도된지체위원회에 대해 들어 보셨나요? 미스터 류는 이 위원회에 대해 잘 모르시죠? 의도된지체위원회는 국제연합의 숨은 조직이에요. 인류는 개개인을 위해 우주를 복제하는 놀라운 기술을 갖고 있지만, 의도적으로 모든 첨단 기술을 실생활에 적용하진 않아요. 기술 혁명 시대를 살지만 인류의 몸은 여전히 신석기시대와 같으니까요. 인간의 몸은 기술 발달에 잘 적응해왔지만 현재는 몸이 감당하기 어려운 첨단 기술의 임계점에 도달했다는 것이 세계적인 인식이랍니다. 국제연합은 첨단 기술이 인류의 심신을 황폐하게 만든 것을 막기 위해 비공식 위원회를 만들었죠. 사이프러스 환형열차 시스템도 이 위원회의 지침을 따른답니다. 미스터 류도 원하는 과거 시공간으로 하루빨리 진입하고 싶겠지만, 충분한 마음의 준비 없이 행해진 복제 우주 진입은 체류자들의 삶을 망친답니다. 그래서 1년이라는 충분한 시간을 부여하는 것이니 부디 이해해 주셨으면 해요."

의도된지체위원회란 이름이 생소하긴 했지만 나는 그 위원회가

지향하는 바는 이해했다. 반도텔레콤도 이용 가능한 모든 최첨단 기술을 곧바로 상용화하진 않았다. 예를 들어 이미 망막에 붙이는 스마트폰 디스플레이 기술이 완성되어 있었지만 본사 기획부는 그 기술의 상용화를 유보했다. 인간의 눈은 구석기 시대 이전부터 먼 곳과 가까운 곳을 두루 살피게 진화했는데, 망막이 디스플레이화 된다면 인간의 일상생활은 엄청난 혼란에 빠진다. 스마트폰 화면에 몰두한 행인들만으로도 보행 사고가 빈번한데 망막에 바로 영화 화면이 투사된다면 정상적인 보행은 아예 불가능할 것이다. 더 나아가 망막에 투사하는 방법이 번거로워 시신경에 전극을 연결하는 방식을 취하면 인간의 눈은 필요 없게 된다. 눈이 없어진 사람들은 마주 앉아 대화할 이유가 없다. 극단적으로 디지털 센서 기술이 인간의 뇌와 연결되면 우리의 손과 발, 눈과 귀 등은 굳이 필요가 없어진다. 몸이 부재한 인간의 뇌만 놓고 그것을 인간으로 부를 수는 없을 것이다. 물론 첨단 기술은 좋고 뒤처진 기술은 나쁘다는 인식이 보편적이던 시대도 있었다. 그러나 기술발전은 인류의 모든 문제를 해결하지 못한다. 최첨단 기술력을 활용하는 나라보다 기술개발에 뒤처진 나라의 행복 지수가 높은 경우도 많다. 그런 면에서 의도된지체위원회는 인류의 집단지성이 만들어낸 성과다. 엘리스 말대로, 의도된지체위원회가 의도한 대로 1년 동안 체류하면서 새로 진입할 시공간의 삶을 차분하게 설계하는 것도 나쁘지 않을 것 같았다. 1년 안에 언제든 환형열차를 타고 원하는 과거 시점으로 돌아갈 수 있기 때문이다.

엘리스가 돌아가고 캐빈에 홀로 남겨졌다. 사방이 고요했다. 어둠이 앞을 가릴 때까지 짙고 푸른 바다를 멍하니 바라보았다. 내가 살던 한국으로 영원히 돌아갈 수 없는 먼 곳으로 왔다는 사실이 서서히 실감 났다.

사이프러스 도착 후 며칠 동안은 빌리지 경계를 따라 심어진 관상수 그림자가 길어지는 늦은 오후면 외로움이 밀물처럼 차올라 아무것도 하지 못했다. 맑고 따뜻한 태양이 한낮에는 내 우울과 고독을 거두어 갔지만, 가끔은 정오에도 햇살을 받아 일렁거리는 지중해를 바라보면 몹시 한국으로 돌아가고 싶었다. 그럴 때마다 커피를 마셨다. 아랍에서 온 원두로 만든 커피를 마시면 매우 시고 써서 정신이 번쩍 들었다. 캐빈 관리 직원은 나를 위해 하루가 멀다 하고 싱크대 한쪽 종이 상자에 아랍국에서 만든 일회용 커피봉지를 채워주었다. 우울한 날에는 커피잔을 옆에 놓고 안락의자에 앉아 빌리지 도서관에서 빌려온 책들과 엘리스가 건네준 안내서를 읽었다.

「1. 본 섬에서 가능한 행동과 일

1.1. 당신은 최대 1년 동안 이곳에 머물 수 있다.

1.2. 1년이 지나기 전에 당신은 언제든지 이곳을 떠날 수 있다. 떠나기 전에 환형열차 탑승 일시와 센트럴 스테이션 이동 방법 등에 대해 관리국과 협의해야 한다.

1.3. 당신은 체류하는 동안 환형열차 관리국이 제공하는 기본 서

비스를 제공받고 필요한 경우 당국의 심사를 거쳐 별도로 원하는 서비스를 받을 수 있다.

1.4. 당신은 체류하는 동안 본 섬에서 생활하기 위한 물품을 자유롭게 구매할 수 있다. 다만 당신이 환형열차를 타고 섬을 떠나면 그 물품들은 환형열차 관리국의 소유물이다.

2. 본 섬에서 금지된 행동과 일

2.1. 당신은 1년을 넘겨 이곳에 체류할 수 없다.

2.2. 1년이 되지 않은 상태에서 이곳을 떠나도 체류비 정산을 요구할 수 없다.

2.3. 이곳은 국제적으로 통용되는 일반적인 행동 규범과 법규가 적용된다. 국제적으로 위법하거나 비도덕적인 행위는 일체 할 수 없다.

3. 환형열차 탑승 포기 권리

3.1. 당신은 1년 동안 이곳에 체류하면서 언제든지 환형열차 탑승을 포기할 수 있다.

3.2. 환형열차 탑승을 포기해도 당신은 원래 살던 곳으로 돌아가지 못한다.

3.3. 환형열차 탑승을 포기한 사람은 남은 인생을 사이프러스 섬 내에 거주해야 하며 어떤 경우도 이 섬을 떠나지 못한다.

4. 유일하고도 확고한 규칙: 이곳에서 허용되지 않는 일은 하지 않아야 하며 허용된 행동과 일만 해야 한다.」

안내서의 사이프러스 생활 규칙을 한마디로 요약하면 허용된 행동만 하고 금지된 일과 행동은 하지 말라는 거였다. 그들의 허용 여부와 관계없이 나는 내가 할 수 있는 일만 하기로 했다. 원본 우주에서도 나는 대체로 보편적으로 허용된 행동만 했고 일반적으로 금지되는 일은 하지 않았다. 사이프러스에 오기 전에 나는 단 한 번 보편적으로 금지된 행동을 했다. 준칙 2조 1항에 사이프러스에서 1년을 넘게 체류할 수 없다고 되어 있었지만, 나는 그곳에서 10년을 더 머무르게 되었다. 사이프러스 섬 밖에서 내가 행한 일반적으로 금지된 행위 때문이다.

체류자들(1)

사이프러스 행정 당국이 건축물을 엄격하게 규제해 섬의 농장 지대는 물론 도심 지역에서도 5층 이상 된 건물을 찾아보기 어려웠다. 사이프러스 섬에는 어느 나라에서나 랜드마크 역할을 하는 마천루도 없었다. 당국은 지하철, 지하 주차장, 지하 쇼핑센터처럼 땅 밑에 만들어지는 모든 시설물 건축을 금지했다. 당국은 표면적으로 그 이유를 고층과 지하 건축물과 같은 인위적 구조물이 인간의 본성과 맞지 않기 때문이라고 했다. 나는 당국이 논리가 미심쩍었다. 그 때문이라면 여러 나라 대도시에 있는 아찔한 높이의 콘크리트 건물 거주자들은 모조리 중병에 걸려야 한다. 그러나 고층건물에서 생활하는 주민들의 몸은 대부분 멀쩡하다. 나는 사이프러스 섬에서 고층 건물이나 지하 공간 건축을 금지한 것은 그곳에 구축된 환형열차 시스템과 관계가 있을 것으로 판단했다.

사이프러스의 키 작은 건물들의 지붕은 주로 주황색이나 붉은색 계통이었다. 주민들은 취향에 따라 지붕 색깔을 칠했는데, 유일하게 파란색만은 쓰지 못했다. 사이프러스에서는 시청, 경찰서, 여행자 안내소, 병원과 약국, 우체국과 같은 공공기관의 지붕만 파란색을 쓸 수 있었다. 체류자 숙소인 캐빈은 붉은색 지붕이었다. 빌리지 건물 중 입구의 관리소 건물만 파란색 지붕이었다. 섬 원주민들은 대체로 주황색 지붕을 선호했다. 같은 주황색이지만 어떤 지붕은 빨간색에, 어떤 건물은 고동색에 가까웠다. 고지대에서 내려다보면 코발트 빛의 바다, 녹색지대, 주황색과 파란색 지붕을 한 건물들이 조화를 이루어 섬 전체가 아름다웠다.

사이프러스 섬 체류 최대 시한인 1년을 다 채우지 않아도, 예를 들어 3개월 만에 환형열차에 탑승해도 환형열차 관리국은 남은 9개월분의 잔여 체류 비용을 탑승객에게 돌려주지 않았다. 이는 체류 비용을 돌려받으려고 일부러 빨리 탑승하지 말고 언제 어느 공간으로 진입할지를 충분히 결정하라는 배려였다. 게다가 남은 체류 비용을 돌려받아도 쓸모가 없다. 탑승자는 오로지 자기 기억만을 복제 우주로 가져가기 때문이다. 그들이 남긴 돈은 사이프러스 원주민과 탑승 예정자의 복지증진에 쓰인다.

1년의 대기 시간이 있어 탑승자들은 여유롭게 생활했다. 서둘러도, 또 서두르지 않아도 진입할 우주에서 살아갈 날이 줄거나 늘어나지 않으니 체류자들에게 사이프러스에서의 1년은 일종의 보너스였다. 5월의 사이프러스는 한국의 5월처럼 화창했다. 아침 해가 뜨면 창문으로 들어온 해풍이 나를 자꾸 바깥으로 불러냈다.

거주자들은 섬을 일주하는 셔틀 버스를 무료로 이용했다. 버스는 트루도스(Troodos)를 출발하여 파포스, 리마솔(Limassol), 라르나카, 니코시아(Nicosia)를 경유하여 섬의 동남쪽 도시 아야나파(Ayia Napa)까지 운행했다. 버스는 기차역과 라르나카 공항, 시청 광장, 센트럴파크, 사랑의 다리, 아프로디테의 해변처럼 여행자들이 즐겨 찾는 섬의 주요 지점마다 정차했다. 화창한 날이면 섬의 여느 여행객처럼 사이프러스 이곳저곳을 돌아다녔다. 섬은 대체로 건조해 비 오는 날이 드물었다. 어쩌다 비 내리는 날이면 캐빈에 머물며 니체의 책들을 읽었다.

휠체어에 앉은 앤서니 파커가 이야기를 이어갔다.

"제 무릎 아래 두 다리는 접합 수술에 실패한 후 이라크 임시 군인 병원 쓰레기통에 버려졌습니다. 먼저 제 가족사를 말씀드리겠습니다. 제 아버지 역시 군인이셨습니다. 아버지께서는 맨해튼 섬 서쪽 건너편에 있는 뉴어크에서 세탁소를 운영하십니다. 아버지는 대령으로 예편하셨는데 사실상 불명예제대였습니다. 아버지는 장군으로 진급하지 못하고 중도 탈락한 게 얼마나 서러웠는지 세탁소 이름을 쓰리 스타즈 클리너스(Three Stars Cleaners)로 지었습니다. 아버지는 자신이 이루지 못한 삼성 장군의 꿈을 동일한 이름의 세탁소를 하면서 달래고 계십니다. 강제로 예편당했지만 아버지는 군인이었음을 언제나 자랑스러워하십니다. 제가 군인이 되기로 결심한 건 전적으로 아버지 때문이었습니다."

앤서니 파커, 그는 원본 우주 2003년에 발발한 이라크 전쟁 중에 무릎 아래 두 다리를 잃었다. 2003년 3월 24일, 앤서니가 속해 있던 소대원들은 이라크 바그다드 외곽 카라라(Kararra) 지역에서 정찰 활동을 수행했다. 바그다드의 중심 시가지는 이라크 정규군이 완전히 퇴각하여 미군이 장악하고 있었지만, 카라라와 같은 부도심 지역은 정규군 일부가 남아 저항을 계속했다. 몇몇 건물이 공습으로 무너져 내리긴 했지만 중화기로 무장한 미군 순찰병들만 없다면 전시 상황이라는 걸 모를 만큼 시장통이 북적거렸다. 카라라 전통 시장은 동서와 남북으로 관통하는 2차선 도로가 교차하는 사거리 주변에 있었다. 이라크의 여느 재래시장처럼 시장을 관통하는 두 도로는 자동차가 아닌 상인들과 손님들, 상품과 가축들 차지였다.

앤서니 소대원들이 줄지어 시장 사거리를 향해 걸어가자 거리를 메운 행인들이 하나둘 자취를 감추기 시작했다. 소대원 대부분이 사거리 중앙에 들어설 무렵엔 거짓말처럼 시장 사람들이 모두 사라졌다. 앤서니와 소대원들은 바람에 날아가는 종잇조각에도 신경이 곤두섰다. 그들을 가려줄 인의 장벽이 사라져 언제 어디서든 이라크 저항군의 총격을 받고 몰살당할 수 있는 상황이었다. 소대원들은 교차로를 중심으로 원형 대오를 갖춰 사방을 주시했다.

소대원들의 팽팽한 긴장감을 아는지 모르는지 행인들이 사라진 교차로 중심으로 십 대 초반으로 보이는 소년들이 몰려나왔다. 열 명 남짓한 아이들은 소대원들의 제지에도 불구하고 낡은 축구공을 차며 교차로를 유유히 빠져나갔다. 그들마저 지나가고 텅 빈 교차로 한 가운데로 바람 빠진 축구공 하나가 굴러왔다. 저만치 앞

사이프러스에서 온 남자

에 있던 아이들이 일제히 앤서니 소대원들을 바라보며 자신들에게 공을 차 달라는 제스처를 취했다. 앤서니는 경계감을 늦추고 소년들에게 공을 차주기 위해 교차로 중심으로 걸어갔다.

그가 왼발을 디디고 오른발로 축구공을 걷어차는 순간 폭음과 함께 폭탄이 터졌다. 뿌연 화약 연기가 연기처럼 피어났다. 소대원들은 일제히 바닥에 엎드려 전투태세를 취했다. 공을 찼던 앤서니는 악 소리도 지르지 못하고 주저앉았다. 그의 왼쪽 무릎은 덜렁거리며 허벅지에 매달려 있었지만 무릎 아래로 완전히 잘려나간 오른쪽 발은 허공으로 솟구치며 통통 튀어 다녔다. 오른쪽 발이 땅에 떨어질 때마다 잘린 부위에서 검붉은 피가 쏟아져 나왔다. 소대원 중 하나가 몸을 날려 달아나는 앤서니의 잘린 오른발을 잡았다. 다른 소대원들은 앤서니의 허벅지를 동여맸다. 떨어져 나간 그의 오른발의 절단면에 흰 붕대를 칭칭 감아 피가 흘러나가지 않게 응급 처치했다.

무전기를 맨 소대원이 구조 헬기를 호출했다. 격분한 소대원들이 사거리 주변의 시장 건물을 향해 기관총을 난사했다. 2층, 3층 건물의 유리창 파편이 우수수 쏟아졌다. 그러나 어찌 된 일인지 사거리에 고립된 미군 병사를 향해 총탄 하나 날아오지 않았다. 건물 안에 숨어있었을 군중들도 침묵을 지켰다. 소대원들은 지원 헬기가 날아오기까지 15분을 그 자리에서 버텨야 했다. 그 짧은 시간, 병사들은 외딴섬에 갇혀 영원히 탈출하지 못할 것이란 공포감에 시달렸다. 그들은 차라리 적군이 총이라도 쏘길 바랐다. 기이한 고요함에 소대원들이 인내심의 한계를 드러내고 다시 자동화 기기의 방아쇠를 당기려는 찰나 멀리서 낯익은 프로펠러 소리가 들려왔다.

　병원으로 이송된 앤서니는 양쪽 다리 접합 수술을 받았다. 수술은 실패했고 앤서니는 무릎 아래 두 다리를 모두 잃었다. 현지인으로 구성된 병원 노무팀은 쓸모가 없어진 앤서니의 잘려나간 양 다리를 의료 폐기물과 함께 소각했다.

　캐빈에서 생활한 지 일주일이 지나자 근처 탑승 예정자들과 자연스럽게 안면을 텄다. 그들 중 앤서니 파커는 내 숙소 오른편 캐빈에 머물렀다. 그는 나보다 한 달 먼저 사이프러스에 왔다. 캐빈에 숙소를 마련한 지 열흘째 되는 날인 4월 26일, 앤서니 파커가 주변 캐빈 이웃과 나와의 모임을 주선했다. 앤서니 파커의 캐빈에서 나와 캐서린 밀러, 엘리자베스 로샤, 제임스 우즈워즈, 쥔용 쑤엔 등 여섯이 모였다. 그날 모임의 술안주는 앤서니 파커가 장만한 양고기구이와 지중해식 가지찜이었다. 잘 구워진 양고기는 특유의 누린내가 약간 나긴 했지만 맛은 더할 나위 없이 좋았다. 모짜렐라 치즈를 얹은 구운 가지는 무난하게 먹을 만했다. 캐빈 방문객들이 각자 와인이나 피자 치즈, 샐러드 등을 가져와 식탁이 제법 풍성했다. 체류자들은 사이프러스가 원산지인 화이트 와인과 레드 와인을 각자의 취향에 따라 마셨다. 3월 중순의 사이프러스의 밤 날씨는 한국의 12월 초처럼 차가웠다. 앤서니가 벽난로에 장작을 몇 개 던져 넣었다. 그의 이야기는 다리를 잃고 귀국하던 날로 돌아갔다.

수술에 실패한 후 이라크에서 쿠웨이트 미군 병원으로 이송되었던 앤서니는 그해 5월 퇴역했다. 그가 휠체어를 타고 뉴욕 케네디 공항 VIP 입국장으로 들어서자 연인 루시에, 부모 형제를 비롯해 전 현직 장군들과 유력정치인들, 기자들, 평범한 시민들이 앤서니를 기다렸다. 내외신 기자들은 앤서니의 휠체어가 멈출 지점에 노란색 테이프 붙여 동그랗게 표시를 해놓고 그곳을 둥글게 포위했다. 기자들의 마이크와 카메라들이 한 곳을 조준했다.

"그가 옵니다!"

이 한마디에 군중들 시선이 일제히 한곳으로 쏠렸다. 앤서니가 휠체어 바퀴를 굴리며 느리게 출구를 빠져나와 약속한 지점에 멈춰 서자 루시에가 제일 먼저 그를 향해 달려나갔다. 그녀는 무릎을 꿇은 채 앤서니를 안고 하염없이 눈물을 흘렸다. 사진기자들이 그 장면을 놓칠 리 없었다.

촤르르. 촤르르.

카메라 플래시가 한꺼번에 수백 차례 터졌다. 앤서니는 눈이 부셔 눈을 감은 채 루시에를 껴안았다. 한차례 사진 촬영 공세가 끝나자 기자들은 앤서니와 루시에를 앞에 두고 질문을 퍼부었다.

한 시간쯤 뒤, 군 당국이 나서 인터뷰 현장을 정리한 후에야 앤서니는 부모 형제를 만났다. 케네디 공항을 떠난 앤서니 가족이 탄 리무진 버스가 뉴 포트 해저터널을 지나 뉴저지 주 뉴어크 밀리터리 파크(Military park) 근처의 앤서니 고향 마을 인접 도로에 들어서자 길가에 늘어선 주민들이 성조기를 흔들었다. 군중들은 천천히 이동하는 리무진 버스를 따라 행진했다. 밀리터리 파크 주변을 한 바퀴 도는 행진을 마친 후 주민들은 커뮤니티 센터에 모여 영웅으로 귀환한 상이용사를 환영하는 행사를 치렀다. 연단에 선 마을 대표는 앤서니 부자를 아는 주민들이 한 명도 빠짐없이 모여 자랑스럽다고 말했다. 주민들은 그 자리에서 기금을 모아 앤서니 가족 집 앞에 성조기 게양대와 기념석을 설치할 것을 결의했다.

케네디 공항에 모였던 기자들이 전국에 타전한 기사에 의해 앤서니 파커는 이라크 전쟁에 참전해 두 다리를 잃은 전쟁 영웅으로 떠올랐다. 공항 바닥에 무릎을 꿇은 채 앤서니를 안고 눈물을 흘리는 루시에 사진은 국가를 위해 몸 바친 군인에 대한 국민의 뜨거운 애정의 상징이 되었다. 기자들의 심층 취재를 통해 앤서니 아버지의 걸프전 참전 경력도 알려졌다. 부상당한 군인을 사랑하는 여인, 아버지와 아들로 이어지는 조국에 대한 헌신은 이라크 전쟁에 대한 국내의 비판적인 여론을 잠재웠다.

앤서니 파커의 아버지는 1991년에 일어난 1차 걸프전 당시 후방 보급을 책임지는 수송부대장이었다. 그해 걸프전은 미국의 승리로 끝났으나 현지 미군 수송부대가 보급한 군용 식량 중 극히 일부가 이라크 빈민에게 제공된 사실이 밝혀져 앤서니 부친은 강제 예편당했다. 헌병대 조사 결과, 앤서니 부친의 지휘하에 있던 부대의 보급대원이 그와 몰래 사귀던 이라크 여인의 굶주린 가족을 위해 군용 식량을 빼돌렸음이 밝혀졌다. 다행히 그 식량이 적군에게 전달된 증거는 없었다. 미국이 전쟁에서 승리했으며 해당 병사의 인도주의적 행동을 감안하여 그의 아버지는 강등이나 군인연금 수령 등에서 불이익을 받지 않았으나, 앤서니의 말처럼 사실상 불명예제대를 했다. 그로부터 23년 후 그의 아들 앤서니가 이라크에서 두 다리를 잃었다. 부친이 강제 예편했다는 사실은 언론사들이 작성한 앤서니 가족사에서 빠졌다.

떠들썩한 언론 보도가 잦아들고 전쟁 영웅이라는 자긍심이 희미해지자 앤서니 파커는 루시에와 헤어졌다. 폭발 사고 후 앤서니는 허리 아래 몸을 움직일 수 없어 루시에와 성관계를 하지 못했다. 루시에는 떠나면서 이별의 말이나 글을 남기지 않았다. 앤서니의 말에 따르면 루시에와의 연락이 어느 날 칼로 무 자르듯 뚝 끊겼다. 앤서니는 그녀에게 돌아오라고 애원하지 않았다. 앤서니는 그녀의 입으로 하반신이 마비된 남자와 정상적인 섹스를 할 수 없는 남자와 도저히 함께 살 수 없어 떠난다는 말을 들을까 두려웠다. 앤서니는 그녀가 떠난 처음 몇 달간은 진심으로, 후회나 사심 없이 그녀가 좋은 남자와 만나 결혼해 아들딸 낳고 잘 살길 빌었다.

"그런데 날이 갈수록 두 다리로 일어서고 싶다는 욕구가 강해졌습니다. 그럴수록 루시에가 점점 더 그리워졌어요. 반년이 지나면서부터는 루시에가 원망스러웠습니다. 저는 두 다리 걷던 시절로, 그녀와 처음 사귀던 시절로 돌아가기 위해 사이프러스에 왔습니다."

앤서니는 2004년 초 사이프러스 환형열차 탑승을 결심했지만, 사이프러스로 오기까지 4년이 더 지나갔다. 앤서니는 그 4년 동안 환형열차 탑승 비용을 마련하기 위해 매우 바쁘게 살았다.

캐서린 밀러, 그녀는 2007년 11월 자신이 운전한 자동차 교통사고로 남편과 어린 아들, 딸을 잃었다.

"평범한 일요일이었죠. 우리 집은 애들레이드 도심에서 조금 떨어진 쿠퍼 플레이스(Cooper place) 주택가에 있었거든요. 어느 날 시내 중심 대형 쇼핑센터에서 점심을 먹고 일주일 치 먹을거리를 사서 돌아오는 길이었어요. 남편이 졸리고 피곤하다고 해서 제가 핸들을 잡았죠. 차를 몰고 쿠퍼 플레이스로 진입하는 사거리에 진입했을 때였어요. 눈앞에서 신호등이 노란 불로 바뀌더군요. 당연히 제가 브레이크를 밟아야 했죠. 그때는 제가 정신이 나갔는지 빨간 불로 바뀌기 전에 얼른 그곳을 통과하고 싶었어요. 그래서 그만 브레이크 대신 액셀러레이터를 밟았어요. 사거리 중간을 지날 때 왼쪽에서 컨테이너를 실은 대형 트레일러가 달려와 제가 몰던 자동차 옆구리를 받아버렸어요. 누가 신고를 했는지 곧 앰뷸런스가 달려왔어요. 응급대원들이 휴지 조각처럼 구겨진 차에서 가족들을 구조하는 애를 먹었어요. 그들이 운전석의 저를 마지막으로 빼냈는데 남편과 아이들이 숨져 있어 저 역시 죽었다고 판단했답니다. 호주는 운전석이 자동차 오른쪽에 있는데 트레일러가 차 왼편을 들이받아 운전하는 제가 상대적으로 충격을 덜 받았다고 하더군요."

홀로 남은 캐서린은 심각한 부상을 당해 4개월 동안 중환자실 신세를 졌다.

"사고가 나고 두 달 만에 깨어났어요. 남편과 아이들은 이미 땅에 묻힌 뒤였죠. 정신이 돌아왔지만 중환자실에 두 달 더 있었어요. 병실에 누워 있는 내내 온몸 구석구석이 수백 번 칼로 찌르는 것처럼 아팠죠. 두 달 동안 혼수상태였는데, 사고 당시 기억이 하나도 지워지지 않았어요. 차라리 그날의 일을 모두 잊어버렸다면 제 삶이 덜 고통스러웠겠죠. 전 되돌아간다면 그 사고 전으로 돌아가고 싶어요."

캐서린은 몸이 회복되자 미련 없이 재산을 정리해 환형열차 탑승권을 구입했다.

엘리자베스 로샤는 결혼 일주일 전 약혼한 남자와 사우바도르 교외의 유명 레스토랑에서 저녁을 먹었다. 식사 뒤 늦은 저녁 시간에 그들은 주변 공원을 산책했다. 호젓하게 데이트를 즐기던 엘리자베스와 약혼남은 지역 부랑자들에게 걸려들었다. 엘리자베스는 그 공원 후미진 곳에서 불량배들에게 윤간당했다. 부랑자들은 약혼남을 붙들고 그녀가 윤간당하는 참혹한 모습을 지켜보게 했다. 약혼남은 피눈물을 흘리며 울부짖었다. 엘리자베스를 농락한 부랑자들은 약혼남을 칼로 찔러 죽이고 만신창이가 된 채 쓰러진 그녀 옆에 던져 놓았다. 그날 이후 그녀의 하루하루는 지옥이었다. 세상과 격리되어 고통 속에 살던 엘리자베스는 2008년 1월 브라질을 떠나 사이프러스로 왔다.

쉔융 쑤엔, 그는 이십 대 초반 처음이자 마지막으로 좋아했던 아가씨에게 끝내 말 한마디 하지 못했다. 그 뒤로 삼십 년 동안 전개된 그의 인생은 아무런 흥미를 느낄 수 없을 만큼 심심하고 지루했다. 사이프러스에 왔을 때 오십 대에 이른 노총각 쥔용은 열아홉 살이나 스무 살로 돌아간다고 했다. 한동안 인생이 무료해 사이프러스로 왔다는 그의 말을 이해하지 못했다. 쥔용이 말하는 무료함이라는 단어가 사이프러스행을 결심한 체류자들의 절박한 심정을 모욕하는 것 같았다. 쥔용 쑤엔을 제외한 이웃 체류자들은 모두 주체할 수 없는 내상을 입고 사이프러스로 왔다. 내겐 쥔용이 말한 인생의 무료함이 별 어려움 없이 평온한 인생을 살았다는 말처럼 들렸다. 앤서니에게 이런 내 속마음을 털어놓았다.

"남들이 미스터 류를 어떻게 생각하느냐는 전혀 중요하지 않습니다. 마찬가지로 미스터 류도 쥔용의 인생이 왜 무료하냐고 의문을 제기할 필요가 없습니다. 중요한 것은 그가 자기 인생이 시시하다고 느낀다는 점이죠. 인생은 타인의 시선이나 생각이 아닌, 내가 어떻게 느끼고 생각하는가에 따라 정해집니다. 쥔용에겐 지루한 일상이 죽음보다 더 고통스러울 수 있습니다. 제가 봐도 의미 없는 인생보다 더 최악인 삶은 없는 것 같습니다."

앤서니가 담담한 표정으로 듣고 있다가 이렇게 대답했다. 쥔용은 30년 동안 교직 생활을 했다. 연인과 데이트할 일도, 빈 시간을 채울 취미도 없었던 쥔용은 또래 교사보다 훨씬 많은 돈을 저축했다. 쥔용은 그 돈으로 환형열차 탑승권을 샀다. 탑승권을 구매한 후에도 쥔용의 계좌엔 제법 큰 액수의 돈이 남았다. 남은 돈은 홀로 살아갈 그의 대체 인물을 위해 남겼다.

캐서린 밀러

사이프러스 주민들은 형편에 맞게 주거지역, 방 수, 집 크기 등을 고려해 살 집을 선택해 주거복지서비스센터와 임대 계약을 체결했다. 임대 기간에 제한은 없어 당국이 거절할 특별한 사유만 없으면 주민들은 그 집에서 원하는 기간만큼 살았다. 노약자를 위한 의료 시설이 있는 도심엔 장애인들이나 노인이 살고 숲과 인접한 전원주택 단지엔 젊고 건강한 사람들이 살았다. 스카이라인을 훼손하지 않게 주거 단지의 건물은 전부 2층 이하로 지어졌다.

나는 점차 사이프러스 체류 생활에 익숙해져 어떤 얽매임도 없이 자유롭게 하루하루를 보냈다. 이슬비가 날리거나 먼바다에서 불어온 바람이 해변으로 모래를 실어 오는 날 말고는 아침부터 해질녘까지 배낭을 매고 섬의 이곳저곳을 돌아다녔다. 등에 맨 배낭엔 연필과 노트, 한 권의 책, 그리고 간식으로 먹을 과일과 생수한 병이 들어 있었다. 길게 이어진 모래사장을 걷다 지치면 야자수 나무 그늘 아래서 책을 읽고 글을 썼다. 그러다 싫증이 나면 무심하게 먼바다를 바라보았다. 구름이 비껴간 깊은 밤에는 거실 밖

안락의자에 팔베개를 하고 누워 별들의 숫자를 헤아렸다. 단조로운 생활이 이어지면서 복잡한 생각이 점차 정리되어 주변을 돌아볼 여유가 생겼고 캐빈 체류자들과도 더욱 가깝게 지냈다.

사십 대 가정주부 캐서린은 호주 사우스오스트레일리아주의 애들레이드(Adelaide) 출신이었다. 화장기 없는 수수한 얼굴의 그녀는 청바지와 원색 스웨터를 즐겨 입었다. 캐서린은 금발과 흑발이 적당히 섞인 긴 머리카락을 고무줄로 질끈 동여맨 말총머리를 했다. 진청색 눈과 마주할 때마다 그녀 내면에 웅크린 슬픔이 보였다. 교통사고 트라우마가 있는 캐서린은 섬에서 이동할 때 자전거를 탔다. 나도 자전거를 즐겨 타는 편이서 캐서린과 함께 섬 이곳저곳을 돌아다니곤 했다. 나와 캐서린은 자동차 사고로 사랑하는 사람을 잃어버렸다는 공통점이 있어서인지 말이 잘 통했다.

한낮에 30도가 넘는 무더위에도 끈적거림 없이 건조한 날씨에 하늘은 맑은 어느 여름날이었다. 점심시간에 나와 캐서린은 자전거를 타고 시청 부근 주거 지역 상가 2층의 작은 레스토랑에 갔다. 햇볕에 그을린 얼굴에 검고 짧은 턱수염을 기른 원주민 청년이 주문을 받았다. 캐서린은 치즈 파이를, 나는 레몬 치킨과 블랙커피 두 잔을 주문했다. 레몬 시럽이 담긴 병과 프라이드치킨과 함께 나왔다. 우리는 치즈 파이와 치킨을 반씩 나눠 먹었다.

"제 차를 들이받은 트럭 운전자를 원망했죠. 처음엔. 아주 많이. 그러다가 제 잘못도 있다는 걸 받아들이게 되었어요. 그때 신호등이 분명히 경고를 했거든요. 진입하지 마라고. 멈추라고. 그런데도 액셀러레이터를 밟은 건 저였죠. 제 잘못을 수용하는데 오랜 시간이 걸렸어요."

그녀의 말에 따르면 호주에는 라운드 어바웃(Round about)이라 부르는 회전 교차로가 신호등을 대신한다. 차들은 가운데가 볼록하게 나온 둥근 교차로를 중심으로 회전하면서 각자 가고 싶은 방향으로 빠져나간다. 이 회전 교차로에선 오른편에서 진입하는 차에게 우선권이 있다. 오른쪽에서 진입하는 차만 없으면 원형 교차로에 진입해 둥글게 돌면서 원하는 방향으로 빠져나간다. 캐서린은 이 단순성 때문에 라운드 어바웃이 교통 신호등보다 안전하다고 했다.

"애들레이드는 호주 대륙 남쪽에 있는 도시인데 참 평화로운 곳이죠. 호주에는 교차로마다 라운드 어바웃이 있어 차들이 정면충돌하는 경우가 드물어요. 간간히 발생하는 충돌 사고마저 대부분 경미한 접촉사고로 끝나죠. 애들레이드엔 라운드 어바웃이 없는 교차로는 거의 없었죠. 사고가 난 사거리가 하필이면 그 회전 교차로가 없는 곳이었어요. 불행은 우연을 가장한 필연처럼 찾아오는 것 같아요."

"그렇죠. 제가 보기엔 모든 우발적 사건은 필연이 되는 것 같아요. 제가 여기 오게 된 이유도 거슬러 올라가면 우연히 어떤 산을 오르다 한 여인을 만났기 때문이거든요. 그런데 캐서린, 당신은 언제 환형열차를 탈 건가요?"

"전 남반구인 호주에선 한여름인 1월 초에 이곳으로 왔어요. 여기 오니 겨울이네요. 전 체류 시한 일 년을 거의 다 채우는 연말까지 여기 남으려 해요. 그때까지 여유롭게 쉬면서 지금까지의 인생을 돌아볼 거예요. 과거로 돌아가면 다시 복잡한 일상을 정신없이 보내야 하니까요. 이곳의 삶은 뭐랄까. 선물이죠. 이 귀한 시간을 다 쓰고 가고 싶어요. 물론 소중한 가족을 잃었으니 당연히 가족과 재회하기 위해 과거로 돌아가야죠. 그렇다고 지금 이곳의 삶이 무의미한 건 아니잖아요. 천천히 이 우주의 삶에 대해 애도의 시간을 갖고 작별해야죠. 그리고 새로 시작할 삶을 설계해야죠."

"여기 오기 전까진 하루라도 빨리 제 약혼녀를 만나고 싶었어요. 그런데 시간이 지날수록 마음에 여유가 생겨요. 캐서린도 그렇죠?"

"물론이죠. 그래요, 한시라도 빨리 가족들 만나 행복하게 살아야죠. 그런데 남편과 아이들은 언제든 과거 시공간으로 돌아가기만 하면 다시 만날 수 있잖아요. 가족과의 재회는 확실히 예정되어 있지만 이곳 생활은 영원히 돌아오지 않는 시간이죠. 제가 볼 때 인생의 어느 순간도 소중하지 않을 때가 없는 것 같아요. 저에게 주어진 이 선물을 아주 느리게 쓰면서 충만하게 보내고 싶어요. 가족에게 돌아가면 나만의 시간을 얻기 힘드니까요. 미스터 류도 이곳 사이프러스 생활을 가만히 되돌아보세요. 하늘은 맑고, 바다는 푸르며, 집들은 알록달록 아름답고, 이곳 커피는 우아하게 시고 치명적으로 달며 애달프게 쓰잖아요. 살면서 우리가 이렇게 한가로웠던 적이 있었던가요?"

캐서린이 살짝 윙크를 하며 웃어 보였다.

"캐서린, 당신 말을 이해해요. 환형열차를 기다리는 탑승 예정자들은 참 편안하고 여유가 있잖아요. 전 가끔 이곳에 오기 전까지는 왜 지금처럼 여유롭게 생활하지 못했을까 후회해요. 제가 그때는 먹고 사는 일로부터 자유롭지 못했죠. 복제 우주에서 사랑했던 여인을 다시 만나는 건 좋은데 이곳처럼 평화롭게 생활할 수 있을까 하는 걱정이 들어요. 아주 드문 일이지만 탑승 예정자 중에 이곳에 남는 사람이 있다고 들었어요. 과거로 돌아가도 비극적인 삶이 되풀이될까 두려운 사람이, 이곳의 평화로운 생활을 최고의 삶으로 판단한 사람이 여기 남겠죠?"

"그렇죠. 저 역시 새로 진입할 지구에서도 고통스러운 일이 반복해서 일어나면 어쩌나 하는 걱정을 한답니다. 과거로 돌아가면 저나 미스터 류나, 각자가 겪었던 불행한 일을 막을 수 있을까요? 막을 수도 있고 그렇지 못할 수도 있죠. 과거의 일이 똑같이 되풀이된다면 차라리 여기 남아 지금처럼 평화롭게 사는 것도 좋은 선택이죠."

"그러게요. 우린 비슷한 고민을 했네요. 전 같은 노래가 무한히 반복되듯이 복제 우주에서도 이미 겪었던 일이 똑같이 되풀이될까 두려워요. 그래도 전 우리 의지로 인생 경로가 충분히 바뀔 수 있다고 믿어요. 저도 불행이 반복될까 두렵지만, 그래도 한번 과거로 돌아가 제대로 한번 부딪쳐 보자는 결론을 내렸습니다. 무엇보다 사랑하는 사람을 다시 만날 수 있으니까요. 캐서린도 그날 사고 이

전으로 돌아갈 거죠?"

"물론이죠. 어느 시점인지는 아직 결정하진 못했지만 남편, 아이들과 함께 행복했던 시점으로 돌아갈 거예요. 새로운 우주에서 더 끔찍한 일들을 겪을 수 있지만, 사랑하는 가족들을 만날 수만 있다면 그 불행조차 감당할 거예요. 돌아갈 지구에서도 이곳의 추억들은 지워지지 않겠죠? 그래야 할 것 같아요. 여기서 생활하며 쌓인 추억도 있고 또 깨달은 것도 많은데 그걸 다 잊어야 한다면 마음 한구석이 무너져 내릴 것 같아요."

"엘리스가 건네준 매뉴얼이나 사이프러스 당국 안내서 어디에도 우리가 가진 기억이 유실된다는 조항이 없으니 그런 일은 없겠죠. 이곳에서 보낸 날들을 영원히 잊지 말아요. 어떤 시기의 기억을 잃는다면 그때의 인생도 없어지는 거니까요. 만약 이 우주에서, 이곳 사이프러스에서 생활한 기억이나 추억을 모두 잃고 새로운 우주에서 살아야 한다면 난 환형열차 탑승을 포기할 거예요."

하얀 목련 꽃무늬가 새겨진 청색 머그컵에 가득 찼던 커피를 비우고 자리에서 일어나 주거단지를 둘러보았다. 주택가 중앙에 축구 경기장 서너 개 크기의 공원이 있었다. 원형의 공원 주변을 따라 한국에선 목련이라 부르는 사이프러산 매그놀리아꽃이 만발했다. 캐서린과 커피를 마셨던 카페 이름이 매그놀리아였다. 어쩌다 마주친 주민들은 집 앞 정원의 나무와 화초를 손질하고 있었다. 꽃과 나무와 푸른 잔디가 조화를 이룬 오래된 주거단지는 그 자체가 커다란 공원이었다. 일 년 내내 건조한 기후에다 겨울에도 얼음이 얼지 않은 온화한 날씨 덕분에 저지대 주택가에는 200년이 넘은 목조 건물들이 변함없이 제자리를 지켰다. 아름다운 자연환경 속에서 사는 원주민들은 충분히 행복하고 평화로워 보였다. 그들이라면 과거의 시공간으로 돌아가지 않아도 될 것 같았다.

해가 수평선으로 넘어가 지중해가 코발트색을 잃고 검푸르게 변해갈 즈음 우리는 자전거를 타고 파포스 해변으로 돌아왔다.

제임스(3)

사이프러스 섬 북쪽 지대에 우뚝 솟은 산들은 일 년 내내 흰 눈 모자를 머리에 썼다. 그 고산지대의 눈 녹은 물이 남쪽의 낮은 지대를 향해 흘러내리면서 강이 만들어졌다. 섬의 북쪽에서 남쪽으로 흐르는 강의 이름은 에메랄드 리버다. 강물이 에메랄드 빛깔이었기 때문이다. 화산 폭발로 만들어진 섬인 사이프러스에는 원유나 금, 석탄, 우라늄 같은 광물 자원이 없다. 부존자원이 없는 사이프러스 섬 원주민이 풍요롭게 살았던 건 순전히 에메랄드 리버 때문이다. 그 강물이 부지런히 실어 온 비옥한 퇴적물이 쌓여 섬 사람 모두를 먹여 살리고 남을 만한 넉넉한 평야가 생성되었다. 그곳에서 농민들은 밀과 보리, 채소를 재배한다. 평야를 지나면 섬의 북쪽 휴화산 아래까지 드넓은 고원이 펼쳐진다. 소나 양을 방목하는 목장, 포도원과 와이너리가 고원을 차지한다. 고원에서 사이프러스 특산 와인인 코만다리아(Commandaria)를 만든다. 건조한 공기와 햇볕에 말린 포도를 으깨어 6년 넘게 숙성시켜 만든 코만다리아는 한 잔 마시면 머리가 띵할 만큼의 단맛으로 유명하다. 빌리

사이프러스에서 온 남자

지 이웃들은 누구든 가볍게 와인 한잔하자고 초대하면 선선히 응했다. 캐빈 거주자들도 코만다리아를 좋아했지만, 단맛이 워낙 강해 사람들은 특별한 일이 있을 때만 마셨다. 제임스는 사이프러스의 와인 중에 유독 코만다리아를 좋아했다. 그는 이웃을 초대해 자신이 와이너리를 돌아다니며 직접 골라온 질 좋은 코만다리아를 대접하곤 했다.

원본 우주 2008년 5월 초순 어느 늦은 오후, 제임스가 나를 불렀다. 그날 아침 일찍 아프로디테 바위가 있는 해변까지 산책하고 돌아와 오후엔 거실에 앉아 책을 읽던 참이었다. 그날따라 이웃 체류자들이 봄나들이 산책을 나갔는지 해가 어둑해도 돌아오지 않아 제임스의 저녁 초대에 응한 사람은 나 혼자였다. 시청 부근 쇼핑센터에서 구입한 할루미(Haloumi) 치즈를 들고 제임스의 캐빈을 찾아갔다. 북쪽 고원지대에서 방목한 양이나 염소 젖으로 만든 할루미 치즈는 코만다리아를 마실 때 최고의 안주였다. 제임스는 구운 양고기를 안주로 내놓았다. 제임스와 단둘이 있으니 자연스레 그의 오른쪽 손목에는 PURE, 왼쪽 손목에는 PURPLE이라는 단어가 문신으로 새겨져 있는 게 눈에 띄었다. 두 글자를 합친 PURE PURPLE의 의미가 궁금했으나 물어보지는 않았다. 사이프러스에선 상대방이 스스로 말하기 전에 개인적인 취향에 대한 질문은 하지 않는 게 불문율이었다.

제임스의 아버지는 가난한 농부였고 잉글랜드 웨일스 주에 있는 지방 도시 스완시(Swansea) 변두리 목장의 농촌 노동자로 일하며 가족을 먹여 살렸다. 제임스가 열 살 때 그의 부모는 더 많은 돈을 벌기 위해 런던 변두리로 이사했다. 그곳에서 그의 부모는 열심히 일했지만, 가난한 삶을 떨쳐 내지 못했다. 제임스 가족의 신분만 농촌 빈민에서 도시 빈민으로 바뀌었을 뿐이다. 저임금 장시간 노동에 시달리며 정부가 찔끔찔끔 주는 보조금에 의존해 살았던 부모는 어린 제임스를 보살필 여유가 없어 그를 방치했다. 부모의 무관심 때문에 자연스럽게 런던 뒷골목의 부랑자들과 어울리게 된 제임스는 마약 배달로 쉽게 돈을 벌었고 그 돈으로 마약을 사서 제 몸에 투여했다. 마약 배달과 마약 구매, 마약 투입의 사이클이 반복되는 바람에 제임스 수중엔 항상 밥 한 끼 사 먹을 돈이 없었다.

"스완시에 살고 있을 때 부모님은 가족 소유의 작은 포도밭에서 일했어. 물론 거기서 생산한 포도주 원액만 팔아서는 온 가족이 먹고살지 못했지. 그래서 아버지와 어머니는 틈만 나면 주변의 큰 포도 농장에서 남의 일을 해야 했지. 그나마 농장의 일손은 늘 부족한 편이어서 부모님의 농장 일이 끊이지 않았어. 덕분에 우리 가족은 그럭저럭 먹고는 살았어. 그런 상황이었는데도 아버지가 런던 변두리로 왜 이사했는지 이해할 수 있어. 아버지는 자식들만큼은 자신처럼 웨일스의 가난한 농촌의 별볼일없는 존재가 되는 걸 원하지 않았던 거지. 대도시 런던으로 가면 뭔가 기회를 잡을 수 있을 것이라고 생각한 거야."

"아무래도 웨일스 시골 출신의 순박한 당신 가족들이 닳고 닳은 도시인들이 득실대는 런던 변두리에서 생활하긴 쉽지 않았겠죠?"

"재근 씨, 사회가 작동하는 방식은 웨일스 변두리나 런던 변두리나 똑같아. 시골에선 농장에서 일했다면 도시에선 공장과 식당, 상점에서 일하는 것뿐이야. 아버지가 가난한 것은 스완시에서 살아 그런 게 아니라 일하는 계급이었기 때문이었지. 농장이나 공장, 상점이 없는 이들, 가진 게 몸뚱이 밖에 없는 축들은 어딜 가나 몸으로 일해서 먹고 살아야 하니까. 그나마 스완시에는 이민자들이 드물어서 농장의 허드렛일이라도 구하기 쉬웠는데, 런던엔 동유럽이나 아프리카, 동양 등지에서 온 이민자들이 넘쳐났어. 물론 이민자도 최저 임금제를 적용받는데 고용주들이 불법으로 임금을 적게 주고 오랜 시간 부려먹는 경우가 많았지. 그러니 날이 갈수록 이민자들보다 많은 주급을 줘야 하는 웨일스 시민 노동자들이 일자리를 잃을 수밖에. 일자리를 잃지 않으려면 시민권을 가진 노동자도 이민자처럼 저임금 장시간 노동을 할 수밖에. 불법 이민자건 웨일스의 시민 노동자건 똑같이 돈 앞에선 약자이니 고용주가 시키는 대로 일하고 주는 대로 받을 수밖에 없지."

마약 배달은 빈민가 백인 아이들이 가장 빨리 돈을 버는 방법이다. 마약상들은 제임스처럼 잉글랜드 출신의 백인 배달부를 선호했다. 잉글랜드계 백인 청년이 유색 이민자들보다 마약 단속반 경찰의 검문 검색에 걸린 가능성이 낮았다. 어린 제임스가 마약 배달 대가로 받는 돈은 하루 종일 힘든 노동을 해서 버는 임금보다 몇 곱절 많았다. 그나마 그 돈도 마약의 유혹을 이기지 못한 제임스 수중에 남아 있지 않았다. 배달원이 마약에 중독되는 편이 마약

판매상들 입장에선 안전했다. 마약에 중독된 배달원이 경찰에 마약 유통조직을 신고할 일은 그렇지 않은 경우보다 훨씬 적었기 때문이다.

제임스 고향인 웨일스에도 사이프러스처럼 포도 농장과 와이너리가 곳곳에 있었다.

"내가 살던 웨일스에서도 좋은 와인이 많이 났어. 질 좋은 와인은 부자들이 차지하고 아버지처럼 가난한 농부는 평생 싸구려 와인만 마셨지. 와인을 제조하는 가난한 자들은 6년은커녕 3년도 기다릴 여유가 없으니까 담근 지 몇 개월 되지 않은 싸구려 와인만 마셨어. 6년을 기다려야 생산되는 질 좋은 와인은 비싸게 팔아 생계를 유지하는 데 썼어. 정작 고급 와인을 만든 가난한 농민은 한 잔도 입에 댈 수가 없었지. 그러니까 오래 숙성한 붉은 와인은 포도 농장 노동자들의 피눈물이지. 15년간 감옥에 있다 나와서 보니 죽은 아버지는 그 가난한 삶 속에서도 끝까지 고향에 있던 작은 포도원을 팔지 않았어. 형제들도 없으니 포도원 땅이 내 차지가 됐어. 그런데 그 땅이 마치 아주 오래 묵은 포도주처럼 비싸게 바뀌어 있더란 말이야. 골프 리조트가 세 개나 들어서고 고향 마을이 몽땅 개발되는 바람에 아버지가 끝까지 지킨 포도원만 땅값이 꽤 올라간 거야. 그 땅을 팔아 여기에 왔으니 난 이래저래 나쁜 아들이지."

제임스가 쓸쓸히 웃었다.

"부모님이 살아있을 시점으로 진입할까도 고려했는데 아무리 고민해도 또다시 마약에 빠져들지 않을 자신이, 마약에 취해 부모님을 살해하지 않을 자신이 없었어. 마약을 하다가 죄를 짓고 교도소에서 남은 생을 보내게 될 것 같았지. 그래도 사이프러스에 체류하는 지금은 나를 제어할 수 있어. 이렇게 멀쩡한 정신으로 보내는 하루하루가 내겐 정말 소중해. 과거로 돌아가면 지금보다는 행복해질 거라 믿는 사람도 있는데, 반드시 그렇다는 보장은 없어. 나를 위해 생성된 우주이지만 돌아가신 부모님 입장에선 고통에 찬 삶을 반복해야 하니까. 물론 그분들은 삶이 재생되었다는 걸 모르겠지만 힘들고 아프긴 마찬가지겠지. 같은 조건이라면 부모님 생활 여건이 갑자기 좋아지진 않으니까. 불행하게 살았던 사람들의 삶은 여전히 고통스러울 거야. 불행한 삶이 예정되어 있다면 굳이 그런 삶을 반복해야 할까? 더 많이 고민하면 더 좋은 결정을 할 수도 있겠지만, 지금은 여기서 남은 인생을 보내고 싶어."

"전 당신이 그런 생각을 하고 있으니 과거로 돌아간다면 분명히 다르게 살 것 같아요."

"그럴 수도 있어. 그러나 아무리 정신을 똑바로 차려도, 열심히 노력해도 내가 살았던 환경에선 헛수고가 될 거야. 망망대해에서 구명조끼 없이 맨몸으로 육지까지 헤엄쳐 간다고 가정해봐. 아무리 수영을 잘해도 그건 불가능한 일이지. 파도치는 바다에서 팔다리를 부지런히 움직여 얼마나 떠 있을 수 있겠어. 사회도, 국가도 사람들도, 무엇 하나 변하지 않는데 나 홀로 고군분투한다고 과연 세상이 바뀔까? 과거로 돌아가 얼마 동안은 노력해보겠지만, 그러

다 좌절하면 다시 마약에 빠져들겠지. 내가 살던 런던 뒷골목과 그
곳 사람들은 그대로일 테니까. 그럴 바에야 그냥 이곳에 남아 속죄
하면서 지금처럼 평화롭게 살고 싶어."

　제임스의 의견에 전적으로 동의하지 않았지만 그렇다고 그의 주
장이 틀린 건 아니다. 세상을 바꾸는 건 결국 사람들의 몫이다. 세
상이 바뀌려면 먼저 사람들이 바뀌어야 한다. 아울러 타인이 바뀌
기 전에 내 생각과 행동이 바뀌는 것이 모든 변화의 시작이다. 그
러나 아무것도 변하지 않는데 나 홀로 깨어 몸부림치는 일은 분명
매우 고통스럽다. 모든 변화는 그런 고통을 이겨내야 시작된다.

쥔용 쑤엔

쥔용 쑤엔에 의하면 쫭족(壯族) 자치구는 중국 대륙 서쪽 산간 지역에 있으며 그 지역에 거주하는 전체 인구의 85퍼센트인 1천 6백만여 명을 차지했다. 쫭족은 중국 내 55개 소수 민족 중 제일 인구가 많았다. 20대부터 50대까지의 인생이 한없이 무료했던 쥔용은 중국 쫭족 자치구 바이써시(百色市) 고등학교의 역사 교사였다. 사이프러스에서 만난 쥔용은 그때 막 50대 중반을 넘겼으나 외모는 실제 나이보다 10년은 더 늙게 보였다. 쥔용은 그 나이가 될 때까지 어떤 여인이든 단둘이서 몇 마디 말을 나누는 게 죽기보다 어렵다고 했다. 그의 머리카락은 뒷머리 일부만 남기고 모두 빠졌고 벗겨진 머리는 오래된 목탁처럼 빛났다. 노안이 찾아온 지 오래되어 책이나 서류를 볼 때마다 그는 금색 테두리를 한 두꺼운 안경을 머리에 올려 썼다. 쥔용은 늘 허름한 점퍼와 후줄근한 바지를 입었다. 그는 자신과 동년배인 50대 사람들과도 확연히 다른, 그들보다 20년은 더 늙은 70대 노인들이 가진 기호와 취향을 갖고 있었다. 지나치게 노숙한 심신의 소유자였지만 쥔용은 놀랍게도 20대로 돌아가고 싶어 했다. 양고기구이를 좋아해 그것으로 주식을 삼았던 그의 숙소는 내 캐빈 바로 왼편이었다. 쥔용은 그날도 사람 좋아 보이는 푸근한 미소를 하고 내 캐빈의 현관문을 두드렸다.

"저기 재근 씨. 제 캐빈에서 양고기에 맥주 한잔해요."

쥔용이 아침 일찍 자전거를 타고 시청 인근의 중국인이 운영하는 육류 전문상가에서 질 좋은 양고기를 사 왔다는 걸 알고 있었기에 초대에 순순히 응했다. 라마솔 양조장에서 생산한 케오(KEO) 맥주는 한때 세계 라거 맥주 대회 대상을 받을 만큼 맛이 좋았다. 나는 그날 자정을 넘겨서까지 케오 맥주를 마시며 쥔용의 시시하고 지루했던 인생사를 들어야 했다.

내가 며칠이라도 머문 중국 도시는 반도텔레콤 재직 당시 출장 가본 중국 중심부에 있는 우한이 유일하다. 광대한 중국 대륙에는 수많은 민족이 있지만, 그때 한국인인 내 눈으로 본 중국인은 모두 같은 중국 민족처럼 보였다. 일본에 여행 갔을 때도 내 눈엔 한국, 중국, 일본인이 똑같이 보였다. 쫭족 출신인 쥔용은 자기는 최소한 한족, 쫭족, 만주족, 후이족, 묘족, 위그로족은 구별한다고 했다. 그런 쥔용이 고등학교 졸업을 몇 달 앞두고 등굣길 버스 안에서 한 여고생과 마주쳤다. 쥔용이 보기에 그 여고생은 그전에도 그 후로도 그가 평생 만난 그 어떤 여인보다 아름다웠다. 쥔용은 한눈에 그녀가 한족임을 알아봤다. 그는 자신의 민족인 쫭족 여자들도 미모가 상당하다는 것과 그 여고생을 좋아하게 된 이유가 그녀가 한족이기 때문은 아니었다는 말도 덧붙였다. 쫭족과 한족 여인을 구별하지 못하는 나는 그 말을 믿기로 했다.

한족 여고생을 만난 이후로 쥔융은 졸업하는 날까지 그녀와 마주치기 위해 매일 아침 같은 시간에 같은 버스를 탔다. 다행히 그 한족 여고생은 늘 그 버스를 이용했다. 문제는 그가 어려서부터 지독하게 말을 아끼고 살았다는 거였다. 매일 그녀를 만났지만 쥔융은 단 한 마디도 건네지 못하고 고등학교를 졸업했다. 그의 수줍음은 어릴 때부터 심각해서 초등학교 교사들은 심지어 쥔융이 벙어리인 줄 알았다. 그는 학교는 물론 집에서도 말 한마디 없이 며칠씩 보냈다. 쥔융이 비록 자신만의 세계에 깊이 빠져 있긴 했지만 자폐증을 앓았던 건 아니었다.

"믿지 않으시겠지만 전 어려서부터 사람들의 목소리는 잘 들었는데 정작 내 목소리를 들을 수가 없었어요. 무슨 말을 해도 들리지 않으니 내 말을 사람들이 어떻게 듣는지 알지 못했죠. 그러다 보니 사람들이 내가 어떤 대답을 해도 제대로 알아듣지 못할 거란 두려움에 '네', '아니오'처럼 짧은 말로 대답만 했죠. 물론 '네', '아니오'도 내 귀로 확인할 수는 없었어요."

쥔융은 앤서니 캐빈에서 처음 만났을 때 그렇게 말했으나 모두 과연 그런 일이 일어났을까 의심했다. 나는 그의 순진무구한 얼굴을 보고 그 말을 진실이라 믿기로 했다. 다행히 말하는 능력을 제외하곤 쥔융의 나머지 신체 능력이나 지적인 능력은 정상이었기에 그가 입만 닫으면 학교나 집에서의 생활은 평화로웠다. 자기가 한 말을 알아듣지 못하는 어려움은 아이러니하게 쥔융이 학교 공부에 매진하는데 유리했다. 그는 다른 사람과 말하는 시간을 아껴 공부에 집중했다. 학생과 교사들은 시험 결과가 나올 때마다 쥔용의 성적을 보고 깜짝 놀랐다. 그는 늘 성적 상위 5% 안에 드는 우등생이었다. 침묵으로 일관하며 공부에 몰입한 덕에 쥔용은 장학금을 받는 조건으로 광시 사범대학에 들어갔다.

각고의 노력 끝에 쥔용은 대학을 수석으로 졸업하고 곧바로 고등학교 교사로 발령이 났다. 교사는 말로 학생들을 가르치는 직업이니 사람들 앞에서 말 한마디 못했던 그가 교사가 되기까지 얼마나 많은 노력을 했는지 알 만했다. 안타까운 것은 쥔용이 비교적 자유롭게 대화할 능력을 갖추자마자 한족 아가씨가 자치구 유력자인 공산당 간부에게 시집을 가버렸다는 점이다. 한족 아가씨와의 열애 가능성이 사라지자 그는 새로운 형태의 아픔을 겪었다. 여럿이 모인 자리에선 정상적으로 말을 하는 쥔용이 여성과 단둘이 있는 자리에선 말 한마디를 못했던 것이다.

"그런 특이증상은 나이가 들수록, 해가 갈수록 심해졌어요. 여성과 단둘이 마주하지 않으면, 두 명 이상의 여성을 같이 만나거나 교단에 서서 여학생들을 가르칠 때는 자연스럽게 대화하고 강의했어요. 그런데 이상하게 여자와 단둘이 마주 앉으면 몸과 혀가 굳어졌습니다. 내가 그런 남자라는 걸 몰랐던 미혼인 몇몇 여선생들도 처음엔 나를 좋아했어요. 여교사들이 저에게 좋은 감정을 갖고 데이트 신청을 해서 식사를 하거나, 차를 마시고 나면 다시는 연락하지 않았어요. '네', '아니요'만 반복하는 남자를 어떤 여자가 좋아하겠어요?"

쥔용은 자신의 그런 문제를 고치려고 신경정신과 전문의를 찾아 갔으나 의사도 원인을 몰랐다. 한 신경정신과 의사는 여자 간호사 를 내세워 쥔용과의 역할극을 시도했는데, 그 무대에서도 그는 말 한마디를 못했다. 그 후로 쥔용은 남들이 부러워하는 교사라는 직 업에 종사했지만 아예 연애와 결혼은 포기하고 살았다.

"그래서 저는 한족 여고생을 만났던 시점으로 돌아가렵니다. 고 등학교 시절로 돌아가 그녀에게 고백할 겁니다. 내 고백이 받아들 여지면 더할 나위 없이 좋지만, 받아들여지지 않아도 새롭게 시작 할 용기를 얻겠죠. 지금 되돌아보니 어렸을 때 내 목소리가 들리지 않았던 게 아니고 제가 듣기를 거부했던 것 같아요. 언제였는지는 모르겠지만 어린 시절에 내가 어떤 말을 했을 때 사람들이 알아듣 지 못하자 마음에 상처를 입었던 거죠. 그 후론 마음에 난 그 상 처가 깊어질까 두려워 아예 말을 안 한 거죠. 어쩌다 사람들에게 몇 마디 한 것도 나 자신은 듣기를 거부한 것 같아요. 내게 필요했 던 건 사람들이 못 알아들어도, 타인이 거절해도 상처받지 않을 용기였습니다. 마음의 상처란 우리 스스로의 상처임을 인식할 때 만 상처가 되는 것인데, 난 너무 쉽게 스스로에게 상처를 입힌 거 죠. 사람들이 아무리 험한 말을 해도 내가 그것을 용인하지 않으 면 내 손끝 하나 건들 수 없잖아요. 내 상처는 나 스스로 만들었 다는 사실을 너무 늦게 알았어요."

"당신을 사랑합니다."라는 고백없이 시작되는 사랑은 없다. 거절의 말로 인해 상처받는 게 두려워 사랑한다고 표현하지 못하는 사람은 영원히 사랑할 수 없다.

쥔용에게 말로 표현이 안 되면 글로 써서 고백하지 그랬냐고 말하려다 그만두었다. 쥔용의 문제는 말과 글과 같은 고백의 형식이 아니었다. 거절당할까 두려워하는 마음, 자신이 이해받지 못할 거라는 마음속 두려움이 쥔용의 진짜 문제였다. 그 두려움으로 인해 쥔용은 이성과 한 번도 제대로 사귀지 못했다.

사이프러스에서 온 남자

엘리자베스(2)

브라질 사우바도르(Salvador)에서 온 엘리자베스 로샤는 30대 초반의 여성으로 체류자들 중 가장 젊었다. 처음 만난 그녀는 큰 키와 풍만한 몸매의 소유자로 흑발의 긴 머리카락이 인상적이었다. 엘리자베스와 친해지기까지는 다른 이웃에 비해 더 오래 걸렸지만, 친해지니 누구보다 사려심 깊고 정 많은 여인이었다. 친구가 되어 사이프러스에 오게 된 사연을 직접 듣기 전까지 그녀의 세련된 옷차림과 매력적인 몸매 뒤에 숨은 아픔을 제대로 알지 못했다.

사우바도르 지역 부랑자들에게 집단 강간을 당한 엘리자베스는 근처에 살던 노부부의 신고로 출동한 구급차를 타고 병원 응급실에 실려 갔다. 성범죄 전담 여성 수사관은 엘리자베스의 몸에서 복수 남성의 정액을 확보했다. 현장에 출동한 경찰은 약혼남의 시신을 수습하고 곧바로 수사에 착수했다. 경찰은 그 지역에 근거를 둔 부랑자들을 상대로 집단 강간 사건에 대한 탐문 수사를 전개했다. 수사 2주 만에 경찰은 확보한 증거와 그녀의 진술, 근처 감시 카메라 영상 등을 토대로 강간 살인범 여섯을 체포하는 데 성공했다. 그들은 모두 유전자 검사 결과 엘리자베스 체내에서 나온 정자의 주인들이었다. 극악한 죄를 저지른 자들이 체포되어 상응한 처벌을 받았지만 그것으로 엘리자베스의 슬픔을 달랠 수는 없었다. 약혼남의 시신은 화장 후 바다에 뿌려졌고, 그녀는 외상 후 스트레스 장애로 몸과 마음이 만신창이가 되었다. 사이프러스에서 처음 만났을 때는 그녀에게서 고통의 흔적을 찾아볼 수 없었다. 화려한 외모가 그녀가 겪은 참혹한 고통과 그녀의 내면에 잠재한 거대한 허무를 가렸기 때문이다.

인간은 본래 타자의 내면세계에 쉽게 접근하지 못한다. 인간은 낯선 타자를 만나자마자 첫인상에만 의존해 타인의 진짜 모습을 추리해야 하는 숙명을 타고났다. 빠른 판단과 즉각적인 대처가 야생의 호모 사피엔스를 사방의 잠재적 적들로부터 보호하는데 유리했기 때문이다. 복잡한 문명사회가 되었지만 사피엔스의 유전자와 몸은 구석기시대와 별로 달라지지 않았다. 인간은 여전히 순간적인 직관에 의존해 적과 동지를 구분한다. 소수의 친밀한 이를 제외하면 인간은 제멋대로 한순간에 판단한 타인의 겉모습을 진실이라 믿는다. 나를 잘 모르는 타인은 자신이 멋대로 상상한 가공의 나를 진짜 내 모습으로 믿는다. 인간은 의식 밖에 독립적으로 실재하는 사람과 세상을 객관적으로 인식하지 못하고 자신의 뇌가 재구성하고 가공한 사람과 세상을 진실한 실체로 믿는다. 우리가 아는 현실은 시뮬레이션의 세계일 뿐이고, 우리는 애니메이션이나 영화, 드라마에서처럼 하나의 배역을 맡아 그것을 연기하며 산다. 인생은 무대 위 연극과도 같아 좋은 사람을 연기하는 사람을 쉽게

만날 순 있어도 무대 밖에서 체온을 나누는 진실한 사람을 만나기
란 모래사장에서 금붙이를 줍기보다 어렵다. 한 사람이 평생 진실
하게 만나는 친구는 많아야 수십억 인류 중에서 한두 명에 불과하
며, 아예 친구 하나 없이 외로운 사람들도 많다.

사이프러스의 야생 장미들의 작은 꽃봉우리에서 강렬한 향이 뿜
어져 나오던 5월 중순, 나와 엘리자베스는 아프로디테 바위까지 함
께 걸었다. 햇살로 적당히 따뜻해진 모래사장을 맨발로 걸으며 우
리는 많은 이야기를 나누었고 처음으로 서로의 손을 잡았다.

"도무지 정상적인 일상을 계속해 나갈 수 없었어요. 제가 강간당
했다는 소문이 빠르게 퍼져 나갔거든요. 모든 범죄 중에서 피해자
가 비난받는 단 하나의 범죄가 성폭력임을 뼈에 사무치게 실감했
죠. 제가 분명히 피해자인데 사람들의 따가운 시선은 오히려 제 몸
에 꽂혔어요. 더 이상 세상과 맞설 자신이 없어 직장을 그만두고
집에 틀어박혔어요. 그리고 그렇게 영원히 집안에 갇혀있다간 숨
이 막혀 죽을 것 같아 사이프러스 환형열차 탑승을 결심했어요."

엘리자베스의 목소리는 깊은 바닷속으로 가라앉았다. 수영복 차
림으로 물놀이를 즐기는 젊은 남녀들의 목소리는 흰구름처럼 하
늘 높이 올라갔다. 한참을 걷다 보니 어느새 아프로디테 바위 앞
이었다. 아프로디테 바위는 원래 하나였다는데, 우리가 그곳에 갔
을 땐 앞부분의 바위가 떨어져 나가 바닷속에 잠겨 큰 바위 앞에
웅크리고 있었다. 지중해 파도가 그 바위에 부딪치면서 만들어진
거품 속에서 미와 사랑의 여신인 아프로디테가 태어났다고 해서

아프로디테의 바위라 불렀다.

"엘리자베스, 당신을 아프로디테라 불러도 하나도 이상할 것 같지 않아요."

"그래요? 저도 제가 여신이었으면 좋겠네요. 인간이 아닌."

엘리자베스도 내 말이 싫지 않은지 가볍게 웃었다. 그녀가 신이라면 육체적, 정신적 고통으로부터 자유로웠을 것이다.

"엘리자베스도 고민이 많죠? 전 진입 시점에 대해 좀 더 구체적으로 생각하고 있어요. 얼마 전까지는 돌아갈 시점만 집중적으로 생각했는데 이제는 그곳의 내 삶이 어떻게 전개될지도 생각하게 되네요. 새로 진입한 우주에서도 과거에 겪었던 나쁜 일을 반복해서 일어날까 봐 걱정이에요. 당신도 마찬가지겠죠?"

엘리자베스는 이따금 허리를 숙여 백사장에서 크고 작은 조가비를 주었다.

"이렇게 예쁜 조가비들도 새 우주로 가져갈 수 없네요. 제 몸도 버리고 가는데 조가비를 어쩌겠어요. 제가 좀 우습죠? 지금 제 생각은 진입하는 과거 시점의 우주로 전이되겠지만, 몸은 지금의 이 몸이 아니겠죠? 반대로 새로 진입하는 우주의 내 몸은 지금 이 몸과 다르지만 이곳에서의 당신과 함께한 추억들은 여전히 갖고 있겠죠?"

엘리자베스는 애써 주운 조개껍데기들을 바닷가에 하나씩 내려놓았다. 파도가 그 조가비들을 쓰다듬었다. 조개껍데기들이 마치 산 조개처럼 모래 속을 파고들었다.

엘리자베스는 돌아갈 과거 시점을 세 개로 압축했는데 그중에서 어떤 지점을 선택할지 고민했다. 그녀의 선택지점 중 첫 번째 시점은 그녀가 사우바도르 가톨릭 대학을 졸업하고 상파울루에 있는 대기업에 취직할지 고향에 남을지를 선택하던 때였다. 그때 그녀가 대학을 졸업하고 상파울루에서 직장을 얻었다면 살해당한 남자친구를 만나지 않았을 것이고, 사우바도르 부랑자들에게 능욕을 당할 일도 없었을 것이다. 엘리자베스의 두 번째 시점은 죽은 남자친구와 진지하게 만나기 시작한 때였다. 그와 아예 사귀지 않으면 남자 친구와 함께 겪었던 모든 일이 아예 일어나지 않을 것이다. 그리고 그녀가 뽑은 마지막 후보 지점은 그날 아침 남자친구와 만날 장소를 정하던 시점이었다. 그들이 그날 변두리 레스토랑이 아니라 여느 날처럼 시내 중심의 어느 레스토랑이나 카페에서 만났다면 부랑자들을 만나지 않았을 것이다.

"어느 시점을 택하든 그날 일은 피할 것 같긴 해요. 그곳, 그날, 그 시각을 피해야 한다는 분명한 목적의식을 갖고 제가 과거로 돌아가니까요. 문제는 과거 시공간으로 돌아가도 지금의 우주에서 겪었던 것과 똑같진 않지만 비슷한 끔찍한 일을 또 겪지 않는다는 보장이 없다는 거죠. 지난번과 똑같은 사건 아니지만 다른 불행한 일을 겪을 가능성은 여전히 남아 있죠. 그런 일이 생겨도 복제 우주에서는 환형열차를 탈 수도, 인생을 다시 거슬러 올라가 수도 없으니 고민이네요."

엘리자베스는 머리를 숙인 채 바닷물에 젖은 모래에 발끝으로 글자를 썼다 지웠다를 반복했다.

"엘리자베스, 영화나 노래는 몇 번을 재생하든 동일한 내용이 반복되죠. 결정론이 지배하는 세상이라면 과거의 어떤 시점으로 돌아가든 우린 유사한 삶을 살겠죠. 하지만 우발성이 지배하는 비결정론 세상이니 인류가 지혜를 모아 환형열차 시스템을 만든 거죠. 그렇지만 과거의 시공간으로 재진입한다는 것은 새롭게 시작할 기회를 얻는 것뿐이에요. 인간의 삶은 우발성이 지배하기에 같은 조건이라 하더라도 과거의 끔찍한 일을 피할 수도 있고 똑같은 일이 반복될 수도 있어요. 하지만 우린 과거의 끔찍한 사건을 알고 있으니까 최소한 동일한 사태를 막을 수는 있겠죠. 난 그걸 믿고 과거 시점으로 돌아가렵니다. 설령 비슷한 일이 일어나도 그것을 경험해 봤으니 원본 우주에서보다는 좀 더 성숙한 방법으로 이겨낼 수 있을 것 같아요."

엘리자베스도 나와 비슷한 고민을 하고 있었다. 과거 시점의 우주로 돌아가면 사이프러스에서 환형열차를 탑승하기 직전까지의 내 기억이 과거 시점까지의 내 기억과 섞인다. 어떤 방식으로 든 원본 우주에서 획득한 기억이 새 우주에서의 삶에 영향을 준다. 또한 복제 우주 속 사람들과 그곳 환경 역시 원본 우주와 독립적으로 전개되기에 그 역시 내 삶에 영향을 준다. 한 사람의 인생이 전적으로 자신의 의지에 의해 좌우된다면, 그리고 과거에 겪었던 불행한 일을 피하려는 의도와 노력이 있다면 불행은 반복해서 일어나지 않는다. 그러나 사람은 살면서 타인과 어떤 형태로든 관계를 맺고 주변 환경에 영향을 받으니 그 사람의 의지와 무관하게 불행해질 수 있다. 그 경우에도 우리의 의지가 여전히 유일한 희망이다. 환형열차는 탑승자에게 새롭게 시작할 기회를 줄 뿐 그 어떤 것도 보장하지 않는다. 나머지는 개인의 의지에 달렸다.

빌리지로 돌아오는 길에 우리는 어떻게 하면 서로가 겪었던 불행한 사건을 회피할 수 있을지 의견을 나누었다. 뚜렷한 해답은 없었지만 함께 이야기하고 엘리자베스가 곁에 있는 것만으로도 마음이 가벼웠다.

봄꽃이 피었나 싶더니 속절없이 지고 사이프러스 섬에 여름이 찾아왔다. 여러 달을 사이프러스에서 보내다 보니 한국에 두고 온 가족과 친구들이 그리웠지만 이웃 체류자들이 함께 있어 그나마 외로움을 덜었다. 복제 우주에서 시작할 새로운 삶에 대한 불안, 기대와 희망, 절박함 등을 공유하고 매일 얼굴을 마주보고 사는 체류자들이 가족을 대신했다. 그들 중에서도 엘리자베스는 나에게 더욱 특별한 존재가 되어갔다.

6월 초 이른 아침, 엘리자베스와 도심 카페에 갔다. 진한 그리스 커피에 야생 밀로 만든 딱딱한 빵을 아침 겸 점심으로 먹었다. 카페 주인은 아침 손님에게 블랙커피를 서비스로 제공했다. 엘리자베스는 빵을 손으로 찢어 커피에 찍어 먹었다.

"재근 씨, 저는 요즘 자연이 참 아름답다는 걸 새삼 깨닫고 있어요. 사람들은 브라질을 열대지방으로 알지만 그곳도 겨울과 봄이 있어요. 전 한동안 봄에 대해서, 꽃들이 피는 것을, 나뭇잎이 연초록으로 자라나는 걸 잊고 살았어요. 봄이 왔는데 봄이 온지 몰랐어요. 저만의 불행한 우물에 갇혀 있어서 그랬죠. 참혹한 일을 겪었지만 그것 때문에 인생의 봄날이 몽땅 없어져 버린다면 정말 억울한 일이죠. 다행히 사이프러스에서 잃어버렸던 제 봄을 되찾을 수 있었어요. 재근 씨가 옆에 있어서 가능했죠."

엘리자베스가 가지런한 흰 이를 드러내며 미소 지었다.

"엘리자베스, 이곳은 봄도 좋지만 여름도 건조해서 그런지 지낼 만하네요. 한국의 여름은 습기가 많아서 항상 후덥지근하거든요. 계절 이야기가 나왔으니 하는 말인데요, 계절에 대한 인상은 그 시절에 어떤 처지에 있었느냐에 따라 달라지는 것 같아요. 한국 남자들은 의무적으로 2년을 군인 신분으로 보내야 하는데, 저는 이십대 초반에 높은 산이 많은 강원도 화천에서 군대 생활을 했어요. 제대 후에 그 시절을 돌아보면 그곳의 가을 단풍은 전혀 기억나지 않고 겨울에 눈이 무지하게 많이 내렸던 것만 떠올라요. 3년 동안 가을이면 주변 산을 물들였을 단풍이 전혀 떠오르지 않는 것은 그만큼 군대 생활이 힘들어서 가을 단풍을 감상할 여유가 없어서였죠. 반대로 겨울에 펑펑 내리던 흰 눈이 생생한 건 군사 도로나 연병장에 쌓인 눈을 치웠던 일이 죽도록 지겹고 힘들어서였을 거예요. 그런데 이곳에서 보낸 하루하루, 매 순간은 영화처럼 선명해요. 엘리자베스가 옆에 있어 모든 순간이 각인되는 것 같아요."

"그렇죠? 재근 씨도 그렇다니 참 다행이에요. 저도 그렇거든요.

여기서 보낸 날들과 계절은 빠짐없이 기억이 되겠지요? 죽은 제 약혼남에게는 미안한 일이지만, 그 친구와 보낸 날들이 지금은 흐릿해요. 그냥 뭐랄까. 어렴풋하게 함께 있어 좋았다는, 제 남자의 체온이 참 따뜻했다는 느낌만 있어요. 그에 비해 이곳에선 잠들 때 되돌아보면 하루의 매 순간이 손에 잡힐 듯이 떠올라요."

그즈음, 밤마다 침대에 누워 천정을 올려다보면 엘리자베스와 함께 한 시간이 또렷이 떠올랐다. 식사를 마치고 식당과 카페가 줄지어 있는 골목길을 따라 걷다 보니 바다가 내려다보이는 언덕배기 초원이 나왔다. 엘리자베스는 겉옷을 벗어 허리춤에 묶었다. 검은색 민소매 셔츠만 입은 그녀는 어느 때보다 아름다웠다.

"재근 씨, 전 뚜렷이 생각나는 계절이, 시절이 별로 없어요. 그래도 머릿속에 떠오르는 시기는 제 인생이 빛나고 아름다웠던 때에요. 사랑에 빠졌을 땐 그 남자의 표정과 몸짓이, 같이 있던 카페와 공원이 자세히 기억나거든요. 그때가 봄이었는지, 가을이었는지, 날씨는 어땠는지, 거리는 한산했는지 복잡했는지, 어떤 꽃이 피었는지도 다 떠올라요. 이곳 사이프러스의 날들이 그런 것 같아요. 재근 씨를 만나서 그런 걸까요?"

"엘리자베스도 그렇군요. 저 역시 요즘 잠들기 전에 침대 누워 눈을 감으면 당신과 함께 했던 시간이 동영상처럼 재생되거든요. 당신이 제 옆에 있어 그런 것 같아요."

엘리자베스가 여인으로 다가올수록 수현에 대한 죄책감도 비례해 커져 갔다. 그런 죄의식에도 불구하고 엘리자베스를 만나는 동안은 수현을 잊었다. 수현에 대한 기억을 대신해 엘리자베스와 함께하는 순간으로 머릿속이 채워졌다. 수현에 대한 미안함과 엘리자베스에 대한 애틋한 사랑의 감정이 뒤섞여 여러 날이 흘러갔다.

원본 우주 2008년 6월 20일, 전날부터 시작된 폭풍우는 다음날 아침에도 기세가 등등했다. 비가 자주 내리지 않는 사이프러스였으나 한 번 비가 내리면 어른 손가락 굵기만 한 소나기가 쉼 없이 내렸다. 새벽에 잠이 깨어 아침이 될 때까지 폭풍우가 몰아치는 바다를 바라보았다. 폭풍우가 내리치는 바다에는 몸길이가 수십 미터씩 되는 회색 괴물들이 득실거렸다. 화산섬인 사이프러스에 내린 폭우는 금방 땅속으로 스며들어 가서 성난 바다와 달리 지상은 평온함을 유지했다.

두두두……. 쏴, 아아…….

빗방울이 규칙적으로 캐빈의 지붕과 주변의 땅 위로 쏟아져 내렸다. 집 밖에 비가 내리니 집안은 오히려 고요했다.

"재근 씨 집에 있어요?"

빗소리에 섞인 엘리자베스의 목소리가 들려왔다. 현관문으로 달려갔다. 온몸이 비에 젖은 엘리자베스가 서 있었다. 황망히 그녀를 끌어안아 캐빈으로 들어왔다. 거실로 들어서자 엘리자베스는 무너지듯 나에게 안겼다. 그녀의 온몸이 차가웠다. 더운물을 욕조에 가득 채워 엘리자베스를 눕혔다. 욕실에서 나가려는 내 손을 엘리자베스가 잡았다. 욕조 옆에 앉아 그녀의 손을 잡아 주었다.

체온이 올라 안정을 찾은 그녀에게 내 잠옷을 건넸다.

"재근 씨, 당신을 안고 싶어요. 어차피 우린 떠나야 하잖아요. 당신과 나, 각자의 우주로 가버리면 영원히 다시 만날 수 없고 세월이 흐르면 이곳 추억도 잊히겠죠. 그래서 전 절박해요. 당신에 대한 내 사랑은 세상에서 가장 슬프고 아름다운 사랑이랍니다. 이별이 분명히 예정되어 있고 헤어지면 다시는 만날지 못하는 사랑, 이전에 사랑했던 사람에게 돌아가야 하는 사랑이잖아요? 그래도 좋아요. 당신을 이곳에서 사랑했던 기억이 새로 진입할 우주에서 나를 힘들게 할지라도 괜찮아요."

그녀가 내 품으로 파고들었다. 그런 그녀를 꼭 안았다. 엘리자베스의 몸이 점점 뜨거워졌다.

다음 날 밤. 모두가 잠든 시간, 아무도 없는 해변에서 모닥불을 피우며 홀로 생각에 잠겼다. 사흘 내리 회색 괴물들에게 점령당한 바다는 밤이 되자 마침내 짙푸른 제 색깔을 되찾았다. 먼바다에서 밀려온 작은 파도가 모닥불을 끄려는 듯 자꾸 해변으로 손을 내밀었다. 모래밭에 팔베개를 하고 누워 밤하늘에 흐르는 별들의 강을 보며 수현에게 물었다.

"수현아, 지금 나 보고 있니? 넌 지금의 날 어떻게 생각해? 내가 어떻게 하면 좋을까? 너에게 빨리 돌아가야 하는데, 그만 새로운 인연을 만났어. 수현아, 그래도 꼭 돌아갈 거야. 그때까지 기다려주겠니?"

"오빠가 나 말고 누구를 사랑하더라도 그 또한 사랑이야. 물론 내가 살아 있다면 나를 만나면서 딴 여자를 만나면 당연히 안 될 일이지. 오빠랑 사귀면서 내가 딴 남자를 만나면 안 되는 것처럼 말이야. 그런데 지금은 내가 오빠 곁에 없는 상황이잖아. 홀로 견뎌야 하는 시간이잖아. 그런 고독의 시간을 같이 할 누군가를 오빠가 사랑한다면 난 용서할 수 있어. 사랑이란 몸과 마음을 함께 하는 거야. 난 몸이 없으니 오빠가 지금 날 사랑하는 건 온전한 사랑이 아니야. 지금은 오빠 곁의 따뜻한 몸과 마음을 가진 그녀에게 잘해줬으면 해."

해변을 향해 달려온 파도 군단의 한 병사가 기어이 모닥불을 꺼트리는 데 성공했다. 사방은 어두워졌고 밤하늘의 별빛은 더욱 빛났다. 별빛이 검푸른 바다에 쏟아져 하얀 포말로 변했다.

앤서니의 탑승

환형열차 탑승자들 모두 자신이 살던 세상과 작별하고 사이프러스로 왔지만, 당국에 의해 복제 인물들이 대체 투입되니 주변인들은 그 사실을 알지 못한다. 탑승자 본인만 자신의 부재를 안다. 마찬가지로 새 우주의 그 누구도 사이프러스 환형열차를 타고 온 탑승자의 존재를 눈치채지 못한다. 탑승자만이 자신이 미래의 시공간에서 온 방문자임을 안다. 그러므로 환형열차 탑승자들은 원본 우주에서도, 돌아갈 우주에서도 절대적인 고독을 감당해야 한다.

원본 우주 2008년 5월 21일 저녁, 앤서니 파커의 숙소에 이웃 탑승들이 모였다. 앤서니는 다음날 환형열차에 탑승할 예정이었다. 나와 제임스 우즈워즈, 캐서린 밀러, 엘리자베스 로샤, 쥔용 쑤엔이 그의 탑승을 축하하고 이별의 아쉬움을 나누기 위해 모였다.

"저는 절대로, 절대로 전쟁에 참가하지 않을 겁니다."

그날도 앤서니 파커는 전직 군인다운 확고한 태도를 보여줬다.

"저는 군인 신분으로 타인의 신체를, 적국 군인의 몸을 불구로 만들거나 목숨을 빼앗았습니다. 그 벌로 이렇게 두 다리를 잃고 하반신이 마비되었습니다. 저는 절대로 다시는 사람을 죽이거나 불구로 만드는 전쟁터에 나가지 않을 겁니다."

앤서니와 영원히 작별하는 자리여서 그런지 캐빈 분위기가 어두웠다. 이웃 체류자들은 앤서니가 새 우주에서는 두 다리를 잃지 않기를, 하반신이 온전하기를, 평범한 인생이길 기원했다. 이웃들은 그가 루시에와 재회하여 행복한 가정을 이루어 아들딸 낳고 잘 살기를 소망한다는 등의 덕담으로 작별 인사를 대신했다.

"앤서니, 어느 시점으로 돌아갈지 정해뒀어?"

그날은 제임스의 굵직하고 낮은 목소리도 촉촉이 젖어 있었다. 제임스가 분위기를 바꾸려고 앤서니에게 그렇게 물었다.

"네, 전 세 개의 시점을 정해 놨습니다. 그중에서 한 시점을 환형 열차를 타고 가면서 결정할 예정입니다."

"앤서니 파커, 당신이 선택한 세 개 지점에 대해 말해 줄래요? 당신의 계획을 알면 우리가 진입 시점을 선택하는 데 참고가 될 것 같아요."

쥔용이 앤서니 눈치를 보며 조심스럽게 물었다.

"네, 쥔용. 말 못할 게 뭐 있겠어요. 저의 첫 번째 선택 시점은 군인이 되려고 결심했던 하이스쿨 졸업반 시절입니다. 두 번째는 루시에를 처음 만났던 사관학교 1학년 시절, 마지막으로는 군인 신분으로 이라크 참전을 자원하기 직전입니다. 지금 마음은 세 번째 시점으로 기울어졌어요. 제 인생은 제 몸을 이렇게 만든 이라크 전쟁에 참가하기 전까진 아무 문제 없이 행복했으니까요."

그 말을 듣고 의아해 앤서니에게 물었다.

"앤서니, 군인이 되면 꼭 이라크 전쟁이 아니더라도 다른 전쟁엔 참가해야 하는 것 아닌가요? 군인이 참전하는 건 당연하고 전투를 하다 보면 다시 적군을 죽여야 하지 않나요?"

앤서니가 그런 말을 할 줄 알았다는 표정을 지었다.

"제가 한 말이 모순이라는 걸 알아요. 루시에를 사관학교 생도 시절에 만났거든요. 군인이 되는 걸 포기하면 그녀를 만나지 못할 것 같고, 군인이 되면 전장에서 적군을 죽이고 제 몸도 망가져 루시에와 또 헤어질 수 있으니 모순이죠. 이러지도 저러지도 못하는."

"그래요. 앤서니, 어쨌든 하이스쿨 졸업반 시절로 돌아가면 당신은 루시에를 아예 못 만나는 것 아닌가요? 당신은 루시에를 만나지 못한 상황도 고려하는군요?"

엘리자베스가 물었다. 나와 엘리자베스는 타인에 의해 연인을 잃었지만 앤서니의 경우 사랑하는 여인이 자발적으로 떠나갔다. 그런 상황에 처한 앤서니가 어떤 선택을 할지 나도 궁금했었다.

"루시에에 대한 제 감정을 아직 정리하지 못했습니다. 만약 루시에가 다른 남자를 만나 행복하게 지낸다면 만나지 말아야겠죠. 전 루시에를 만나 결혼하고 아이를 갖고 싶다는 욕심을 당연히 있습니다. 누구의 관점을 존중하느냐가 중요한 것 같습니다. 루시에가 지금처럼 다른 남자를 만난다면 제 선택은 달라지겠죠. 루시에를 꼭 만나지 않더라도 그녀가 행복하면 전 그것으로 만족할 거예요."

"환형열차 노선에 열 개의 역이 있는데 당신이 선택한 세 개 지점을 어떤 역에 연결시켜 입력할 건가요?"

누군가 물었다. 환형열차 탑승 예정자들은 누구나 자신이 선택한 진입 지점을 10개의 역에 어떤 방식으로 배치할지 궁리했다. 10시간 동안 10개의 역을 차례로 순환하는 열차이니 탑승자들은 정차하는 역마다 자신이 진입하려는 과거 시점을 입력한다. 진입 시점 한 곳만 선택해 단 한 곳의 역에 그 시점을 입력할 수도 있고, 열 개의 역에 진입하려는 열 개의 시점을 모두 연결할 수도 있다. 환형열차 탑승권 뒷면에 탑승자들이 하차 가능한 역들이 차례로 표시되어 있었다.

「1) 리마솔 Limassol→ 2) 토치니 Tochni → 3) 니코시아 Nicosia → 4) 유칸 보스탄시 Yukarı Bostancı → 5) 가토 피르고스 Kato Pyrgos → 6) 포모 Pomos → 7) 폴리 크리소초스 Poli Cryso-chous → 8) 스트롬피 Stroumpi → 9) 티미 Timi → 10) 아브디모우 Avdimou」

"저는 그냥 마음 편하게 마지막 세 역인 스트롬피, 티미, 아브디모우 역에 세 개의 진입 시점을 각각 입력해 놨습니다. 지금 제일 진입하고 싶은 시점이 맨 마지막 역입니다. 물론 중간에 생각이 바뀔 수 있죠. 열차 타고 쉬엄쉬엄 여행하다가 세 역 중 한 곳에서 내리면 되지 않겠습니까?"

앤서니는 전직 군인답게 거침없었지만, 그의 계획은 나름대로 치밀하고 합리적이었다. 원본 우주에서의 마지막 여행인데 풍경을 감상하며 사이프러스와 느리게 작별하는 것도 좋을 것 같았다. 와인을 연거푸 마신 앤서니의 얼굴이 붉게 물들었다. 술자리 중간에 머리를 식히기 위해 집 밖으로 나왔다. 캐빈 밖에선 보라색 라일락 꽃향기가 은은하게 풍겨왔다. 5월의 밤하늘은 구름 한 점 없었다. 은하수는 유유했고 별들은 빛났다. 복제 우주의 밤하늘도 사이프러스의 밤하늘과 같기를 빌었다. 별들과 은하수가 그곳 우주의 하늘에서도 빛난다면 어떤 일이 있어도 견딜 수 있을 것 같았다.

캐빈 안으로 돌아오니 이웃 체류자들이 일제히 나를 바라보았다. 뭔가 동의를 구하는 눈치였다.

"미스터 류, 당신이 자리를 비웠을 때 우리는 약속했어요. 여기 모인 사람들이 모두 각자의 시공간으로 재진입하면 다른 사람의 복제 인물을 찾아봐주기로 했어요. 예를 들어 제가 저만의 복제 우주에 진입하면 당신과 앤서니, 엘리자베스, 제임스, 쥐용을 복제한 인물을 만나주는 거죠. 마찬가지로 미스터 류도 각자 재진입한 복제 우주에서 저나, 앤서니, 엘리자베스, 제임스, 쥐용의 대체 인물을 만나는 거죠."

캐서린이 체류자들을 대표해 내게 말했다.

"그렇군요. 참 의미 있는 약속이군요. 누가 제안한 건가요?"

"이야기하다 보니 그렇게 의견이 모였어요. 복제 우주에서 생활하는 인물 역시 우리 자신이죠. 환형열차를 타고 떠나면 다시 만나진 못해도 각자 진입할 우주에는 이곳에 있는 우리를 대신한 또 다른 우리가 있죠. 그들이 더 나은 삶을 살아가도록 원본인 우리가 뭔가 할 수 있지 않을까요? 뭐, 꼭 구체적으로 어떤 도움을 준다기보다는 사이프러스에서 만난 인연을 새로운 우주에서도 이어가자. 이곳에서의 우정을 전 우주적으로 영원히 간직하자. 쉽게 말하자면 이렇게 하자는 거죠."

캐서린의 말을 듣고 무릎을 탁 쳤다. 나는 그때까지 함께 체류하는 탑승자들의 복제 인물들의 삶에 대해선 깊이 있게 생각하지 못했다. 원본 우주의 내 대체 인물이나 다른 시공간에 사는 내 동일 인물에 대해 관심이 없었다. 그런데 이웃 체류자들은 우주를 초월한 우정을 서로 나누려 했다. 그들은 복제 인물의 삶도 걱정했다. 복제 인물들이 우주 밖의, 또 다른 그들이 걱정하고 응원한다는 사실을 안다면 살아가는데 상당한 힘이 될 것 같았다.

"좋은 제안이네요. 이곳 체류자들이 진입할 우주 말고도 셀 수 없이 많은 우주에서도 우리와 동일한 인물이 살겠죠. 그들 모두를 만날 수도, 그들 모두의 삶을 배려할 수도 없지만 최소한 여기 모인 분들이 진입한 우주에서는 또 다른 우리의 삶이 좋아지는 뭔가를 할 수 있다면 매우 좋은 일이죠."

앤서니는 누구든 2003년 3월 이라크 전쟁 개시 전에 복제 우주에 진입한다면 미국 뉴어크를 방문해 자기 복제 인물을 만나 이라크 전쟁 참여를 말려 달라고 했다. 캐서린은 이웃들이 2007년 11월 이전에 호주 애들레이드로 간다면 자신을 만나 그해 11월에는 가족과 함께하는 외식을 피하고 신호등이 있는 사거리에서 운전할 때는 각별히 조심하라는 말을 전해달라고 했다.

엘리자베스는 누구든 2006년 6월 10일 이전에 브라질 사우바도르에 가게 된다면 자신의 복제 여인을 만나 약혼남과 변두리 레스토랑에서 저녁 식사를 하지 말도록 설득할 것을 요청했다.

제임스와 쥔용은 따로 당부의 말을 하지 않았다. 둘은 나이가 많아서 이웃들 중 누구도 그 둘이 원하는 시점 전후로 진입할 수가 없었다. 특히 쥔용은 30년이나 더 젊은 시절로 돌아가야 하는 관계로 이웃들에게 부탁하기를 꺼려 했다. 다만 제임스와 쥔용도 만약 여건이 된다면 자신의 분신을 만나주면 좋겠다는 의견을 피력했다.

이웃들에게 2007년 4월 7일 이전에 한국에서 또 하나의 나를 만난다면 그에게 웨딩 화보를 찍는 날을 전후해 자동차 여행을 떠나지 말 것과 김기찬이 수현의 목숨을 노리고 있음을 전하라고 했다. 또 누구든 수현이 목숨을 잃은 2007년 4월 7일 이후 시점으로 진입한다면 내 복제 인물을 만나 수현을 잊고 행복하게 살길 바란다는 내 소망을 전해달라고 했다.

환형열차 탑승자는 각자 자신이 선택한 과거 시점으로 돌아간다. 그러나 10년에 한 명꼴로 체류자가 탑승을 포기하고 사이프러스 잔류를 선택한다. 그들은 탑승자들의 심리상태를 누구보다 잘 알고 있기 때문에 환형열차 당국은 잔류자들을 채용해 탑승객 관리를 맡긴다. 그들 잔류자들에겐 섬 원주민들과 마찬가지로 환형열차 탑승 권리가 주어지지 않는다. 잔류자를 포함한 섬 원주민들은 과거 시공간으로 돌아갈 수 없으며 단방향의 일회성 삶을 산다. 사이프러스 원주민이 과거 시공간으로 진입하려면 타국으로 이주해 10년 이상 거주해야 한다. 그러나 환형열차 탑승권을 얻기 위해 섬 외부로 나간 원주민은 극소수다. 엘리스는 오히려 청년 시절 외국으로 직장을 찾아 떠난 사이프러스 시민들도 노년이 되면 대부분 귀국해 여생을 마치는 경우가 많다고 했다. 나는 사이프러스 원주민의 단방향 일회성 삶이 오히려 충만한 인생을 만든다는 생각까지 했다.

인류는 환형열차 시스템이 구현되기 전까지 아주 오랫동안 그렇게 한 방향으로만 진행되는 단 한 번뿐인 삶을 살았다. 장구한 인류 역사에서 인간이 자신의 운명 중 유일하게 예측 가능한 단 하나의 사건은 죽음이다. 환형열차 시스템이 구축되기 전까지 인류는 단 일 초도 과거나 미래로 가지 못하는 생을 살다가 죽음을 맞이했다. 그런데 환형열차 시스템은 딱 한 번, 인간의 삶을 자신이 원하는 과거로 돌아갈 수 있게 한다. 환형열차 시스템의 구현에도 불구하고 인간은 현재의 시공간에서 미래의 시공간으로는 이동할 수 없다. 원본 우주의 시공간은 모든 복제 우주보다 항상 앞에 있다. 물론 과거 시공간에 재진입하게 된 것만으로도 환형열차 시스템은 인류사 전체로 봐도 혁명적인 발명품이다. 그러나 과거 시공간으로 돌아가 제2의 인생을 사는 건 수십억 년 동안 진화해 온 지구 생명체인 인간이 내재된 본성을 부정하는 행동이기도 하다.

사이프러스에서 온 남자

그런 관점에서 본다면 원본 우주의 사이프러스 섬 원주민들이야말로 생명 진화의 오래된 법칙을 가장 충실히 따르는 사람들이다.

앤서니는 환송 모임 다음날 환형열차에 탑승했다. 이웃 체류자들은 이른 아침 빌리지 입구에서 버스를 탄 앤서니와 마지막으로 작별했다. 캐빈으로 돌아와 그날 하루종일 두문불출하고 진입 시점에 따른 장단점을 노트에 정리했다.

「**진입 시점 1**: 톰슨 커피숍에서 김기찬을 만나 굴욕감을 느꼈던 직전 시점으로 돌아간다. 그때로 돌아가 쓸데없이 그놈을 설득하거나 무기력한 사법기관의 힘을 빌리지 않고 그놈이 수현을 죽이기 전에 내가 먼저 그를 죽여 없앤다.

장점: 나와 그놈을 제외한 모든 사람이 행복해진다. 살인죄로 감방에 갇힐 가능성도 있지만 경찰에 잡히지만 않으면 그가 없는 세상에서 수현과 결혼해 아이를 낳고 행복하게 살 수 있다. 김기찬은 확실한 사이코패스니 그를 죽이는 것은 공공선을 위해서나 정의 구현을 위해서나 옳은 일이다. 내가 먼저 그를 죽인다면 수현의 목숨을 구하는 건 물론이고 그놈에게 피해를 입을 수 있는 잠재적 피해자인 다른 여성들도 구할 수 있다.

단점: 살인죄로 체포되면 재판받고 징역형을 받는다. 감옥에 갇히면 수현과 결혼하여 행복하게 사는 꿈은 이룰 수 없다. 내가 죄인이 되면 부모님과 수현의 인생에도 그늘이 진다.

진입 시점 2: 수현이 캐나다로 이민 가자고 제안했던 시점으로 돌아간다. 그녀가 제안한 대로 캐나다로 이민 가거나 알래스카나, 호주의 타지매니아, 유럽 소국의 작은 도시 등 한국에서 멀리 떨어져 산다.

장점: 나와 수현은 김기찬의 손아귀부터 벗어난다. 그놈을 죽일 필요가 없으니 살인죄를 저지르지 않아도 된다. 캐나다나 다른 나라 영주권을 받는다면 수현은 그놈이 그곳까지 쫓아오더라도 한국보다 훨씬 강력한 법적 보호를 받을 수 있다.

단점: 김기찬은 멀쩡히 살아서 한국의 또 다른 여성들을 괴롭힌다. 그가 우리가 살고 있는 나라로 찾아올 수도 있다. 그놈이라면 다른 국가의 사법기관 눈을 피해 우리를 끝까지 괴롭힐 수 있다. 그렇게 된다면 우리가 어느 나라에 살아도 상황은 바뀌지 않는다.

진입 시점 3: 수현을 처음 만나기 전으로 돌아간다. 창립기념일에 청계산을 오르지 않는다. 새로 진입한 우주에서는 수현을 만나지 않는다.

장점: 수현을 만나지 않으니 나는 수현과 김기찬의 삶과 엮이지 않아도 된다. 수현이 그에게 죽임을 당하고 내가 그를 죽여야 하는 운명의 굴레에 빠져들지 않아도 된다. 수현과 김기찬과 관계없는 인생을 살 수 있다. 수현을 만나지 않아 내 인생이 특별히 빛날 일이 없겠지만, 나는 그전에 살던 대로 있는 듯 없는 듯 평범하게 살아갈 것이다.

단점: 그녀의 인생은 김기찬으로 인해 망가진다. 수현이 나 아닌 다른 남자를 만나 더 행복하게 살 수도 있겠지만 반대로 나를 만난 것보다 더 불행해질 수도 있다. 수현을 만나 내 인생이 달라졌는데 그녀가 없다면 영원히 나만의 우물에 갇혀 옹색하게 산다. 복제 우주에 진입한 나는 평생 그녀를 만나지 않은 것에 대해 후회할 수 있다.」

그런 식으로 진입 시점을 달리해 여러 경우의 수를 정리했다. 그러나 그날 힘들게 검토한 진입 시점 중 몇 개를 환형열차 정차역과 연결하여 실제로 입력하기까지는 10년의 시간이 더 흘러야 했다.

젤라모 카페(2)

원본 우주 2008년 6월 말, 엘리스가 찾아왔다. 초인종이 울려 현관문을 여니 흰 반팔 티셔츠에 스포츠 바지를 입고 검은 선글라스 쓴 엘리스가 서 있었다.

"미스터 류, 요즘 어디로 진입할지 무척 고민되시죠?"

엘리스는 현관문에 기댄 채 내게 물었다.

"네, 엘리스. 언젠간 돌아가야 하니까요. 이곳에서 생활한 지 벌써 석 달이 지났네요. 몇 개월 더 있어도 되지만 그러면 정들어 떠나지 못할까 두려워요. 그전에 마음 정리를 해야죠."

"좀 있으면 미스터 류와 헤어지게 되니 서운하네요. 전 지금 젤라모(Gelamo) 카페로 커피 마시러 가는 길이에요. 함께 갈래요?"

해변의 젤라모 카페는 에스프레소 맛이 좋기로 유명했다.

"엘리스, 당신이 불러만 준다면 없는 시간도 만들어야죠. 잠시만 기다려 줄래요? 옷 갈아입고 나올게요."

잠시 후 우리는 젤라모 카페가 있는 해변을 향해 걸었다. 먼바다를 지나오면서 습기를 모두 뱉어냈는지 육지로 부는 바람이 건조했

사이프러스에서 온 남자

다. 덕분에 한여름이지만 걷기엔 좋은 날씨였다.

"바다에서 불어오는 바람에 습기가 없다니. 이런 날씨도 다 있네요? 바다가 바람의 습기를 다 빼앗아 저렇게 맑은 빛깔로 변한 걸까요?"

그날따라 한국의 가을 하늘처럼 바다 물색이 옅었다.

"사이프러스에서 몇 달 지내니 시인이 되셨네요? 바다가 바람의 습기를 빼앗아갔다는 표현이 신선하네요."

기분 좋은 바람을 맞으며 젤라모 카페에 들어서니 젊은 커플이 야외 테이블에서 스마트폰을 들여다볼 뿐 다른 손님은 없었다. 우린 젊은 커플처럼 커피잔을 들고나와 야외 테이블에 앉아 지중해를 바라보았다.

"오늘은 아주 중요한 내용을 미스터 류에게 전하러 왔어요."

그전에도 궁금한 점이 있어 전화하면 그녀는 매뉴얼이나 안내서를 읽으라 해도 되는 사항까지 직접 찾아와 설명해주었다. 그러나 그날 젤라모에서 마주한 엘리스의 표정은 평소와 달리 진지했다.

"미스터 류, 당신도 사이프러스 체류 기간을 포함하여 원본 우주의 기억을 그대로 갖고 돌아가니 그곳에서 여러 고민거리와 마주할 거예요. 당신이 진입하는 그 시점부터 이곳에서 환형열차를 타고 떠난 시점까지의 시간은 미스터 류의 인생이 중복되는 기간이죠. 그 기간엔 낯익은 상황이 되풀이될 거예요. 그때마다 당신은 과거와 다르게 행동하면 삶이 어떻게 흘러갈지 모르고, 그렇다고 과거와 똑같은 선택을 한다면 그곳 생활이 전에 본 영화를 또 보는 것처럼 지루해지겠죠. 선택의 순간마다 과거와 똑같이 행동할지 다르게 할지를 고민하겠죠. 무엇보다 시간을 되돌리고 싶은 순간이 오더라도 복제 우주엔 환형열차 시스템이 없답니다. 삶을 되돌릴 수 없으니 모쪼록 그곳에선 하루하루를 후회 없이 살길 바랄게요."

"엘리스, 제가 진입할 우주엔 환형열차가 없다니 걱정을 덜었네요. 원본 우주에만 환형열차가 있는 게 맞을 것 같아요. 과거 시점으로 돌아간 탑승객들이 자꾸 또 다른 우주로 이동하면 인생의 안정성은 깨지고 인간은 먼지처럼 부유하는 삶을 살게 될 테죠. 그러니 환형열차가 이곳에만 있는 게 어떻게 보면 다행이네요. 제가 보기엔 진입할 우주에서 끝이 분명한 일회성 삶도 특별한 문제가될 것 같진 않아요."

엘리스가 고개를 끄덕이며 미소 지었다. 젤라모에서 그녀는 사이프러스 환형열차 시스템과 복제 우주에 대해 자세히 설명했다. 그녀는 내가 진입할 우주의 사이프러스는 지중해의 평범한 섬이라고했다. 원본 우주의 지구가 아닌 다른 곳에 환형열차가 없다는 그녀의 말을 듣고 오히려 안도했다. 모든 우주에 환형열차가 있다면 극단적인 경우 사람들은 영원히 죽지 않고 여러 우주를 떠돌아다니게 된다. 소멸됨 없이, 끝없이 방랑하는 삶은 고통이다. 원본 우주 지구에선 단 한 번이지만, 환형열차를 타고 과거 시공간으로 재진입할 수 있다. 그렇게 진입한 복제 우주에서는 모든 인간의 삶이유한하니 누구나 반드시 죽음을 맞이한다. 그러므로 반드시 죽는다는 것이 개인의 운명과 관련한 유일하며 절대적인 진실이다. 삶이 유한하기에 잘 사는 사람은 남은 인생도 더욱 충만하게 채우려 하고, 고통 속에 신음하는 사람도 그 삶의 끝이 있기에 그나마 견뎌낸다. 반대로 사람이 영원히 산다면 누구든 사고와 질병을 피하고, 타인에 의해 죽는 것만 피하면 천년만년 살 수 있으니 제 목숨을 부지하기 위해 무슨 일이든 할 것이다. 자식을 낳아 기르는 일처럼 자신의 자원을 낭비하는 일은 아예 하지 않을 것이다. 후세를 낳아 기르는 수고를 아껴 자기 생명을 보존하는데 더욱 집착할 것이다. 영원히 산다면 인류는 서로에 대한 사랑을 잃고 어떤 야생동물보다 동족을 잔혹하게 대할 것이다. 그러니 영생을 얻고 지옥에서 사느니 유한하게 사는 편이 인류 평화를 위해 바람직하다.

"미스터 류, 복제 우주의 삶이 한쪽 방향으로만 진행되는 일회성 삶이라도 실망하지 말아요. 제 인생 또한 유한하며 한 방향으로 진행되니까요. 저 같은 운영자들과 탑승객 관리자들은 환형열차 시스템을 이용할 수 없답니다."

엘리스 말대로 사이프러스 당국은 소속 직원들의 환형열차 탑승을 엄격히 금지했다. 그들은 퇴직해도 죽을 때까지 환형열차를 타지 못한다. 당국은 그 사유로 시스템 보안을 내세웠다. 즉 환형열차 시스템 운영 기술이 다른 우주로 유출되어 그곳에서도 환형열차가 운영되는 걸 막기 위한 조치였다. 원본 우주 최고의 복지인 환형열차 탑승권을 포기한 대가로, 관리국 직원들은 노동자로서는 최상의 대우를 받았다.

"엘리스, 당신은 왜 과거로 돌아갈 기회를 포기했나요?"

"미스터 류가 들으면 시시하다고 할걸요? 제가 단 한 번의 유한한 삶을 선택한 이유는 특별할 게 없어요."

엘리스는 겸연쩍은 표정을 지으며 질문에 답했다.

"환형열차 관리국이 제 첫 직장이에요. 이곳에 하나밖에 없는 대학을 졸업한 후 스물넷 나이에 바로 관리국에 취직했거든요. 제 또래 친구들은 일자리를 찾아 잉글랜드나 프랑스, 독일, 스페인, 멀리는 미국에서 살아요. 심장이 펄펄 뛰는 청춘들이 머물러 살기에 이 섬은 우물처럼 좁잖아요. 그런데 전 이십 대에도, 그 후에도 여기를 떠나고 싶지 않았어요. 그건 아마 제가 지나치게 평범해서겠죠. 부모님도 이곳 공무원이었으니 섬 밖을 떠나 생활해본 경험이 없어요. 그 피를 제가 물려받았어요. 환형열차 탑승객 관리업무를 맡으니 제 인생의 어떤 기간을 반복해서 보내야 할 이유가 없다는 확신이 강해지더군요. 힘들게 여기까지 온 미스터 류가 들으면 거북할 수도 있겠네요. 미안해요."

그녀의 심정을 이해할 수 있을 것 같았다. 과거로 돌아가도 내 삶이 원본 우주의 삶과 완벽히 달라진다는 보장은 없다. 환형열차는 탑승자가 원하는 과거 시점으로 보내줄 뿐이다.

카페 앞 해변은 모래를 대신해 메추리알 크기의 둥근 자갈들이 채웠다. 지중해는 대체로 진한 남색인데 자갈 해변 바로 앞바다는 밝은 코발트색이었다. 먼바다는 자갈 해변으로 자꾸 추파를 보냈다. 멀리서 달려온 흰 파도는 자갈에 부딪치며 스르륵거렸다. 엘리스와 함께 젤라모 왼편으로 커다란 활처럼 굽어진 해변 끝까지 걸었다. 모래사장 끝에 버섯코처럼 솟아오른 작은 언덕의 잔디밭에 벤치들이 놓여 있었다. 그중 한 벤치에 엘리스와 나란히 앉아 있으니 어린 시절 본 금빛 비행물체가 떠올랐다.

"엘리스, 궁금한 게 있어요. 혹시 어떤 한 우주에서 다른 우주를 알아볼 수 있나요? 지구에서 저와 같은 인간이 아무리 눈을 크게 뜨고 하늘을 살펴도 다른 우주나 그 우주에 있을 지구를 자각하긴 어렵지 않나요? 그런데 제가 어렸을 때 아주 희한한 경험을 했어요. 저하고 누나, 동생 셋이 같은 시간 같은 곳에서 십 년쯤 흐른 미래의 가족 모습을 본 적이 있어요."

엘리스에게 어린 시절 봤던 투명한 막으로 둘러싸인 금빛 비행선과 그 위에서 식사하던 우리 가족의 모습에 대해 말했다.

"비행선이 사라지고 나서 갑자기 사방이 어두워졌어요. 그것이 처음 나타났을 때는 해가 서쪽 하늘 중간쯤 있었으니까 분명 오후 세 시쯤이었어요. 비행선을 바라본 시간은 이십 분도 안 되었는데 자리에서 일어나니 어두워졌죠. 저희도 깜짝 놀라고, 놀러 간 아이들이 해가 저물어도 돌아오지 않으니 부모님도 걱정을 많이 했어요."

"미스터 류, 놀라운 체험을 했네요. 제가 듣기엔 미스터 류가 겪었던 현상은 환형열차 노이즈(Noise) 효과 같아요."

"환형열차 시스템을 운영하면서 생기는 일종의 버그인가요?"

"네, 크게 보면 버그죠. 자동차 브레이크를 갑자기 밟으면 끼익하는 소리가 나잖아요. 탑승객 입장에선 단순하게 작동하는 것 같지만, 환영열차 시스템은 몸의 혈관처럼 복잡하고 거대하죠. 원본 우주의 과거 궤적을 탐색해 탑승객이 원하는 시점의 우주를 복제하고 그곳 지구의 특정 시공간으로 찾아 들어가 원본 인물과 동일한 인물에게 원본 인물의 기억을 전이해야 하는 복잡한 기능을 수행하니까요. 그런 복잡하고 거대한 시스템을 운영한다면 자동차 브레이크 밟는 것과 비교할 수 없는 거대한 노이즈가 발생하지 않을까요?"

"자동차를 갑자기 멈출 때 나는, 타이어가 아스팔트에 미끄러지며 나는 소리 같은 게 노이즈란 말인가요?"

"간단하게 설명하면 그렇죠. 그렇지만 노이즈가 꼭 귀로 들을 수 있는 소리 형태로 발생하진 않아요. 우주를 복제할 때 아주 가끔 원본 우주의 지구 어느 곳에 복제할 시점의 지구 시공간의 모습이 신기루처럼 비치기도 한다는군요. 그러니까 노이즈 현상은 시각적으로도 관찰이 가능한 거예요. 1990년의 경우 캐나다 퀘벡 주 하늘에 갑자기 2차 세계대전 당시 노르망디 상륙작전 모습이 나타나기도 했어요. 그 모습을 십만 명이 목격했죠. 그렇지만 미스터 류의 금빛 비행체 목격담은 매우 특별한 시각적인 노이즈 현상 같아요. 특정 시공간이 원본 우주의 지구 하늘에 비치는 걸 본 사람은 여러 명 있지만 미스터 류처럼 자기 가족의 과거나 미래 모습을 목격한 경우는 없었거든요. 제가 아는 한 아직까지 미래의 자기 가족을 보았다는 목격담은 없었어요."

엘리스가 말하고자 하는 바가 무엇인지 알 것 같았으나 명확히 이해하진 못했다. 비행선을 목격했던 날에 어린 시절 재숙 누나가 말했던 신기루는 일반적인 자연현상이다. 신기루가 아니라 아주 드물게 환형열차 노이즈로 인해 복제 우주의 특정 시공간이 원본 우주 하늘에 투사된다니 그건 그럴 수 있다. 그런데 하필이면 그 노이즈가 미래의 내 가족의 모습이었다는 건 희한한 일이었다. 엘리스가 내 속마음을 꿰뚫어 보고 말을 이어갔다.

"제가 보기엔 그런 희한한 사건이 일어나려면 환형열차 노이즈 현상과 복제 프로세스가 중첩되어야 할 것 같아요. 어쩌면 미스터 류의 가족 중 누구 한 분이 그때 환형열차를 탑승하고 과거 시점 으로 돌아간 건 아닐까요?"

비행선을 보고 있던 그때 가족 중 누군가 과거의 시공간으로 떠 났다면 누구였고 무슨 이유 때문이었는지 궁금했다. 아울러 화성 의 잔디 언덕에서 비행선을 목격하고 팔달동 집으로 돌아와 만난 아버지에게서 느꼈던 묘한 이질감이 떠올랐다. 그때 아버지가 과거 시점으로 진입했다면 환형열차 당국은 즉시 아버지의 대체 인물을 투입했을 것이다. 당시 느꼈던 아버지에 대한 이질감은 그가 원본 인물이 아니었기 때문일 수 있다.

'혹시 그날 아버지가 환형열차를 타러 떠난 게 아니라 반대로 미 래의 다른 우주에서 우리가 살던 과거 시점의 우주로 진입한 건 아니었을까? 원본 우주가 모든 시공간의 맨 앞에 있는데 어떻게 미 래의 가족 모습이 나타난단 말인가? 내가 사는 이 우주도 원본 우

주가 아니란 말인가?'

생각들이 꼬리에 꼬리를 물어 그런 의심에 이르자 머릿속 회로에 과부하가 걸렸다. 내 얼굴이 심각해지는 걸 본 엘리스가 말했다.

"미스터 류, 미간에 기둥 두 개 세우고 심각해지지 말아요. 제 이야기는 하나의 가설일 뿐이에요. 이 가설이 맞는다 해도 미스터 류의 과거나 현재는 아무것도 바뀐 게 없지 않나요?"

그녀의 말대로 당시에 아버지가 과거로 떠났어도, 반대로 아버지가 미래에서 왔어도 달라지는 건 없다. 원본 우주로 알고 있는 우리 우주 역시 또 하나의 복제 우주인지 나는 모른다. 의문에 대한 해답은 나중에 찾기로 했다. 머리를 흔들어 실뭉치처럼 꼬인 상념을 털어내고 내친김에 엘리스에게 좀 더 물어보았다.

"엘리스, 끔찍한 죄를 지은 사람이 처벌이 두려워 환형열차를 타고 도주할 수도 있을 것 같아요. 지금까지 열차 탑승자가 복제 우주로 진입한 후에 그가 범죄자였다는 게 밝혀진 사례가 있나요? 그 경우엔 그 죄에 대한 처벌을 원본 우주의 대체 인물이 받나요?"

엘리스는 잠시 말없이 하늘을 바라보더니 곧 온화한 표정으로 대답했다.

"결론부터 말씀드리면, 인류 사회의 보편적인 사법 안정성 확보를 위해 원본 인물이 떠난 상황이라면 복제 인물이 대신 사법처리를 받게 된답니다. 어떤 누구도 복제 인물과 원본 인물의 차이를 구별할 수 없을 테니까요. 복제 인물도 원본 인물의 죄의식을 그대로 갖고 있을 테니 대신 처벌받아도 억울하진 않겠죠. 반대로 열차를 타고 떠난 원본 인물이 과거에 행한 선행의 결과나 투자로 인한 재산상 이득도 고스란히 복제 인물의 소유가 됩니다. 결과적으로 복제 인물은 원본 인물의 재산과 부채를 모두 상속받는 거죠. 어떤 경우에도 환형열차를 타고 떠난 사람을 재소환하진 않습니다."

"사이프러스 체류 중에 죄가 드러난 체류자는 어떻게 되는 건가요? 아직 과거 시공간으로 떠나지 않았으니 처벌받겠죠?"

"환형열차 당국이 사전 심사를 까다롭게 하니까 죄인에게 탑승권이 발급되는 일은 좀처럼 없어요. 몇 년에 한 번씩 죄를 짓고도 탑승권을 발급받아 이곳에 오는 사람도 있긴 해요. 하지만 체류기간 중에 그 죄가 밝혀지면 원본 인물과 복제 인물 모두 사법처리를 받게 되죠. 복제 인물은 살던 곳에서, 원본 인물은 이 교도소에서 동일 기간을 복역해야 합니다. 그렇더라도 형기를 마치면 자신이 원하는 시공간으로 돌아갈 수 있어요. 물론 그 경우에도 무기징역이나 사형은 아니어야 하겠죠? 출소 후에도 남은 생애가 있어야 환형열차를 탈 수 있답니다."

"엘리스 말대로라면 복제 인물과 원본 인물이 같은 방식으로 생활하는 유일한 곳이 교도소군요? 참 아이러니하네요. 죄를 지어야만 두 인물의 삶이 똑같아지는 게. 교도소 안에서의 삶도 달라질 순 있겠지만요."

"미스터 류도 깊이 헤아리면 당국의 조치가 합리적임을 인정할 거예요. 죄를 지으면 반드시 상응한 벌을 받아야죠. 복제 인물과 원본 인물 중 어느 한 사람만 처벌할 순 없죠. 원본 인물만 사이프러스 교도소에 가두자니 사법 안정성이 훼손되고, 복제 인물만 교도소에 수감하자니 원본 인물의 죄가 용서가 안 되니까요."

그날 엘리스와 나눈 대화처럼 얼마 후 나와 내 복제 인물은 각기 다른 곳에서 동일한 죄목으로 대가를 치러야 했다. 그런 대화를 나눈 엘리스는 자신이 관리하던 탑승자의 신분이 죄수로 바뀔 거라곤 전혀 예상하지 못했을 것이다.

사이프러스에서 온 남자

에밀과 고양이

출소한 직후 제임스가 라미솔에 있는 자신의 집으로 나를 초대
했다. 우리는 뒷마당에서 화롯불을 피우고 와인 잔을 비웠다. 그
화로는 제임스가 백패킹용 장비 중 가장 아끼는 도구였다. 불을
쬐니 술기운이 올라왔다. 대화가 제임스와 에밀과의 관계로 이어
졌다.

"제임스, 정말로 에밀과 사귀면서 내가 알기에 언제나 텅 비어 있
던, 찬바람만 불던 당신의 마음이 사랑으로 채워졌어요?"

"재근 씨, 사람들의 가슴엔 빈 공간이 있어. 아무리 불타는 사랑
에 빠진 사람이라도. 우린 모두 아득히 먼 곳의 초신성이 폭발해
남은 잔재로 만들어졌어. 고향을 떠나온 자, 고향을 잃어버린 자
의 가슴엔 그리움이라는 빈 공간이 생기지. 그래서 사람들은 무의
식적으로 초신성이 있던 곳, 은하수 저편의 그 어떤 곳을 그리워하
지. 밤하늘의 별을 바라보는 이유는 그곳에 자신들의 빈 마음을
채워줄 무언가 있다고 믿기 때문이야. 하지만 그곳으로 갈 수 없으
니 사람들은 그 자리에 시와 음악과 그림을 채우고, 또 어떤 사람

들은 그곳에 분노와 증오를 채워. 그런데 그 빈자리는 무엇으로도 영원히 채워지지 않아. 무엇이든 잠깐 그곳에 머물다 떠나는 거야. 위대한 시를 쓴 시인도, 돈을 엄청나게 번 세계적인 갑부도, 사랑을 이룬 남녀도, 마약에 중독된 사람도 마음의 빈자리는 채우지 못해. 그 마음의 빈 공간이 없다면 인류는 달나라나 화성에 가려고 안 하겠지. 모든 걸 다 가졌는데 무엇을 또 소유하려 하겠어. 재근 씨 말처럼 지금 내 마음의 빈자리는 에밀이 채우고 있어. 그렇다고 에밀이 영원히 그 자리에 있을 거라고 믿는다면 내 욕심이겠지."

제임스와 에밀은 백패킹도 함께 다녔다. 에밀은 제임스를 만나기 전부터 올림푸스산 주변으로 트레킹을 다닌 백패킹 전문가였다. 별다른 취미가 없던 제임스는 처음엔 에밀이 좋아서 트레킹을 따라다녔다. 반년쯤 지나서는 제임스도 캠핑 매니아가 되었다. 그들은 주말마다 배낭을 꾸려 사이프러스 이곳저곳에서 캠핑을 했다.

"재근 씨, 체류자 캐빈이 있던 파포스 해변에서 바라본 밤하늘이 참 아름다웠잖아. 그래서 재근 씨도 가끔씩 아무도 없는 해변에서 모닥불 피워 놓고 밤을 지샌 거잖아. 나도 그 해변에서 별들을 바라보며 탄성을 지르곤 했는데, 올림푸스 산등성이에서 에밀과 함께 바라본 밤하늘의 은하수가 그때보다 곱절은 더 아름다운 것 같아."

사이프러스는 밤하늘이 아름다운 섬이다. 그곳에서 밤을 새워본 사람은 누구나 인간이 초신성에서 왔다는 주장에 수긍할 것이다.

"제임스, 그런데 당신과 에밀은 밤새 모닥불을 피워 놓고 도대체 무슨 이야기를 나누나요?"

"재근 씨도 마찬가지겠지만 우리 인간한테는 불에 대한 묘한 향수가 있어. 더구나 나처럼 시골 출신은 어린 시절 부모와 장작불을 피워 양고기를 구워 먹던 추억이 있어서 밤에 불을 피우면 마음이 따뜻해져. 그리고 우리에겐 코만다리아가 있잖아. 요즘 내 즐거움은 에밀과 함께 모닥불에 구운 고기를 먹으며 코만다리아를 마시는 거야. 둘이 어떤 특별한 말을 주고받는 게 아니라 그냥 같이 밤새 불 피워 놓고 밤하늘의 별을 보는 게 좋을 뿐이야."

제임스와 함께 사는 고양이 제르미가 그의 무릎 위로 올라와 몸을 웅크렸다. 그에게 언제부터 고양이와 함께 살았냐고 물었다.

"제르미와 살면서 알게 된 건데, 사이프러스에 인간이 처음 이주할 때 고양이도 함께 바다를 건너왔다고 해. 화산섬인 이곳에는 야생 고양이가 없었으니 당연하겠지. 애초에 사이프러스엔 고양이를 포함해 네 발 달린 동물이 없었어. 그래서 섬 이주자들이 고양이를 특별해 좋아했다고 하네. 원주민인 에밀도 고양이에 대한 애착이 강해. 결국 에밀과 만나면서 고양이와의 인연도 시작됐지."

"제임스, 고양이는 자기가 당신과 에밀을 보살피고 있다고 주장할 거예요. 그런데 저 고양이는 어떻게 만난 거예요?"

"2년 전 겨울이었지. 백패킹을 마치고 에밀과 함께 리마솔의 집을 향해 B3 자동차 전용 도로를 달리고 있었어. 갑자기 에밀이 소리를 질렀어. 차를 멈추라고. 그가 시키는 대로 멈추고 보니 도로 옆에 고양이 사체를 둘러싸고 우는 새끼 고양이 다섯 마리가 있었어."

그들이 살펴보니 어미로 보이는 고양이가 길을 먼저 건너려다 차에 치인 듯 납작하게 으스러져 있었다. 고양이가 차에 치어 죽은 사고를 당한 곳은 리마솔 변두리에서 2, 3킬로미터 떨어진 곳이었다. 사이프러스의 고양이들은 대체로 주거단지에서 인간과 살지만, 간혹 완전히 야생화한 고양이들은 산림지대에서 가끔씩 사람들 눈에 띈다. 제임스와 에밀은 어미 사체를 근처 숲에 묻어주고 새끼 고양이들을 집으로 데려왔다.

"고양이를 키우다 보니까 사람과 크게 다를 것이 없다는 걸 알게 됐어. 고양이들이 우리 아이들 같았지. 한 집에서 같이 밥 먹고 같이 뒹굴었으니까. 지금은 애들이 다 자라서 제 영역을 개척해서 떠나고 이 제르미만 남았지."

"제임스, 나머지 고양이들은 다 어디로 간 거예요?"

그 역시 집을 떠난 고양이들이 집에서 멀지 않은 곳에서 살고 있을 것이라 짐작할 뿐 그곳이 어디인지는 정확하게 몰랐다. 그들은 가끔씩 그 고양이들을 집 근처에서 마주쳤다. 어떤 때는 고양이가 일부러 찾아온 것처럼 현관 앞에서 기다렸다.

"재근 씨, 에밀과 난 고양이처럼 살고 있어. 한집에 살지만 서로에게 구속되지 않으려 해. 뭐랄까, 우린 집도, 내면의 세계도 공유하되 서로 간섭하지 않아. 에밀도 어쩌다 며칠씩 집에 돌아오지 않을 때가 있어. 그러다 문득 아무 일 없는 듯 돌아오지. 집 나간 고양이처럼. 인간은 고양이보다 개하고 훨씬 오래전부터 함께 지내왔지. 개가 워낙 인간에게 친근하게 굴었기 때문이야. 고양이들도 5천 년 이상 인간과 공존해왔어. 고양이들이 인간과 가까워진 것은 개와 같은 붙임성 때문이 아니라 함께 살되 인간의 삶에 간섭하지 않는 초연한 자세 때문인 것 같아."

제임스는 자신과 에밀과의 관계를 두 우주의 만남으로 표현했다.

"에밀과 난 저마다 다른 우주에 속해 있었지. 사람과 사람이 만났다는 건 두 사람이 속한 두 우주 사이에 교차 지점이, 공유하는 시공간이 생겼다는 거야. 물론 에밀을 만난 것처럼 에밀과의 헤어짐도 뜻하지 않게 찾아올 수 있지. 그때가 우리가 함께 했던 시공간이 소멸하고 나와 에밀이 각자의 우주로 귀환해야 할 시간이야. 그렇게 헤어져도 우린 고양이들처럼 언제든 만날 수 있어. 같은 공간에 없어도 서로의 기억을 떠올리는 한 영원한 이별은 없는 거야."

제임스는 에밀과의 만남에 대해 그런 초연한 자세를 가질 수 있었던 건 그와 함께 백패킹을 다니면서 밤하늘을 별을 자주 봐서라고 했다.

"재근 씨, 고양이나 인간이나 마찬가지야. 어미 고양이가 속한 우주는 차에 치어 죽은 순간 사라졌어. 다섯 마리 새끼 고양이들도 어미가 살던 우주에 속해 있었지만, 에밀과 나에게 발견되어 우리 집으로 오는 순간 우리 집이 속한 시공간에 포섭된 거야. 새끼 고양이들은 성체가 되어 자의식을 갖게 되자 자신만의 우주를 찾아 떠났지. 홀로 남은 고양이가 제르미야. 제르미와 난 비슷한 선택을 한 것 같아. 다른 우주로 떠나지 않고 사이프러스에 머물기로 한 나처럼 제르미는 이 집에 머물렀으니까."

　그 말을 듣고 대학교에서 접한 슈뢰딩거의 고양이와 코펜하겐 해석을 떠올렸다. 사람이든 고양이든 사랑했던 이들과의 만남과 이별은 그것을 확인하는 순간에 확정된다. 사람은 누구나 만남과 이별의 과정을 겪는다. 사랑하는 사람이 죽어 저세상으로 떠나도, 그의 부재를 두 눈으로 확인해야만 사랑한 사람과의 헤어짐이 확정된다. 지구의 한 도시에서 출근길에 같은 시간대의 지하철에, 그것도 같은 칸에 매일 함께 타는 두 사람이라도 만나서 서로를 확인해야 의미 있는 관계가 된다. 뜨거웠던 연인도 사랑이 식었음을 확인하는 순간 같은 공간에 있지만 서로에게 낯선 존재가 된다.

환형열차(2)

원본 우주의 2018년 10월 15일, 마침내 환형열차에 탑승했다. 이틀 전 엘리스와 제임스를 시청 부근 레스토랑에서 만났다. 그들과 마지막으로 식사하는 자리였고, 긴 수감 기간 동안 뒷바라지해준 제임스와 탑승자인 나를 한결같이 잘 대해준 엘리스에게 고마움을 표하는 자리였다. 사이프러스 체류자도 복제 인물과 연락할 수 있다는 엘리스의 말이 떠올라 제임스에게 물었다.

"제임스, 혹시 당신의 복제 인물이 어떻게 사는지 알아요?"

내 질문을 받은 제임스의 얼굴에 잠시 난감해 하는 빛이 스쳤지만 그는 웨일스에 살던 자신의 복제 인물에 대해 거리낌 없이 말했다. 웨일스의 제임스는 사이프러스의 제임스와 달리 불행했다. 출소한 지 10년 만에 웨일스의 제임스는 다시 교도소에 갇혔다.

"복제 인물과 통화가 자유로워진 후 바로 웨일스에 사는 내 대체 인물의 근황을 수소문했지. 그때만 해도 웨일스의 제임스도 감방 밖의 자유인이었지. 비록 사는 꼴이 엉망이긴 했지만."

웨일스의 제임스도 마약에 손대지 않으려 무진 애를 썼다. 하지만 그가 돌아간 런던 근교의 빈민가 상황은 여전히 비루했다. 5년을 버틴 그는 결국 다시 마약과 손을 잡았다.

"어떻게 보면 내 복제 인물은 내가 만든 피해자야. 웨일스에 내가 계속 남았다면, 사이프러스로 오지 않았다면 복제 인물이 생겨나지 않았겠지. 그냥 내가 다시 마약 중독자가 됐을 거야. 희망적인 건, 내 분신이 마약을 끊기 위해 일부러 죄를 짓고 갇혔다는 점이야. 런던 변두리의 마약 소굴에서 일단 벗어났으니 그나마 다행이지."

2년 전 웨일스의 제임스는 계류장에 정박해 있던 요트를 훔쳐 바다로 달아났다. 연료가 다 떨어질 때까지 먼바다로 내달린 제임스는 일주일 동안 표류하다 아사 직전에 영국 해양 경찰에 체포되었다. 그는 고가의 요트를 훔친 절도 행위로 5년 형을 선고받고 다시 교도소에 수감되었다.

"그와는 한 달에 한 번 정도 전화 통화를 하는데 최근엔 많이 안정을 찾은 것 같아. 그에게 출옥하면 웨일스가 아니라 다른 도시, 다른 나라에서 살라고 했어."

자신의 원본 인물이 단 한 번 주어지는 환형열차 탑승 권리를 행사했기 때문에 복제 인물에게는 과거의 시공간으로 돌아가 새로운 삶을 살 기회가 주어지지 않는다. 더구나 내가 출소할 당시에는 규정이 바뀌어 복제 인물들도 자신이 원본 인물을 대체한 존재임을 알고 있다. 그들은 유일무이한 존재가 아니고 원본의 대체물이라는 인식에서 파생되는 실존적 고민도 해야 한다. 복제 인물들은 오로지 자신의 힘으로 실존적 고독을 극복해야 한다. 그들은 절망의 구렁텅이에 빠져도 회피할 방법이 없기 때문에 온전히 제힘으로 기어 나와야 한다.

나는 한국에 사는 내 복제 인물의 삶을 위로하고 싶었다. 제임스가 자신의 복제 인물과 통화했다는 이야기를 듣고 서울 대치동 집으로 여러 번 전화를 했다. 그때마다 아버지가 전화를 받았다. 아버지의 목소리가 들리는 순간 무슨 말을 해야 할지 몰라 매번 아무런 대꾸 없이 전화를 끊었다. 한번은 이른 새벽에 전화를 했는데 마침내 내 복제 인물이 전화를 받았다.

"네, 여보세요?"

"안녕하세요? 잘 지내시죠? 사이프러스에 있는 류재근입니다. 아시겠지만 전 당신의 원본 인물입니다."

내 목소리와 똑같은 그의 목소리를 들으니 기분이 묘했다. 얼떨결에 그에게 안녕하냐는, 잘 지내냐는 인사를 건넸지만 나처럼 교도소를 다녀온 그에게 할 말은 아니었다.

"아, 네. 당신이 언젠가는 전화할 것 같았어요. 그날이 오늘이네요. 어쨌든 반갑습니다. 그리고 미안합니다. 제가 경찰에 자수만 안 했어도, 아니 당신이 환형열차에 탑승해 떠난 뒤에 경찰을 찾아갔어도 당신이 올림푸스 교도소에 수감될 일은 없었을 텐데. 그때만 해도 전 제가 당신의 복제 인물임을 몰랐으니 이해 바랍니다."

통화하기 직전만 해도 그에게 왜 자수했는지 따지려 했지만 그의 말을 들으니 원망하는 마음이 조금씩 사라졌다.

"10년이란 세월만큼 늦어지긴 했지만, 전 과거의 시공간으로 떠나요. 그때 김기찬은 내가, 당신이 굳이 목을 조르지 않아도 어쩌면 죽을 운명이었죠. 전 그때나 지금이나 사람을 죽였다는 죄의식에 짓눌리진 않아요. 그리고 나와 당신은 사랑한 여인을 같은 놈에게 빼앗긴 사람이잖아요. 그래서 경찰에 자수한 당신을 원망하기도 했지만 결국 당신이 한 일은 곧 제가 한 일이기도 하죠. 감방에서의 10년이 헛되진 않았어요. 그곳에서 보낸 세월이 우리 미래의 삶에 보탬이 되길 빌어요. 저도 열심히 노력해서 잘 살게요. 당신도 나처럼 그래 줘요. 류재근 씨."

어머니, 아버지와는 끝내 통화하지 않았다. 나이 사십에 직장도 없고 결혼도 못한, 살인죄로 교도소를 다녀온 아들을 바라볼 부모에게 죄스럽기도 했지만, 평범하지 않게 되어 버린 내 복제 인물과 아버지가 머지않아 화해할 것 같았기 때문이다.

원본 우주의 2018년 10월 15일 새벽, 나는 쓰던 물건 중 쓸 만한 것만 추려 종이상자에 담아 캐빈 현관문 앞에 놓았다. 탑승자가 남긴 물건은 거주자들이 필요한 만큼 가져가고, 그래도 남으면 관리사무소가 처분했다. 오전 8시 50분. 나는 빈손으로 센트럴스테이션 앞 정류장에 내렸다. 버스는 아무런 작별의 말도 없이 광장에 나를 내려놓고 무심히 떠났다. 떠나는 버스의 뒷모습을 바라보다가 한적한 역 앞 광장을 가로질러 센트럴스테이션 안으로 들어갔다. 역 안에는 먼저 온 탑승객들이 초조한 기색을 숨기지 못하고 서성이고 있었다. 돔형 천장의 한가운데 유리창이 있어 역 안으로 햇빛이 쏟아져 들어왔다. 환형열차 플랫폼 허공에 매달린 모니터가 열차 출발 시각을 반복해서 일러주었다. 예정된 시각에 환형열차가 플랫폼에 멈춰 서자 사람들은 말없이 열차에 올랐다.

센트럴스테이션을 출발한 환형열차는 섬의 동쪽을 향해 달려갔다. 기찻길 양옆으로 사이프러스 일반 주택 단지들의 평온한 모습이 풍경화처럼 지나갔다. 하얀 벽돌로 쌓은 주거단지 집들의 지붕은 대체로 붉은 빛깔이었고, 남쪽을 향해 아담한 여닫이창이 나 있었다. 간간히 보이는 대저택들은 뒷마당에 수영장까지 갖추었다. 집집마다 뒷마당에 설치된 회전식 빨래 건조대에는 반바지, 하얀 속옷, 양말 등이 걸려 햇볕을 쬐고 있었다. 바람에 살랑대는 민가의 빨래들은 탑승객들에게 사이프러스 정착민의 평범하고 평화로운 일상이 부럽지 않냐고 말하는 것 같았다.

반복적으로 덜컹거리는 열차 특유의 진동을 느끼며 같은 시간대 한국의 평범한 일상을 떠올렸다. 반도텔레콤 옥상에서 청와대를 바라보며 담배를 피울 권 과장, 매일 아침 임원과 간부들이 참여하는 경영관리회의장에 앉아 있을 황 처장, 대치동 아파트의 베란다에서 몸을 내밀어 아파트 주차장을 내려다볼 있을 아버지, 아주머니들과 동네 카페에서 아이스 커피를 마시는 어머니의 모습이 차례로 떠올랐다. 재숙 누나와 재영이가 미국에서 어떻게 사는지도 궁금했다.

환형열차가 사이프러스 거주 단지에 있는 공동묘지를 지나갔다.

한국의 묘지는 주거지에서 멀리 떨어진 산에 있다. 한국인들은 생활 터전 주변에 죽은 자들이 묻히는 걸 싫어한다. 사이프러스에서는 죽은 자들이 산자와 가까운 곳에 묻혀 있다. 삶과 죽음은 따로 있지 않다. 죽음을 멀리한다고 해서 삶이 좋아지지 않는다. 죽음을 가까이해야 현재의 삶이 더욱 귀중하게 느껴진다.

원본 우주를 떠나 과거 시점의 우주로 재진입하면 내 육신은 사이프러스 원주민처럼 마을 묘지에 묻히지 못한다. 과거 시점의 복제 우주로 탑승자의 의식이 모두 빠져나가면 환형열차 당국은 남은 육신을 화장해 토기에 담아 섬 고지대에 군락을 이룬 아르간(Argania) 나무 밑에 묻는다. 아르간 나무의 원산지인 알제리에선 그 열매로 식용 오일을 생산하지만, 사이프러스에선 아무도 그 열매에 손대지 않았다.

나는 환형열차 탑승객 대부분이 부유한 노약자일 것으로 생각했다. 그러나 엘리스가 보여준 통계자료에 따르면 사이프러스 환형열차 탑승객 중 나이 든 노인의 비율보다 중장년층의 비율이 훨씬 높았다. 엘리스에게 사람들이 한창 활동할 나이에 환형열차를 타는 이유를 물어보았다.

"글쎄요. 아무래도 나이가 들면 자신의 삶을 대체로 긍정하고 애착도 강해지죠. 지금까지 온갖 역경을 극복해 이만큼 행복하게 사는데 무엇 때문에 과거로 돌아가야 하냐고 묻는 그들만의 자부심이 있는 거죠. 특히 부유한 노인들이 그런 경향이 강하죠. 뭐 그런 면도 있고 젊은 층이 상대적으로 새로운 삶에 대한 욕구가 강해서 그런 것 아닐까요? 노인들은 인생을 다시 살아도 어차피 그게 그거라는 지혜를 얻었을 수도 있죠."

엘리스의 말에 따르면 살아갈 날이 얼마 남지 않은 노인들은 자신을 대체해 여생을 보내야 하는 복제 인물을 연민으로 눈으로 바라보기에 환형열차 탑승을 포기한다. 어떤 80대 노인이 환형열차를 탄다면 그는 자신이 원하는 젊은 시절로 돌아가 두 번째 삶을 살겠지만, 그 노인의 대체 인물은 남은 생을 낡은 육체와 지친 정신으로 버겁게 살아야 한다. 환형열차를 탄다면 삶의 대표성을 남아 있는 복제 인물에게 양도한다는 의미기도 하니 역경을 극복하고 행복한 인생을 일궈온 노인들의 자긍심이 그것을 용납하지 못한다.

한국의 부모가 아직도 환형열차를 타지 않았다면 나이 든 그들도 과거 시공간으로의 진입을 쉽게 선택하지 못할 것이다. 야심이 큰 아버지가 환형열차를 탔다면 그 시기는 지금이 아니라 훨씬 젊었을 때였을 것이다. 원본 우주의 아버지는 평범한 아들마저 싫어할 만큼 특별하지 않은 모든 것에 늘 불만이었으니, 환형열차를 타려 했다면 누구보다 먼저 사이프러스로 떠났을 것이다. 어머니가 환형열차를 타고 떠났다면 그 진입 시점은 아버지의 불륜을 목격했을 무렵이었을 것이다. 만약 그들이 이전에 환형열차를 타고 떠났다면 지금의 부모 역시 복제 인물이다. 그러나 나에게 부모가 원본 인물인지 복제 인물인지는 중요하지 않다. 원본과 복제의 구별은 단지 동일 인물을 다르게 부르는 이름일 뿐이다.

열차가 주거 지역을 빠져나가자 연녹색 수성 물감으로 막 칠한 것처럼 드넓은 녹색의 산림 지대가 펼쳐졌다. 처음 네 개 역을 고민 없이 지나쳤다.

'리마솔, 토치니, 니코시아, 유칸 보스탄시.'

주황색 바탕에 흰 고딕체로 적힌 역 표지판들이 역 플랫폼 중간에 서서 탑승객들을 맞이했지만 아무도 내리지 않았다. 그 네 개의 역에서도 환형열차는 정확히 3분간 멈췄다. 열차를 탄 지 여섯 시간이 지나자 긴장이 풀려서 그런지 허기가 졌다. 무인 식당 칸으로 건너가니 사람들이 각자 테이블 하나씩을 차지하고 앉아 점심 식사를 하거나 음료수를 마시고 있었다. 점심 식사로는 어울리지 않은 비프스테이크에 와인을 여러 잔 비우다 보니 열차는 몇 개의 역을 더 통과해 남은 역은 세 곳뿐이었다. 객실로 돌아와 8번째 역인 스토롬피역에 도착하기까지 한 시간 동안 묵묵히 앉아 있었다.

출소 후 젤라모 카페에서 엘리스를 다시 만나던 날, 10년 전 교도소에 들어오기 직전에 노트에 적어 놓은 진입 시점 후보군별 장단점을 꼼꼼히 재검토했다. 그날 과거 우주로의 최종 진입 시점을 세 곳으로 확정하기로 마음먹었다. 밤새워 고민한 끝에 캐빈 유리창으로 여명이 들어올 때쯤 환형열차 관리국이 제공한 콘솔에 접속해 진입 시점 세 개와 환형열차 정차역 세 곳을 차례로 연결했다. 여덟 번째 스토롬피역에는 김기찬이 죽기 석 달 전인 1월 6일 10시를 입력했다. 그때로 돌아간다면 그가 수현을 죽이기 전에 내가 먼저 놈을 제거할 계획이었다. 스토롬피역을 향해 가는 동안 김기찬을 어떻게 죽여야 할지를 곰곰이 생각했다. 원본 우주에선 김기찬이 죽어가긴 했지만 그의 마지막 숨을 내가 거두었다. 여덟 번째 역에서 내린다면 멀쩡히 살아있는 그를 내 손으로 죽여야 한다.

그러나 그를 제거하는 계획에는 몇 가지 문제가 있었다. 원본 우주에서처럼 그가 도발하기 전에 그를 죽이는 데 성공한다 해도, 아무 일 없다는 듯이 수현과 결혼하기 어렵다. 내가 저지른 살인이 경찰에 발각되면 살인죄로 감옥에서 오랜 시간을 보낼 것이고, 그런 상황에서 수현과의 사랑은 이루어질 수 없다. 김기찬을 먼저 제거하고도 수현과의 사랑이 맺어질 수 없다면 여덟 번째 역에 내리는 건 올바른 선택이 아니다. 고민이 열차의 침목처럼 이어지다 보니 결국 스토롬피역에서도 내리지 못했다.

환형열차는 스토롬피역을 출발했고 아홉 번째 티미역까진 한 시간을 더 달려야 했다. 티미역에 내려야 할 순간이 다가왔지만 나는 마음을 정하지 못했다. 처음엔 아홉 번째 역과 수현이 캐나다로 떠나자고 제안했던 시점을 연결했으나 마지막 순간에 대학교 입학시험이 끝난 다음 날로 변경했다. 내가 먼저 수현을 만나 사랑하는 사이가 되면 수현과 김기찬이 악연으로 이어지는 일은 없을 것이다. 생각이 거기에 이르자 왜 진작 그 시점을 고려하지 못했는지 후회할 정도로 기뻤다. 내가 수현이 다녔던 영인대학교에, 그것도 국어국문학과에 입학한다면 수현의 2년 선배로 그녀와 자연스럽게 사귈 수 있다. 수현을 만나 원하는 문학 공부를 할 수 있으니 최상의 선택인 것 같았다.

그러나 티미역이 가까워질수록 그 선택에 대한 확신도 없어졌다. 원본 우주에서처럼 대학교 2학년을 마치고 군대를 간다면 그녀가 영인대학 국문학과에 입학할 무렵엔 입대를 위해 학교를 휴학하는 시기다. 복제 우주로 진입한 나는 군입대를 연기하겠지만, 영인대학교 국어국문학과를 입학하는 것만으로 수현을 만나 연인이 된다는 보장은 없다. 환형열차가 티미역에 정차한 그 짧은 정차 순간이 하루처럼 느껴졌다. 열차가 티미역을 떠날 때까지 내 마음은 갈대처럼 흔들렸다. 나는 끝내 마음을 정하지 못했고 환형열차는 3분의 정차 시간이 지나자 마지막 역을 향해 출발했다.

남아 있는 역은 단 하나, 열 번째 아브디모우역이었다. 예상대로 마지막 역에서 제일 많은 탑승객이 내렸다. 그들 역시 나처럼 아홉 개의 역을 거치면서 어느 시점으로 돌아가야 할지를 결정하지 못했던 것이다. 출발역인 센트럴스테이션과 마찬가지로 종착역인 아브디모우 역사 천장도 중세 유럽의 전형적인 성당처럼 둥근 돔이었다. 철로를 사이에 두고 아브디모우 역사는 정확히 둘로 나뉘었다.

돔의 한가운데 있는 유리창을 통해 햇볕이 비쳐 인공조명이 켜지지 않았지만 실내가 환했다. 철로 건너편 출입구에 설치된 키오스크의 모니터가 지시하는 대로 엘리스가 준 카드를 읽히고 비밀번호를 입력했다. 출입문이 열리자 그 안에는 한 사람만 간신히 들어갈 수 있는 파이프 모양의 원형 구조물이 있었다. 그 파이프 안으로 내 몸을 밀어 넣자 문이 닫혔다. 잠시 후 암흑 물질이 발밑에서부터 빠르게 채워졌다. 채 5분이 지나지 않아 검은색 물질이 눈높이까지 차서 아무것도 보이지 않았다. 진흙처럼 걸쭉한 검은 물질이 내 머리 위까지 채워졌다. 숨이 막혀 어쩔 줄 몰라 하는 순간 파이프 구조물의 바닥이 열리면서 내 몸이 밑으로 쑥 빨려 들어갔다. 암흑 물질에 쌓인 채 내 몸은 좁은 파이프라인을 타고 이리저리 이동했다. 파이프 속을 통과할 때마다 몸을 둘러싸고 있던 암흑물질이 떨어져 나갔다. 검은 물질이 다 떨어져 나가자 내 몸은 작은 방 위에 난 구멍을 통해 밑으로 떨어졌다. 내가 떨어진 곳은 공간감이 느껴지지 않을 만큼 사방이 온통 흰색이었다. 나는 몸을 일으켜 방 한가운데 우두커니 서 있었다. 무슨 일이 벌어지는지 파악할 겨를도 없이 내 몸이 한순간에 반 토막 나고, 그 반 토막 난 조각들이 또다시 반 토막 났다. 내 의식은 공중에 뜬 새처럼 내 몸이 수백 차례 반복해서 반 토막 나는 과정을 지켜보았다. 토막 난 내 몸의 조각들은 마침내 미세한 모래알로 바뀌어 바닥에 수북이 쌓였다.

'어떻게 내 눈으로 내 몸이 분해되는 걸 보고 있지?'

몸이 작은 입자로 분쇄되는 걸 바라보며 그런 질문을 떠올릴 만큼 내 정신은 육체와 분리된 채 정상적으로 기능했다. 더 이상 작게 나눌 수 없을 만큼 미세한 먼지 더미로 변해버린 내 몸은 흰색 방의 바닥에 난 구멍으로 빨려 들어갔다. 바닥에 쌓여 있던 몸의 입자들이 한 점도 남지 않고 사라지자 그 과정을 지켜보던 내 두 눈이 더 이상 작동하지 않았다. 내가 마지막으로 본 것은 순백의 텅 빈 공간이었다.

복제 우주

"어머나! 어쩌면 좋아, 이봐요 총각 괜찮아요?"

중년 여인의 호들갑스러운 목소리가 귓가의 속삭임처럼 들렸다. 눈을 뜨니 토사물이 보였다. 나는 바닥에 무릎을 꿇고 있었다. 위액으로 범벅이 된 그것의 시큼한 냄새가 코를 찔렀다. 누런 토사물 속에서 조각난 미역 몇 점을 발견했다. 사이프러스에 체류하는 동안 한국인들이 먹는 미역국을 한 번도 먹지 않았다. 수현을 청계산에서 만났던 원본 우주의 창립기념일 아침, 어머니가 끓여준 미역국에 밥을 말아 먹었다. 복제 우주로 진입했다는 게 확실해졌다. 복제 우주로 진입했다는 것을 자각하는 최초의 증상은 머리가 깨질 것 같은 두통이었다. 원본 우주와 사이프러스에서의 체류 경험이 머릿속으로 밀려 들어왔다. 내 뇌는 한꺼번에 쏟아져 들어오는 정보의 포격으로 몸의 통제권을 상실했다. 내 몸뚱이는 지휘관을 잃어버린 부대원처럼 제멋대로 휘청거렸고 결국 달리는 버스 바닥에 토했던 것이다. 원본 우주의 기억이 유입되지 않았다면 나는 과거 시공간으로 돌아왔다는 자각 증상 없이 버스를 타고 있었을 것이다. 과거의 기억이 없다면 청계산에 올라 수현을 만나야 한다는 생각도 못했을 것이다. 나는 정신을 차리고 몸의 제어권을 되찾으려 애썼다. 바닥에 쏟아낸 토사물 사이에서 발견한 미역 조각의 증언과 홍수처럼 유입된 원본 우주에서의 기억에도 불구하고 내 몸이 정말로 과거의 시공간 속에 있는지 다시 확인하고 싶었다. 머리를 들어 살펴보니 버스 앞 유리창에 붙은 번호가 917번이었다. 917번은 대치동을 경유해 양재화물터미널로 가는 버스 번호였다. 차창 밖으로 양재대로 주변 빌딩들이 스쳐 갔다. 바지 주머니에서 핸드폰을 꺼내 날짜와 시간을 확인했다.

'2005년 10월 24일 09시 30분'

분명히 과거였다. 나는 그렇게 2018년 10월 15일의 사이프러스에서 13년 전인 2005년 10월 24일의 서울로 재진입했다. 버스가 정류장이 아닌 도로가에 비상등을 켜고 멈췄다. 기사가 어디서 구했는지 물걸레를 들고 다가왔다. 그에게 사과의 말을 하려 했으나 기사는 인상을 찡그리며 나에게 어서 내리라는 손짓을 했다. 화물터미널까지 몇 정거장이 남아있었지만 나는 토사물을 쏟고 버스 안에 남아 있을 만큼 뻔뻔하지 못했다. 버스에서 쫓기듯 내려 도로변 상가 화장실을 찾아갔다. 세면기에서 얼굴을 씻고 나와 상가 계단에 주저앉아 고민했다. 무엇보다 먼저 원본 우주에서 행동했던 그 시간에 맞춰 청계산에 올라가야 한다는 결론을 내렸다. 수현을 청계산 등반길에서 만나려면 정해진 시각에, 정해진 장소에 있어야 했다. 지체된 시간을 보충하기 위해 택시를 타고 청계산 입구까지 달려갔다. 등산로 주변 풍경이 오래전 봤던 비디오테이프를 되돌려 보는 것처럼 익숙하면서도 낯설었다.

　사이프러스에서 내가 선택한 최종 진입 시점은 수현을 처음 만난 날 아침이었다. 사이프러스 환형열차를 타기로 했던 결정적 이유는 내 인생을 통째로 바꾸고 싶어서가 아니다. 그녀와 행복하게 살기 위해서다. 그녀를 다시 만나기만 한다면 나머지 내 삶이 어떻게 진행되든 상관없다. 그녀를 만나지 못하면 원본 우주에서 못다 이룬 문학가가 되어도, 아버지가 원하는 대로 비범하게 살아도 아무런 의미가 없다. 그런 결론에 이르자 환형열차의 마지막 역과 연결된 과거 우주 진입 시점을 처음 수현과 만났던 날 아침으로 연결했다. 그때가 하필이면 화물터미널 가는 버스에 타고 있던 시각이었다.

　엘리스는 사이프러스 환형열차는 원본 우주에만 있다고 했다. 복제 우주로 돌아와 사이프러스 섬에 대해 검색했다. 어떻게 복제 우주의 검색 시스템과 입력 정보가 변경되었는지 모르지만 엘리스의 말대로 복제 우주의 사이프러스 섬에 대한 정보는 원본 우주의 그것과 판이했다. 물론 복제 우주에서도 사이프러스는 지중해 동쪽 편에 자리 잡고 있으며 원본 우주와 마찬가지로 사이프러스 섬의 북쪽은 고산 지대였고 남쪽은 평야 지대다. 원본 우주와 같은 이름의 에메랄드 리버가 고산지대에서 평야 지대로 흐른다. 원본 우주의 사이프러스와 마찬가지로 고산지대 중심에는 해발 1,951미터 높이로 솟은 올림푸스산을 비롯해 크고 작은 산이 모여 있고 그곳에서 흘러나온 계곡물이 만나 만들어진 강물이 북에서 남으로 흐른다. 파포스 해변의 아프로디테 바위도 원본 우주와 같은 모습으로 관광객을 불러 모은다. 그러나 복제 우주의 사이프러스는 원본 우주와 지형만 같다. 정치적 상황, 도시 구조, 마을의 위치, 건물의 외관에 이르기까지 유형, 무형의 사회 인프라가 원본 우주의 그것과 완벽하게 다르다. 여행 전문기자가 집중 취재한 사이프러스 여행 특집 기사는 사이프러스를 이해하는 데 많은 도움이 되었다.

「사이프러스는 북부 터키계와 남부 그리스계로 분단된 섬이다. 이 섬은 사이프러스 나무의 원산지이기도 하다. 사이프러스라는 이름은 이 섬에 매장된 구리에서 나왔다. 남부와 북부를 구분하는 경계선이 수도인 니코시아 도시 한복판을 가로지른다. 사이프러스는 그리스와 터키 사이에 있는 지중해 섬으로 과거에는 잉글랜드의 식민지였다. 지금도 많은 수의 잉글랜드 여행자들이 이 섬으로 휴양을 온다. 여행자들은 주로 남쪽 사이프러스 지방을 여행한다. 남 사이프러스 주요 여행지는 파포스, 트루도스, 리마솔, 라르나카, 아이야 나파 등이다. 파포스 해변에는 아프로디테가 태어났다는 바위가 있다.

사이프러스에서 꼭 들러 봐야 할 곳 중 하나가 아이야 나파에 있는 사랑의 다리다. 바다로 돌출된 절벽 밑이 하트 모양으로 뚫려 있어 사랑의 다리라 불린다. 이 위에서 사랑을 맹세하기 위해 전

세계 청춘 남녀들이 찾아온다.

사이프러스를 고양이들의 천국으로 부르기도 한다. 고양이가 그만큼 많이 산다. 사이프러스 섬의 9천5백 년 전 무덤에서 인간과 고양이 뼈가 함께 발견된 점을 들어 학자들은 아주 오래전부터 이 섬의 인간과 고양이는 사이좋게 살았다고 추정한다.

사이프러스는 코만다리아라는 토종 와인으로도 유명하다. 코만다리아는 여느 와인과 다르게 제조할 때 포도를 건조시킨 다음 맷돌로 갈아 즙을 내고, 그 즙을 6년 이상 숙성시킨다. 와인 매니아라면 오모도스 마을에 가서 병에 담긴 시라 불리는 코만다리아를 마셔볼 것을 권한다.」

　

　원본 우주 사이프러스에는 고양이가 특별히 많이 살지 않았다. 그런데 여행 기자에 따르면 복제 우주의 사이프러스는 고양이 섬으로도 불릴 만큼 많은 고양이가 산다. 또한 복제 우주의 사이프러스에는 환형열차나 파란색 지붕을 이고 있는 공공기관이 없다. 사이프러스에는 지상을 달리는 열차는 물론 지하철이나 경전철 같은 철도와 유사한 운송 수단이 없다. 원본 우주의 사이프러스의 공공기관은 모두 파란색 지붕을 이고 있었지만, 복제 우주의 공공기관 지붕 색깔은 제각각이다. 특이하게 복제 우주의 사이프러스는 남북으로 분단되었다. 섬 중심부를 가로지르는 산맥을 사이에 두고 북쪽은 터키계 주민들이, 남쪽은 그리스계 주민들이 각각 자신들의 국가를 만들었다. 분단 초기에 있었던 북과 남의 격렬한 대립을 완화하기 위해 경계선인 그린 라인(Green line)을 긋고 유엔 평화유지군이 주둔했는데, 그 경계선이 나중에 사이프러스 남부공화국과 북부공화국을 가르는 국경선이 되었다.

복제 우주에서 사이프러스에 대해 조사하다가 답을 찾기 어려운 의문과 맞닥뜨렸다. 원본 우주의 엘리스의 말에 따르면 사이프러스 원주민들은 복제되지 않는다. 원본 우주의 사이프러스 주민들은 단 한 번의 유한한 삶을 산다. 그렇다면 복제 우주의 사이프러스 섬과 그곳 주민들은 어떻게 생성했을까? 우주 밖의 시공간 어느 곳에 사이프러스 원본에 해당하는 물리적 실체가 있어야 동일한 공간에 복제 가능하다. 별도의 시공간에 내가 체류했던 원본의 사이프러스와 제3의 사이프러스가 존재해도 내 의문은 해결되지 않는다. 그곳에서 복제 우주의 사이프러스 영역으로 복제할 수는 있다. 그런데 이 사이프러스는 원본 우주의 사이프러스와 다르기 때문에 문제다. 원본 우주 사람들은 분명 거기 있던 사이프러스와도 관계를 맺으며 생활했을 텐데, 어느 순간 갑자기 전혀 다른 사이프러스가 복제된다면 그 관계를 맺었던 사람들은 엄청난 혼란에 빠질 것이다. 그런데 복제 우주의 어떤 사람도 그런 혼란에 빠지지 않았다. 사이프러스 기사를 쓴 여행 기자도, 인터넷에 여행에 관한 사진과 글을 올린 사람들도 복제 우주의 사이프러스가 본래 그곳에 있었음을 증언했다. 복제 우주의 사람들은 언제나 그랬다는 듯이 사이프러스 섬을 오고갔다.

복제 우주의 사이프러스 생성에 대해 의문을 가진 사람은 나밖에 없었다. 이 거대한 의문을 접하고 다시 슈뢰딩거의 고양이와 평행 우주론을 생각했다. 내가 본래 있던 원본 우주와 동일 경로로 시공간이 전개되는 별개의 우주가 있으며, 그 우주에 사는 또 다른 나에게 원본 우주의 내 의식이 전이된 것이라면 두 개의 사이프러스를 둘러싼 의문은 일부분 해소된다. 서로 다른 사이프러스라면 검색 결과가 다른 것도 설명된다. 원본 우주의 엘리스나 사이프러스 당국은 평행 우주로의 전이를 원본 우주를 복제해 그곳으로 진입한다고 표현했을 수 있다. 그 경우 원본 우주의 사이프러스는 다른 우주를 연결하는 특수한 역할을 했을 것이다.

사이프러스에서 온 남자

변주된 삶

복제 우주 진입 직후엔 원본 우주에서 했던 것처럼 똑같이 행동해야 했다. 과거와 다르게 행동할 경우 어떤 식으로 내 삶이 바뀔지 예측할 수 없었다. 무엇보다 수현을 만나야 했다.

삶은 우발적인 사건에 대응하며 만들어지는 길과 같다. 원본 우주에서의 수현과의 만남은 나와 그녀의 길이 우연히 교차하면서 만들어진 우발적 사태 중 하나였지만, 재진입한 시공간에서는 그녀와의 만남이 필연적 사건이어야 했다. 수현을 다시 만나 연인이 되기까지는 원본 우주와 같은 경로로 움직여야 했다.

복제 우주로의 진입 첫날 버스에서 쫓겨났지만 택시를 타고 서두른 덕에 다행히 등산로 초입에서 수현을 발견했다. 노란 등산 재킷에 B자가 큼지막하게 새겨진 야구 모자를 쓰고 진청색 바지를 입은 그녀를 발견하자 긴장이 풀려 털썩 주저앉을 뻔했다. 수현을 보는 순간 복제 우주에 와 있다는 걸 잊은 채 그대로 달려가 와락 껴안고 싶었다. 만약 그랬다면 수현은 나를 치한으로 오인해 내 면상을 향해 주먹을 날렸을 것이다. 두근거리는 가슴을 애써 진정시키며 산에 올랐다. 그런데 어찌 된 일인지 등산로가 낯설었다. 인간은 카메라가 녹화하듯 눈에 보이는 전부를 그대로 기억하지 않는다. 인간은 자신이 보고 싶은 것만 낱장의 스냅 사진으로 기억한다. 과거 기억을 더듬어 걷던 산길이 낯설었던 이유는 수현을 청계산에서 처음 만났던 날의 기억이 온통 그녀와 관계된 것뿐이었기 때문이었다. 그녀의 옷차림, 얼굴, 표정, 눈동자, 말투 등은 어제 일처럼 선명했고 아웃 포커싱된 청계산은 흐린 배경에 불과했다. 불안한 마음을 진정시키며 걸음을 재촉해 등산로가 세 방향으로 갈라지는 지점에서 한참을 기다렸으나 수현이 나타나지 않았다.

'수현이 앞서 걸어갔을까? 아니면 아직 오지 않았을까? 마음이 바뀌어 등산로 입구에서 되돌아갔을까? 여기서 수현을 만나지 못하면 어떻게 해야 하지?'

짧은 시간 동안 온갖 걱정이 벌 떼처럼 머릿속을 날아다녔다. 수현을 처음 만났던 장소와 시각을 놓치면 과거 시공간으로 진입하기 위해 노력한 일들이 물거품이 된다. 수현의 집과 직장을 알았지만 나를 전혀 모르는 그녀를 불쑥 찾아갈 수는 없었다. 김기찬이란 스토커에게 시달리는 수현을 불쑥 찾아간다면 그녀는 마음을 닫아버릴 게 분명했다. 원본 우주에서처럼 자연스럽게 그녀를 만나야 했다. 불안한 마음을 달래며 좀 더 기다렸다.

"저기요. 어느 쪽으로 가야 청계산 매봉으로 가요?"

천만다행으로 오래 지나지 않아 예전처럼 갈림길에서 노란 재킷의 수현이 길을 물었다.

"여기서 길을 헤매는 분들이 많죠. 정상으로 가려면 이 가운데 길로 가야 해요."

나는 가슴을 쓸어내리며 예전처럼 대답했다. 그 후 수현과의 산행은 원본 우주의 그날과 비슷한 여정으로 흘러갔다.

"그날 청계산에서 재근 씨를 만날 때 좀 이상한 느낌이 있었어요. 뭐랄까, 처음 말을 걸었을 때 돌아서며 재근 씨가 보여준 표정이 지금도 생생해요. 그때 재근 씨의 얼굴은 너를 만나서 얼마나 반가운 줄 아느냐라고 말하고 있었어요. 그 표정을 보고 재근 씨가 한 십 년 동안 세상의 모든 여자를 멀리하고 산에서 수행한 수도승인 줄 알았어요. 그렇게 살다가 십 년 만에 나처럼 아름다운 여인을 만났으니 얼마나 반가웠겠어요? 그런 천진한 첫인상이 좋아서 재근 씨에게 한순간에 마음을 연 것 같아요."

과거 시공간으로 진입해 한 달쯤 지나 수현이 그렇게 말했다. 나는 두 번 겪는 날들이, 그녀는 처음 겪는 날들이 계속되었다. 낮과 밤이 바뀔수록 나는 과거로부터 조금씩 자유로워졌다. 수현과의 관계가 깊어지자 과거 기억에 의존해 그대로 행동해야 한다는 강박에서도 서서히 벗어났다. 복제 우주에서의 내 삶은 원본 우주와 대체로 비슷했지만 조금씩 다르게 전개되었다. 원본 우주와 동일 시공간이지만 복제 우주의 사람들의 일상은 모두 변주되었다. 사람뿐 아니라 날씨도 달라졌다. 날씨 또한 대기가 바다와 육지를 지나오면서 그때그때 우발적으로 형성되는 사태의 결과였다. 예를

들어 그녀와의 두 번째 만났던 원본 우주의 2006년 11월 11일엔
비가 내렸지만, 복제 우주의 2006년 11월 11일에는 비가 내리지 않
았다. 늦가을 특유의 잿빛 하늘을 한 그날 우리는 소주가 있는 풍
경이 아닌 다른 장소에서 만났다. 복제 우주의 그날은 내가 먼저
수현에게 전화를 했고, 퇴근 후 이수역 인근 스파게티 전문점에서
만났다. 그해 12월 초 남현동 소주가 있는 풍경을 찾아가니 출입문
에 임시 휴일이란 안내판이 걸렸다. 그 밑에 술집 주인이 단골손님
에게 남긴 메모지가 붙어 있었다.

「소주가 있는 풍경을 사랑해주시는 여러분께 양해의 말씀 드립니
다. 저는 겨울철 안데스산맥 3대 고봉 등정 프로그램에 참여하게
되었습니다. 이번 등반은 한 달 반의 일정이 소요되기에 부득이
2006년 12월 1일부터 2007년 1월 20일까지 임시 휴업을 하게
되었습니다. 연말연시 잘 보내시고 새해 건강한 모습으로 뵙겠습
니다.」

복제 우주에선 12월 5일 수현과 처음으로 키스했지만 과거에는
그보다 열흘 후인 12월 중순에 첫 키스를 했었다. 재진입한 우주
에서의 첫 키스도 우연히 이루어졌다. 그날 밤늦게 우리는 남현동
골목길을 올라갔다. 그러다 담벼락에 기대어 뜨거운 키스를 하는
젊은 커플을 발견했다. 깍지를 끼고 걷던 수현의 손이 떨렸다. 그
녀는 그 떨림을 감추려는 듯 내 손을 더욱 꼭 잡았다. 수현의 손끝

사이프러스에서 온 남자

에서 발생한 떨림은 내 심장 박동을 빠르게 했다. 그녀의 집 앞 가로등 아래서 작별 인사로 손을 흔들다 말고 마음을 진정하기 어려워져 수현을 와락 껴안고 입술을 훔쳤다. 그녀는 놀라는 기색 없이 기다렸다는 듯이 내 혀를 자신의 입속으로 끌어당겼다. 나는 눈을 감았다. 시선이 차단되니 내 혀는 더 맹렬히 수현의 입속을 탐색했다. 첫 키스였지만 우린 아주 오랫동안 서로의 입술과 혀를 탐닉했다. 키스를 하는 동안 그녀의 부드러운 가슴이 미친 듯 팔딱이는 내 심장을 어루만지며 달랬다.

복제 우주 2006년 4월 초 우리는 경상남도 통영 대신 전라북도 전주로 여행을 떠났다. 2월 말, 수현의 집에서 최명희의 혼불을 읽었다. 최명희 작가가 다녔던 대학이 전북대학교였다. 그 대학이 있는 전주에 문학여행을 가기로 했다. 마침 전주의 한옥마을은 누구나 한 번은 가봐야 하는 여행지였다. 최명희 문학관은 한옥마을 부근에 있었다. 경기전, 풍남문, 전동성당 등 시대를 달리하는 건축물들이 최명희 문학관 주변에 있었다. 수현과 함께 어둠이 내려앉은 전동성당 주변을 걸으며 어린시절 들었던 김승덕의 노래 아베 마리아를 떠올렸다. 어쩌자고 그때 '우리들의 사랑 기약할 수 없어 명동성당 근처에서 쓸쓸히 헤어졌네'로 시작하는 그 노래를 떠올렸을까? 그때 나는 여기는 명동성당이 아니라 전동성당이라고 애써 마음을 진정시켰다.

직장 생활도 변주되었다. 원본 우주의 2007년 6월, 원본 우주의 황 처장은 신제품을 제때 출시하지 못한 책임 때문인지 승진자 명단에서 빠졌다. 회사에 남아 있는 그의 동기들 중 황 처장만 이사 직함을 얻지 못했다. 원본 우주의 그해 5월, 경쟁 텔레콤사는 선제적으로 저렴한 동영상 무제한 서비스를 출시했다. 그러나 당시 황 처장을 비롯한 반도텔레콤 다수의 경영진은 여전히 데이터 사용량에 비례해서 요금을 부과하는 안전한 방식을 선호했다. 소비자들은 경쟁사가 출시한 합리적 요금으로 서비스하는 동영상 상품을 선호했고, 안일하게 데이터 사용량에 비례해 상대적으로 비싼 요금을 받았던 반도텔레콤의 매출은 급락했다.

복제 우주의 나는 과거의 기억을 되살려 데이터 사용량에 비례해 비싼 월 통신료를 받는 방식을 버리고, 월 사용료는 대폭 낮추며 소액의 개별 영상 콘텐츠 사용료를 받는 방식으로 모바일 영상 콘텐츠 사업을 개편해야 한다고 황 처장을 설득했다. 그는 처음에 완강히 변화를 거부했지만 결국 내 제안을 받아들여 가히 혁명이라 할 수 있을 만큼 낮은 가격으로 동영상 제공을 하는 서비스 상품을 경쟁사보다 한 달 빠른 2007년 4월에 출시했다. 대중들은 우리가 출시한 상품에 열광했으며, 반도텔레콤은 단번에 가입자 수 1위 자리를 차지했다. 그 상품의 총괄 책임자였던 황 처장은 이듬해 초 이사로 승진했다. 이사가 된 그는 세상을 다 얻은 듯 기뻐했다.

"동영상을 값싸게 다수에게 제공한다는 전략이 실패했으면 아마 난 처장으로 회사로 떠났을 거야. 이번에 진급을 못했으면 협력업체로 이직해 거기서 시시하게 직장생활을 마감했을 거야. 정말 고마워. 류 과장이 내 직장생활의 마지막 자존심을 지키게 해줬어."

등기 이사 신임 발령이 사내 포탈에 게시되던 날, 덩치가 나보다 곱절은 큰 황 처장은 거의 울 것 같은 얼굴로 나를 껴안았다.

복제 우주에서 다시 만난 내가 아는 사람들의 삶은 조금씩 변주되었다. 가정이나 조직, 사회와 국가, 인류 공동체의 운명 역시 조금씩 달라졌다. 원본 우주의 특정 시공간을 수백 개 복제해 재현하면 그 우주의 개별 지구의 '또 다른 나'의 삶은 모두 조금씩 달라진다. 그러므로 애초에 정해진 운명 따위는 없다. 인생이 매 순간 마주치는 우발적 사태에 대응하면서 형성되는 순간순간의 단편적 기억을 편집한 결과물이라면, 오늘 이 순간을 바꿔야만 삶이 바뀐다. 이런 깨달음에 이르자 나는 과거에 현실 순응형 삶을 살았던 걸 자책했다. 이미 결정된 운명이라고 체념하며 살았던 삶을 후회했다. 복제 우주에서는 조금씩 의지형 인간이, 프로메테우스가, 짜라투스트라가 되려고 노력했다. 그런 노력 일환으로 내 삶을 탄생시킨, 그러나 내 운명의 날개를 꺾어버린 아버지와 화해하기로 했다. 아버지의 나에 대한 보육 의무 시한은 내가 사춘기에 접어들었을 때 이미 끝났다. 아버지가 자식에 대한 의무 시한에 도달했다면, 그때부터는 철저히 내 의지대로 독자적인 길을 가야 했다. 열아홉 살을 한참을 넘긴 성인이 되어서도 아버지를 탓했던 내가 부끄러웠다.

"아버지, 퇴근하면서 양고기랑 좋은 와인 한 병 사 올게요. 저녁에 양고기 구워서 저랑 와인 한잔하시죠."

복제 우주에 온 지 석 달쯤 지난 아침, 현관문을 나서기 전에 아버지에게 말을 건넸다. 그는 소파에 앉아 뉴스를 시청하고 있었다. 아버지가 좋아했던 쇠고기가 아니라 양고기를 사 오겠다고 한 것은 사이프러스에서 늘 먹던 양고기구이가 잠재의식 속에 남아서였다. 아버지는 양고기를 구워 먹자는 생뚱맞은 소리에도 토를 달지 않고 내 쪽으로 고개를 돌리더니 옅은 미소만 지었다.

그날 저녁 집으로 오는 길에 대형 마트에서 호주산 질 좋은 양고기와 아버지가 좋아하는 쉬라즈(Shiraz) 레드 와인을 샀다. 어머니는 동네 아주머니들과 저녁 모임이 있어 집을 비웠다. 구운 양고기와 와인 잔을 사이 놓고 아버지와 단둘이 마주 앉았다. 와인 몇 잔을 거푸 마셔 술기운이 올라오자 하고 싶은 말을 꺼냈다.

"예전부터 아버지께 여쭤보고 싶은 게 있어요. 아버지는 잊으셨을지 모르지만. 그때는, 그러니까 호텔에서 아버지를 봤다고 어머니께 말씀드린 건 초등학생인 제 나이 땐 당연히 그래야 한다고 판단했기 때문이에요. 만약 제가 세상 물정을 조금이라도 아는 나이였으면 어머니께 말씀드리기 전에 먼저 아버지 사정을 들어봤을 거예요. 저는 지금까지 그때 제가 어머니께 일러바친 일로 아버지가 그렇지 않아도 미덥지 않은 저를 더 미워한다고 알고 있었어요."

"아니다. 그때 일은 내 잘못이었어. 네가 엄마한테 그 이야기했다는 것도 오늘 처음 알았다. 그리고 얼마나 오래전 일이냐? 난 다

잊었다. 어떤 부모가 자식을 미워하고 잘못되기를 바라겠냐? 재근아, 네가 아버지를 못마땅하게 여기는 것 잘 안다. 네가 그리 판단하는 것도 못난 아버지 탓이다. 어떻든 내가 너를 좀 더 따뜻하게 보듬어 주었어야 하는데."

"그날 이후 어머니와 화해하셨어요?"

아버지의 빈 잔에 와인을 따르며 물었다.

"화해했다기보다는 네 엄마가 일방적으로 나를 용서했지. 화해는 서로 대응한 입장과 관계의 두 사람이 하는 거고 용서는 잘못을 저지른 사람을 용서할 위치에 있는 사람만이 할 수 있으니까. 변명이지만, 그 뒤로 나는 여자에게 눈길조차 주지 않았다. 그것이 내 나름대로 용서를 비는 행동이었다."

어머니는 그 사건 이후 아버지를 한 번도 용서하지 않았으나, 아버지는 여전히 자신이 용서받았다고 오인하고 있었다.

"말씀드릴 게 하나 더 있어요. 전 늘 재숙 누나랑 재영이가 부러웠어요. 아버지는 언제나 누나하고 동생을 특별한 자식으로 인정했죠. 저에겐 그런 특별함 없었고 아버지는 저를 자랑스러워하지 않았죠. 그걸 알고 슬펐어요. 절망했어요. 아버지는 아무것도 아닌 사람이라는 낙인을 제 이마에 찍었어요. 자식 간의 차별을 당연하게 여기셨죠. 전 그냥 없는 아들처럼 살았어요. 아무런 존재감이 없었죠. 전 차라리 아주 나쁜 놈이거나 아주 멍청한 놈이 되려고도 했어요. 어떻게든 특별해지려고요. 그렇게 하면 아버지가 제 존재를 아예 무시할 순 없었을 테니까요."

"그 점은 아버지가 정말 미안하구나. 어른도, 아버지도 다 성숙한 인간은 아니란다. 세 아이의 아버지였지만 그때 난 철이 없었어. 난 이제야 평범함이 가장 비범하다는 걸 알았다. 재근이 네가 가장 비범한 자식인데 내가 너무 무심했구나. 네가 잘났든 못났든 넌 내 아들이고 네가 못났다면 아버지도 못난 사람이라는 걸 나이 들어 깨달았다."

와인 몇 잔에 불콰해진 얼굴의 아버지는 부쩍 늙어 보였다. 나이가 들면 눈빛이 침잠해진다. 그날 아버지의 두 눈은 늦가을 호수처럼 고요하고 슬펐다.

복제 우주에서는 수현과의 관계도 달라졌다. 원본 우주에서 나는 늘 그녀의 밝고 긍정적인 에너지에 무임승차했다.

'나는 다 좋으니까 수현이 네가 결정해.'

수현이 무엇을 먹을지, 어떤 영화를 볼지, 어디로 놀러 갈지를 물을 때 나는 늘 같은 말로 대답했다. 내 딴에는 그것이 수현을 배려하는 것으로 생각했다. 언제나 수현이 이끄는 대로 추종하는 걸 보다 못한 그녀가 이렇게 말했다.

"오빠, 나를 빨아들이지 말아줘. 나를 만나기 전에 오빠 나름대로 색깔이 있었을 거잖아. 요즘 난 물감이고 오빠는 스펀지 같아. 내가 오빠에게 흡수되는 것 같단 말이야."

원본 우주에서 나는 수현이 내뿜는 색깔에 따라 함께 물드는 삶을 살았다. 자기 색깔을 갖는다는 건 세상을 향해 나만의 등불을 컨다는 말이다. 에너지 수준이 높은 사람일수록 자신만의 불을 환하게 켠다. 그 불빛으로 주변을 같은 색으로 물들이기도 하고 무채색으로 어둠에 잠긴 사람들의 길잡이 역할을 한다. 그러나 원본 우주의 내 에너지 수준은 보잘것없어 나만의 등불을 밝게 켜지 못했다. 내 등불은 희미했고 수현의 등불은 나를 그녀의 색으로 물들일 만큼 강렬했다.

복제 우주에서는 의식적으로 그녀와 동등한 상호관계를 맺으려 노력했다. 나만의 색깔로 빛나는 등을 밝히려 했다. 나만의 빛으로 수현의 빛과 어울려 함께 빛나고 싶었다. 그런 의도로 수현에게 좋아하는 음식을 먹으러 가자 청했고, 좋아하는 책과 영화에 대해 거리낌 없이 말했다.

"수현아 내가 가장 감명 깊게 본 영화는 왕가위 감독의 동사서독이야. 그 작품이야말로 빛과 색의 예술이라는 영화의 장점을 잘 살린 것 같아."

"그래? 오빠가 그렇게 말하니 동사서독이 좋은 영화인 것 같아. 근데 더 좋은 건 오빠가 그런 독특한 감성의 소유자라는 거야. 오빠의 그런 섬세한 감수성이 좋아. 오빠의 재발견이네."

왕가위 감독의 영화에 대해 열 올리는 걸 듣던 수현의 두 눈이 빛났다. 그런 식으로 수현은 내 색깔을 드러낼 때마다 진심으로 좋아했다.

직장 생활을 바라보는 관점도 달라졌다. 원본 우주의 직장 생활은 돈을 벌기 위해 이를 악물고 견뎌야 하는 시간이었다. 원본 우주의 직장 생활은 일의 성과가 아니라 누가 얼마나 더 오래 회사에 머물러있느냐로 평가되었다. 6시에 퇴근해 일찍 집에 들어가면 어머니는 늘 이렇게 물었다.

"우리 큰아들, 무슨 일 있냐? 어디 몸이 안 좋으냐?"

원본 우주의 아버지는 직장 생활하면서 단 하루도 정시에 퇴근해 일찍 집으로 돌아오지 않았다. 그런 아버지를 평생 바라봤던 어머니에게 아들의 이른 귀가는 분명 비정상적이었다. 원본 우주에선 어머니의 그런 잔소리를 듣기 싫어할 일이 없지만 일부러 회사에 남기도 했다. 직장 동료들은 누가 더 오래 회사에 남아 있는지 경쟁했다. 누구든 자기보다 먼저 퇴근하면 동료애가 없는 야박한 사람, 애사심이 없는 사람이라는 낙인을 찍었다. 원본 우주에서 내 퇴근 시간은 밤 9시 무렵이었다. 그쯤 퇴근해서 집에 돌아가야만 어머니는 고생했다며 내 어깨를 다독거렸다.

복제 우주로 진입 후 나는 일상의 시간을 다음과 같이 정리했다.

「직장인의 인생은 세 개의 다중 우주로 구성된다. 첫째 우주는 개인의 시공간, 둘째 우주는 상상의 시공간이며 마지막으로 셋째 우주는 밥벌이를 위한 일하는 시공간이다. 자유인들은 세 개의 우주를 자유롭게 오가며 산다. 반면 자신만의 우물에 빠진 수인들은 자신만의 우주에 갇히고, 자신을 직장인이라 지칭하는 이들은 모든 것을 직장에 맞춘다. 또 어떤 이들은 자신만의 상상의 시공간

　　　　　　사이프러스에서 온 남자

에 갇혀 망상하는 하루를 보낸다. 자유인이 되려면 888 법칙을 지켜야 한다. 888 법칙이란 하루 24시간 중 8시간은 밥벌이의 시공간에서, 8시간은 자신이 좋아하는 일을 하거나 좋은 사람을 만나는 시공간에서, 나머지 8시간은 잠과 꿈을 꾸고 상상하는 시공간에서 보내야 한다. 직장인들의 비극은 개인의 시공간과 상상의 시공간마저 밥벌이를 위한 시공간으로 만들어 버린 것에 있다. 자유인들은 이 세 개의 시공간에서 보내는 하루의 시간을 균등하게 배분해야 한다. 먹고살기 위해 돈을 벌고 동시에 사회의 일원으로 공동체 분업에 참가하는 일하는 시공간에 투자하는 시간은 8시간이면 충분하다. 쓸모없는 실존의 시간인 개인의 시공간에서 보내는 시간도 8시간을 확보해야 한다. 쓸모없는 실존의 8시간은 타인에게는 전혀 쓸모없는 시간이지만, 실존하는 자신을 위해 꼭 필요한 시간이다. 아울러 잠자고 꿈을 꾸는 상상의 8시간도 반드시 보장되어야 한다. 제대로 잠을 자지 못하는 사람, 꿈을 꾸지 못하는 사람의 삶이 온전할 수 없다.」

원본 우주에서 나는 집과 직장을 시계추처럼 왔다 갔다 했다. 복제 우주의 내 하루 24시간은 원본 우주에 비해 거의 세 배 이상 확장되었다. 나만의 시공간은 사랑하는 사람과 함께 하는 시공간으로, 시나 소설을 쓰는 시공간으로 확장되었다. 복제 우주에서 나는 직장을 먹고 살기 위해 노동하는 고역의 공간이 아니라 개인의 시공간, 상상의 시공간과 대등한 일하는 시공간으로 받아들였

다. 직장을 나를 성장시키는 장소로 재인식했다. 직장에서 일에 집
중하다 보니 생산성이 높아져 퇴근 시간이 빨라졌고, 그만큼 시와
소설을 쓰는 시간을 확보할 수 있었다. 나는 그 여분의 시간을 이
용하여 문학청년이란 꿈을 달성하고 싶었다. 국문학을 전공한 수
현은 내 꿈을 열렬히 지지했다. 수현은 때때로 시나 소설 작법에
관한 책을 골라 선물했고 내 습작들을 꼼꼼히 읽고 자신의 의견을
정리해 메일로 보내주었다.

그렇게 시간을 활용하며 살다 보니 인생에 적용되는 시공간의
상대성 원리를 깨달았다. 시간과 공간은 누구에게나 똑같이 주어
지는 절대적인 물리량 같지만, 어떻게 활용하느냐에 따라 개인별
로 사용하는 양이 달라진다. 같은 백 년의 시간이지만 어떤 사람
은 그 시간을 헛되이 쓰다 고작 몇십 년 어치의 인생만 살며, 어떤
사람은 삶의 시공간을 확장시켜 몇백 년에 이르는 삶을 산다.

원본 우주와 다르지만 비슷한 일상생활의 변주를 겪다 보니 어
느 때는 잠시 꿈을 꾸다 깨어난 것 같았다. 꿈을 꾸는지 아니면 정
말로 내가 실제로 복제 우주에 들어와 생활을 하고 있는지 가끔씩
헷갈렸다. 그때마다 꿈이 아니라고 알려주는 자가 있었다. 김기찬
이었다. 그의 행동은 복제 우주에서도 전혀 변함이 없었다. 그는
여전히 주변을 맴돌며 수현의 일상을 감시했다. 김기찬의 그런 행
동이 내가 잊고 있었던 일을 일깨웠다. 수현과 함께하는 평온한
삶을 김기찬이 무너뜨리기 전에, 그를 어떻게든 제압 해야 했다.

사우바도르의 엘리자베스

마지막으로 올림푸스 교도소 테니스 코트에서 만난 사이프러스의 엘리자베스는 그녀만의 비밀 몇 가지를 들려주었다.

"부랑자들 폭행으로 죽은 제 애인의 이름이 윌리앙 고메스에요. 그와 사귀기 전에 만난 남자친구가 몇 명 있었어요. 그중 한 친구의 이름이 조수에 코스타예요. 그와 제가 특별한 관계였다는 걸 아무도 몰라요. 당신이 진입할 복제 우주에서도 나만 그 사실을 알 거예요. 조수에는 초등학교 동창으로 사우바도르 산타루시아 병원 외과 의사예요. 재근 씨가 진입한 우주의 저와 같은 그녀가 재근 씨 말을 믿지 못하면 그녀에게 조수에 대해 말해주세요. 그러면 그녀도 당신 말을 믿어줄 거예요."

엘리자베스는 조수에와 얽힌 은밀한 일화도 일러줬다. 그 내용이면 복제 우주의 엘리자베스를 만났을 때 내가 그녀의 원본 인물을 만났다는 걸 이해시킬 수 있을 것 같았다.

"그리고 재근 씨도 알겠지만, 제 오른쪽 가슴 아래 세 개의 빨간색 작은 점을 아는 남자는 당신과 윌리앙뿐이에요."

그날 엘리자베스는 내가 출소해 복제 우주로 진입한다면 그 우주의 2006년 6월 10일이 되기 전에 사우바도르로 가서 자신의 분신을 만나 비극적인 사건을 막아 달라고 했다. 10년이 훌쩍 지났지만 한시도 엘리자베스의 부탁을 잊지 않았다. 다음 해 6월, 브라질 출국을 더 이상 미룰 수 없었다. 엘리자베스가 겪을지 모르는 비극을 막으려면 6월 10일 이전에 그녀를 만나야 했다.

복제 우주 2006년 6월 5일 인천공항에서 독일 프랑크푸르트행 비행기를 탔다. 황 처장에겐 여름 휴가를 앞당겨 쓰겠다고 양해를 구했다. 수현에게는 회사일로 남미 출장을 간다고 둘러댔다.

프랑크푸르트 공항에서 네 시간을 대기하다 브라질의 상파울루로 가는 비행기로 갈아탔다. 상파울루 공항에서 브라질 국내 항공편으로 갈아타고 두 시간을 더 날아가 마침내 남부의 사우바도르 공항에 도착했다. 꼬박 이틀을 앉아있다 보니 사우바도르 공항에 이르러서는 다리가 굳어져 영영 일어나지 못할 것만 같았다. 입국 절차를 마친 뒤 공항 택시를 잡아타고 사우바도르 시청을 찾아갔다. 시청 현관의 늙은 수위는 영어를 한마디도 할 줄 몰랐다. 수위는 자신도 답답한지 청사 안으로 들어가더니 이십 대로 보이는 금발의 아가씨를 데려왔다.

"사회복지과 엘리자베스 로샤를 만나러 왔습니다. 전 한국 기업 반도텔레콤에 다니는 류재근입니다."

한국에서 왔다는 말에 금발의 아가씨는 내 방문 목적을 묻지도 않고 대뜸 브라질에서 부는 한류 열풍에 대해 이야기했다. 그녀는

K-팝 인기가 브라질에서 꽤 높으며 자신은 한국의 젊은 가수 그룹 중에서도 특별히 보이 그룹인 넘버 파이브를 좋아한다고 했다. 적당히 맞장구를 쳐주니 그녀는 환한 표정으로 자신이 직접 사회복지과 사무실로 안내하겠다고 자청했다.

"여기서 잠깐만 기다리시겠어요? 엘리자베스 씨 사무실이 이 건물 안에 있답니다."

시청 별관 건물 옆 공터의 나무 그늘 아래서 사십 대로 보이는 남자 둘이 담배를 피우고 있었다. 그들이 뿜어낸 니코틴 입자들을 공기와 함께 마시며 엘리자베스가 나오길 기다렸다. 포르투갈어로 나누는 그들의 잡담을 들으며 올려다본 브라질의 겨울 하늘은 흰 구름 한 점 없이 파랬다. 남반구인 브라질의 6월은 한겨울이었지만 날씨는 한국의 초가을 날씨였다.

금발의 아가씨가 사라진 지 10분쯤 지나자 청사 안쪽에서 하이힐 소리가 들려왔다. 그 소리의 주인이 엘리자베스일 것이라 직감했다. 또각또각 소리가 커질수록 어떻게 말을 꺼내야 할지, 무슨 표정을 지어야 할지 난감했다. 마침내 현관 앞에 모습을 드러낸 여성은 예상대로 엘리자베스였다. 그녀는 10년 전에 마지막으로 만났던 사이프러스의 엘리자베스보다 훨씬 밝고 활력이 있어 보였다.

사이프러스에서 환형열차를 타고 떠나기 직전에 엘리자베스는 나에게 사진 한 장을 남겼다.

"10년 뒤에도 나를 기억하려면, 재근 씨가 복제 우주에서 나를 만나려면 내 사진이 있어야 할 것 같아서요. 이 사진을 보면서 부디 나를 잊지 말아요."

사우바도르에서 만난 그녀는 오래도록 간직했던 사진 속 엘리자베스와 꼭 같았다. 그녀는 진홍색 니트를 걸치고 무릎 위까지 내려오는 검은색 스커트를 입었다. 건물 밖으로 나온 엘리자베스가 호기심 어린 눈빛으로 주변을 살폈다. 동양인은 나밖에 없었으므로 곧 그녀와 눈이 마주쳤다. 그녀가 나를 알아본다면 사이프러스에서 그랬던 것처럼 반갑게 포옹할 수 있다는 찰나의 희망을 가졌다. 그러나 엘리자베스는 나를 보고도 놀라는 기색이 없었다. 그녀는 내 가슴이 쿵쿵 뛰는 것을 아는지 모르는지 내 눈을 똑바로 바라보며 찾아온 이유를 말해 주길 기다리는 눈치였다. 나는 어렵게 입을 열었다.

"엘리자베스 로샤 씨 되시죠? 한국에서 온 류재근입니다."

"네, 만나서 반갑습니다. 제가 엘리자베스 로샤 맞습니다. 저기… 먼 한국에서 무슨 일로 저를 찾아오셨나요?"

엘리자베스가 그때서야 미소를 지으며 손을 내밀어 악수를 청했다. 그녀 손의 부드럽고 따뜻한 감촉은 사이프러스의 엘리자베스와 살갑게 지내던 시절을 떠올리게 만들었다. 그녀와 악수하고 나자 오랜 비행으로 쌓인 피로와 팽팽한 긴장감이 스르르 풀어졌다.

자리를 옮겨 시청 인근 카페에서 엘리자베스와 마주 앉았다. 사우바도르의 엘리자베스는 끔찍한 일을 겪은 사이프러스의 그녀보다 훨씬 밝고 건강미가 넘쳤지만, 내게 그런 그녀의 모습은 조금 낯설었다. 커피를 홀짝이며 어색한 시간을 보내다 조금씩 브라질에 온 사연을 털어놓았다. 눈빛을 반짝이며 내 말을 듣던 사우바도로의 엘리자베스는 처음엔 나를 동양에서 온 기인 정도로 여기는 듯했다. 불신감을 누그러트리고 신뢰를 얻기 위해 사이프러스의 엘리자베스가 말해준 그녀의 은밀한 이야기도 털어놓았다. 자신만이 아는 비밀을 한국에서 온 낯선 남자에게서 듣자 엘리자베스는 처음엔 무척 당황스러워했다. 그러다 점차 호기심을 가졌으며 카페에서 나와 헤어질 때는 내 말의 일부는 신빙성이 있다고 믿는 눈치였다.

"조수에와 저와의 관계를 아는 사람은 없어요. 조수에 말고는요. 그런데 생면부지의 한국에서 온 당신이 저와 조수에를 알고 있으니 어쩐지 무서워지네요. 당신이 한 말들을 온전히 받아들이긴 어려워도 왠지 진정성이 있는 것 같아요. 그래서 생각해보기로 했으니까 저에게 시간을 주세요."

"제가 묵고 있는 호텔 전화번호를 드리겠습니다. 저는 당신과 당신의 남자친구의 안위만 걱정할 뿐입니다. 6월 10일이 무사히 지나가면 한국으로 돌아갑니다. 부탁이니 그때까지만 저를 믿고 따라주셨으면 감사하겠습니다."

나는 반도텔레콤 영문 명함에 호텔 이름과 전화번호를 적어 그녀에게 내밀었다.

"저를 걱정해서서 48시간 동안 비행기를 타고 와 주신 것만으로도 감사드려요. 곰곰이 생각해보고 연락드리겠습니다."

6월 9일 새벽, 사우바도르 시청에서 가까운 솔라 도 카르모

(Solar Do Carmo) 호텔 방에서 눈을 떴다. 호텔 조식을 먹고 하릴없이 객실에서 시간을 보내며 엘리자베스의 전화를 기다렸다. 오후 2시쯤 객실의 유선 전화벨이 울렸다.

"사실은 내일 윌리앙과 교외의 유명한 레스토랑에서 저녁 식사하기로 며칠 전 약속했어요. 하지만 미스터 류가 한 말을 듣고 걱정이 돼서 그 약속을 회사 업무를 이유로 취소했답니다. 내일은 아침부터 밤에 집으로 돌아갈 때까지 당신과 사우바도르 도심에서 시간을 보내기로 마음먹었어요. 윌리앙에게는 결혼하기 전에 저홀로 보내는 마지막 휴일이니 간섭하지 말라고 했어요. 윌리앙도 좋아하는 눈치던데요? 자기도 결혼 전에 마지막으로 친구들과 뜨겁고 끈적끈적한 주말을 보내겠다네요."

그렇게 말하는 그녀의 목소리가 경쾌했다. 사이프러스에 오기 전에 엘리자베스도 그처럼 발랄했을 것이다. 끔찍한 사건이 원본 지구의 그녀를 그늘지게 만들었음이 분명했다. 그러나 잔인한 일을 겪었음에도 사이프러스의 그녀에게는 사우바도르의 엘리자베스와 같은 내면의 밝은 기운과 따뜻한 감성이 온전히 남아 있었다.

"미스터 류, 내일 11시에 본핌(Bonfim) 교회 앞 광장에서 만나요. 제가 하루종일 사우바도르 여행 가이드를 해드리겠습니다."

관광 지도를 펼쳐 찾아보니 호텔에서 3킬로미터 떨어진 남대서양과 만나는 서쪽 해변에 화살촉처럼 돌출된 곳에 바이아(Bahia)라는 동네가 있다. 바이아 북남쪽 언덕 위에 본핌 교회 종탑이 서있다. 봄핌 교회에서 사이프러스의 엘리자베스가 변을 당했던 공원까지는 직선거리로는 약 11킬로미터 떨어진 곳이다. 전에 일어났던 비극적 사건을 피하기엔 충분히 먼 거리다.

다음날 이른 아침, 다시 한번 지도에서 봄핌 교회 위치를 확인하고 호텔을 나왔다. 호텔 밖의 차가운 공기가 남반구는 지금이 겨울이다는 사실을 일깨웠다. 머릿속에 입력한 경로를 따라 천천히 40여 분을 걷다 보니 봄핌 교회 앞이었다. 교회 주변과 부근 바닷가는 아침부터 찾아온 신도들과 여행객으로 북적거렸다. 10시 50분, 교회 앞 광장에서 높은 지붕을 짊어진 하얀색 벽돌로 쌓은 교회 건물들을 올려다볼 때였다. 등 뒤에서 누군가 어깨를 살짝 두드렸다. 청바지에 스포츠 가디건을 입은 엘리자베스였다.

"일찍 나오셨네요? 날씨가 좋아 다행이에요. 북반구에서 여름 휴가차 이곳으로 여행 오신 분들은 브라질을 아예 겨울이 없는 열대 지방으로 알았다가 요즘처럼 제법 쌀쌀한 날씨에 당황한답니다. 이곳의 고지대에선 겨울에 아주 가끔 눈이 내려요. 사우바도르 겨울은 한국에 비할 바는 아니지만 그래도 조금은 쌀쌀하죠?"

그녀는 먼저 봄핌 교회 주변을 돌아보고 해변에서 브런치를 먹자고 했다. 엘리자베스는 봄핌 교회 안팎을 마치 자신이 현지 가이드인 것처럼 안내했다. 대서양이 바라보이는 레스토랑으로 나를 데려간 그녀는 메뉴판을 내밀었다. 나는 메뉴판을 닫고 브라질에 왔으니 현지인이 추천하는 음식을 먹겠다고 했다. 그녀는 닭가슴살 소시지와 마늘 양념이 곁들어진 다소 딱딱한 빵과 진한 브라질 커피 두 잔을 주문했다. 사이프러스의 엘리자베스도 마늘 양념이

들어간 딱딱한 빵을 커피에 찍어 먹곤 했다.

"미스터 류, 당신이 만났던 사이프러스의 엘리자베스에 대해 말해주세요. 그곳의 당신과 그녀, 그러니까 또 다른 저와 당신의 만남이 궁금해요."

나는 사이프러스의 엘리자베스는 지금 내 앞에 앉아있는 당신과 똑같이 생겼다고 했다. 사이프러스의 엘리자베스와 함께한 날에 대해서도 이야기했다. 사우바도르의 엘리자베스가 물었다.

"그곳에서 둘은, 그러니까 당신과 나는 사랑했나요? 사랑했으니까 당신이 이 먼 곳까지 저를 찾아오신 것 아닌가요?"

"그때 함께 체류했던 환형열차 탑승자들끼리 약속했어요. 과거로 재진입하면 우리와 동일한 인물들을 서로 만나주자고요. 물론 저와 사이프러스의 엘리자베스는 좀 특별한 관계였죠. 그리고 그 특별함이 한국에서 이곳 브라질까지 저를 오게 만들었습니다."

사우바도르의 엘리자베스에게 끝내 당신과 똑같은 사이프러스의 그녀를 사랑했다는 말을 하지 못했다. 나와 그녀 모두 사랑하는 사람이 있었고, 사이프러스에서의 사랑은 그곳에 남겨야 했다. 사우바도르 관광 명소들을 둘러보며 오후를 보냈다. 오래 걸어 다녀 허기가 지자 엘리자베스가 추천한 레스토랑에서 이른 저녁을 먹었다. 번화한 도심 거리에서 시간을 보내다 밤 10시쯤 콜택시를 타고 엘리자베스를 그녀의 아파트까지 바래다주었다. 원본 우주에선 잔인했을 엘리자베스의 그날 하루가 복제 우주에선 무사히 지나갔다.

한국으로 돌아올 때도 내 몸집에 비해 턱없이 작은 이코노미 좌석에 앉아서 오랜 시간을 보냈다. 지루한 시간을 견디기 위해 좌석 앞 작은 모니터로 영화를 봤다. 한국 영화 중에서 그해 초 개봉한 영화인 싸움의 기술을 선택했다. 이어폰으론 한국말이 나오는데 작은 화면에 표출되는 자막은 영어였다. 영화의 줄거리는 학교에서, 거리에서 늘 당하고 두들겨 맞는 유약한 청년이 재야의 싸움 고수를 만나 진정한 싸움꾼이 된다는 내용이다. 나름대로 통쾌했다. 영화 말미엔 나도 그 주인공처럼 싸움의 기술을 배워 김기찬을 제압하고 싶었다. 한국에 도착하려면 시간이 많이 남아 헐리웃 영화를 한 편 더 보다가 잠이 들었다.

2006년 10월 말, 광화문 광장 주변의 은행나무 잎들이 황금빛으로 물들어갔다. 반도텔레콤 본사 로비에서 근무하는 안내 여직원이 외국 방문객이 찾아왔다고 전했다. 그녀는 브라질에서 온 외국인이 여성이며 방문 목적은 비즈니스라는 말을 덧붙였다. 영문 명함과 업무 수첩을 챙겨 로비로 내려가는 승강기 안에서 반도텔레콤이 언제 브라질까지 진출했는지 궁금했다. 로비 안내 직원이 방문객 접견실에 앉아있던 30대 초반의 여성을 소개했다.

"안녕하세요? 전 브라질 사우바도르에서 온 엘리자베스 로샤입니다. 류재근 씨 되시죠?"

"네, 처음 뵙겠습니다. 제가 류재근입니다. 비즈니스 미팅룸이 7층에 있습니다. 그곳으로 모시겠습니다."

반도텔레콤은 주로 국내 통신 인프라 구축과 운영사업을 했기에 해외에 진출한 사업의 경우 대개 자본투자 성격이 짙었다. 해외사업 파트너로 젊은 여성이 직접 반도텔레콤을 찾아왔다니 놀라웠다. 통성명 후 그녀를 비즈니스 룸으로 안내하려고 했다.

"아니에요. 저는 비즈니스 목적으로 미스터 류를 만나러 오지 않았어요. 개인적인 일이니 밖에서 만났으면 해요. 제 부탁을 들어주셨으면 해요."

나는 처음 보는 젊은 여성의, 그것도 브라질에서 왔다는 외국인의 말이 의아했지만 엘리자베스 로샤를 직원들이 즐겨 찾는 회사 근처 커피숍으로 안내했다. 엘리자베스의 이야기를 듣는 내내 혼란스러웠다. 나와 한 번도 마주친 적 없는 푸른 눈의 그녀는 나와 수현과의 관계를 마치 눈으로 들여다본 듯 잘 알았다. 엘리자베스는 내 복제 인물을 원본 우주의 사이프러스에서 처음 만났다고 했다. 그녀의 입에서 나오는 원본 우주, 복제 인물, 사이프러스 환형 열차 등의 단어들이 비현실적이었다. 그러나 나를 바라보는 엘리자베스의 애잔한 눈빛이 그녀의 말이 진실임을 웅변했다. 그녀의 말투와 몸짓에서 진심으로 나를 걱정하는 걸 느꼈다. 그녀의 그런 태도가 아니었다면 무슨 허황된 말이냐며 자리를 박차고 일어났을 것이다. 나를 커피숍에 앉아 있게 한 힘은 그녀의 매력적인 미모에서 나왔다. 다소 내 의구심이 사라졌다고 판단한 엘리자베스는 나와 수현의 예정된 비극적 운명에 대해 말했다.

"더 정확히 말하자면 이 지구가 포함된 현재 우주는 원본 우주를 복사한 시공간이랍니다. 사이프러스에 있을 때 또 다른 당신이 저에게 부탁했어요. 사이프러스의 당신은 곧 오리지널 류재근 씨죠. 그러니까 지금 저를 바라보는 당신은 원본의 당신을 복제한 사람이죠. 이해하기 힘드시겠지만 원본 우주의 사이프러스 섬에서 만난 당신의 원본 인물이 저에게 부탁했어요. 이 우주의 시간 기준으로 내년 4월에 김기찬이라는 남자가 당신과 당신의 연인 손수현 씨에게 끔찍한 일을 저지르게 되는데 그 일이 벌어지기 전에 이곳의 당신을 만나 그 비극을 막아달라고 했어요.”

'나를 복제한 동일 인물이 다른 우주에 어떻게 존재한단 말인가? 인류가 만든 우주선이 30년 넘게 달려도 고작 지구로부터 200억 킬로미터 떨어진 곳을 여행 중이며, 인류가 밟은 지구 밖의 땅은 아직 달밖에 없지 않은가? 우리 우주가 얼마나 큰데 통째로 복사한다는 말을 나보고 믿으라는 건가?'

그녀의 말이 듣고 있으려니 의심에 의심이 꼬리를 물었다. 그러다 엘리자베스에게 김기찬의 이름을 듣는 순간 그녀의 말이 황당한 주장만은 아닌 것 같았다. 내가 가본 적이 없는 브라질 사우바도르에서 온 젊은 여성이 그놈의 존재를 알았기 때문이다.

“그래요? 내년 4월에 저와 제 여자친구가 어떤 일을 겪게 된다는 말인가요?”

“네, 사이프러스의 미스터 류에 따르면 김기찬이라는 자가 당신과 당신의 연인이 탄 차를 들이받는다는군요. 그 자리에서 당신의 연인인 손수현 씨가 그만 목숨을 잃고…”

누군가 내 어깨를 가만히 흔든다.

"주무시는데 죄송합니다. 손님, 쇠고기 수프와 비빔밥이 준비되어 있습니다. 식사를 어떤 걸로 준비해 드릴까요?"

눈을 뜨니 비행기 실내등이 켜진 채 승객들이 조용히 기내식을 먹고 있었다. 꿈속에서 엘리자베스가 나를 찾아왔던 것이다. 꿈속의 엘리자베스는 사이프러스에서 만났던 사람들과의 약속을 지키기 위해 한국을 방문했다. 비록 꿈이었지만 엘리자베스의 표정이 밝았기에 자신의 복제 우주로 진입한 그녀가 참혹한 일을 피했다는 생각이 들었다. 실제로 그녀의 복제 우주에서 엘리자베스가 나를 찾아왔다면 내게 김기찬을 죽이라고 말하진 않았을 것이다. 엘리자베스의 심성에 비추어볼 때 수현과 함께 캐나다로 떠나거나 원본 우주의 비극적인 그날만큼은 어떻게 든 김기찬의 눈초리를 피할 것을 당부했을 것이다.

하강하는 비행기 창으로 화려한 수도권 야경이 보였다. 개미만 한 자동차들이 헤드라이트를 켜고 집으로 돌아가고 있었다. 복제 우주로 진입한 이들은 모두 나처럼 외로울 것이란 생각이 들었다. 그들은 각자의 우주에서 원본 우주의 존재를 아는 유일한 사람이다. 자신 말고는 그 누구도 경험하지 못한 과거 우주에서의 삶과 사이프러스 체류 기억을 안고 산다. 비행기가 인천공항 활주로에 내려앉았다. 나만의 비밀을 가슴 깊이 숨기고 수현과 함께하는 일상으로 복귀할 시간이었다.

브라질에서 돌아와 일주일이 지났다. 복제 우주 2006년 6월 18일 새벽, 잠결에 엘리자베스의 전화를 받았다. 잠시 목소리 주인공이 사이프러스의 엘리자베스는 아닐까 하는 착각을 했다.

"미스터 류, 여기는 사우바도르 공항이에요. 저는 결혼식을 무사히 마치고 따뜻한 북쪽 나라로 가요. 지난번에 말했죠. 신혼여행은 플로리다로 간다고. 미스터 류 덕분에 무사히 결혼식을 올린 것 같아요. 한국이든 브라질이든 어디서든 우리 꼭 다시 만나요."

전화기 너머로도 공항의 부산함이 감지될 만큼 시끌시끌한 소리가 들려왔다. 사이프러스의 엘리자베스와 제대로 인사를 나누지 못했는데 전화가 끊겼다. 나는 마음을 다해 그녀의 행복을 빌었다.

'잘 살아요, 엘리자베스, 지구의 어느 곳에서도, 다른 우주의 모든 지구에서, 모든 브라질에서, 그 모든 사우바도르에서.'

사이프러스의 엘리자베스가 겪었던 비극 또한 필연이 아니었다. 우발적으로 발생한 하나의 사태였다. 복제 우주의 엘리자베스의 운명이 원본 우주와 똑같이 진행되지는 않음을 알지만, 그래도 나는 안심할 수 없어 사우바도르로 갔다. 그녀의 삶이 변주되었음을 확인하고 엘리자베스를 구했다는 자부심으로 가슴이 벅찼다. 물론 나만의 착각일 수 있다. 내가 브라질의 엘리자베스를 만나 똑같은 비극을 피하기 위한 행동을 하지 않았어도, 그녀가 약혼남과 함께 같은 시각에 같은 장소에 다시 갔다 해도 사이프러스의 엘리자베스가 겪었던 비극이 재발하지 않을 수도 있다. 다만 나는 복제 우주의 그녀를 위해 유일하게 내가 할 수 있는 일을 했으며 다행히 사이프러스의 엘리자베스에게 일어났던 비극이 복제 우주 사우바도로의 엘리자베스에게는 일어나지 않았다.

　　　　　　　사이프러스에서 온 남자

탑승객들(2)

브라질에서 엘리자베스를 만나고 돌아와 며칠 지나지 않은 복제 우주 2006년 7월 초였다. 거실 소파에 앉아 텔레비전을 보고 있는데 잉글랜드 웨일스 지역을 안내하는 여행 프로가 방영되었다. 유명 연예인들이 번갈아 가며 각국의 여행 명소를 소개하는 프로였다. 그날은 30대 초반의 가수 출신 여성 연기자가 웨일스 남부 해안의 카페와 레스토랑에서 식음료를 맛본 후 스완시 계류장에서 요트를 타고 인근 바다를 둘러봤다. 웨일스가 고향인 제임스는 어느 날엔가 스완시 만에서 하얀 돛을 단 요트를 탔을 것이다. 제임스는 원본 우주 2007년 초 형기를 마치고 이듬해 2월에 사이프러스로 왔다. 그러므로 여행 프로그램 방영 당시 그는 수감 중이었다. 그가 갇혀 있을 스완시 교도소는 화면에 나오지 않았다. 여행과 교도소는 전혀 어울리지 않는 조합이니 당연했다. 사이프러스에서 만난 제임스는 한때 감방에서 매일 요트에 흰 돛을 달고 대서양을 자유롭게 여행하는 꿈을 꾸었다고 했다. 스완시 요트장을 화면에서 만나니 제임스와 같이 한 날들이 어제 일처럼 떠올랐다. 그의 양쪽 손목에 새겨져 있던 Pure와 Purple이라는 두 글자도 생각났다. 올림푸스 교도소로 면회 오던 사이프러스의 제임스에게 그 손목 문신에 대해 끝내 물어보지 못했다. 그날 묵은 궁금증을 풀기 위해 제임스가 교도소에 들어가기 전후인 1999년과 2000년의 잉글랜드 뉴스를 대상으로 Pure Purple을 검색했다. 딱 맞는 기사가 없었다. 영어권 나라에서 널리 쓰이는 검색 엔진으로 찾아보니 Pure Purple이 들어간 향수나 스카프 같은 여성 액세서리 브랜드 몇 개가 나왔다. 마지막으로 잉글랜드 현지인들이 많이 쓰는 검색 사이트에서 Pure Purple과 잉글랜드 웨일스를 쌍으로 묶어 탐색해보았다. 그 사이트에서 Pure Purple과 관련 있어 보이는 여러 건의 게시물들을 찾아냈다. 그중에서 웨일스 지역의 토박이 역사가인 어느 블로거가 올린 글에 내가 찾는 Pure Purple에 대한 정보가 있었다.

「웨일스 산악지역에서도 일부 지역에서만 재배되는 감자는 옅은 자줏빛이다. 같은 지역 농가에서 대대로 비밀리에 재배되는 양귀비도 역시 자줏빛이다. 이 지역 양귀비는 거의 순도 100%로 자주색을 띠어 Pure Purple이라는 은어로 불린다. 이 지역의 빈농 출신 갱들은 어려서는 자줏빛 감자로 허기를 채우고 나이 들어서는 자주색 양귀비를 가공한 마약을 흡입한다. 이들은 오른쪽 손목에는 Pure를, 왼쪽 손목에는 Purple을 문신으로 새겨 끈끈한 유대감을 과시한다. 자주색 감자와 자주색 양귀비는 그들의 정체성을 규정하는 강력한 상징이다.」

사이프러스에서 온 남자

사이프러스 빌리지 이웃 중 50대 초반의 쿼용 쑤엔의 나이가 제일 많았다. 스무 살 시절로 돌아간다면 그는 무려 30년간의 기억을 안고 그만큼의 세월을 반복해 살아야 한다. 다시 50대 초반이 돼서야 쿼용은 과거로부터 자유로운, 원본 우주와 무관한 새로운 날을 맞이하게 된다. 삶의 우발성은 그 30년의 세월 중 언제든지 쿼용의 인생이 전혀 다른 경로로 전개되게 만들 수 있다. 그러나 개인의 삶에는 어떤 관성이 작용해 쿼용의 인생이 과거 30년과 비슷하게 될 가능성이 전혀 다르게 바뀔 가능성보다 높았다.

원본 우주에서 읽었던 단편 소설의 줄거리가 쿼용의 인생과 비슷했다. 그 소설의 주인공은 전생을 모두 기억하는 남자였다. 그는 현생의 삶 이전에 아홉 번의 전생을 살았다. 그 남자는 전생에서의 축적된 경험 덕에 지역사회에서 가장 현명한 사람이었지만, 가장 행복하진 않았다. 오히려 보통 사람보다 불행했다. 지루함이 그를 불행하게 만든 가장 큰 원인이었다. 나는 아홉 번씩이나 반복해서 살았던 전생을 모두 안고 산다면 삶이 무척 지겹겠다는 것에 공감했다. 물론 그가 살았던 아홉 번의 삶이 전부 똑같진 않았다. 매번 현생의 삶은 그 전생과 조금씩 변주되었고 가끔 크게 어긋났다. 그가 매번 맞이하는 현생의 삶을 지겨워했던 건 단지 삶이 똑같이 반복되었기 때문만은 아니었다. 그 남자는 각각의 생마다 반복해야 하는 감정 노동을 견디기 힘들었다. 동일하게 고통을 겪고 극복하는 과정, 상처를 주거나 받는 과정, 타인에게 위로받고 다른 사람을 위로하는 과정이 매번 되풀이되는 걸 지겨워했다. 그가 차라리 전생의 삶을 다 잊었다면, 현생의 삶을 처음 대하는 것처럼 살았다면 사랑과 우정, 심지어 배신과 이별마저 가슴 벅차게 받아들였을 것이다.

그 단편 소설은 비극으로 끝난다. 아홉 번의 반복된 삶을 모두 기억하는 그는 열 번째 인생을 살면서 처음으로 자살을 시도한다. 결국 남자는 열 번째 생을 스스로 마감한다. 그러나 자살이 끝이 아니었다. 소설은 어느 날 이른 아침, 중년의 남자가 눈을 뜨며 열한 번째 인생을 맞이하는 순간을 묘사하며 끝난다. 잠에서 깬 그는 자신이 자살했던 순간을 떠올리며 절망한다. 그는 열한 번째 인생을 다시 살아야 했고, 열 번째 삶을 자살로 마감한 경험까지 끌어안아야 했다. 소설의 마지막 장을 넘기며 매일 새로 돋아난 생간을 독수리에게 쪼아 먹히는 프로메테우스를 심정을 헤아려 보았다.

쥔용이 20대로 돌아간다면 짝사랑한 한족 여고생에게 사랑을 고백하길 빌었다. 여고생이 쥔용의 사랑을 받아주지 않더라도 용기 있게 고백한 것을 계기로 그는 과거와 다르게 살아갈 수 있다. 쥔용이 진입한 우주에서 인생을 풍요롭게 살아가려면 스스로 변해야 한다. 그것을 가늠하는 리트머스 시험지가 쥔용의 변화된 행동이다. 복제 우주에서도 쥔용이 변하지 않으면 단편 소설의 주인공처럼 극단적 선택을 할 수 있다. 나는 쥔용이 젊은 시절의 시공간으로 돌아간다면 행동하는 용기를 갖추길 소망했다.

사이프러스에서 온 남자

원본 우주 2007년 11월, 캐서린은 애들레이드의 한 교차로에서 교통사고로 가족을 잃었다. 사이프러스 체류 당시 캐서린은 나에게 복제 우주로 진입하면 가족을 잃고 홀로 삶의 하중을 견디고 있을 자신을 만나 위로의 말을 전해달라고 했다. 캐서린은 애들레이드의 쿠퍼 플레이스(Cooper Place)에 살았다. 그녀는 어디서 사고를 당했는지 선명하게 기억했고 내게도 그 지점을 자세히 설명했다.

복제 우주에 진입해 2년이 지난 2007년 10월, 나는 구글 맵으로 캐서린이 사는 호주의 애들레이드를 검색했다. 쿠퍼 플레이스는 애들레이드 중심에서 약 4킬로미터 떨어진 곳에 있었다. 캐서린이 교통사고를 당했던 사거리는 스털디(Sturdee) 스트리트와 쿠퍼 플레이스가 연결되는 지점이다. 그런데 구글로 검색해보니 원본 우주의 캐서린이 사고를 당했던 그 사거리의 교통신호 체계가 라운드어바웃으로 바뀌었다. 복제 우주에서 호주 애들레이드의 시간이 어떻게 흘러갔는지는 알 수 없었다. 다른 주민이 먼저 큰 사고를 당해 쿠퍼 플레이스 주민들이 지역 의회로 하여금 그곳에 라운드어바웃 전면 설치를 의결하게 했을 수도 있고, 당초 계획했던 원형 교차로 설치공사가 몇 년 앞당겨 끝났을 수도 있다. 나는 구글의 스트리트 뷰 기능으로 캐서린이 사고를 당했던 사거리에 회전교차로가 분명히 존재함을 재차 확인하고 나서야 안심했다. 그래도 복제 우주의 2007년 11월 11일이 무사히 지나갈 때까지는 마음을 놓지 못했다. 긴장 속에서 원본 우주의 캐서린이 잔인한 사고를 당했던 11월 11일이 지나갔다. 그 후로도 며칠 동안 사우스오스트레일리아 뉴스, 애들레이드 로컬 뉴스 등을 검색했다. 쿠퍼 플레이스에서 교통사고가 발생했다는 소식은 없었다. 마지막으로 사이프러스의 캐서린이 입원했던 애들레이드 종합병원 응급실에 확인 전화를 했다. 그날 실려 온 응급환자 명단에서도 캐서린이란 이름의 여인은 없었다. 복제 우주의 캐서린은 원본의 그녀가 겪었던 잔혹한 운명을 피했다.

사이프러스에서 온 남자

악인의 생성

쓰르륵. 쓰르륵.

후두두. 후두두.

한두 방울 떨어지던 빗방울이 이른 아침 골목길을 쓸던 빗자루 소리를 내다가 가을 논의 메뚜기 뛰는 소리로 바뀌었다. 복제 우주의 여름날, 한강 둔치를 걷던 나와 수현은 여름 소나기를 피하러 강물에 떠 있는 수상 커피숍에 뛰어들어갔다. 한강에 빗방울이 무수한 바늘이 되어 꽂혔다. 수현은 턱을 괴고 강물을 바라보다 말을 건넸다.

"오빠, 어떤 사람이 악마라면 그 사람은 처음부터 악인으로 태어나는 걸까? 아니면 태어날 땐 남들과 똑같은 백지상태였는데 자라면서 악마가 되는 걸까?"

"악마는 태어나기도 하고 만들어지기도 하는 것 같아."

"아니, 오빠. 그건 너무 상투적인 대답이잖아. 난 악마가 나무가 자라듯이 만들어지는 것 같아. 나쁜 환경이나 주변에 있는 악당들이 백지상태의 천진한 인간을 악마로 만들지. 같은 학교에서 같은 교육을 받아도 어떤 학생은 과학자가, 어떤 학생은 화가가 되듯이."

"네 말도 맞는데 나쁜 환경에서, 악인들 틈에서 성장한다고 모두 악당이 되는 건 아니잖아. 진화론적으로 보면 인류의 역사가 아주 오래되었음에도 불구하고 악인이 지금까지 존재하는 건 때로는 악랄하게 행동하는 게 생존에 유리한 면이 있기 때문이야. 그러니까 악마의 유전자를 가진 사람은 따로 있어. 물론 그 악인 유전자를 긍정적인 방향으로 이용하면 악당이 아니라 나라를 지키는 전사가 될 수 있겠지. 전쟁터에서는 적군을 무자비하게 죽이는 게 미덕이니까."

유전자라는 단어가 내 입에서 나오자 수현이 양미간을 찌푸렸다.

"에이, 오빠 그만! 조사한 거나 말해 봐요."

진한 블랙커피를 한 모금 마시니 비가 내리면서 가라앉았던 기분이 조금 나아졌다. 준비한 이야기를 꺼낼 타이밍이었다. 서류 가방에서 1992년 12월 3일 자 신문 기사 복사 파일을 꺼냈다.

"김기찬 그놈은 악당이야. 수현아, 일단 이 기사를 읽고 악당은 만들어지는지 아니면 탄생하는지 네 의견을 말해줘."

복사물 중에서 사건 내용을 일목요연하게 보도한 기사 하나를 골라 수현에게 보여줬다. '평창동의 엽기적 살인사건 범인, 알고 보니 그의 아내'라는 제목을 단 기사였다.

「한 달 전 발생한 중견기업 김모 회장의 엽기적 살인 사건의 범인은 김 회장의 처 신모 씨로 밝혀졌습니다. 사건 발생 직후 가정부의 신고를 받고 출동한 경찰은 초동 수사결과 외부인의 침입이 흔적이 없고 고가의 귀중품이나 현금이 그래도 있다는 점을 감안하여 면식범에 의한 살인사건으로 규정하고 수사해왔다고 발표했습니다. 경찰에 따르면 부인 신모 씨는 평소 남편의 잦은 외도로 우울증을 앓다가 사건 발생 당일 술에 취해 우발적으로 잠든 남편 김모 회장의 목 졸라 죽이고 신체를 훼손한 혐의를 받고 있습니다. 부인 신모 씨는 며칠 전 심경의 변화를 일으켜 범행 일체를 자백했다고 합니다. 한편 김모 회장은 한 달 전 자신의 집 침대에서 온몸이 칼에 찔려 숨진 채 발견되었습니다. 특이한 점은 김모 회장의 성기가 심하게 훼손되었다는 점이었는데, 이에 착안해 경찰은 처음부터 치정에 의한 사건으로 판단하고 수사해왔습니다.」

복제 우주로 진입한 후 줄곧 수현을 지켜내기 위한 방법을 모색했다. 먼저 김기찬에 대한 정보라면 무엇이든 긁어모았다. 어렵사리 김기찬 가족의 주민등록등본도 입수했다. 내가 파악한 바로는 그가 어렸을 때 그의 친모는 김상종 회장과 재혼했다. 그의 자산 규모와 소유관계, 가족관계 등을 알아내기 위해 톰슨 커피숍의 건물등기부등본을 살펴봤다. 톰슨 커피숍 건물은 1992년 9월 2일에 완공되었다. 등본에 기재된 소유관계 변동 이력에 따르면 그 건물은 등기 당시 김상종과 신권자 공동소유였다가 1993년 6월 30일 김기찬으로 바뀌었다. 김상종과 신권자를 검색했더니 김상종은 고급빌라 건설로 큰돈을 번 안평건설의 회장이었다. 그의 가족 정보를 분석해 얻은 키워드로 2차, 3차 추가 검색을 해 김 회장 살인사건 뉴스 기사를 수집했다. 긁어모은 정보를 분석하다 특이한 점을 발견했다. 치정에 의한 살인이라면 김 회장의 불륜 상대방에 대한 정보도 나와야 하는데, 그런 기사는 어느 언론사도 쓰지 않았다. 김 회장이 자신의 집에서 살해되었지만 경찰이 외부에서 침입한 범인의 행적을 찾지 못했다는 것과 죽은 김 회장의 하체가 심하게 훼손된 것도 알아냈다.

"김 회장이 김기찬의 의붓아버지야. 이 기사를 읽으니 느낌이 딱 왔어. 그가 왜 그렇게 잔인한 성격을 갖게 됐는지 파악할 만한 실마리를 찾았거든. 그놈이 김 회장을 죽였다면 모든 것이 설명되잖아. 아내 신모 씨가 남편을 살해한 진범이 아니라면 말이야. 수현아, 내가 추리한 내용이 어때? 맞다면 끔찍한 일이지?"

그녀의 얼굴이 핏기 하나 없이 하얗게 변했다.

"그러니까 오빠가 내린 결론은, 그 건설사 회장을 엽기적으로 살해한 사람이 아들 김기찬이라는 말이지?"

"응. 난 진짜 범인이 김기찬 같아. 건물 등기부등본에 톰슨 커피숍 소유권이 부부 공동명의로 되어 있잖아. 부부 사이가 틀어졌다면 부동산 소유권을 굳이 부부 공동명의로 했을까 하는 의문이 들더라. 그 건물이 완공된 시기는 김 회장이 죽기 불과 석 달 전이야. 남편의 불륜으로 부부 사이가 나빴다면 죽기 석 달 전보다 훨씬 오래전부터 사이가 틀어졌겠지. 그랬다면 김 회장이 강남의 비싼 건물을 굳이 부부 공동명의로 할 필요가 없잖아?"

"……."

"수현아, 난 이 사건의 범인이 김기찬이 확실한 것 같아. 신권자, 그러니까 그놈의 모친은 친아들이 저지른 살인을 대신 뒤집어쓰고 감방에 들어간 거지. 그가 자신이 받은 학대나 모욕을 몇 배로 되갚아주는 놈이라면 모든 게 설명되거든"

김기찬은 친아버지와 별이를 상실했고, 수현에게는 버림받았다. 별이가 죽자 박 사장을 하반신 불구로 만들고 수현이 떠나자 그녀를 죽음으로 내몰았다. 의붓아버지의 학대로 남성성을 상실했을 때 그가 어떻게 대응했을지는 불 보듯 뻔했다. 그가 의붓아버지를 살해했다면 퍼즐의 마지막 조각이 맞춰진다. 수현이 말없이 내 얼굴을 바라보았다.

"오빠의 주장이 상당히 설득력 있네."

한참을 침묵하던 그녀가 천천히 입을 열었다.

"그러니까 오빠 말은 김기찬이 의붓아버지에게 육체적 폭력과 성적 학대를 당해 성불구자가 되었고, 나중에 그놈은 자신이 받은 학대를 김 회장에게 되갚았다. 그리고 모든 걸 아는 그의 어머니는 아들을 대신해 교도소에 수감되어 있다는 말이지?"

"그렇지, 그 가정이 맞다면 그놈이 너한테 한 행동을 이해할 수 있어. 놈은 의붓아버지의 학대로 남성성을 상실해 정상적인 성관계나 연애를 할 수 없었던 거야."

"그놈이 나를 협박하면서 들려준 이야기 기억나? 별이라 불렀던 고양이를 발로 차서 불구로 만든 박 사장을 김기찬이 똑같이 불구로 만들었다는. 그놈은 의붓아버지에게 받은 학대를 똑같은 형태로 복수했을 거야. 김기찬은 받은 만큼 돌려주는 놈이잖아."

"그놈이 박 사장을 두들겨 패 불구로 만든 그때, 밀봉되어 있던 사이코패스 본성의 병뚜껑이 열린 것 같아. 살인 욕구라는 방아쇠가 당겨진 거야. 총구를 떠난 총알처럼 잔인한 폭력성이 의붓아버지를 살해하게 만들었겠지."

빗줄기가 더욱 굵어졌다. 한강 물에 뜬 카페 건물의 지붕과 나무 바닥 위로 떨어지는 빗방울 소리가 점차 커졌다. 강물 위로 물안개가 피어올랐고 세상은 수직으로 내리는 빗줄기에 갇혀 어두워졌다. 우리가 아는 악인의 모습은 더욱 선명해졌다. 둘은 한동안 말 없이 빗방울이 떨어지는 검은 강물을 바라보았다.

"오빠, 그놈이 김 회장을 죽였어도 처음부터 악인으로 태어났다고 단정할 수는 없잖아? 그놈의 악마적 기질은 친아버지가 아니라 의붓아버지가 점화시킨 거잖아. 김기찬이 타고난 악마라면 그 악마성은 친아버지나 친어머니에게 물려받은 거겠지. 피 한 방울 섞이지 않은 의붓아버지의 학대가 그놈의 악마적 본성을 깨운 걸까?"

"수현이 네 말대로 악인이 만들어지는 거라면 그 씨앗은 김기찬 자신이겠지. 그 땅에 뿌려진 악의 씨앗을 틔우게 한 최초의 사태는 뭐였을까? 친아버지와의 이별? 모친의 재혼? 의붓아버지의 학대? 아끼는 고양이의 죽음? 그런 개별 요인 중 하나이거나 그 모든 것이 종합적으로 작용해 그를 악인으로 만든 거야."

"오빠, 그와 같은 일을 겪는다고 모두 그놈처럼 악당이 되는 건 아니잖아? 김기찬보다 더한 일을 경험하고도 악인으로 변하지 않고 여전히 선하게 사는 사람이 훨씬 많으니까."

백지로 태어난 사람 위에 어떤 그림을 그리는가에 따라 삶의 양태가 달라진다. 그런 관점에서 김기찬은 처음부터 악인으로 태어난 게 아니라 악인으로 변질되었다. 기온과 일조량 등의 조건이 충족되면 발아되는 봄꽃처럼 인간에게 내재된 악마성도 특정 조건에서 양육된다. 그러나 악마성이 발아하는 조건에 처한 모두가 악인이 되는 건 아니다. 같은 조건이라도 그것을 대하는 인간의 의지는 개인마다 다르기 때문이다. 악마의 길을 거부하느냐, 악마의 길을 선택하느냐는 결국 개인의 의지에 따라 정해진다.

"수현아, 나도 같은 생각이야. 사람은 천사도, 악마도 될 수도 있어. 김기찬은 악마의 손을 잡은 거야. 누구든 한 번 악인이 되면 백지상태로 돌아오기가 힘들지. 마찬가지로 천사의 손을 잡은 사람도 아주 특별한 경우가 아니면 그 손을 놓고 악마의 손을 붙잡지는 않겠지."

빗줄기는 더욱 굵어졌고 날은 더 어두워졌다. 강변도로를 달리는 차들이 길을 잃지 않으려고 두 눈에 쌍심지를 켰다. 강 건너 거대한 콘크리트 장벽처럼 줄지어 선 고층 아파트 창문들이 하나둘 환해졌다. 시간이 지날수록 강물은 거칠게 흘렀고, 선상 카페는 위태롭게 흔들렸다.

동거

"아무래도 안 되겠다. 수현아, 지금 사는 이 집 말고 따로 집 구해서 나랑 같이 살자. 집은 내가 얻어볼게."

"오빠, 지금 나랑 결혼하자는 거야?"

"아니, 당장 결혼하자는 게 아니라 둘이 같이 살자는 거야. 그놈이 언제 너한테 해를 끼칠지 몰라서 그래. 결혼해서 그놈 모르는 곳으로 가자. 난 이번 기회에 부모님으로부터 독립하고 싶어."

원본 우주에선 수현이 먼저 같이 살자고 했다. 나는 그녀의 말을 청혼으로 받아들였다. 그때 내가 아예 결혼하자며 동거를 미루지 않았으면 운명은 다르게 전개되었을 것이다. 복제 우주에서는 내가 먼저 동거를 제안했고, 수현이 청혼하는 거냐고 물었다. 그러나 그녀는 함께 살자는 내 제안을 기쁘게 받아들였다.

"오빠가 결혼해 달라니 고마워. 나도 오래전부터 오빠랑 같이 살고 싶었어. 오빠가 동거가 아니라 청혼을 했으면 아마 내가 실망했을 거야. 난 남편이 아니라 나를 지켜줄 사나이가 필요하거든."

수현과 살기 위해 대치동 아파트를 떠나겠고 하니 아버지는 순순히 허락해주었다. 얼마 전 아버지와 와인을 마신 덕분인 것 같았다. 아버지는 내 편이 되어 장성한 아들이 부모와 사는 모습이 그리 좋지 않다며 어머니를 설득했다. 어머니는 며칠 동안 반대했지만, 마지막엔 목돈이 든 통장을 내 손에 쥐어주었다.

"그래, 둘이 같이 살거라. 이 돈은 어차피 너 결혼할 때 전셋집 해주려고 따로 빼준 돈이다. 동거한다고 대충 아무렇게나 살지 말고, 결혼한 부부처럼 진중하게 행동하고 집도 신혼집처럼 신경 써서 좋은 집으로 구했으면 하구나."

동거를 허락하던 날 어머니는 나를 테이블에 앉히고 손수 끓인 국화차를 따랐다. 말린 국화꽃들은 뜨거운 물을 만나자 가을 햇살 비추는 날 그랬듯이 활짝 피어났다.

"재근아, 엄마는 누가 뭐래도 널 믿는다. 스무 살을 한참 넘길 때까지 연애를 못하는 네가 많이 걱정되긴 했지만. 엄마는 지금껏 살면서 사랑해서 결혼하는 것보다 양쪽 집안 부모들의 경제력에 맞춰 결혼하는 젊은이들을 많이 봤다. 잘살고 힘깨나 쓰는 부모들은 죄다 자기네 아들, 딸의 조건을 놓고 흥정하면서 가장 수지가 맞는 신랑신부 조합을 만들어내지. 그 부모들은 결혼도 비즈니스로 취급하더라. 나는 그런 정략결혼은 반대다. 그래도 네가 갑자기 사랑하는 여자와 살겠다니 솔직히 놀랐다. 약혼도 않고 같이 산다니까. 동거한다는 게 내키지 않았지만 며칠 지나니 허울뿐인 결혼보다 사랑하는 남녀가 자연스럽게 동거하는 게 훨씬 아름답다는 생각이 들더구나. 솔직히 마음이 시키는 대로 원 없이 사랑하고 사는 것이 좋을 것 같구나."

어머니는 수현을 언제 어떻게 만나 사랑하게 됐냐고 물었다. 나는 수현을 만나 겪었던 일들을 털어놨다. 어머니는 소녀의 눈빛을 한 채 내 말에 귀 기울였다. 나는 원본 우주에서 사이프러스로 갈 때까지만 해도 양친이 젊었을 때 어떻게 만나 사랑에 빠졌는지 전혀 궁금하지 않았다. 부모에 대한 관심과 애정이 없었기 때문이다. 그날 처음 젊은 시절 어머니와 아버지의 만남에 대해 물어보았다. 어머니는 오랫동안 가슴에 담아둔 자신의 연애담을 공개했다.

어머니는 전자회사 기능공이었다. 가난한 집에 태어나 중학교를 졸업한 후 섬유 공장에 취직해서 돈을 벌어야 했던 어머니는 낮에는 일하고 밤에는 산업체 부설 야간 고등학교에 다녔다. 그녀는 고등학교를 졸업하는 것과 동시에 섬유공장을 그만두고 임금을 더 주는 희영전자의 기능공으로 취업했다. 그때 희영전자 신입사원으로 입사한 아버지는 전자부품 생산관리 업무를 맡았다. 일 잘하고 미모가 빼어났던 어머니는 곧 현장관리를 맡은 아버지 눈에 띄었다.

어머니는 재숙 누나를 잉태하지 않았다면 아버지와 결혼하지 않았을 거라고 했다. 아버지는 야심만만한 사람이었지만, 다행히 야망을 위해 아이를 임신한 여자를 버릴 만큼 냉혈한은 아니었다.

"네 누나를 임신하기 전에 난 네 아버지와 같이 살자고 했어. 네 아버지는 반대했지. 혼전에 같이 살자는 내 제안에 펄쩍 뛰더구나. 그런데 임신한 걸 알고는 오히려 네 아버지가 결혼을 서둘렀다. 아버지는 위신을 위해 공식적인 결혼식이 필요했을 거야. 아무것도 모르는 공장 아가씨를 꾀어 결혼하기 전에 임신시키고 애까지 낳았다고는 손가락질을 받는 게 싫었던 거지."

어머니는 가난한 친정에 기댈 수 없었다. 빈손으로 시집왔던 그녀는 결혼생활 내내 아버지에게 주눅이 들었다.

"그래도 네 아버지는 친가나 처가 도움 없이 자기 힘만으로 국내 최고의 희영그룹 임원의 자리까지 올랐으니 대단한 사람이었지."

어머니는 아버지의 끝없는 노력과 그에 따른 성취만큼은 인정했다. 어머니는 아버지의 불륜을 용서했는지 여부만큼은 끝까지 말해주지 않았지만, 부모를 얽어맨 애증의 그물이 얼마나 서로를 옭아매는지는 파악할 수 있었다.

"재근아, 부디 행복해라. 엄마의 인생은 불행했다. 수완 좋은 남편을 만나 물질적으로는 풍요로웠고 너나 재숙이, 재영이가 다 훌륭한 자식들이었지만 정작 내 인생에 나는 없었단다. 사랑이 뭔지를 알기 전에 임신했고 꽃다운 청춘은 너희들 키우느라 사그라져 버렸단다. 다시 태어나면 나도 마음대로 살고 싶구나. 사랑하는 남자를 만나 원 없이 사랑하련다. 그러다 헤어져도 후회하지 않으련다."

어머니는 마음을 다해 아들의 결혼을 축복했다. 어머니의 고백을 들으니 그녀야말로 사이프러스 환형열차에 탑승해 꿈 많던 스무 살 무렵 전자부품을 조립하던 여공 시절로 돌아가야 할 것 같았다. 원본 우주에서 어머니와 진솔한 대화를 했다면 그녀에게 사이프러스 환형열차 탑승을 권했을 것이다.

수현과의 동거를 결심한 그날부터 이사할 동네를 찾았다. 여러

날 알아본 끝에 우리가 처음 만나던 날 하산 길에 들렀던 과천시에서 살기로 결정했다. 과천의 아파트들은 1980년대에 계획된 대로 지어져 대부분 5층 높이였다. 전세로 얻은 아파트도 5층 건물의 3층이었다. 평수는 작지만 경비실이 동 앞에 있었고, 경찰서가 있는 시내 중심과도 가까워서 그녀가 위험에 처할 경우 신속한 대응이 가능했다. 지어진 지 20년이 넘은 소형 아파트는 면적은 작았지만 실내 구조는 둘이 살기에 적당했다. 부엌과 거실, 작은 방 하나와 안방 겸 침실 하나, 화장실 하나, 앞뒤로 작은 베란다를 갖췄다. 남쪽으로는 청계산이, 북쪽으로는 관악산이 보였다.

수현은 남현동의 집과 짐을 처분했다. 여행용 가방 몇 개가 과천 아파트로 들어오자 그녀의 이사가 끝났다. 김기찬의 눈을 피해 일요일 새벽 시간에 짐을 옮겼다. 남현동 집주인에겐 지방 근무로 이사 간다고 말했다. 내 이사는 대치동 아파트 방에 있던 짐을 자동차로 두 번 가득 실어 나르는 게 전부였다. 살림살이에 필요한 물건들은 함께 살면서 구하기로 했다.

갑자기 시작한 동거 생활이었기에 여느 신혼부부와 마찬가지로 처음에는 소소한 문제로 다투었다. 하지만 곧 한 지붕 아래서 각자의 역할을 찾아 적응했다. 수현은 둘이 먹을 식사를 준비하느라 주변 상점을 들락거렸다. 나는 아침저녁으로 재활용품이나 음식물 쓰레기를 내다 버렸다. 다림질 솜씨가 좋은 내가 그녀의 블라우스를 다림질했고 정리 정돈을 잘하는 그녀가 내 옷가지들까지 정리했다.

같이 살게 되니 무엇보다 매일 밤 한 침대에서 그녀를 안고 잠들 수 있어 좋았다. 따로 살 때도 수현과 주말마다 만났지만, 그때마다 밤을 같이 보내기 위해 해야 할 성가신 일이 많았다. 아침 일찍 눈을 떠 어디서 시간을 보낼지 정해야 했고, 어떤 옷을 입을지 망설여야 했고, 외박 이유도 만들어야 했다. 동거를 하니 집주인 눈치를 보며 사랑을 나누는 일도, 모텔 방을 구하려 네온사인이 반짝이는 골목을 전전할 일도 없었다. 외박할 때마다 부모님에게 낚시나 출장 핑계를 대지 않아도 되었다. 우린 그런 불필요한 시간을 아껴 서로에게 집중했다.

8월의 태양과 숨 막히는 열기는 낮 시간 동안 저층 아파트 전체를 덮혀 놓았다. 데워진 콘크리트 박스들은 밤에도 보온밥통처럼 뜨거웠다. 에어컨이 없어 벽걸이 선풍기에 의존해 더위를 쫓는 여름이었지만, 수현의 몸을 안고 침대에 누우면 더위를 느끼지 못했다. 새벽이 되어 건물의 열기가 식으면 자연스럽게 두 번째 사랑을 나누었다. 토요일 아침이나 일요일 아침이면 창문을 통해 들어오는 햇빛을 받으며 아침 섹스를 즐겼다. 섹스가 끝나면 나른한 피로가 몰려와 알몸인 채 잠이 들어 점심시간을 넘겨 일어났다.

더위가 한발 물러나자 과천 시민들처럼 저녁마다 대공원 주변을 산책했다. 그날도 저녁 산책을 위해 아파트 현관문을 나섰다. 여름 휴가철이 끝난 9월 초, 지하 주차장이 없는 오래된 아파트 단지의 모든 빈공간을 차들이 점령했다. 주차된 차들을 이리저리 피해 아파트 입구로 나오니 익숙한 자동차가 눈에 띄었다. 숨이 턱 막혔다. 김기찬의 검은색 아우디였다. 수현이 눈치채지 못하게 어깨에 팔을 둘러 감싸 안고 아파트 단지를 빠져나갔다.

더위가 한풀 꺾인 선선한 저녁이어서 그런지 대공원 산책길은 사람들로 북적였다. 그는 군중들과 함께 있는 걸 더러운 물에 몸 담그는 것처럼 싫어했기에 인파 속에 파묻히는 게 제일 안전했다.

"경찰에 신고해야겠어. 그놈이 우리 집까지 알아냈어."

"오빠, 신고하면 그놈이 순순히 물러날까?"

"마냥 피해서는 문제가 해결될 것 같진 않아. 이제는 널 보호하기 위해 적극적으로 대응할 거야. 이렇게 무기력하게 살다가 나중에 후회하긴 싫어."

"오, 오빠. 왜 이렇게 씩씩해졌어?"

수현이 대견하다는 듯 내 어깨를 토닥였다.

"수현아, 그러니까 그놈 차가 나타나면 사진 찍어서 나한테 보내 줘, 나도 사진을 찍어 놓을게."

"사진은 뭐하게?"

"그 사진을 증거로 경찰에 제출할 거야."

그날 이후 김기찬의 아우디가 나타나면 차 번호판이 나오게 사진을 찍었다. 그가 우리가 사는 집과 수현의 직장 주변을 맴돌며 수현을 스토킹한다는 걸 증명하는 사진이 여러 장 확보되자 과천 경찰서 민원실을 찾아갔다.

"어떻게 오셨습니까?"

"스토커 신고하러 왔어요."

"피해 당사자인가요? 아니면 제3자이신가요?"

"예, 피해자가 제 여자 친군데요."

"그럼 고발 절차를 밟아야 해요. 피해 당사자가 아니니까요."

민원실 여직원의 조력으로 고발장을 작성했다. 그 직원은 여성을 괴롭히는 스토커 고발하는 사건임을 알게 되자 자신의 일처럼 도왔다. 피고발인 인적사항에 김기찬의 톰슨 커피숍 주소 등을 기입하고 그가 저지른 악행을 일자 별로 적었다. 고발장에 스토킹 일자를 정리한 리스트와 해당 일자에 찍은 사진을 증거로 첨부했다.

경찰은 스토킹 수사를 빠르게 진행했다. 며칠 후 수현이 과천경찰서를 찾아가 피해자 진술을 했다. 수현이 김기찬의 행적을 자세히 진술하고 그동안 찍어둔 사진이 그녀의 말을 뒷받침해 경찰 수사는 빠르게 마무리되었다. 김기찬은 피고발인 조사에서 스토커 혐의를 부인했지만, 수사관은 수현을 대상으로 직접 물리적 폭력이나 폭언을 하지 않았을 뿐 장기간 수현의 주변을 맴돌고 따라다닌 것만으로도 스토커 범죄라고 판단했다. 과천 경찰서는 기소 의견으로 사건을 검찰에 송치했다. 검찰의 추가 수사와 기소를 거쳐 9월 말에 1심 재판이 열렸다. 사법부는 그에게 유죄를 선고했지만 내용은 실망스러웠다. 법원은 일부 스토킹 혐의만 유죄로 인정해 그에게 범칙금 10만 원을 부과했다. 그토록 오랫동안 수현의 삶을 짓누른 죗값이 고작 그 돈이라는 사실에 절망했다. 김기찬에게 그 돈은 아무것도 아니다. 그는 푼돈을 아까워하지 않고 언제든 수현을 괴롭힐 게 분명했다. 단지 범칙금 10만 원만 부과했다는 건 공권력이 김기찬의 행동을 막지 않겠다고 선언한 것과 마찬가지였다. 그를 제지할 방법을 찾아야 했다.

여러모로 알아본 끝에 우리는 접근금지가처분신청을 법원에 제출하기로 했다. 그가 수현의 주변에 접근하지 못하게 한다면, 그의 검은색 아우디만 눈에 띄지 않는다면 숨은 쉴 것 같았다. 접근금지가처분신청 처리 법원은 김기찬의 주소지를 관할하는 서울중앙지방법원이었다. 10월 중순경 접근금지가처분신청서를 작성해 증인 진술서와 참고 자료를 첨부하여 법원에 제출했다. 가처분 서류를 접수와 공탁금을 내는데 쓴 비용은 법원이 김기찬에게 부과한 범칙금 십만 원을 몇 배나 초과한 액수였다. 정부청사 주변 은행나무 잎이 황금빛으로 물들어가던 11월 초, 법원 등기 서류가 배달되어왔다. 가처분신청 재판에 참석을 요구하는 법원의 통지서였다.

11월 중순 서초구 지방법원에서 가처분신청재판이 열렸다. 피고인석에 앉은 김기찬은 우리에게 눈길 한번 돌리지 않고 재판이 진행되는 내내 판사만 바라보았다. 우리가 제출한 서류가 설득력이 있었는지 법원은 그에게 2년 동안 수현에 대한 접근금지 처분을 내렸다. 그 처분 후 김기찬은 종적을 감췄다. 그래도 한동안 외출할 때마다 그의 자동차가 주변에 있는지 확인했다. 그가 나타나면 증거를 확보해 접근금지 처분 위반으로 신고하려 했다. 여러 날이 지났지만 그의 흔적을 찾지 못했다. 우리는 김기찬이 없는 과천에서 잠시 행복한 시간을 보냈다. 수현과 팔짱을 끼고 은행나무 낙엽이 양탄자처럼 쌓인 과천청사 주변의 가로수 길을 걸었으며, 주말이면 중앙공원 벤치에 앉아 커피를 마시며 늦가을의 햇볕을 즐겼다. 우린 누군가의 감시로부터 자유롭다는 게 얼마나 소중한지 깨달았다.

자유란 타인의 시선으로부터 벗어나 그들의 시선을 의식하지 않아도 될 때 얻어진다. 김기찬이 없는 일상의 행복을 즐기며 한편으로는 과거의 무기력했던 나를 원망했다. 원본 우주의 수현이 죽임을 당하기 전에 적극적으로 그녀를 보호하기 위해 행동했다면 그날의 비극은 없었을 거라는 후회가 밀물처럼 올라왔다.

두 번의 피습

법원의 접근금지 처분으로 얻은 자유의 시간은 잠시뿐이었다. 복제 우주 2007년 1월 말, 퇴근 후 아파트 빈공간에 간신히 주차하고 콩나물과 양파를 사기 위해 인근 마트로 걸어갔다. 아파트 단지 옆에 난 쪽문을 사이에 두고 키가 나만 한 사내가 다가왔다. 검은 바지와 검은 점퍼를 입은 호리호리한 체격의 청년이었다. 내가 쪽문을 통해 밖으로 나갈 때 검은 점퍼는 쪽문 안으로 들어섰다. 좁은 문 앞에서 마주쳤다. 내 어깨와 검은 점퍼의 어깨가 부딪쳤다. 싸구려 멘솔 담배 냄새를 맡는 순간 내 몸이 길바닥에 허물어졌다. 검은 점퍼가 내 뒤통수를 가격했던 것이다. 뒷머리가 뜨끈했다. 두피를 뚫고 나온 끈적끈적한 피가 손바닥에 묻어 나왔다. 묵직한 강철판이 내 머리를 짓누르는 것처럼 아팠다. 두 눈이 자꾸 감겼다. 간신히 바지 주머니에서 휴대폰을 꺼내 단축 번호 1을 눌렀다.

"오빠 어디야? 마트에 있어?"

"수현아 빨리 와줘, 여기 아파트 쪽문이야."

그 말을 끝으로 정신을 잃었다. 눈을 뜨니 안양시 인덕원 사거리에 있는 정형외과 입원실이었다. 괴한의 몽둥이 공격으로 두개골에 금이 가고 두피는 찢어져 여러 바늘 꿰맸다. 습격당했던 아파트 쪽문 부근은 감시 카메라 사각지대였다. 관리소 카메라들은 아파트 개별 동 입구에만 설치되어 있었다. 폭행 현장을 목격한 주민도 없어 경찰은 가해자를 특정하는데 실패했다. 사건 직후 나를 협박하는 전화나 문자 메시지도 없었다. 뒷주머니에 있던 지갑과 핸드폰도 그대로였다. 나는 습격의 배후가 김기찬일 것으로 직감했다. 나를 폭행을 할 이유를 가진 유일한 자가 그였다. 어떤 증거도 없어 경찰은 수사에 착수하지 못했다. 사건 후에 나를 스스로 지키기 위해 인터넷 사이트를 뒤져 경찰도 쓴다는 호신용 3단 봉과 전기 충격기를 장만했다.

한 달쯤 지난 3월초, 두 번째 습격을 받았다. 반도텔레콤 지하에 차를 주차하고 엘리베이터로 이동하던 중이었다. 마스크도 쓰지 않은 민낯의 건장한 청년 셋이 달려들었다. 재킷 주머니에서 전기 충격기를 꺼내 가까이 접근한 놈의 목을 찔렀다. 전기 충격을 받은 놈은 바닥에 쓰러져 내동댕이쳐진 개구리처럼 몸을 떨었다. 나머지 괴한들은 그 모습을 보더니 멈칫거렸다. 그 틈을 이용해 충격기를 왼손으로 바꿔 잡고 오른손으로는 바지 뒷주머니에서 삼단봉을 빼내 들었다. 삼단봉을 휘둘러 괴한 중 한 놈의 뒷머리를 가격했다. 예상치 못한 반격에 놀란 괴한들은 뒤꽁무니를 치는가 싶더니 이내 전열을 정비해 품에서 똑같은 단도를 꺼내 포위하듯 접근해왔다. 오른쪽 청년은 큰 키에 곱슬머리였다. 그가 내 얼굴을 겨냥해 휘두른 칼을 피했으나 왼쪽에서 다가온 키 작은 놈의 칼이 허벅지 근육을 꿰뚫고 박혔다. 놀란 내 허벅지 근육이 그 칼날을 움켜쥐었다. 키 작은 놈은 제 칼이 빠지지 않자 당황했다. 칼을 빼내려던 놈의 손목을 삼단봉으로 내리쳤다. 놈은 칼을 놓쳤다. 허벅지에 박힌 칼을 뺄 틈도 없이 단도를 들고 달려드는 곱슬머리의 면상을 향해 삼단봉을 휘둘렀다. 안면을 얻어맞고 악 소리를 지르며 주저앉은 곱슬머리의 목에 전기 충격기를 찔러 넣었다. 쓰러지는 놈의 몸에서 싸구려 멘솔 담배 냄새가 났다. 키 작은 놈이 등 뒤로 다가왔다. 그는 싸움 경험이 없었는지 나와 눈을 마주치자 움찔했다. 그때를 놓치지 않고 놈의 왼쪽 관자놀이를 삼단봉으로 가격했다. 제대로 한 방 맞았는지 키 작은 놈이 털썩 주저앉았다. 허벅지에 박힌 칼을 빼냈다. 피가 줄줄 흘러나왔다. 우선 그 자리를 피해야 했다. 철봉을 이리저리 휘두르며 키 작은 놈과 곱슬머리를 상대하면서 주차장 출입구 쪽으로 빠져나가자 다행히 관리원이 달려왔다. 그에게 큰소리로 외쳤다.

"아저씨! 이리 오지 말고 빨리 경찰에 신고해요!"

주차 관리원을 본 괴청년들은 모습을 감췄다. 허벅지에서 흘러나온 피가 바지에 엉겨 붙어 질척거렸다. 허리띠를 풀어 왼쪽 허벅지 위쪽을 동여매 옹달샘 물처럼 뿜어져 나오는 피를 막았다.

다행히 두 번째 습격 장면은 감시 카메라와 연결된 회사 건물 관리소 컴퓨터 본체 하드 디스크 안에 동영상으로 저장되어 있었다.

그 영상을 확인해보니 범인들은 카메라를 전혀 의식하지 않고 나에게 덤벼들었다. 초동 수사를 하던 경찰은 그들이 중국이나 베트남 폭력배 집단 중 하나일 것으로 추정했다. 두 번째 습격으로 허벅지 근육이 잘려나가 3주 동안 입원했다. 김기찬을 피해 강남도 과천도 아닌 여의도 성모병원에 입원했다. 수현은 직장을 휴직하고 병원에서 살다시피 하며 나를 간호했다.

병원에 있어도 봄은 어김없이 찾아왔다. 우리는 퇴원 하루 전 병실을 벗어나 호텔에서 여의도의 마지막 밤을 보내기로 했다. 새봄이 발산하는 공기 냄새가 강물을 타고 내려와 여의도 일대를 채운 금요일 밤에 우리는 술을 물처럼 마시며 물고기처럼 헤엄쳐 다녔다. 오랜만에 술을 마시니 뱃속에서부터 뜨거운 기운이 올라와 온몸으로 퍼졌다. 술집 서너 곳을 순례하며 기분 좋게 취한 우리는 국영 방송국 외벽에 걸린 드라마 홍보용 대형 현수막이 정면으로 보이는 호텔 방에 투숙했다. 여의도의 자동차들은 밤에도 잠을 이루지 못하고 성난 눈빛으로 거리를 질주했다. 나도 수현도 바로 잠들 마음이 없었다. 술에 많이 취했는지 마음속 깊이 묻어 뒀던 말들이 나도 모르게 입에서 기어 나왔다.

"사이프러스 환형열차를 탈 때만 해도 과거 시점의 우주로 재진입하는 시스템이 제대로 작동할지 걱정했지. 설령 제대로 작동해도 인생이 단순히 반복되는 거라면 내 운명을 바꿀 수 없을 것 같았거든. 철학 천재 니체도 삶은 영원히 회귀한다 말했지. 그런데 삶은 회귀하지만 변주되는 거였어. 참 다행이지. 정말 다행이야. 기계적으로 되풀이되는 삶이라면, 너를 잃지 않기 위해 무슨 짓을 하더라도 우린 또 헤어질 테니까."

사각거리는 하얀 침대 시트를 반쯤 걷어내 뜨겁게 달궈졌던 육체를 식히던 그녀는 처음엔 내 말을 진지하게 들었다.

"그런데 수현아, 이 우주에서 생활해보니까 확신이 생겼어. 인생은 단순히 반복되지 않고 내 의지에 따라 얼마든지 달라진다는 확신 말이야. 니체의 영원 회귀는 우리 삶이 단순하게 영원히 반복된다는 게 아니라 언제 다시 태어나도 좋다는 자세로 온 힘을 다해 지금 이 순간에 충실해야 한다는 주장이야. 오늘 절망한다면 내일도, 모레도 수백만 번을 절망해야 하니까. 그래서 우리는 매 순간 희망해야 하는 거야. 그래도 나는 두려워, 수현아. 하지만 약속할게. 어떤 경우에나 다시는 너를 놓치지 않을게."

"음. 그랬구나. 오빠 입에서 니체가 나오는 것 보니까 취했구나. 오빠는 술에 취하면 꼭 친구 니체를 만나러 가더라. 나만 혼자 남겨놓고, 근데 이번엔 어림없어 오빠. 내가 꼭 붙잡을 테니까."

그녀는 내 말이 길어지자 아예 무시하고 하고 싶은 일에 집중했다. 그녀는 아무것도 걸치지 않은 몸으로 내 팔을 베개 삼아 모로 누웠다. 수현은 따뜻한 손으로 내 몸의 여기저기를 만졌다. 마지막으로 들른 바에서 데킬라 선라이즈 칵테일을 연거푸 마셨던 그녀에게 내 말은 자장가처럼 들리는 모양이었다. 수현의 벗은 상반신을 일으켜 세웠다.

"정신 좀 차리고 내 말 좀 들어봐. 수현아 제발!"

그녀는 뽀얀 가슴을 드러낸 채 내 눈을 지그시 바라봤다.

"알았어, 알았다구. 다시 비극의 주인공이 된다 해도 오빠를 사랑하겠어. 오빠가 천국에서 내려왔든, 지옥의 불구덩이에서 빠져나왔든, 저기 먼 우주에서 비행선을 타고 왔든, 내세에서 현세로 건너왔든 상관없어. 나한텐 이 순간에, 지금 이렇게 오빠를 내 손으로 만질 수 있는 게 중요한 거야. 오빠 말대로 우리랑 똑같은 인물이 다른 우주에 존재해도 그들 인생은 그들 인생이고 오빠나 내 인생은 우리 인생이잖아."

수현은 원본 우주처럼 내 고민과 상념을 단 몇 마디 말로 정리했다. 취중이었지만 나는 그런 수현이 부러웠다.

복제 우주의 2007년 4월 7일이 다가오자 수현에게 나에 대한 진실과 그날 겪었던 비극을 말해야 한다는 압박감에 시달렸다. 같은 비극이 재발할 수도 있어 만일의 사태에 대비해야 했다. 복제 우주에선 나만 외계인 같은 존재이기에 아무리 진실을 말해도 누구도 믿지 않을 것이지만 그래도 내 비밀을 아는 사람이 한 명은 있었으면 좋겠다는 생각을 무시로 했다. 그 사람이 수현이길 바랬다. 그녀에게는 내 삶의 진실을 말하고 싶었다.

두 번째 사랑을 나눈 뒤 수현이 깊은 잠에 빠졌다. 나는 잠을 이루지 못했다. 잠자리를 찾지 못한 자동차들이 도심의 아스팔트 도로 여기저기를 어슬렁거리는 소리가 들려왔다. 몸을 뒤척이다 침대에서 일어나 창가 의자에 앉았다. 새벽 세 시였다. 강물 위로 비치는 서울의 야경이 출렁거렸다. 4월 7일로 예정된 재앙을 어떻게 피해야 할지 궁리하다 보니 시간이 훌쩍 지나갔다. 호텔 밖이 수런수런해지고 환해졌다. 그때까지 밤거리를 헤맨 자동차들은 힘없이 집으로 돌아가고 일찍 잠을 깬 차들은 날쌘 모습으로 하나둘 거리로 나오기 시작했다.

사이프러스에서 온 남자

낚시

　두 번의 습격으로 김기찬이 노리는 첫 번째 먹잇감이 나로 바뀌었음이 드러났다. 접근금지 처분으로 인해 수현에게 다가가지 못하자, 그는 나를 먼저 제거해야 할 장애물로 여기는 것 같았다. 나만 없어지면 수현에게 쉽게 접근할 수 있다고 판단한 것 같았다. 나는 표적이 나로 바뀐 것이 오히려 다행이며 그가 나를 상대하면 수현이 감시망에서 풀려날 것이라 판단했다. 그런 판단이 오류였음을 알기까지 그리 오랜 시간이 걸리지 않았다.

　크고 작은 집단을 이루어 공동선을 추구해온 인류의 오랜 노력에도 불구하고 선과 악은 공존한다. 선과 악, 어느 한쪽이 다른 편을 완전히 무력화시키지 못했다. 세상에 선과 악이 공존하듯 개인의 마음 안에서도 선과 악이 늘 대립한다. 그로 인해 우리 곁에는 좋은 사람과 나쁜 사람이 함께 있기 마련이다. 좋은 세상을 만들기 위한 인류의 노력으로 선의 영토는 계속 확장되겠지만, 사피엔스라는 종이 존재하는 한 악의 영역도 일정 부분 있을 수밖에 없다. 모든 인간은 백지상태로 태어나 성장하면서 선과 악을 체득하기 때문이다. 또 그렇게 얻은 개인별 선과 악의 특성은 후대로 유전되지 않기 때문이다. 그러므로 어떤 구세주가 나타나 세상을 악에서 구한다는 논리나 문명이 발달할수록 선이 충만한 세상이 온다는 말, 반대로 악인에 의해 세상이 지옥으로 바뀐다는 주장, 문명의 끝에 인류의 비극적 종말이 예정되어 있다는 등의 단편적인 인식과 사고는 전부 틀렸다. 인간은 누구나 악마도 천사도 될 수 있다는 진실을 역사적 경험으로 체득한 인류는 선한 사람으로 성장시키는 교육 시스템과 이미 악인이 된 자들을 제압하기 위한 법적 제도적 문화적 장치들을 고안했다. 교육이 선인을 양성하는 가장 효과적인 방법이라면, 악인을 통제하는 가장 좋은 방법은 그들을 공동체로부터 격리시키는 것이다. 나와 수현이 평화로운 삶을 살기 위해선 김기찬을 죽이거나 무력화해 격리시켜야만 했다.

사우바도르의 엘리자베스는 비극의 장소에 가지 않음으로써 고통스러운 운명과 마주하는 것을 피했다. 그러나 4월 7일, 그날 하루만 꼼짝없이 집안에 있는다고 해서 수현을 죽음으로 몰고 간 비극적 사태를 영원히 피할 수는 없었다. 엘리자베스의 삶에 침투한 비극은 일회성이며 돌발적이었다. 반면 수현의 곁에는 김기찬이라는 악인이 항시 존재했다. 우리 운명의 상수인 그를 제거해야만 나와 수현의 운명이 달라진다. 여의도 호텔에서 새벽을 맞이하며 나는 비극의 상수를 지워 버리기로 결심했다.

황 처장과 낚시터를 전전하던 시절을 떠올리며 낚시 준비를 했다. 김기찬이란 물고기를 유혹할 미끼를 던져 넣고, 찌가 신호를 보내면 그 순간 챔질하여 물 바깥으로 끄집어내야 했다. 그러나 원본 우주에서처럼 내 손으로 직접 김기찬을 죽이는 일은 피하고 싶었다. 그 죗값은 내 대체 인물의 변심으로 올림푸스 교도에서 보낸 10년으로 충분했다. 새롭게 진입한 복제 우주에서는 단 하루도 감방에 갇혀 시간을 허비할 마음이 없었다. 설령 김기찬을 죽이더라도 사법당국에 적발되는 일은 피해야 했다. 그렇게 하기 위해선 김기찬이 스스로 죽음의 길로 빠져들게 만들어야 했다.

김기찬을 잡기 위해선 조력자가 필요했다. 원본 우주에서 내 낚시 조력자는 황무진 처장이었다. 그는 내게 낚시의 모든 것을 가르쳤다. 황 처장은 어종에 따라 무슨 채비를 해야 하는지, 수심을 어떻게 맞추는지, 짧고 긴, 길이가 다른 낚싯대를 어디에 어떻게 배치하는지, 어떤 미끼를 쓰며 언제 챔질을 해야 하는지, 낚인 물고기를 어떻게 끌어내야 하는지 등을 알려주었다. 물고기가 아닌 사람을 낚으려면 황 처장이 아닌 특별한 조력자가 있어야 했다.

오랜만에 오상철의 자동차 정비소를 찾아갔다. 작은 체구의 오상철은 늘 그랬듯이 웃는 낯으로 나를 맞이했다. 그를 설득하는 건 어려웠다. 아무리 전우애로 맺어진 친구라지만 자동차 수리하는 사람에게 남의 자동차를 부실하게 만들어 달라는 부탁은 그가 가진 직업윤리에 반하는 일이다. 더욱이 그가 만든 자동차 부실로 인해 사람이 죽을 수도 있다면, 오상철을 설득하건 무척 어려운 일이다. 퇴근하는 오상철을 인근 술집으로 데려가 밤새 술을 마셨다. 오상철이 맨정신으로 김기찬을 죽여야 하는 이유를 받아들이

기는 어려웠다. 논리적으로 설명이 안 되면 감성적으로 받아들이게 만들어야 했다. 거푸 술잔을 비우며 그의 악행으로 수현이 엄청나게 고통받고 있다는 것과 그가 사주한 폭행으로 두 번이나 죽을 뻔했다는 것도 털어놓았다.

"그리고 오 병장, 아니 상철아. 문제가 발생해도 너는 아무것도 한 게 없어. 이번 건과 관련된 일은 모두 내 가 저지른 거고 너는 나에게 없는 기술을 빌려준 것뿐이야."

말이 안 되는 논리였지만 술기운이 올라온 오상철은 내 심정에 동감했는지 결국 동감한다는 눈빛과 함께 고개를 끄덕였다.

"그래, 재근아 도와줄게. 좋아. 한번 해보자. 네 이야기는 결국 나보고 너를 살려 달라는 거잖아. 친구인 너를 살려야지. 그래 너, 어디서 어떻게 그놈을 잡을 거야?

"내가 봐둔 포인트가 있어. 난 그놈을 허공에서 잡을 거야."

낚시꾼들에게 포인트는 중요하다. 호수마다, 저수지마다 물고기가 모이는 포인트를 알아야 시행착오 없이 시간을 허비하지 않는다. 물고기 종별로 활동하는 물 높이와 지형이 따로 있기에 조사들은 어렵게 확보한 자신만의 포인트를 절대 누설하지 않는다. 정해진 포인트가 없다면 몇 시간이고 밑밥을 뿌려 포인트를 만드는 수고를 해야 한다.

나는 김기찬을 낚아챌 포인트를 발견했다. 오상철을 만나기 두 달 전, 산본 신도시 중앙에 있는 반도텔레콤 네트워크 허브 구축

공사 감독원으로 일하게 되었다. 아침마다 서울외곽순환도로를 달려 수리산 터널을 통과해 작업장으로 출근했다. 한 달 뒤 어느 날, 수리산 터널 앞 약 1킬로미터 지점에 도달했을 때였다. 고가도로 상판에 금이 갔는지 3차로와 4차로를 막아 놓은 채 도로 보수 공사가 진행되고 있었다. 인부들은 중장비를 이용해 다리 난간과 3, 4차선 일부를 잘라내고 가림막을 치고 있었다. 통신센터 공사가 마무리될 때쯤 상판 보강 공사가 끝났는지 그 차로의 통행이 가능했고, 인부들은 잘려 나간 다리 난간에 벽돌을 쌓는 마무리 공사를 하고 있었다. 고가도로 난간은 차량이 충돌을 대비해 철근을 안에 넣고 콘크리트를 타설해야 한다. 그러나 어찌 된 일인지 인부들은 공사 구간의 다리 난간을 벽돌을 쌓고 모르타르를 발라 복원했다. 달리는 차가 벽돌로 적당히 땜질한 그 구간을 들이받으면 난간을 뚫고 고가도로 밑으로 추락할 것이 분명했다.

복제 우주 2007년 4월 5일 밤, 오상철과 함께 톰슨 커피숍에 잠입했다. 오상철은 작은 배낭을 메고 왔다. 감시카메라의 사각지대를 골라 주차장 입구로 들어섰다. 주차장 안에도 여러 대의 카메라가 있었다. 그 눈을 피해 벽과 바닥이 직각으로 만나는 선을 따라서 주차된 차들이 만들어 놓은 그림자에 몸을 숨기며 움직였다. 검은색 아우디가 주차된 곳에 도착하자 오상철은 주차장 바닥에 두툼한 천을 깔았다. 그 위에 배낭에서 꺼낸 자동차 정비용 공구를 순서대로 늘어놓았다. 허리를 숙여 그가 작업하는 걸 살펴보다 실수로 내 윗옷 주머니에 넣어 두었던 커터 칼이 푸른 방수제가 발려 있는 주차장 바닥에 떨어졌다. 김기찬과 대적하게 될 때를 대비해 넣어둔 칼이었다.

철커덕.

칼이 시멘트 바닥에 떨어지면서 금속 특유의 소리가 지하 공간에 퍼져 나갔다. 둘은 숨을 죽이고 엎드려 그 소리에 대한 반응을 기다렸다. 다행히 침묵이 이어졌다. 오상철은 배낭에서 수동식 자동차 지지대를 꺼내 왼쪽 뒷바퀴 위 프레임 밑에 받치고 펌프질을 해 아우디를 들어 올렸다. 바퀴가 공중에 뜨자 그는 익숙한 동작으로 휠 고정 볼트를 풀어 타이어를 빼냈다. 그런 다음 바닥에 쪼그려 앉아 브레이크 패드를 떼어냈다. 타이어를 재조립하면서 볼트를 일부러 헐겁게 조였다. 타이어 조립이 끝나자 오상철이 만능키라 부르는 키의 버튼을 눌러 아우디 차 문을 열었다. 운전석 아래 퓨즈 박스를 열고 오상철이 속삭였다.

"야, 류 병장. 이 선이 브레이크 패드 상태를 MPU에, 그러니까 자동차 두뇌에 보내는 전선이야. 이걸 끊으면 브레이크에 문제가 생겨도 계기판에 표출되지 않아."

작업이 모두 끝나자 오상철은 썼던 공구와 떼어낸 브레이크 패드를 천으로 감아 배낭에 집어넣었다. 우리는 진입했던 반대 경로로 톰슨 커피숍 건물을 벗어났다. 오상철과 헤어져 과천 아파트로 돌아와 수현의 휴대폰으로 김기찬에게 메시지를 보냈다.

「더 이상 나를 찾지 말아요. 얼마 후면 재근 씨와 이 집을 떠나 먼 곳으로 가요. 이제 가면 한국에 돌아올 일이 없을 거예요. 그동안 나에게 한 나쁜 짓에 대한 용서를 바라진 않을 테니 앞으로는 힘없는 여자들 괴롭히지 말아요. 나를 괴롭힌 것으로 충분하잖아요.」

보낸 메시지는 바로 삭제했다. 아파트 입구에 차를 세워놓고 기다렸다. 물고기가 미끼를 물었다. 예상대로 김기찬의 아우디가 아파트 단지 입구로 들어왔다. 그를 낚시 포인트로 유인해 챔질을 해야 했다. 미끼를 문 물고기는 지체없이 끄집어내야 한다. 곧바로 프라이드 전조등을 켜고 스치듯 아우디를 지나쳐 단지 입구를 빠져나갔다. 백미러로 살펴보니 검은색 아우디가 방향을 바꿔 뒤따라 나왔다. 챔질이 시작되었다. 아우디가 쫓아오자 프라이드의 가속 페달을 더 힘껏 밟았다. 프라이드는 서울 외곽순환도로로 진입해 전속력으로 달렸다. 한밤의 순환도로는 한산했다. 평촌을 지나면서 프라이드의 속도계가 150을 가리켰다. 아우디가 프라이드를 잡아먹을 듯이 추격해왔다. 미리 봐둔 수리산 터널 앞 상판 보수 구간에 이르자 풋브레이크를 밟는 한편 핸드 브레이크 레버를 온 힘을 다해 위로 당겼다. 프라이드의 네 바퀴가 뿌연 콘크리트 도로 표면에 긴 발자국을 남기며 요동쳤다. 타이어 타는 냄새가 진하게 났다. 순간적으로 핸들을 오른쪽으로 틀었다. 180도 회전한 빨간색 프라이드는 자신이 콘크리트 도로 표면에 남긴 검은 발자국을 정면으로 바라보며 멈춰 섰다. 프라이드를 향해 아우디가 화살처럼 날아왔다. 나는 어서 덤벼보라는 손짓처럼 검은색 아우디를 향해 상향등을 깜박거렸다. 운전석에 앉은 김기찬의 일그러진 얼굴이 보이는 순간 엑셀을 최대치로 밟았다. 내가 돌진하자 김기찬이 브레이크 페달을 밟았다. 아우디의 몸체가 울컥거렸다.

끼이이익!

아우디가 내지르는 외마디 비명이 수리산에 메아리쳤다. 오른쪽 바퀴의 브레이크 패드가 빠진 아우디는 중심을 잃고 갓길 쪽으로 미끄러지면서 벽돌로 쌓았던 다리 난간을 들이받았다. 아우디는 터져 나온 벽돌과 함께 다리 밑으로 모습을 감췄다.

픽! 퍼버벅! 펑!

2, 3초가 지났을까 아우디가 땅바닥에 부딪히는 소리가 들렸다. 고가도로 위에서 보니 아우디가 고가 밑에 커다란 풍뎅이처럼 배를 드러낸 채 뒤집혀 있었다. 프라이드를 터널 입구에 세우고 산 밑으로 내려갔다. 마침 고가도로 아래에 있는 허름한 고물상 건물에서 한 남자가 나오더니 추락한 아우디를 향해 달려갔다. 나는 오십 대 고물상 주인과 힘을 합쳐 구겨진 아우디 운전석 문을 힘을 합해 잡아당겼다. 아무리 당겨도 열리지 않았다. 고물상 주인이 고물상에서 빠루라는 대못을 뽑을 때 쓰는 쇠막대기를 가져와 너덜너덜한 아우디 유리창을 뜯어낸 다음 잠금장치를 풀어 차 문을 열었다. 김기찬의 머리는 거꾸로 돌아가 차 뒤쪽을 바라봤다. 그의 머리를 매달고 있는 몸통이 부들거렸다.

"이거. 함부로 빼냈다간 안에 있는 사람 잡겠네. 119가 와야 될 것 같아요."

고물상 주인이 구급차를 불렀다. 4, 5분쯤 지나 구급차의 사이렌 소리가 지하도로 밑에서 울려 퍼졌다. 평촌의 대학병원 응급센터로 실려 간 김기찬은 다섯 시간에 걸친 수술을 받았다. 도로 난간에 충돌할 때의 1차 충격과 고가 밑으로 추락하면서 받은 2차 충격으로 그의 목뼈는 완전히 으스러지고 갈비뼈도 여러 대 나갔다. 응급수술을 했던 의사는 부러진 목뼈와 신경 다발이 크게 망가져 추가 수술을 해도 목 아래로는 전혀 움직일 수 없을 것이라고 진단했다.

며칠 후 그가 입원한 대형 병원의 중환자실을 찾아갔다. 담당 간호사는 그가 병원에 있는 동안 가족이 한 명도 찾아오지 않았다고 전했다. 그 간호사는 김기찬의 입원과 수술 관련 사무는 톰슨 커피숍 직원들이 처리했다고 귀띔했다. 사업상 아는 사람 자격으로 중환자실 방문증을 얻었다. 진통제 때문인지 그는 눈을 감고 있었다. 뺨을 때려 잠든 김기찬을 깨웠다. 작은 주사기를 꺼내 들고 초점을 잃은 눈빛의 그에게 말했다.

"이 약을 링거에 주입하면 너는 오늘을 넘기지 못하고 죽어. 고통은 없을 거야. 그렇게 해줄까? 원한다면 눈을 깜박여봐."

산소 호흡기를 쓴 그의 눈이 여러 번 깜박였다. 고개도 제 마음대로 끄덕일 수 없었던 그가 눈빛으로 제발 자신을 죽여 달라 애원하는 것 같았다.

"아무리 원해도 넌 죽을 수 없어. 원본 우주에서 이미 너를 한번 죽였다. 너를 죽이는 건 한 번으로 충분하다."

자신을 이미 한번 죽였다는 말에 김기찬의 속눈썹이 살짝 떨렸다. 그의 궁금증을 해소시켜줄 마음은 없었다.

"너를 죽이면 난 이 우주에서도 살인자가 되어야 하니까 그러진 않을게. 의사가 네 목 아래가 완전히 마비될 거라고 하더라고. 수술도 불가능하고. 그렇다고 억울해하지 마라. 우릴 괴롭힌 죄니까. 수현과 나는 네가 없는 세상에서 새로운 삶을 살 거다. 너는 평생을 이 좁은 병실에서 보내게 될 거야. 그래도 죽지 말고 살아라. 어차피 너 혼자 죽을 방법은 없으니. 아주 가끔씩 들러 우리의 행복한 삶에 대해 이야기해줄게."

짧은 순간 애원의 빛이 보였던 그의 두 눈은 다시 암흑처럼 변해 아무런 감정을 읽을 수 없었다.

결혼

복제 우주에서 김기찬이 무력화되자 우주 밖 시공간에 대해 생각할 여유가 생겼다. 나는 원본 우주를 포함한 무수한 복제 우주들이 어떤 공간에, 어떤 모습으로 존재하는지 궁금했다. 지구라는 시공간에 갇힌 인간은 우주와 우주 밖의 무한한 공간을 형상화하기 어렵다. 거대 공간에 흩어진 우주들은 끝없이 확장되다가 마지막엔 바늘 끝처럼 응축되어 사라진다. 인류가 우주를 복제하는 시대지만, 우주의 미래는 인류가 통제할 수 없다. 인류에겐 우주의 최후보다 지구의 멸망이 훨씬 시급한 문제다. 15억 년 뒤면 달이 지구에서 44만 킬로미터 이상 벗어난다. 그 이상 달이 멀어지면 지구의 자전축이 기울어져 거대한 기상 이변이 발생해 인류는 멸종한다. 그때까지는 인류의 대를 이어 생존할 것이다.

내가 과거 시공간에서 보내는 시간만큼 내 복제 인물도 원본 우주에서 같은 시간을 보낼 것이다. 두 우주의 시간은 평행하게 흐르지만 나와 내 복제인물은 다르게 나이 들어 갈 것이다. 원본 우주의 아버지와 어머니는 칠십 대에 들어서 더 관대해지거나 어쩌면 더 메마르고 무디어졌을 것이다. 황 차장은 은퇴 준비를 할 것이다. 부장으로 진급한 권옥희 과장은 여전히 옥상 휴게실에서 연애 상담을 할 것이다. 캐나다의 재숙 누나와 재영이도 변함없이 잘 살 것이다.

복제 우주에서 다시 만난 지인들을 볼 때마다 원본 우주에서 살아갈 또 다른 그들의 복제 인물들의 삶을 상상하곤 했다. 강물은 상류를 출발하여 중류, 하류를 지나 바다로 흘러간다. 강물의 흐름은 역동적이지만 특정 지점마다 강물은 일정한 패턴을 보여준다. 폭포 근처의 강물은 변함없이 하얀 포말을 날리며 밑으로 떨어지고, 하구에 도달한 강물은 스며들 듯 바닷물과 하나가 된다. 나와 내 복제 인물들의 인생 경로도 흐르는 강물과 같다. 원본 인물과 그들을 복제한 인물들의 삶 또한 우주별로 다른 경로로 흘러갈 것이다. 그러나 소년, 중년, 노년 순으로 진행되는 삶의 특정 지점에서 바라본 모습은 비슷할 것이다.

해가 바뀌어 복제 우주 2008년이 되었다.

"수현아, 나랑 결혼하자. 지금 이대로 동거하는 것도 좋지만, 뭐랄까, 변치 않을 징표로 영원한 기록을 남기고 싶어. 우리가 나이 들어 죽거나 어쩌다 사십 대나 오십 대에, 그보다 더 빨리 예기치 않은 사고로 죽어도 부부였다는 공적인 기록은 남을 거야. 그 공문서가 무슨 의미냐 물을 수도 있지만 내 생애에 너를 사랑했으며, 너와 결혼했다는 사실은 남을 테니까."

"오빠, 너무 진지한 거 아냐? 사족 없이 '수현아, 결혼하자.'고만 했으면 나도 그냥 좋다고 대답했을 거야. 그전에 말했듯이 오빠가 나랑 살기 전에 정식으로 청혼했으면 난 거부했을 거야. 결혼은 최종 목적지가 아니라 그저 사랑을 표현하는 하나의 방식이기 때문이지. 우린 힘든 일을 겪었지만 지금까지 잘 해왔어. 지금은 나도 결혼이라는 구속이 꼭 싫지는 않아. 결혼이 사랑을 더 끈끈하게 만들 거라 믿어. 오빠 말대로 우리가 죽더라도 둘이 사랑했으며 함께 살았다는 증명은 남겠지. 그런데 더 중요한 건 오빠가 나를 사랑한다는 거야. 사족을 달긴 했지만 오빠가 나를 사랑하는 마음이 보여. 그래서 오빠 뜻대로 하고 싶어졌어, 우리 결혼하자."

결혼 소식은 친척과 친구, 지인 등 소수에게만 알렸다. 브라질의 엘리자베스에게도 내 결혼 소식을 전했다. 그래야 할 것 같았다. 우리는 결혼식을 올리고 한동안 한국을 떠나 있기로 했다. 나는 결혼을 계기로 원본 우주에서 사이프러스로, 복제 우주로 이어지는 긴 여행을 마치고 정주하고자 했다. 수현에게도 김기찬의 그림자로부터 온전히 벗어난 자유의 시간을 맛보게 하고 싶었다.

복제 우주 2008년 5월 3일 토요일, 과천 현대미술관 야외 조각 공원에서 결혼식을 올렸다. 하늘은 맑고 푸르게 빛났고 수현은 아름다웠다. 양가 부모와 형제자매, 친구 몇 명만이 하객으로 참여했다. 우린 일반적인 결혼식의 절차들을 대부분 생략하고 사랑의 완성이라는 의미에 집중하기로 했다. 축의금도 사절했다. 하객 식사 대접도, 피로연도 생략하고 결혼식 전에 각자 친한 사람들에게 결혼을 알리는 소모임으로 대신했다. 서로를 잘 아는, 마음이 맞는 사람끼리 만나 여유 있게 대화를 나누는 편이 큰 식당에 와글와글 모여 식사하는 것보다 훨씬 좋았다.

원본 우주에서 했던 결혼사진 촬영도 생략했다. 수현도 결혼식 전에 관행적으로 하는 사진 촬영을 생략하자는 내 의견에 동의했다. 연출해서 찍은 사진보다 결혼 생활을 하면서 자연스럽게 찍은 일상 사진이 진짜 결혼사진이라는데 의견을 같이했다.

결혼식 당일 아버지는 부모석에 앉아 시종일관 근엄한 표정을 지었다. 그 자리에 앉기 전, 아버지의 모습과는 달랐다. 오랜만에 근사한 감색 양복을 입은 아버지는 밝은 표정으로 하객들의 손을 맞잡고 담소를 나눴다. 어머니는 내내 순한 웃음을 지었다. 어머니에게는 그런 웃음을 지을 때가 가장 행복한 순간이다.

영동에 사는 수현의 부모도 과천에 왔다. 장모는 적지 않은 나이였지만 소녀처럼 행동했다. 장인은 하객들과 일일이 악수하며 덕담을 나눴다. 이틀 전 태평양을 건너온 재숙 누나 가족과 동생 재영이도 내 결혼을 진심으로 축하했다. 반도텔레콤의 황 이사와 직원들도 찾아와 신랑 측 하객 자리를 차지했다. 황 이사는 장갑을 낀 내 손을 꼭 잡고 놓지 않았다. 권옥희 차장도 말쑥한 정장 차림으로 나타나 의미심장한 미소를 던졌다.

결혼식도 간소하게 진행했다. 양가 부모의 촛불 의식, 지인들의 축가, 미리 찍은 지인들의 축하 동영상, 지루한 주례사와 같은 의례적인 절차는 모두 생략했다. 순백의 심플한 드레스를 입은 수현은 아름다웠다. 엘가의 사랑의 인사가 스피커에서 흘러나오는 것을 신호로 그녀의 손을 잡고 무대로 걸어나갔다. 재숙 누나의 어린 아들과 딸이 각자 청사초롱을 들고 앞장서서 우리를 안내했다. 신랑신부가 입장하는 통로 양옆으로 길게 들어선 하객들이 꽃잎을 뿌렸다. 꽃비가 머리 위로 쏟아져 내렸다. 사회자의 지시에 따라 하객에게 허리를 숙여 인사하고 마주 섰다.

"신랑 류재근은 신부 손수현을 아내로 맞아 평생 행복하게 살 것을 맹세합니까?"

"네. 맹세합니다."

"신부 손수현은 신랑 류재근을 남편으로 맞아 평생 행복하게 살 것을 맹세합니까?"

"네. 맹세합니다."

우리는 준비한 반지를 서로의 손가락에 끼워 주었다.

"두 사람이 부부가 되었음을 선언합니다."

결혼식이 진행되는 동안 장모는 이따금 눈물을 흘렸다. 그때마다 옆에 앉은 장인이 말없이 손수건을 내밀었다. 성혼 선언 후 하객들이 돌아가며 신랑과 신부와 얽힌 추억을 한마디씩 들려주며 행복을 빌었다. 마지막 순서로 결혼식에 참가한 모두가 형형색색의 풍선을 하나씩 들고 단체 사진을 찍었다. 사진사의 지시에 따라 참가자들이 일제히 손에 든 풍선을 놓았다. 노랗고 빨간 풍선이 푸른 하늘 높이 날아갔다.

스텝들이 결혼식장 뒷정리를 시작할 즈음 메시지가 날아왔다.

「미스터 류, 당신의 결혼을 진심으로 축하해요. 다시 만난 두 분의
영원한 행복을 기원해요. - 엘리자베스.」

복제 우주 진입 첫날, 청계산을 내려오다 산 중턱 오동나무 앞에
서 원본 우주에서처럼 수현에게 말했다.

"…오동나무가 아버지들의 이야기를 몸통에 저장한다는군요."

수현도 원본 우주에서 그랬던 것처럼 비슷하게 반응했다.

"할아버지가 그랬어요. 옛날에는 딸이 태어나면 아버지가 집 주
변에 오동나무를 심었대요. 딸이 커서 시집을 가게 될 나이가 되면
그 오동나무를 베어 혼수용 가구를 만들어줬대요."

나는 또 외로울 때면 오동나무를 껴안고 소원을 빈다는 것과 나
무 몸통에 귀를 대면 그 안에 저장된 사람 말소리가 들린다는 것
도 말했다. 수현이 일어나 오동나무 몸통에 왼쪽 귀를 댔다.

"정말 소리가 들리네요!"

그녀는 큰 눈을 더 커다랗게 뜨며 외쳤다.

"저도 나무에게 소원을 빌어야겠네요. 언젠가 다시 만나면 지금
여기서 오동나무에게 한 이야기를 말해주기로 해요."

수현은 복제 우주에서 처음 만난 그날도 '언젠가 우리 다시 만나
면'이라고 말했다.

미국행 비행기를 타기 하루 전날인 5월 4일, 수현과 오동나무를 보러 청계산에 올랐다. 여행 준비로 여유가 없었지만 시간을 쪼개 사그막골 등산로를 찾았다. 서두르면 한 시간 안에 다녀올 수 있는 거리였다. 등산로 초입까지 이어진 도로 양옆 은행나무의 연한 잎이 햇빛을 받아 반들거렸다.

오동나무는 여전히 그곳에 있었다. 오동나무는 5월에 어울리는 커다란 연푸른 잎들로 치장된 옷을 차려입었다. 그런데 그 옆에 전에 보지 못한 작은 오동나무가 눈에 띄었다. 큰 오동나무의 자식이었다. 작은 오동나무의 키는 나보다 약간 작았다. 수현과 처음 만났을 때는 보이지 않았으니 작은 오동나무가 자란 기간은 길어야 2년이었다. 큰 오동나무 몸통을 껴안아 보았다. 따뜻했다. 수현이 나를 따라 했다. 둘은 빛바랜 나무 벤치에 나란히 앉았다.

"오빠가 먼저 예전에 오동나무한테 한 이야기를 해줘."

"난 널 처음 만난 날, 이 아가씨와 다시 만나게, 계속 만나게, 영원히 만나게 해달라고 빌었어. 수현아. 그렇게 말한 내 목소리를 들었어?"

"응, 들었어."

"그런데 나를 처음 만나던 날 너는 무슨 말을 했어?"

"이 남자가 좋은 사람인 것 같다고 했어. 그리고 계속 좋은 남자로 남기를 빌었어."

"어때? 그 소원이 이루어진 것 같아?"

"응, 지금까진. 아까 오동나무에게 빌었어. 이 남자가 앞으로 계속 좋은 사람으로 내 곁에 있기를. 오빠는 어떤 것 같아? 오빠 소원은 이루어졌어?"

"내 소원도 이루어진 것 같아. 앞으로도 좋은 남자로 남을게."

오후 4시, 아직 쏟아지는 햇볕이 따사로웠다. 우리는 벤치에 나란히 앉아 큰 오동나무와 작은 오동나무를 번갈아 바라보았다.

큰 오동나무의 복제 오동나무들도 각각의 우주에서 자란다. 사람들이 전하는 말을 들으면서 오동나무는 성장하고, 성장할수록 몸통에서 맑은소리가 들린다. 다 자란 오동나무는 기타나 가야금을 만드는 데 쓰인다. 죽어서 악기로 재탄생한 오동나무는 사람들의 이야기를 기타나 가야금의 아름다운 선율로 들려준다. 큰 오동나무가 사람들에게 이야기를 들려주러 산을 떠나면 작은 오동나무가 큰 오동나무의 역할을 대신하게 될 것이다.

그레고리 파커

우리 부부는 해외여행을 떠나기 위해 한 달 기한의 휴직계를 제출했다. 첫 여행지로 캐나다에 가자는 수현을 설득해 미국으로 정했다. 엘리자베스를 만난 것처럼 앤서니와의 약속도 지키고 싶었기 때문이다. 과거 시공간으로 진입한 사이프러스 체류자들도 약속을 지키기 위해 또 다른 나를 만날 것이다. 나도 그들과의 약속을 지켜야 했다.

복제 우주 2008년 5월 5일 아침 11시, 우리가 탄 비행기가 뉴욕의 존 에프 케네디 공항에 착륙했다. 인천공항에서 5월 5일 오전에 출발해 14시간 동안 태평양을 가로질러 날아왔지만 시차로 인해 뉴욕은 여전히 5월 5일 낮이었다. 입국 수속을 마치니 오후 1시가 되었다. 공항 스낵 바에서 햄버거와 샌드위치, 커피로 점심을 대신하고 택시를 타고 뉴저지 뉴어크로 향했다. 기다란 광고판을 짊어진 노란 택시는 허드슨강을 가로질러 뉴어크로 향했다. 라틴계 곱슬머리 기사는 뉴어크 밀리터리 파크 입구에 우리를 내려 주었다. 쓰리 스타스 클리너스 세탁소는 밀리터리 파크 앞 4차선 도로 건너편 주택가 골목에 있었다.

수현이 공원에서 한숨 돌리자고 했다. 공원 중앙에 워어스 오브 아메리카(Wars of America)라는 청동 기념물이 위용을 자랑했다. 화강암 위의 청동상은 사십여 명의 병사들이 두 마리의 군마를 끌고 언덕을 오르는 모습을 형상화했다. 병사들과 말들은 당장이라도 전투를 감행할 수 있을 것처럼 생동감이 있었다.

"앤서니의 아버지는 군대와 군인을 정말로 사랑하시는 분 같아. 이곳 공원 이름도, 저 동상도 다 군인과 관계가 있네. 앤서니 아버지가 의도적으로 이곳에서 세탁소를 차린 걸까?"

두 눈을 간신히 가리는 작은 선글라스를 쓴 수현이 밀리터리 파크 주변을 둘러보면서 말했다.

"이 밀리터리 파크 때문에 여길 찾을 수 있었어. 그때 앤서니가 뼛속까지 군인인 자기 아버지가 밀리터리 파크 근처 쓰리 스타스 클리너스 세탁소를 운영한다고 했거든. 앤서니는 아버지가 밀리터리 공원 옆에서 쓰리 스타 장군으로 산다고 했어."

"앤서니 아버지가 지금도 세탁소에서 일하실까?"

"구글 검색을 해봤는데 뉴어크에 쓰리 스타스 클리너스라는 이름의 세탁소는 한 곳뿐이야. 물론 이름만 같고 세탁소 주인이 바뀌었을 수도 있지만. 난 그의 아버지가 아직도 세탁소에 있을 것 같아. 마치 고지를 지키는 군인처럼."

얼마 후 우리는 쓰리 스타스 클리너스을 출입문을 열었다. 나이가 60대 중반에서 70대 초반으로 보이는 회색 머리칼의 백인 노인이 우리를 맞이했다. 사이프러스의 앤서니가 노인이 되면 꼭 그렇게 변할 것 같은 인물이었다. 그는 상체를 꼿꼿하게 세운 채 우리를 맞이했고 두 눈은 상대를 주눅 들게 할 만큼 광채가 났다. 그가 미소 지을 때 만들어지는 양쪽 눈의 굵은 주름이 연륜이었다. 그 주름들이 전직 군인의 특유의 단호한 인상을 중화시켰다.

"안녕하세요? 저는 한국에서 온 앤서니 파커의 친구 류재근입니다. 앤서니 아버지 되시는 분 맞으시죠?"

예상대로 카운터의 백인이 어깨를 으쓱하며 그렇다고 했다.

"다행입니다. 앤서니는 제가 미국 생활 할 때 만난 친구예요. 제가 한국으로 돌아가 오랫동안 살다 보니 앤서니와 연락이 끊어졌어요. 간신히 당신이 운영한다는 뉴어크의 세탁소 이름이 생각났습니다. 그래서 뉴욕을 방문하는 참에 실례인 줄 알면서 이렇게 불쑥 찾아왔습니다."

"반갑습니다. 전 그레고리 파커입니다. 앤서니가 제 아들이긴 합니다만. 제 아들은 어떻게 아시죠? 혹시 앤서니의 고등학교 동창인가요?"

"아, 네. 그렇죠. 앤서니와 전 학교 친구죠. 뉴어크에 온 김에 어르신께 인사차 들렀습니다."

나는 미리 준비한 말로 둘러댔다.

"그랬군요. 아들이 저기 먼 곳에, 알래스카에 있어서 저도 얼굴 본 지 오래됐습니다. 요샌 제 아들 또래의 젊은이들만 봐도 반가워요. 여기서 이러지 말고, 카페로 갑시다. 태평양 건너 한국에서 일부러 찾아오셨는데 제 상점이 손님을 맞기에는 누추하군요."

그레고리는 'CLOSED'라 적힌 표지판을 세탁소 문 앞에 내걸고 공원 반대편 상가 지역으로 우리를 데리고 갔다. 공원을 가로지르면서 워어스 오브 아메리카 동상과 다시 마주했다.

"어르신도 군인이셨다고 들었는데, 이 동상을 볼 때마다 감회가 새로우시겠어요?"

"물론입니다. 아침저녁으로 출퇴근하면서 저 청동 병사들과 군마를 자연스럽게 보게 되죠. 미국을 위해 희생한 병사들을 기리는 동상이죠. 아침 출근길에 한 번, 점심 식사 후에 또 한 번, 하루에 두 번 이 공원을 산책해요. 한 바퀴가 2킬로미터에요. 천천히 걸어도 30분이면 충분합니다. 그렇게 하루라도 걷지 않으면 몸이 덜거덕거린답니다."

노년의 그레고리 파커가 건강을 유지하는 비결이 생활의 규칙성에 있는 것 같았다. 그는 제대 후에도 규칙 준수를 신앙처럼 간직하며 산다고 했다. 공원을 둘러본 후 퀸 도넛(Queen donuts) 카페로 갔다. 그레고리는 그곳 도넛이 세상에서 제일 맛있다며 몇 개씩 고르라고 했다. 수현이 냉큼 색색의 초콜릿 시럽을 바른 도넛을 골랐다. 나무 쟁반에 도넛을 골라 담고 카운터에 내밀고 커피를 주문했다. 그레고리가 본인 카드로 계산했다. 퀸 도넛에서 두 시간 걸쳐 그레고리 파커의 가족사를 전해 들었다.

그레고리는 앤서니가 자신의 뒤를 이어 직업 군인이 되었고 2003년 이라크 전쟁에서 무릎 아래 두 다리를 잃고 하반신이 마비되었다고 했다. 앤서니는 몇 년 동안 두문불출하고 폐인처럼 지냈다. 앤서니가 전역 후 오랫동안 집안에 꼼짝 않고 있기까지의 과정은 대체로 사이프러스의 앤서니에게 들은 내용과 일치했다. 그레고리는 앤서니의 근황을 소상히 말해줬다. 그레고리에 따르면 전역 후 몇 년을 고통스럽게 보내던 앤서니는 어느 날 방문을 열고 나오더니 대학교에 다시 들어가겠다고 선언했다. 앤서니는 학창 시절부터 관심이 있었던 생물학자의 길을 가기로 결심하고 2005년에 스토니브룩(Stony Brook) 뉴욕 주립대학의 생물학과에 편입했다. 앤서니는 2007년 말 스토니브룩 대학 학부 과정을 3년 만에 졸업하고 바로 그 대학의 석사과정에 등록했다. 석사 논문을 작성하기 위한 연구 과정을 밟고 있는 앤서니는 일 년 기한으로 알래스카 오지 생태계 조사 프로젝트에 참여 중이었다. 그는 아들이 그 외딴곳에 일 년을 더 있겠다고 해 걱정이라고 했다. 그레고리는 아들이 알래스카 오지 중에서도 오지에서 연구원으로 지내니 군인은 아니지만 다른 방법으로 조국의 영토를 지킨다고 힘주어 말했다. 군인이 아닌 생물학자인 앤서니 파커의 모습이 떠오르지 않았다. 그가 처음부터 군인이 되지 않았다면, 자기 의지대로 생물학자의 길을 갔더라면 그를 사이프러스에서 만나지 않았을 것이다.

퀸 도넛의 딱딱한 의자에 앉아 예비역 장성의 조국, 군대, 자식 사랑으로 이어지는 자부심 가득한 이야기를 들으면서 앤서니에게 아버지는 어떤 존재였을지 궁금했다. 수현은 지루한 표정 하나 없이 늙은 백인의 말을 호기심 어린 표정으로 경청했다. 그녀는 나중에 쉴 새 없이 미국식 영어로 이어지는 그레고리의 말을 한국말로 해석하느라 시간 가는 줄 몰랐다고 했다.

퀸 도넛을 떠나기 전에 그레고리에게 앤서니를 깜짝 놀라게 해주고 싶으니 내가 찾아왔다는 소식을 전하지 말 것을 부탁했다. 그레고리는 그러겠다고 하며 사람 좋은 미소를 지었다. 그는 헤어지면서 아들이 사는 알래스카 유콘(Yukon) 강가 서클(Circle) 지역의 주소를 세탁소 명함 뒤에 적어 건넸다.

'1 River St Circle, AK 99733, USA'

앤서니 파커의 숙소 주소는 외계 행성의 좌표 같았다. 우리 부부와 그레고리는 워어스 오브 아메리카 동상과 쓰리 스타스 클리너스 앞에서 기념사진을 찍었다. 오후 햇살의 기울기가 적당해 사진 찍는 세 사람에게 적당한 조도를 제공했다. 그레고리는 만면에 웃음을 띠고 사진을 찍어준 행인이 들고 있는 스마트폰을 보고 손을 흔들었다. 수현과 나도 환하게 웃었다. 그레고리의 스마트폰으로 그 사진을 전송해주면서 늘 평화가 그와 함께하길 바란다는 메시지를 남겼다.

알래스카 서클

그레고리 파커를 만나고 뉴욕 맨해튼에서 이틀을 보낸 다음 우리는 필라델피아, 볼티모어, 워싱턴 DC를 차례로 여행했다. 워싱턴 DC 유니온 역에서 암 트랙을 타고 뉴욕으로 돌아와 롱 아일랜드에서 하룻밤을 더 머물렀다. 다음날 나와 수현은 캐나다 밴쿠버로 가는 비행기에 올랐다.

수현의 고모 집은 밴쿠버시 외곽 베드타운에 있었다. 우리가 밴쿠버에 온 다음 날 캐나다에 흩어져 사는 그녀의 고모 가족이 한국에서 온 신랑신부를 위해 모였다. 수현의 고모부는 이동식 바비큐 판을 뒷마당에 설치하고 부지런히 돼지고기와 쇠고기, 양고기와 소시지를 구웠다. 고모 일가는 잔디 위에 마련한 테이블 주변에 모여 대화를 나눴다. 나이 든 이들은 한국에서 살던 때를 회상하며 추억에 젖었다. 아주 어릴 때 캐나다에 왔거나 그곳에서 태어난 젊은이들은 한국말 한마디 없이 유창한 영어로 대화했다. 어떤 친척은 한국에서 있었던 우리의 결혼식에 참석하지 못해 미안하다며 때늦은 선물을 내놓았다. 소은과 수현은 마주 앉아 웃음소리가 좌중을 압도할 만큼 즐거워했다. 수현을 소은에게 빼앗긴 나는 홀로 그녀의 친척들과 번갈아 가며 와인잔을 비웠다. 그들과 공유할 추억이 없었지만, 그들과 함께 술 마시는 건 제법 유쾌한 일이었다. 캐나다에선 밤 아홉 시면 사람들이 모두 잠자리에 들 시간이지만 그날 파티는 자정이 넘어서까지 계속되었다. 나는 만취해 거의 정신을 잃을 뻔했다.

이튿날부터 소은의 집을 베이스캠프 삼아 밴쿠버와 남쪽 국경을 넘어 미국 시애틀 일대를 둘러봤다. 캐나다에서 그렇게 일주일을 보낸 후 최종 목적지인 알래스카 서클로 가기 위해 밴쿠버 공항에서 페어뱅크스(Fairbanks)로 가는 비행기를 탔다. 페어뱅크스는 알래스카 내륙에서 두 번째로 큰 도시였다. 출발 전에 구글 검색 사진으로 본 페어뱅크스 공항의 활주로는 흰 눈으로 덮여 있었다. 그런데 비행기가 착륙할 때 바라본 활주로 모습은 초록 호수 위에 뜬 항공모함 같았다. 검은 아스팔트 활주로 주변을 연녹색 잔디 새싹들이 에워싸 선명한 대조를 이뤘다.

캐나다에서 만난 한국인들은 알래스카에선 꼭 렌터카를 이용하라고 조언했다. 인적이 드문 광대한 땅에서 군이 대중교통을 이용할 마음이 없었던 우리는 그들 충고대로 페어뱅크스 공항에서 자동차를 장기 렌트했다. 인구 십만의 페어뱅크스는 뉴욕이나 밴쿠버에 비해 아주 작은 도시였다. 겨울에는 영하 50도까지 떨어지고 여름에는 낮이 스물두 시간, 밤이 단 두 시간뿐인 오지였다. 그래도 페어뱅크스는 우리가 찾아갈 서클 지역에 비하면 비교도 안 될 만큼 큰 도시임을 나중에 알았다.

　페어뱅크스에서 유콘 강가의 서클까지 가는 길은 멀고 험했다. 서클로 가는 6번 도로 주변의 산봉우리들은 한여름인데도 흰 눈 모자를 썼다. 산과 산 사이의 비좁은 틈을 따라 구불구불 이어지는 도로를 달리면서 원본 우주의 앤서니 파커와 복제 우주의 앤서니 파커, 그 둘의 삶이 얼마나 다를까 상상했다. 서클에 가까워질수록 무인지경의 외계 행성을 방문하는 느낌이었다. 몇 시간을 달려도 다른 자동차를 만나지 못했다. 중간에 휴게소가 몇 군데 있었지만 식당들은 문을 닫았고 무인 주유기만 우리를 반겼다.

　처음 얼마 동안 조수석의 수현은 시시각각 달라지는 알래스카 오지의 풍경을 담기 위해 부지런히 카메라 셔터를 눌렀다. 그러다 무료했는지 음악을 들으며 말없이 창밖을 바라보았다. 수현의 스마트폰에 저장된 최신 한국 가요가 블루투스로 연결된 차 스피커로 흘러나왔다. 그 노래들을 듣지 못했다면 우리는 중간에 페어뱅크스로 돌아왔을 것이다. 달리는 차의 창문을 내리니 무색무취의 신선한 공기가 차 안으로 밀려들었다. 일체의 인위적 냄새가 제거된 원시의 공기를 마시니 머리가 맑아졌다.

　"오빠, 이곳에서 기름이 떨어지거나 차가 고장 나면 큰일이겠네. 연료가 바닥나면 꼼짝없이 얼어 죽겠는데? 페어뱅크스에서 들은 대로 휘발유 통을 따로 준비하길 잘한 것 같아."

　10킬로미터마다 길가에 선 표지판에 의지해 다섯 시간을 달리니 마침내 사람이 만든 건축물이 보였다. 좀 더 달리니 길 왼편으로 활주로가 보였다. 활주로 중간에 제설용 차량이 그대로 서 있는 걸로 보아 한동안 비행기 운행이 없었던 것 같았다. 그 간이 활주로를 지나치자 곧 극지 연구단지가 나왔다. 중앙의 콘크리트 2층 건물을 중심으로 단층의 목조건물 몇 채가 둥글게 모여 있었다. 그레고리가 적어준 주소로 찾아가니 한 여성이 몸을 내밀었다. 그녀는 화장기 없는 얼굴에 주근깨가 듬성듬성했고 마른 상체에 비해하체의 근육이 발달해 육상선수 같았다. 나는 그녀가 루시에임을 직감했다.

"안녕하세요? 전 한국에서 온 류재근입니다. 그레고리 파커 씨의소개로 그분의 아드님인 앤서니 파커를 만나고자 합니다만."

"처음 뵙겠습니다. 전 앤서니 파커의 아내인 루시에예요."

갑자기 찾아온 사람을 경계하지 않고 루시에는 우리를 반갑게맞았다. 회색빛이 감도는 금발과 푸른 눈의 루시에는 전형적인 미국 백인 여성이었다. 휠체어에 탄 앤서니를 부둥켜안고 우는 모습으로 모든 신문의 일면을 장식했던 그 여인이었다. 그녀는 남편이유콘강의 새를 관찰하러 갔으며 해가 지기 전에는 돌아올 예정이라고 했다. 우리는 유콘강 주변을 돌아보고 해 질 무렵 앤서니의오두막을 다시 찾아갔다. 초인종을 누르니 앤서니가 나왔다. 두 발로 서 있는 앤서니를 보고 나는 적잖이 놀랐다. 알래스카의 앤서니는 비록 보행 보조기구를 부착하긴 했지만 두 발로 걸었다. 그모습이 생소했지만 그의 얼굴과 말투, 눈빛만큼은 사이프러스에서만났던 앤서니였다. 서클의 앤서니에게 그의 아버지인 그레고리 이야기를 했다. 내 아버지가 그레고리와 친구이며, 아버지 소개로 뉴어크에서 그레고리를 만났다고 얼버무렸다. 앤서니가 우리를 오두막 안으로 안내했다.

"제가 두 다리를 잃고 전역할 때 아버지가 제일 안타까워하셨죠. 그 후로 저를 제일 적극적으로 응원해준 분이 아버지예요. 아버지가 믿어주지 않았다면 저는 생물학과 편입과 같은 새로운 도전을 포기하고 지금도 뉴어크의 집안에 갇혀 있겠죠. 당신이 제 아버지 친구의 아들이면 제 친구입니다. 만나서 반갑습니다."

앤서니는 우리 부부에게 손을 내밀어 악수를 청했다.

"물론 제 남편 친구도 제 친구랍니다."

루시에도 그렇게 말하며 수현과 가볍게 포옹했다.

"이 서클 지역은 알래스카에서도 상당한 오지예요. 더 안쪽으로 들어가면 일 년 내내 한 사람도 찾아오지 않는, 사람 발자국이 한 번도 찍히지 않은 원시 그대로의 땅이랍니다."

"반갑게 맞아 주시니 감사합니다. 저희 부부는 이곳에서 일주일 머물면서 둘만의 허니문을 즐기고 싶은데 방법이 없을까요?"

"왜 없겠어요. 저나 루시에나 여기서 사람 만나는 게 밤하늘의 별똥별에 머리를 맞는 것만큼 드문 일이죠. 어쩌다 연구원들이 찾아오면 제발 며칠 더 있으라 애원한답니다."

앤서니는 서클 지역의 조사 프로젝트 총괄책임자 권한으로 연구자들을 위한 게스트 하우스를 우리가 쓰도록 했다. 그 집은 기본적인 숙식을 해결할 채비를 갖췄으나 먹을거리가 부족했다. 우리는 페어뱅크스로 가서 열흘 분량의 먹을 식량과 앤서니 부부가 부탁한 물건들을 차에 가득 싣고 돌아왔다.

우리 숙소는 앤서니 부부가 사는 오두막과 같은 구조였다. 알래스카의 차가운 날씨에도 얼지 않는 액화 가스로 가동되는 난로와 비상시를 대비해 장작을 태우는 벽난로가 거실에 가운데 있었다. 밤이면 벽난로 앞에 느긋하게 앉아 장작불을 쬐는 게 좋았다. 외풍이 심했지만 차가운 공기에 포위된 채 일인용 침대 위의 한 이불 속에서 서로 꼭 껴안고 잠을 자는 것도 낭만적이었다. 알래스카의 밤하늘은 별로 가득 찼다. 오두막 지붕에는 성에가 끼지 않는 이중 유리창이 달려있어 실내의 전등을 모두 끄면 누워서 밤하늘의 별을 볼 수 있었다. 홀로 눈 뜬 새벽이면 천정의 유리창으로 보이는 은하수 너머의 아득히 먼 곳에 사이프러스와 원본 우주가 있다고 생각하니 가슴이 먹먹했다.

서클 지역에 머문 지 삼 일째 되는 저녁 앤서니가 집으로 우리를 초대했다. 집안 곳곳에 두 사람이 함께 산 흔적들이 보였다. 루시에가 즉석카메라로 찍은 스냅 사진들이 통나무 벽에 붙어 있었고 거실 한쪽엔 앤서니가 연구 논문을 정리할 때 쓰는 데스크톱 컴퓨터가 켜져 있었다. 제법 큰 텔레비전이 거실 벽을 차지했다. 그 텔레비전은 위성방송의 드라마 시청이 취미인 루시에 차지였다. 화장실엔 세면도구와 샴푸, 액체비누와 보습제 등을 담은 플라스틱 용기들이 구석 선반 층층이 가득했다.

집 구경이 끝나고 투박한 원목 테이블에 모여 앤서니가 며칠 전에 잡아 훈제해 냉장고에 보관 중이던 연어를 안주 삼아 러시아산 보드카를 마셨다. 독한 보드카가 서로의 마음을 여는 열쇠 역할을 했다. 밤이 깊어지자 5월의 봄기운도 주변 높은 산이 품어내는 냉기를 이겨내지 못해 집안이 쌀쌀했다. 앤서니가 익숙한 동작으로 난로 불을 피웠다. 벽난로의 장작불이 타들어가고 술이 몇 잔 오고 가자 루시에와 수현은 책이 잔뜩 쌓인 방으로 들어갔다. 그녀들은 따뜻한 차를 마셨다. 앤서니와 단둘이 마주 앉아 남은 러시아산 보드카를 마시며 대화를 이어갔다.

"미스터 류를 처음 봤을 때 왠지 낯이 익었어요. 저를 보는 미스터 류의 표정이 저를 오래전부터 알고 있는 듯해서 그런 것 같아요. 어떻든 현지인들도 극지 연구원들 말고는 찾아오기 힘든 알래스카 오지를 멀리 한국에서 찾아왔으니 우리 사이에 뭔가 특별한 인연이 없었다면 힘든 일이죠. 그런데 미스터 류와 이전에 만난 기억은 없어요. 처음 만났을 때는 아버지의 소개로 이곳으로 왔다고 들었습니다만. 더 자세히 알고 싶습니다. 어떻게, 왜 이곳까지 왔나요?"

그런 질문에 대비해 스토니브룩 대학을 검색해서 적당한 스토리를 준비했으나 막상 앤서니가 물어보자 당황한 나머지 준비한 말을 술술 풀어놓기가 어려웠다.

"저와 아내는 여행을 좋아하거든요. 결혼하면서 신혼여행은 남들이 상상하기 힘든 곳으로 가자고 했어요. 그래서 찾아본 곳이 알래스카였어요. 한국인들은 신혼여행을 대부분 따뜻한 동남아시아나 하와이, 괌으로 간답니다. 여행을 좋아하는 신혼부부들만 멀리 유럽이나 남미로 가죠. 저희처럼 신혼여행으로 알래스카를 선택하는 부부는 제가 알기에는 없어요. 저는 이왕 알래스카에 간다면 그중에서도 가장 고립된 오지로 가자고 했어요. 구글 지도로 알래스카를 둘러보고 인터넷으로 검색하다 보니 스토니브룩 대학 생물학 연구소가 서클에 있는 걸 알게 되었습니다. 연구소라면 연구원들이 묵을 숙소와 편의 시설들도 있을 거라 판단했죠. 이곳에 무슨 수를 써서라도 오기만 하면 며칠 묵을 숙소는 찾을 것 같았는데 막상 와서 보니 모텔 같은 숙박시설이 하나도 없었어요. 당신 부부를 만난 게 저희에겐 정말 큰 행운이었어요. 뭐랄까. 당신들이 우리의 구세주였죠. 그러니 얼마나 반가웠겠어요."

내 이야기가 그럴듯했는지, 내 서툰 영어를 계속 듣기가 민망했는지, 아니면 보드카가 그의 경계심을 누그러뜨렸는지 모르지만 앤서니는 내 말을 믿기로 한 것 같았다.

"그래요? 우리 부부와 미스터 류 부부의 공통점은 오지의 삶을 동경한다는 점인가요? 비슷한 사람들끼리는 척 보기만 해도 안다고 하니까요. 이곳에, 그것도 5월에 찾아와줘서 고마워요. 우리 말고 지난 3월 초에 오로라를 보기 위해 온 사촌 형 내외가 마지막으로 여기서 묵었어요. 날씨가 추워지면 오로라를 보기 위해서라도 여행자들이 찾아오는데 요즘 같은 애매한 계절엔 아무도 찾아오지 않습니다."

러시아산 보드카를 거푸 마셔 취기가 올라오자 나와 앤서니의 대화 주제는 자연스럽게 서로의 파트너인 수현과 루시에와의 연애담으로 옮겨갔다.

"보시다시피 저는 이라크 전쟁에서 두 다리가 무릎 아래에서 절단되고 하반신이 마비되었어요. 전역 후 미국으로 돌아왔는데 루시에나 저나 심리적 충격으로 관계가 예전 같지 않았습니다. 마음이 식으니 몸도 식어서 같이 침대에 누워도 제 몸이 반응을 보이지 않았어요. 견디다 못한 루시에는 저를 떠났어요. 그녀가 저 아닌 더 좋은 남자를 만나, 불구자가 아닌 정상적인 남자를 만나 행복해진다면 기꺼이 이별하기로 다짐했죠. 그래서 한동안 그녀와 헤어졌어요. 루시에가 떠난 후 집을 감옥 삼아 스스로를 가뒀죠. 아픔과 절망도 밑바닥이 있다고, 루시에가 떠나고 일 년쯤 지나니 그 바닥에 닿았어요. 이제 떠올라야겠다. 그만 일어나야겠다 결심했습니다. 두 다리로 일어나려고 피나는 노력을 했습니다. 휠체어 타기를 거부하고 일어서는 연습을 하자 제 몸의 기능도 자연스럽게 회복됐죠. 그때부터 제 몸은 심해에서 수면 위로 떠오르고 있답니다. 이미 수면 위로 다 올라왔다면 지금은 태평양을 항해하고 있는 거죠. 루시에와는 제가 스토니브룩 대학에 편입하면서 다시 만났어요. 그녀는 저를 영영 떠날 마음이 없었답니다. 루시에는 시든 꽃처럼 무기력한 제 모습에 실망해 떠났다가 제가 일어서려고 노력하니 돌아온 거죠."

그 말을 듣고 망치로 발을 찍는 것 같은 깨달음이 찾아왔다. 서클의 앤서니는 두 발로 일어서 루시에와 재결합하는데 성공했다.

사이프러스의 앤서니가 환형열차를 탑승해 얻고자 한 목표를, 복제 우주의 앤서니는 과거로 돌아가지 않고 쟁취했다. 복제 우주의 다른 앤서니들의 삶이 어떤지 알 수는 없었지만, 알래스카 서클의 앤서니는 스스로의 힘으로 육체적 부상과 정신적 아픔을 극복하고 루시에와의 사랑도 완성했다. 원본 인물을 중심에 놓고 사고하는 것이 얼마나 어리석은지 서클에서 앤서니를 만나 깨달았다.

　사이프러스의 앤서니는 이라크 전쟁에서 두 다리를 잃기 전으로 돌아갔을 것이므로 신체를 온전히 복원했을 것이다. 과거 시점으로 재진입한 앤서니가 복제 우주의 앤서니처럼 루시에를 다시 만나 행복하게 사는지는 아무도 모른다. 과거로 돌아간 앤서니의 인생도 마냥 장밋빛은 아닐 것이다. 우리는 살면서 평온한 바다를 항해할 때도 있지만 한순간에 깊은 심해로 추락할 때도 있으며 오랜 시간에 걸쳐 느리게 떠오르기도 한다. 그래도 나는 과거로 돌아간 앤서니의 삶이 전보다 좋아지길 소망했다. 원본 우주의 앤서니와 헤어진 지 10년 넘게 지났고, 그 시간이면 강산이 변하는 세월이니 앤서니도, 쥔용도, 제임스도, 캐서린도 어떤 식으로 든 과거의 고통을 극복했을 것이다. 시간만큼 사람을 여물게 하는 건 없으니 어느 시공간에서 살던 사이프러스 체류자들은 한층 성숙해져 있을 것이다.

　앤서니는 알래스카 오지의 삶이 행복하다고 했다. 그는 1년 기한의 연구가 끝나도 대학 부속 연구센터 상근직에 자원해 몇 년 더 루시에와 함께 서클에 머물 예정이었다. 앤서니는 사람들에게 상처받은 심신을 치유하는 제일 좋은 방법은 대자연과 어울려 사는 것이라 했다. 그는 자기 의사와 상관없이 타인과 그럭저럭 잘 지내야 하는 도시의 삶보다는 오로지 루시에와의 관계에 집중할 수 있는 서클 지역의 고립된 삶이 훨씬 행복하다고 했다.

앤서니의 그 말을 듣고 장미 동산의 연못 속 잉어를 생각했다. 인간이 주는 먹이로 배를 불린 고도 비만의 잉어들은 나름대로는 행복했을 것이다. 제힘으로 살 수 없는 잉어들은 늘 수면 위 인기척에 집중한다. 하늘에서 떨어지는 먹이로 연명해야 하는 잉어에게 물 밖의 인간은 신과 같은 존재다. 잉어들은 언제 굶을지 모르니 인간이 던져주는 먹이를 꾸역꾸역 집어삼킨다. 사람이 뿌려주는 먹이는 제때 먹지 못하면 썩으니 잉어들은 그것을 제 몸에 저장한다. 몸에 저장된 먹이는 아무리 배가 불러도 다른 잉어에게 나눌 수 없으니 동료 잉어들은 경쟁자에 불과하다. 뉴욕 같은 대도시에서 사는 인간들의 삶도 연못 속 잉어의 삶과 같다. 그러나 모든 길의 종점이라고 부르는 알래스카 서클에서 생존하려면 그 둘은 생사고락을 함께 하는 동지여야 한다. 사랑하는 이의 목숨을 지켜야 자신도 살 수 있는 곳에서 앤서니와 루시에는 더없이 행복해 보였다.

유콘 강의 연어 산란기는 6월에서 9월 사이다. 앤서니는 우리가 오기 며칠 전부터 연어를 하루에 몇 마리씩 낚아 올렸다. 서클 오두막집에서 몇 날 밤을 보낸 아침, 밤새 흩뿌리던 진눈깨비가 잠잠해져 언제 그랬냐는 듯 따뜻한 햇살이 비쳤다. 앤서니는 그때를 놓치지 않고 연어 낚시를 제안했다. 숙소 창고엔 전임 연구자들이 쓰던 낚시 도구가 있었다. 그중에서 우리가 쓸 낚싯대와 채비를 골라 연어가 잘 잡히는 유콘강 상류 포인트로 이동했다. 앤서니는 의족을 단 채 가슴까지 올라오는 파란색 장화를 능숙하게 신었다. 나와 수현은 멀쩡한 두 다리로도 앤서니가 건네준 장화를 쉽게 신지 못했다. 장화를 신으려 쩔쩔매고 있는 사이 앤서니가 차 트렁크에서 연어잡이용 낚시 도구를 꺼내왔다. 그는 2, 3미터 내외의 릴 낚싯대와 스피닝 릴 뭉치 여러 개를 바닥에 늘어놓고 차례로 연어잡이 채비를 만들었다. 그는 낚싯대의 릴 시트와 릴 뭉치 바디를 결합한 다음 릴에 감긴 낚싯줄을 낚싯대 중간중간에 있는 가이드에 꿰었다. 그런 다음 플라이 낚시용 목줄에 스푼, 미노우, 스피너 베이트를 각각 매달았다. 마지막으로 목줄을 릴 뭉치에 감긴 원 줄과 연결했다.

"머나먼 태평양에서 인간의 길이 끝나는 이곳 서클까지 헤엄쳐 왔으니 보통 연어가 아니죠. 자, 그 멋진 연어를 잡으러 갈까요?"

나와 수현이 어렵사리 긴 장화를 신고 강물에 들어갈 준비를 마쳤을 때 그가 우리가 쓸 낚싯대를 건넸다.

"그쪽 둘과 우리 둘이 저녁 식사 준비 내기하는 것 어때요? 한 마리라도 덜 잡은 쪽이 오늘 저녁 준비하기로 해요. 우리가 경험이 많으니 핸디캡으로 우리 부부가 다섯 마리씩, 열 마리 더 잡기로 하죠. 열 마리면 당신들도 해볼 만한 게임이죠?"

낚시채비를 마친 루시에가 자신만만한 표정으로 제안했다. 우리 부부는 열 마리 핸디캡이라면 해볼 만한 게임이라 판단해 흔쾌히 동의했다. 성큼성큼 물에 들어간 앤서니는 강가에서 뭘 해야 할지 모르는 우리를 향해 의미심장한 미소를 짓더니 연어 낚시는 이렇게 한다는 듯 폼나게 낚싯대를 휘둘렀다. 낚싯대에서 풀려나간 노란 낚싯줄이 커다란 동그라미를 그리며 유콘강 한가운데로 날아갔다. 낚싯줄의 끝에는 노란 미노우가 매달렸다. 낚싯줄이 만드는 커다란 원이 형태를 잃고 풀어지는가 싶더니 목줄에 달린 미노우가 파문을 일으키며 물속에 잠겼다. 앤서니가 왼손으로는 낚싯대를 오른손으로는 릴 핸들을 잡고 미노우를 천천히 좌우로 움직였다. 그는 수심을 일정하게 유지해 루어를 진짜 먹잇감처럼 움직이는 게 연어낚시의 핵심이라고 했다.

루시에도 강물에 들어가 캐스팅을 했다. 그녀는 미끼로 미노우 대신 스푼을 썼다. 조심스레 강물에 들어간 우리도 앤서니 내외의 캐스팅 동작을 곁눈질하며 캐스팅과 릴 감기를 반복했다. 낚시를 시작한 지 5분도 지나지 않아 강 중간에 서 있던 앤서니의 낚싯줄이 팽팽해졌다. 낚싯대가 둥근 활처럼 휘어졌다. 앤서니가 천천히 줄을 감았다. 빠르게 흐르는 강물을 가로질러 어른 허벅지만 크기의 연어가 입에 꿰인 바늘을 뱉으려는 듯 몸부림치며 끌려왔다. 곧이어 루시에도 자신의 팔뚝보다 큰 연어를 잡아 올렸다. 그날 나는 연어를 한 마리도 잡지 못했다. 수현은 큰 연어를 다섯 마리나 낚았다.

"오빠, 알고 보니 꽝 조사였네! 이제 한국 돌아가면 오빠가 아무리 낚시 간다고 보채도 안 보낼 거야. 그냥 내가 낚아올게."

한국에서 낚시깨나 한 나는 연어를 한 마리도 끌어올리지 못했는데 낚시를 해본 적이 없는 수현은 여러 번 연어 낚시에 성공했다. 수현은 나를 비웃으며 벙글거렸다. 앤서니와 루시에는 30마리 이상의 연어를 잡았다. 앤서니는 애써 잡은 연어를 대부분 놓아주고 몸집이 큰 다섯 마리만 골라 오두막으로 가져왔다. 낚시 내기에 진 우리 부부가 약속대로 저녁을 준비했지만, 그날 주요리는 연어 구이였다. 앤서니는 능숙한 솜씨로 연어를 해체해 어른 손바닥만 한 조각들로 베어냈다. 루시에는 토막 낸 연어고기에 소스를 발라 그릴에 알맞게 구웠다.

태평양에서 생활하던 연어가 어떻게 알래스카 대륙 깊숙한 곳에 있는 유콘강 상류로 돌아오는지에 대해선 학자들마다 의견이 분분하다. 앤서니는 연어가 태어난 강의 냄새를 맡고 강을 거슬러 올라온다고 했다. 그의 말에 따르면 연어알이 수정될 때 강물 특유의 화학물질이 유전자에 프로그래밍된다. 성체 연어는 유전자에 각인된 그 냄새를 광대한 태평양에서 찾아내 그 흐름을 쫓아 태어난 강으로 돌아온다고 했다. 일부 과학자들은 지구 자기장이 회귀하는 연어의 나침반 역할을 한다고 주장했다. 어떤 수단이나 방법에 의해서건 북태평양 연어 무리는 각자 유콘강에서 태어난 연어는 유콘강으로, 시애틀의 발라드 록스(Ballard locks)에서 태어난 연어는 시애틀의 강 상류로 돌아온다.

강의 상류에 도착한 성체 연어 중 많은 수가 산란 전에 알래스카 갈색 불곰에게 먹히거나 인간의 낚싯바늘에 걸린다. 마지막까지 살아남은 연어는 며칠 동안 아무것도 먹지 않고 산란과 수정에 몰입한다. 수정에 성공한 연어알 중 또 많은 수가 알에서 깨어나기 전에 작은 물고기들의 특별 영양식으로 제공된다. 부화에 성공한 연어 새끼들도 이런저런 이유로 목숨을 잃는다. 우주만큼 넓은 태평양을 향해 떠나는 새로운 여정은 전적으로 새끼 연어들의 몫이다. 무사히 태평양으로 간 연어들도 그들보다 더 큰 물고기에 잡아먹히거나 질병과 사고로 사체가 되어 심해에 가라앉는다. 새끼 연어는 바다에서 4년을 보내고 성체가 되면 그들의 부모가 그랬던 것처럼 알래스카 오지의 유콘강 상류로 돌아온다. 연어의 삶은 그렇게 영원회귀한다.

알래스카 유콘강과 태평양을 오가는 연어의 개체 수는 인간의 탐욕스러운 개입만 없다면 늘 일정한 수준을 유지한다. 부화한 알들이 물고기들의 밥이 되고, 새끼 연어가 물고기에 잡아먹히고, 돌아온 성체가 곰에게 잡아먹히는 것까지 고려해 연어 성체가 많은 알을 낳기 때문이다. 앤서니는 다행히 유콘강 유역에서 연어를 포획하는 일은 조금씩 줄어들고 있다고 했다. 똑같은 유콘강이고 똑같은 태평양이지만 세대를 달리하는 연어들이 마주하는 유콘강과 태평양은 부모 연어들이 마주한 그 강과 바다가 아니다. 같은 세대의 연어들의 삶 또한 같지 않다. 세대가 같아도 연어들의 삶은 우발적으로 마주치는 유콘강과 태평양의 환경에 따라 각각 다르다.

인간이나 연어나 우발성이 개별 개체의 생의 궤적을 다르게 만든다. 사람들은 나중에 그 궤적을 바라보며 의식적으로 그 길을 걸어왔다고, 자신만의 방식으로 살았다고 착각하며 프랑크 시나트라의 마이웨이를 비장하게 읊조린다.

일주일 뒤 우리는 알래스카 서클을 떠났다.
"재근 씨, 수현 씨, 반년 뒤 겨울에 꼭 다시 와줘요. 이곳에서 한 겨울을 보내야 알래스카의 진수를 맛볼 수 있답니다. 개들이 끄는 썰매도 타고 밤하늘의 오로라도 보고, 뼛속까지 추운 밤이면 장작 난로 앞에서 독한 보드카도 한잔해요."
앤서니의 그 말이 아니어도 겨울 알래스카를 방문하고 싶었다. 흰 눈이 쌓인 광활한 대지, 뱉어낸 말조차 얼어붙은 글자가 되어 떨어져 내리는 혹독한 겨울 알래스카에서 며칠만 보내면 어떤 역경도 이겨낼 것 같았다. 가혹한 겨울을 보내고 새봄을 맞이하는 나무처럼, 북극곰처럼, 야생초의 씨앗처럼.
"그래요, 앤서니, 루시에. 당신들 환대에 보답하기 위해서라도 한국 컵라면과 즉석밥을 몽땅 사 들고 돌아올게요. 당신들이 이곳을 떠나기 전에요."
오두막을 떠나며 백미러로 바라보니 앤서니 부부가 손을 흔들었다. 비상등을 켜 그들의 작별 인사에 화답했다. 페어뱅크스로 돌아갈 때는 수현이 운전대를 잡았다.
"오빠, 앞으로 어떤 일들이 우리를 기다릴까? 무슨 일이든 우리 잘 이겨내겠지? 지금까지 우리가 그랬던 것처럼?"

사이프러스에서 온 남자

"수현아, 너도 그랬겠지만 난 참 먼 길을 걸어 여기까지 왔어. 사람들은 이곳 서클을 모든 길의 종점이라고 부르는데. 내 생각엔 종점은 또 다른 시작점인 것 같아. 모든 길의 종점이라면 그곳에 연결된 어떤 길로도 갈 수 있잖아. 앤서니 부부도 세상의 종점에 머물면서 새로운 삶을 모색하고 있는 것 같아. 나는 우리 앞에 어떤 일들이 벌어질지 모르겠어. 분명한 건, 삶은 늘 우발적으로 다가오지만 우리가 어떻게 대응하느냐에 따라 그 경로가 달라진다는 거야."

"오빠가 말했지. 내가 나쁜 남자를 만났지만 포기하지 않고 오빠를 다시 선택해줘서 고맙다고. 나도, 오빠도 어떤 일이 있어도 포기하지 말고 다시 시작하며 살자. 오빠 말처럼 종점은 곧 새로운 시작점이기도 하니까."

"지금 우리 앞에 있는 아스팔트 도로를, 해변을, 산과 들을 너와 함께 걸었으면 해. 둘이 같은 곳을 바라보고 걷는다면 어떤 시련이 와도 잘 극복할 것 같아. 함께 걸어가며 나란히 발자국을 만들자. 한 백 살쯤 되어 둘이 같이 그 발자국을 바라봤으면 좋겠어. 그때까지 오래 같이 살자, 수현아."

"오빠, 우리가 백년해로해서 같은 날 같은 시각에 같이 죽으면 좋겠지. 근데 그게 어디 쉬운가. 한국 남자들은 대체로 여자보다 빨리 죽는다고 하니까 오빠가 나보다 먼저 세상을 뜨기가 쉽겠지. 어쩌다 내가 먼저 세상을 떠날 수도 있고. 그래도 우리 슬퍼하지 않기로 해. 서로 사랑하는 한, 서로를 기억하는 한 누가 먼저 떠나도 우린 함께 있는 거야. 더 중요한 건 오빠나 나나 혼자서도 씩씩하게 살아야 한다는 거야. 그러니까 오빠, 바로 지금 이 순간의 우리의 삶에 충실하고 시간이 허락하는 한 서로 사랑하며 살자."

운전석의 수현은 그렇게 말하는 내내 정면을 응시했다. 나는 말없이 고개를 끄덕이며 수현의 손을 잡았다. 흰 눈을 둘러쓴 알레스카의 산봉우리들 앞으로 다가왔다가 뒤로 사라져 갔다. 페어뱅크스가 가까워질수록 봄기운이 완연했다.